È un
giorno
bellissimo

Edizione italiana pubblicata da:
Amazon Publishing, Amazon Media EU S.à.r.l.
5 rue Plaetis, L-2338, Luxembourg
maggio 2017

In copertina: © lee avison/Alamy Stock Photo; © Butterfly Hunter/Shutterstock
Realizzazione a cura di: Thèsis Contents S.r.l., Firenze-Milano
Progetto grafico a cura di: PEPE *nymi*, Milano
Impaginazione a cura di: Thèsis Contents S.r.l., Firenze-Milano

Stampato da una delle seguenti società:
Amazon Distribution GmbH
Amazonstraße 1
04347 Leipzig
Germany

Amazon.co.uk, Ltd.
Marston Gate Distribution Centre, Badgers Rise
Ridgmont, Bedfordshire MK430ZA
UK

Amazon Fulfillment Poland Sp. z o.o.
Logistyczna 6, 5
5-040, Bielany, Wrocławskie
Polen

Si veda ultima pagina per l'indicazione della società

Prima edizione digitale 2017
ISBN: 9781503943728
www.apub.com

Il libro

Grace Gilmore, bionda diciottenne di buona famiglia, vive in un mosaico di cristallo in cui ogni tessera ha il suo posto preciso: i suoi genitori sono belli, ricchi e affettuosi, le porte dell'università di Yale si apriranno subito dopo l'estate, e un principe azzurro di nome Cedric è il fidanzato pronto a sposarla. Eppure bastano una sola notte e tre colpi bassi del destino a farle mettere in discussione tutto quel mondo.

Con i cocci delle sue illusioni in uno zainetto e i frantumi della sua vecchia vita nel cuore, Grace si ribella al suo futuro perfetto, scelto da chiunque tranne che da lei. Si lancia così in un inatteso e spontaneo road trip in giro per gli States, decisa per una volta a seguire il suo istinto e i suoi sogni.

A New York conosce il bellissimo Channing: metà latino e metà asiatico, capelli di seta e fisico mozzafiato, irriverente ma gentile. È lui il fulmine dagli occhi blu che squarcia il cielo grigio nel cuore di Grace. Dalla Pennsylvania all'Ohio, dal Kentucky all'Illinois, fino al tour sulla mitica Route 66, il destino sembra deciso a far intrecciare le strade dei due giovani. E mentre Grace imparerà a conoscere sentimenti nuovi ed emozioni autentiche – così lontane dalla sua vecchia vita – Channing dovrà fare i conti con un tragico segreto che potrebbe spezzare il sogno di un giorno bellissimo.

L'autrice

Amabile Giusti è calabrese. Fa l'avvocato ma non si sente avvocato. La sua vita è scrivere romanzi e, anche quando lavora, pensa a come concludere o iniziare una storia. Per farla felice, regalatele un saggio su Jane Austen, un ninnolo di ceramica blu, un manga giapponese o una pianta grassa piena di spine. Spera di invecchiare lentamente (sembra sia l'unico modo per vivere a lungo) ma mai invecchiare dentro. Ascolta molto e parla poco, ma quando scrive non si ferma più...

Dal 2009 ha pubblicato numerosi romanzi molto amati dal pubblico: *Non c'è niente che fa male così*, *Cuore nero*, la serie di *Odyssea* (*Oltre il varco incantato*, *Oltre le catene dell'orgoglio*, *Oltre i confini del tempo*, *Oltre il coraggio del sacrificio*), *L'orgoglio dei Richmond*, *Solo non si vedono i due liocorni*, e con Mondadori *Trent'anni e li dimostro* e *La donna perfetta*. Per Amazon-Publishing ha scritto *Tentare di non amarti* (2015) e il sequel *C'è qualcosa nei tuoi occhi* (2016).

Amabile Giusti

È un giorno bellissimo

amazon publishing

Che l'amore sia tutto quel che c'è
È tutto ciò che sappiamo dell'amore

Emily Dickinson

Uno

Grace Gilmore era convinta che la sua vita somigliasse a un mosaico: un insieme di frammenti di vetro finissimo, alabastro, ceramica smaltata e oro zecchino perfettamente incastrati fra loro. Dopotutto, gli unici sassi che avessero mai intralciato il quieto scorrere del suo fiume avevano più l'aspetto di cristalli Swarovski che di sassi veri e propri. Nulla avrebbe potuto indurla a credere che, invece, quei giorni dall'apparenza splendente fossero solo tessere di plastica accostate l'una all'altra con la sadica pazienza del tempo, allo scopo di scatenare un preciso effetto domino in una data precisa.

La data precisa fu quella del suo diploma. L'effetto preciso la travolse quanto il crollo del cielo.

Quella mattina di giugno era stata quanto mai priva di segni premonitori: pareva estratta dallo scrigno in cui Dio custodisce "gli ingredienti che compongono i giorni perfetti destinati alle ragazze fortunate". Il cielo era limpido, l'aria profumava di fiori e Grace indossava un abito di seta e organza verde Tiffany con minuscoli petali dipinti lungo l'orlo, la toga e il tocco di raso bordeaux e grigio, e un sorriso con tutti i colori dell'arcobaleno. Sapeva già quale fosse il suo regalo, se non altro perché lo aveva scelto lei stessa: una Mini Cooper Cabrio intonata al vestito. La aspettava, insieme a dozzine di altre automobili regalate da altrettanti genitori, nel parcheggio di fronte alla Hopkins School, con un enorme fiocco rosso sul cofano.

A un tratto, dopo aver ricevuto il diploma dalle mani del preside e aver posato per un milione di foto insieme ai compagni e ai parenti, si accorse che Cedric era sparito.

Cedric Anderson era il suo fidanzato: qualsiasi altra ragazza avrebbe storto le labbra dinanzi a una parola tanto antiquata e solenne, ma non lei. Nonostante la giovanissima età, Grace aveva un'anima da principessa delle fiabe. Credeva nei buoni sentimenti, nel lieto fine, nei mazzi di rose regalati anche senza una ricorrenza e nel valore terapeutico dei tramonti, ed era convinta che il grande amore potesse arrivare nella vita a qualsiasi età. Nel suo caso, era arrivato quando aveva appena quindici anni, portava i riccioli biondi tagliati corti, i jeans skinny strappati sulle ginocchia e le scarpe da tennis colorate coi pennarelli indelebili. Le loro famiglie si frequentavano da tempo, ed era stato facile, quasi fatale, passare da un'amicizia infantile a un legame fatto di battiti più appassionati. Adesso Grace era cambiata parecchio: i capelli erano lunghi fino alle spalle, elegantemente ondulati, indossava gonne bon ton e ballerine pastello, ma era ancora sicura che Cedric fosse l'uomo della sua vita.

Era il ragazzo più bello di New Haven, tanto simile al principe Filippo della *Bella addormentata* Disney da sembrarne la versione in carne e ossa. I suoi modi avrebbero fatto impallidire qualsiasi vero monarca: non esisteva un diciottenne più gentiluomo. Lei era minuta, snella, timida, con grandi occhi chiari, piuttosto carina, ma non reggeva il confronto con la bellezza radiosa di lui. Che un simile esemplare di perfezione l'avesse notata e scelta, come si nota e si sceglie un'acquamarina fra i diamanti, era senz'altro un evento degno di una fiaba. Grace si era adagiata sul cavallo bianco del suo principe con l'abbandono di una fanciulla salvata da un drago. Inoltre, condividevano ogni progetto di vita: entrambi si sarebbero iscritti a Yale, entrambi avrebbero lavorato nello studio legale del signor Anderson, entrambi desideravano sposarsi, avere tanti bambini e vivere in una casa in stile coloniale col parquet di legno scuro, il camino di mattoni a vista e i mobili bianco latte.

Tuttavia, al momento, il favoloso Cedric appariva introvabile. Grace fece il giro dei gruppi di amici più intimi, intenti anch'essi a farsi immortalare sul prato, senza individuarlo.

A un certo punto le parve di scorgerlo, tanto alto e prestante da risultare inconfondibile: si stava avviando verso l'interno dell'edificio. Indossava ancora la toga ma si era tolto il copricapo, e i suoi capelli biondo miele splendevano al sole come velluto di seta.

Grace sorrise, calamitata da quel fulgore.

Si mise quasi a correre e raggiunse a sua volta il portone sul retro, tra colonnine bianche e armoniosi lampioni di bronzo. Fece appena in tempo a cogliere il profilo di Cedric che imboccava la scalinata centrale e scompariva oltre la prima rampa.

In quell'attimo, inaspettatamente, un piccolo aeroplano rombò sopra i tetti. Insieme a tanto frastuono, uno di quegli striscioni pubblicitari che sembrano code di aquiloni, rosso mela, con una scritta colorata, volteggiò tra il cielo e il campanile della Hopkins. Non pubblicizzava nulla, o perlomeno nulla che qualcuno potesse voler comprare o ricordare. Più che altro conteneva un monito latino: *Memento mori*.

"Ricordati che devi morire."

Grace ne osservò il volo quasi radente attraverso la vetrata suddivisa in riquadri più piccoli, e non riuscì a trattenere un brivido e un sussulto. Chi aveva concepito quello scherzo di pessimo gusto, e perché? Qualche matto con una fissazione per l'apocalisse che, invece di appostarsi a un incrocio con un cartello sul petto, aveva deciso di usare quel sistema per infierire sul buonumore del prossimo? O più semplicemente, qualcuno che non era riuscito a diplomarsi si era divertito a tentare di sciupare l'altrui felicità?

Lei non gli avrebbe certo permesso di sciupare la sua di felicità.

Così, continuò a salire le scale, deliberatamente lenta in quell'ascesa nostalgica. Rivide la se stessa degli ultimi quattro anni che percorreva i medesimi gradini di quercia rossa sorreggendosi alla balaustra intagliata a motivi di foglie di alloro, inspirò l'odore familiare di legno incerato e tappezzerie preziose, ricordò l'incedere dei passi e lo spandersi delle voci nei corridoi e nelle sale ora vuote e mute, e sperò che quel luogo non la dimenticasse.

La sua mente era un caleidoscopio di immagini, come se lo spazio fosse pieno di ricordi annidati negli angoli, quando udì la voce di Cedric, all'interno di una delle aule destinate alle arti visive, che sussurrava: «Vieni qui. Non resisto fino a stasera».

La porta della classe di pittura era socchiusa. La sala era ampia, con una larga finestra a tre ante, un tavolo centrale e le pareti tappezzate di scaffalature e tele dipinte. La luce esterna filtrava in coni densi di pulviscolo e sembrava anch'essa complice di un'intenzione artistica: spennellava il pavimento, il grande banco unico con la forma di una gigantesca tavolozza e i quadri, in parte appesi e in parte accatastati negli angoli, creando un effetto che aveva qualcosa di magico.

Purtroppo, Cedric non c'era. Eppure era certa che fosse entrato proprio lì...

Poi si accorse che la porta di comunicazione con il laboratorio fotografico era socchiusa. Nessuno stava utilizzando la camera oscura, ma sembrava comunque che qualcuno trafficasse nella stanza.

Sorrise al pensiero che le stesse preparando una sorpresa. Grace aveva una passione per la fotografia, e alcuni suoi scatti erano molto piaciuti agli insegnanti, che l'avevano incoraggiata a continuare su quella strada. I corsi tenuti dalla Yale School of Art erano ottimi, e c'era stato un momento in cui aveva perfino pensato di informarsi sulla procedura di ammissione. Tuttavia, i suoi genitori non si erano dimostrati particolarmente entusiasti e Cedric, con estrema praticità, le aveva fatto notare che non soltanto quell'idea contrastava con tutti i loro progetti, ma che fare la fotografa non si poteva considerare una vera e propria professione. Andava bene come hobby da coltivare ogni tanto, ma come carriera era patetica e come arte poco credibile.

Dinanzi a tanto scoraggiamento e alla paura di averli delusi, Grace aveva lasciato cadere quel sogno come se fosse un rottame di vetro. In fondo, si era detta, era un sogno molto stupido, una follia momentanea, e per fortuna c'era chi la risvegliava dalle sue inutili fantasticherie da dodicenne. Aveva dato via la piccola fotocamera compatta, regalo dei genitori per il sedicesimo compleanno, smettendo del tutto di osservare il mondo e di cercare fiori in mezzo all'asfalto, gocce di pioggia sui vetri e arcobaleni spezzati dai grattacieli. Inutile coltivare un falso talento se non porta da nessuna parte e, soprattutto, se non rende felice chi ti ama.

In quel momento, si fece l'idea che Cedric avesse cambiato opinione, che le avesse comprato la reflex che desiderava da tanto, e che si fosse fatto seguire fin lì per darle il regalo. Un luogo simbolico per un gesto molto più che simbolico.

Col cuore che rimbombava per l'emozione, si avvicinò alla porta socchiusa e parzialmente coperta da una grande tela che ritraeva una bizzarra trasposizione manga dell'*Urlo* di Munch. Una ragazza in versione fumetto – con la divisa scolastica femminile tipica delle scuole giapponesi e i capelli simili a quelli di Sailor Moon – osservava qualcosa e gridava, le mani sulle guance, circondata da un panorama di flutti marini a forma di artigli come nella *Grande Onda* di Hokusai.

Grace sbirciò attraverso lo spiraglio e in un attimo il suo viso dai contorni morbidi, più adatto a posare per un ritratto di Vermeer, assunse la stessa espressione della ragazza urlante.

Nella camera oscura c'era Cedric, ma non era solo. Ne scorgeva le spalle, i capelli dorati, la testa che si fletteva lentamente mentre, senza ombra di dubbio, baciava una ragazza. Oltre la sua schiena si intravedeva una sagoma femminile seduta sul tavolo, in mezzo all'attrezzatura per lo sviluppo fotografico. Di lei non riconobbe nulla, a parte una lunga ciocca bruna e una mano affusolata con le unghie laccate di viola, posata sulla spalla di lui. Tra il polso e l'avambraccio dell'ignota ragazza spiccava un tatuaggio. Una rosa dei venti in stile steampunk: una ruota dentata, nei toni del grigio e del nero, con lancette aguzze che contrassegnavano i venti, la stella polare e i punti cardinali.

Grace fece per gridare, ma si zittì da sola, incrociando entrambe le mani sulla bocca. Quindi rimase immobile per qualche secondo, nel cuore qualcosa di nuovo, un'emozione inesperta, un principio di rabbia e tristezza, la tentazione sconosciuta e maldestra di pronunciare un insulto a voce alta.

Non era abituata al dolore, non sapeva come affrontarlo. Per la prima volta nella sua vita ovattata, nella quale i dispiaceri equivalevano a punture di spillo, si era insinuata una lama profonda. Una parte di sé voleva entrare, scoprire chi fosse quella ragazza e interrogare Cedric con uno sguardo deluso e tradito, ma l'altra parte desiderava indietreggiare senza far scricchiolare le assi del pavimento, senza sollevare nemmeno il pulviscolo, e percorrere a ritroso la strada fino al giardino. Per pensare, per capire, per prepararsi a quella guerra inattesa. Magari per svegliarsi e scoprire che si trattava solo di un incubo.

Fece vincere la sua metà silenziosa. Abbandonò la stanza e le scale e il palazzo. Appena fuori, si accorse di una minuscola chiazza di pittura blu sulla gonna e, come se potesse sopportare con più coraggio il tradimento del proprio fidanzato rispetto a quell'insignificante melodramma, si nascose dietro un albero appartato per piangere le prime lacrime di vera angoscia della sua vita perfetta.

Mezz'ora dopo, sembrava che nulla fosse cambiato. Con l'aria innocente di chi non avesse appena baciato una ragazza nella camera oscura, Cedric tornò a confondersi con la folla che gremiva il parco. Da dietro l'albero, ancora rintanata come uno scoiattolo ferito, Grace lo vide raggiungere la sua famiglia, le dita a sistemarsi una ciocca e il colletto, un sorriso soave allungato verso una guancia.

Per un attimo, la paura che tutto stesse per finire le falciò il respiro. L'avrebbe lasciata per mettersi con quella ragazza?

Tutti i progetti fatti insieme crollarono dentro i suoi occhi, e sentì quei sogni emettere un clangore metallico mentre morivano, come bicchieri d'argento caduti tutti insieme al precipitare di una mensola male inchiodata.

Si portò una mano sulle palpebre, e allora si ricordò – per averlo udito dire da altri, poiché non aveva mai sperimentato quel disagio – che piangere rovinava il trucco, e si domandò in quale stato fosse la sua faccia. Il mascara si era trasformato in una colata di lacrime nere? Il naso le era diventato rosso come quello dei clown?

Avvertiva lungo il collo lo scivolare di una goccia di sudore, e si sentiva come se le avessero infilato una noce in fondo alla bocca. Nel complesso, era certa di essere orribile. Era certa che anche dentro, dove gli sguardi degli altri non potevano arrivare, la sua anima avesse il trucco disfatto, la gola gonfia, i capelli come gramigna bagnata e l'abito pieno di macchie rubate alla versione manga dell'*Urlo* di Munch.

«Cosa fai nascosta qui dietro?» La domanda di Cedric la fece sussultare.

Grace andò in cerca della propria voce, ed ebbe la terribile impressione di averla persa nel laboratorio fotografico, quando aveva provato a gridare senza riuscirci. La immaginò prigioniera in quella stanza adesso vuota, tra le vaschette per lo sviluppo, le pinzette, le tank, le forbici e i misurini graduati. Tossicchiò un po' in imbarazzo e poi sfoggiò uno dei suoi sorrisi più luminosi. Nel farlo, una parte di sé le domandò perché sorridesse, perché continuasse a fingere, perché si comportasse come se fosse lei la colpevole.

«Hai addirittura pianto? Cos'è successo?» insisté Cedric, con una sollecitudine che non sembrava appartenere a un traditore.

La voglia di dirgli tutto fu tanto forte da farle battere il cuore come dopo una corsa sulla sabbia. Ma era ancora troppo sconvolta per prendere una decisione qualsiasi. Doveva pensare, e adesso non ci riusciva.

Perciò, per non dire e fare cose di cui avrebbe potuto pentirsi, preferì affrontare quell'inghippo mentendo.

«Un po' di nostalgia, è il nostro ultimo giorno in questa scuola.»

«La mia piccola principessa sentimentale» mormorò lui, e le accarezzò una guancia con due dita.

Grace lo osservò con un leggero, quasi impercettibile cipiglio in mezzo alla fronte. Le sembrava sincero, affettuoso come sempre, perfino più di sempre, e allora... che senso aveva la scena nella quale si era imbattuta poco prima? Di sicuro non stava praticando la respirazione bocca a bocca a quella ragazza, né armeggiando per toglierle un granello di polline dall'angolo di un occhio, dunque...

Un uomo può essere sleale e amabile allo stesso tempo?

Voleva tanto scoprirlo subito, ma voleva anche ignorarlo fino alla fine dei suoi giorni. Come potessero convivere in lei due desideri tanto in contrasto era un mistero. Eppure li sentiva entrambi, ugualmente impetuosi: la voglia di schiaffeggiarlo proprio lì, nell'ombra vaporosa dell'albero, e insieme quella di prenderlo per mano e fare finta di nulla, tornando alla vita di sempre.

Per il momento, di nuovo, tra i due desideri in guerra prevalse quello più saggio. O più codardo. Infilò il braccio sotto al suo braccio cavallerescamente piegato, e si premurò di nascondere – con una mano posata sul fianco – la piccola macchia blu onda che avrebbe potuto tradire il luogo in cui era stata e ciò che aveva visto da dietro la porta.

Mentre si avviavano verso i parenti festosi e i regali muniti di fiocco parcheggiati oltre il cancello, l'aereo col suo minaccioso strascico tornò a rombare sopra le teste e i cappelli. Grace gli indirizzò un'ultima occhiata, ripeté mentalmente la frase latina e pensò che esistevano diversi tipi di morte.

Se le avessero detto che avrebbe vissuto il giorno del suo diploma, destinato a una sfacciata felicità, a tentare di cacciare indietro le lacrime, e la rabbia, e ancora le lacrime, non ci avrebbe creduto. Avrebbe pensato a un altro scherzo di pessimo gusto.

Invece trascorse l'intera giornata a fingere di essere contenta per cose che, solo dodici ore prima, l'avrebbero resa contenta sul serio. Un giro sulla macchina nuova con suo padre, che le diceva di rallentare benché Grace andasse già pianissimo. Il pranzo con la sua famiglia e la famiglia di Cedric, nel giardino degli Anderson, sotto un pergolato tappezzato di edera e gelsomino, e in sottofondo una canzone di Michael Bublé che filtrava dal soggiorno. Cedric che sembrava di nuovo un principe, con occhi solo per lei e mille minute gentilezze antiche: scattava in piedi se si alzava dalla tavola, e si rialzava quando tornava per riaccompagnarla alla sedia, le faceva trovare un fiore di passiflora sul tovagliolo, le prendeva la mano e le baciava il palmo davanti a tutti.

Se le avessero detto che avrebbe attraversato quelle ore con la fatica di chi scala una montagna, e che non avrebbe fatto altro che pensare a un tatuaggio per cercare di capire a chi appartenesse, avrebbe riso nel modo in cui rideva di solito, col garbo di una piccola vera signora. Adesso, però, non aveva tanta voglia di ridere. Ripensava incessantemente a quel bacio infedele e alle parole sussurrate da Cedric alla sconosciuta: "Non posso resistere fino a stasera".

Quando lui, al termine del pranzo, la invitò a passeggiare lungo i sentieri del giardino, una sorta di dedalo di basse siepi di ligustro, Grace si domandò: "Mi rivelerà ogni cosa?".

Ma Cedric non dimostrò la benché minima intenzione di farlo. Commentò la bellezza di quella giornata e rivolse qualche complimento alla sua eleganza. Mentre parlava, la mente di Grace pareva un complicato ingranaggio finalmente oliato, che fino ad allora si fosse mosso al rallentatore cigolando.

Se non avesse assistito a *quel* bacio, le stesse parole le sarebbero suonate magnifiche. Ma vi aveva assistito, e non riusciva a liberarsi dalla terribile impressione che tanta poesia fosse forzata, quasi caricaturale.

«Grace, sei piuttosto strana oggi» commentò Cedric a un tratto. «Lo hanno notato anche i nostri genitori, quando ti sei allontanata per andare in bagno. Mi hanno chiesto se stavi male, se eri contrariata per qualcosa. Non mi piace passare per quello che ti ha fatto un torto. Puoi dirmi cosa ti turba?»

Lei afferrò di nascosto un rametto che affiorava da una siepe e lo strinse con forza, spezzandolo. Avrebbe voluto fare la stessa cosa con le dita di Cedric, e quel desiderio la spaventò come un mostro preistorico sbucato all'improvviso tra i cespugli. Non aveva mai macinato simili pensieri violenti: lei era Grace Gilmore, la dolce bambina, la brava ragazza, la figlia perfetta e la fidanzata ideale.

«Non devi essere triste perché si chiude un capitolo della nostra vita» dichiarò Cedric, interrompendo le sue riflessioni. «Andrà tutto bene. In autunno cominceremo il college, e sarà un'altra grande avventura. A proposito, ancora non hai ricevuto la lettera di ammissione?»

In un altro tempo, dinanzi a quella domanda, Grace avrebbe pensato a quanto era premuroso il suo ragazzo a preoccuparsi per lei, chiedendole la stessa cosa ogni giorno da settimane.

In quel tempo, invece, pensò che era ripetitivo e provocatorio e che avrebbe voluto rompergli anche il naso oltre alle dita.

«Ancora no, ma arriverà prestissimo» commentò, spezzando un altro rametto.

«Hai fatto male a non presentare la domanda di ammissione in più college: è meglio avere un ampio ventaglio di possibilità. Io, come già sai, sono stato ammesso anche ad Harvard, Princeton, Stanford e alla Georgetown, ma poi ho scelto Yale. Se si ha il destino di vivere proprio accanto a una delle università più importanti del mondo, dovrà pur significare qualcosa.»

Grace lo fissò attraverso una ciocca color rame che aveva abbandonato la sua comoda posizione dietro un orecchio, crollandole sul viso. Perfino i capelli, quel giorno, si erano dati all'anarchia.

«Credi nel destino?» gli domandò.

Lui rise con aria quasi sprezzante. «È solo un modo di dire. Il destino mi sa di favola per bambini. Io sono dell'avviso che nella vita accada ciò che si fa accadere, muovendo le giuste leve. Certo, vivere vicino a Yale è una fortuna non da poco, ma ci sarei venuto anche se fossi vissuto nell'Oregon.»

Grace rimase in silenzio per qualche attimo, e poi gli comunicò con tono indifferente: «Ho intenzione di farmi fare un tatuaggio».

Cedric inarcò un sopracciglio. «Non mi pare una cosa da te.»

«Ah no? E ti pare una cosa da... com'è chi si fa tatuare?»

«Un tipo diverso da te, Gracie.»

«E io che tipo sono?» s'intestardì lei.

«Di solito sei una persona tranquilla, posata, senza grilli per la testa. Sei rilassante e adorabile, *di solito*. Oggi però sei strana. In ogni caso, non ce lo vedrei proprio un tatuaggio su di te. Chi si fa tatuare ha uno spirito più ribelle, impetuoso, passionale, più...»

«Interessante?» lo interruppe.

Cedric assottigliò lievemente le palpebre intorno agli occhi azzurri. «Non ho detto questo. Insomma, una ragazza tatuata non mi piacerebbe affatto.»

«Ah no? Tante ragazze hanno tatuaggi, ormai. Alcuni sono davvero belli.»

«Saranno anche belli, ma io li trovo repellenti. Ti prego di ripensarci. Ti deturperesti. Sei perfetta così. Certo che ogni tanto ti vengono delle idee talmente balzane... come quella fissa per la fotografia. Per fortuna poi ti fai guidare.»

«Stasera esci?» gli chiese lei, cambiando immediatamente discorso.

«Jason mi ha invitato per fare quattro chiacchiere e ascoltare musica nella sua casa al mare, ma ho rifiutato. Sono stanchissimo, è stata una giornata piena di emozioni. Sono certo che anche tu vorrai metterti comoda e riposare.»

Grace si morse le labbra per sopprimere una risposta diversa, meno soave e più abbinata all'umore caotico delle ultime ore.

«Mi conosci bene, tu. È proprio quello che ho intenzione di fare.»

«Certo che ti conosco bene. E ho voglia di sposarti proprio perché ti conosco e ho imparato ad apprezzare le tue qualità.»

«Cedric... non pensi che... che questa faccenda del matrimonio sia un po' prematura? In fondo, siamo ancora molto giovani. Lo so che ne stiamo solo parlando ma... non credi che anche parlarne sia qualcosa di avventato alla nostra età?»

«Potrebbe esserlo, considerandolo astrattamente. Ma di poche cose sono certo come del fatto che sei la ragazza adatta a me e che non potrei sposare nessun'altra. Sei deliziosa. Quando non ti metti in testa l'idea di diventare una fotografa o di farti fare un tatuaggio, s'intende.» Rise piegando la testa all'indietro, con tutti quei denti bianchissimi e quella bocca carnosa, ma Grace non provò il solito battito d'ali vicino al cuore, quel senso di vuoto ondulato sotto i calcagni e la certezza che il futuro fosse una freccia che ha colpito il bersaglio nel centro.

Pensò soltanto che mancavano poche ore al tramonto, e che doveva organizzarsi nel modo migliore per pedinarlo e scoprire chi fosse la ragazza ribelle, impetuosa e passionale col tatuaggio sul braccio che lui doveva sicuramente incontrare.

Una Mini verde Tiffany non poteva certo definirsi la vettura ideale per passare inosservata, ma Grace era troppo presa dall'ansia per preoccuparsi della strategia. Si limitò a cambiarsi d'abito, indossando dei jeans con le tasche decorate da brillantini e una T-shirt rosa antico, entrambi non meno inadatti del colore dell'auto a confondersi tra le ombre della sera. D'altronde, quello era il suo guardaroba, e non aveva mai incluso "l'inseguimento di fidanzato fedifrago" fra le possibili attività da praticare per cui fosse necessario mimetizzarsi.

Perciò, dopo cena, con la scusa di fare un giro con l'automobile per mostrarla a Jessica, la sua migliore amica, uscì pronta per l'imboscata. Passò sul serio a prendere Jessica, perché il solo pensiero di raccontare ai suoi genitori una menzogna intera la faceva sentire poco meno criminale di un'aspirante serial killer. Non poteva cominciare a dubitare di Cedric, decidere di atteggiarsi a Mata Hari e rifilare anche delle bugie alla sua famiglia. Non tutto insieme. Per quanto quel giorno fosse stato pieno di prime volte – il primo duro colpo alla fiducia che provava verso l'umanità, il primo bisogno di contare fino a dieci per calmare il battito e non esplodere, le prime lacrime assaggiate con la punta della lingua – non desiderava includere nella lista anche la prima vera bugia propinata ai suoi genitori.

Jessica era più piccola di lei, ma non per questo meno sveglia. Frequentava il penultimo anno di liceo, e a vederle insieme veniva istintivo domandarsi come riuscissero a far funzionare il loro legame, pur apparendo tanto diverse. Grace era carina ed elegante, figlia unica di una famiglia agiata, abbastanza brava a scuola ma non proprio un genio incompreso; Jessica aveva l'aspetto anonimo di una pallida secchiona vestita di scuro, con cinque fratelli e due genitori che arrivavano a fine mese per il rotto della cuffia, nessun voto inferiore ad A+, una passione per la scienza e la speranza di ottenere una borsa di studio per iscriversi al MIT dopo il diploma. Eppure erano amiche, andavano d'accordo e non sarebbero riuscite a vivere l'una senza l'altra. Si compensavano e si completavano come il giorno e la notte, il bianco e il nero, la primavera e l'inverno.

«Perché tutta questa fretta di mostrarmi la tua auto modello confetto di fidanzamento?» le domandò la sua amica montando sulla macchina, che in quel momento aveva la capote sollevata. Jessica, con i jeans scuri e una giacca marrone, era più adeguata all'appostamento di lei, pur non conoscendo ancora lo scopo di quella sortita. Era una ragazza leggermente sovrappeso, gli occhiali rettangolari sul naso e i capelli castani lisci come spaghetti, appuntati su una tempia con un fermaglio a forma di tappo di bottiglia.

Grace non le rispose subito e mise in moto. Si sentiva strana, combattuta, allo stesso tempo euforica e quasi agonizzante. Era certa – d'una certezza simile a quella di chi identifica un criminale basandosi sul suo DNA – che quella sera avrebbe fatto una scoperta spiacevole, ma non intendeva rinunciare.

«C'è qualcosa che non va?» le domandò ancora Jessica.

«Cosa te lo fa pensare?»

«Vorrei poterti rispondere che sono un genio della deduzione al pari di Sherlock Holmes, ma temo che gli indizi siano molto banali: sei del tutto struccata, tu che di solito sembri uscita da una rivista patinata anche appena sveglia, hai gli occhi gonfi di chi ha pianto, mentre dovresti come minimo essere raggiante, e ti stai mordendo le labbra. Cedric ha fatto qualcosa che ti ha rattristata?»

Grace non poté fare a meno di trasalire dinanzi all'intuito della sua formidabile amica.

«So bene che non lo sopporti, ma non sono ancora riuscita a capire perché» commentò a mezza bocca. A Jessica, Cedric non era mai piaciuto: al massimo gli aveva concesso il favore di tollerarlo, senza spingersi oltre una ringhiosa diffidenza. D'altro canto, Cedric non le era da meno: più di una volta aveva insistito con Grace affinché abbandonasse quell'amicizia così inadeguata, a suo dire un vero e proprio "pugno nell'occhio". Grace era una ragazza solitamente morbida come la creta, ma su quel punto era stata d'acciaio. Aveva bisogno di Jessica e del suo strano modo di fare, perfino della sua franchezza talvolta aggressiva: era come se l'amica fosse una parte remota della propria coscienza, una specie di grillo parlante che lei non desiderava colpire con un martello.

«Anche in questo caso sono costretta a risponderti in modo banale» replicò Jessica con una scrollata di spalle. «Perché è uno stronzo.»

«Come fai a dirlo? È sempre così gentile e premuroso!»

Nel farle quella domanda, si sentì ancora più stupida e inutile di quanto già si fosse sentita, a ondate, quel giorno. Che Jessica, più piccola di lei, più eremita di lei, persa in mondi pieni di numeri e strane invenzioni, avesse notato qualcosa in anticipo, quando ancora nessun indizio tradiva un mistero, era un'umiliazione annunciata.

L'amica tirò fuori da una tasca un chewing-gum alla cannella e prese a masticarlo vistosamente. Non gliene offrì: Grace detestava "ruminare gomma", trovava che fosse un po' troppo volgare per una ragazza. O forse era Cedric a trovarlo volgare: da quanto ricordava, fino al periodo delle scuole medie ne aveva masticate eccome di gomme, e da bambina era piuttosto abile a creare palloni che luccicavano al sole e scoppiavano come fiori appassiti.

Jessica esordì con l'aria di chi fosse carica e pronta a sommergerla sotto il peso di una ramanzina: «Per le stesse ragioni per cui piace a te. Perché è talmente gentile e premuroso, ordinato e sorridente. Sarà che sono abituata ai miei genitori, che con due lavori a testa e sei figli non è che si possano permettere di fare i carini in ogni momento. Insomma, per me volersi bene è dividersi tre uova in otto, aiutare tua sorella a fare i compiti anche se ti scoppia la testa, e regalare al più piccolo l'ultimo mozzicone di matita azzurra che ti è rimasto, per permettergli di colorare il mare. Non ne so niente di smorfie e cerimonie ma, se stai male e vomiti, ti tengo la fronte e poi pulisco a terra senza battere ciglio. Quando hai preso la varicella, l'anno scorso, lo stronzo non è passato a trovarti neppure una volta, anche se l'aveva già avuta, e dopo ti ha ispezionato la faccia come si fa quando si compra un cavallo, per essere certo che non ti fosse rimasto nemmeno un segno. Se hai un capello fuori posto, ti guarda come se ti spuntasse un culo d'asino in mezzo alla fronte. Qualsiasi cosa faccia per te, sta sempre attento a farsi vedere dagli altri: è come se fosse perennemente in modalità "vediamo quanti like riesco a ottenere". Non si scatta dei selfie, lui è oltre: vive sempre in modalità selfie. Non mi piace, lo trovo falso, costruito e anche prepotente. Se mai vi sposerete, ma io spero tanto di no, sono sicura che troverà il modo per farti rimanere in casa a fare la brava donnina che lucida i lavelli fino a farli splendere e organizza feste di beneficenza insieme a un mucchio di befane impellicciate».

Grace mormorò d'istinto: «Non è vero! Io prenderò la laurea e lavorerò e...».

Jessica ebbe un moto di stizza e diede un piccolo calcio contro la base del cruscotto. «Che ne dici di come ha trattato la tua passione per la fotografia? Ne ha riso come se parlassi di voler coltivare barbabietole in Alaska. Ma non credere che la laurea in Legge ti servirà a molto di più. Al massimo potrai usarla per decorare un vassoio col découpage.»

Le dita di Grace si serrarono intorno al volante. Un breve crampo le invase lo stomaco, mentre si inoltrava lungo la strada, abbellita da filari di olmi, che portava verso la casa al mare di Jason, il migliore amico di Cedric.

«Dicendo queste cose pensi di offendere solo Cedric» mormorò. «Invece offendi anche me. Io sono come lui, sono gentile e premurosa, ordinata e sorridente.»

«Sei gentile e premurosa, senz'altro, ma non sei la stampella col sorriso effetto botox che Cedric pretende. Il problema è che state insieme da quasi quattro anni e sei cresciuta a sua immagine e somiglianza» obiettò Jessica con tono ancora più rissoso. «Ma hai dentro un terremoto che tieni a bada con l'amido. E l'amido è lui. Un uomo deve essere fuoco, non colla, altrimenti non ne vale la pena! Lo so, non ho nessuna esperienza, e dall'alto di quale pulpito ti faccio la predica? Sappi solo questo: continuerò a imparare a memoria la tavola periodica piuttosto che uscire con un ragazzo, finché non troverò il fuoco adatto a me. Per fortuna che ancora... non lo avete *fatto*. Certo, lui è un tipo da verginità fino al matrimonio, e non è escluso che ti faccia controllare da un'ostetrica prima di concederti il suo nobiliare *amichetto* – non sia mai che Dio e la patria si offendano – ma sono sicura che nel frattempo se la spassa.»

Grace sussultò con tanta veemenza da far sbandare l'auto. Mentre la Mini abbozzava una larga esse sull'asfalto, un enorme SUV che giungeva dalla direzione opposta emise un intimidatorio colpo di clacson. Col cuore che batteva fino alle palpebre, Grace fermò la macchina accanto a un marciapiede e abbandonò il volante. Tremava, aveva i palmi sudati e il respiro leggermente affannato.

«Grace!» esclamò Jessica. «Lo hai sempre saputo che Cedric mi piace quanto un calcio sulla nuca: perché sei così sconvolta? Mio Dio, sei più pallida di un'irlandese con un virus intestinale!»

Il bisogno di piangere, tanto violento da averle annebbiato la vista, si trasformò in una risata. Non riusciva a essere arrabbiata con Jessica, con le sue sparate sincere, senza paraventi, che la ferivano ma non la tradivano. Non stava bene, il fardello dei suoi dubbi aumentava a ogni passo di quella giornata piena di passi, eppure, per qualche minuto, si concesse quell'intempestiva risata.

Una mano di Jessica sul braccio la interruppe di colpo.

«Che succede? Ridi, ma in modo isterico. Oggi è andato storto qualcosa? Al telefono mi hai chiesto di accompagnarti per una missione. Quale? Suicidarci sotto un camion?»

Grace le raccontò ciò che era accaduto quella mattina, e lo fece quasi sussurrando: il suo tono parve il rantolo di qualcuno che ha gridato per ore e ormai non ha più un filo di voce.

Quante nuove e forti emozioni stava sperimentando in poche ore. Un batticuore da incrinare il costato, una rabbia feroce come la fame di un lupo, la delusione, la tristezza, e la scoperta che nessuno è perfetto. Neppure lei che, invece di affrontare la questione da adulta, si appostava dietro le siepi per spiare il suo quasi ex fidanzato sperando di coglierlo in flagrante e temendo di coglierlo in flagrante. Un'altra ragazza sarebbe entrata in casa con piglio deciso e avrebbe messo sottosopra i presenti, chiedendo dove fosse Cedric e puntandogli contro un dito accusatore, ma non Grace. Grace viveva con la grazia di una ballerina in un carillon di Malacca. La rabbia ardente che aveva provato dopo pranzo si era affievolita e aveva ceduto il posto all'ansia.

La villa di Jason Rogers era un gioiello di legno e ardesia incastonato tra le rocce, la sabbia e l'erba. La sua famiglia considerava molto più alla moda trascorrere l'estate a Martha's Vineyard, quindi quell'abitazione – una delle tante che i Rogers possedevano tra il Connecticut e il Massachusetts – era utilizzata quasi esclusivamente da Jason per i propri divertimenti. E poiché era un ragazzo che amava divertirsi, non c'era occasione in cui non radunasse comitive di amici per darsi alla pazza gioia. Quella sera la pazza gioia avrebbe dovuto consistere in un incontro tranquillo tra ragazzi, ma fin da subito fu chiaro che Cedric aveva mentito anche su quel dettaglio. Numerose automobili parcheggiarono nel vialetto sul retro della casa, ben più di quelle che ci si sarebbe attesi da un raduno di pochi amici per chiacchierare.

Era in preparazione una festa, con ragazzi che entravano in casa portando lattine di birra e ragazze che portavano se stesse e la propria allegria. Grace li conosceva quasi tutti, ma osservandoli da quella strana angolazione realizzò all'improvviso di non conoscere davvero nessuno: erano tutti amici di Cedric, diventati suoi amici per riflesso. Non aveva rapporti di vera confidenza con nessuno di loro. Con quante di quelle ragazze aveva scambiato parole che non fossero di circostanza?

Perché li ho frequentati, se non mi piacciono neppure?

"Il problema è che state insieme da quasi quattro anni e sei cresciuta a sua immagine e somiglianza."

Era vero? Aveva sul serio annullato se stessa per sentirsi degna di Cedric?

Lo stesso Cedric che baciava ragazze dalle braccia tatuate?

La sua Audi decapottabile rosso tango metallizzato, però, non apparve. Dalla casa giunsero le note alte di una musica ballabile, le risate di chi ha bevuto e ondate di grida divertite, ma di Cedric nessuna traccia.

«Forse è davvero rimasto a casa a riposare» sussurrò Grace.

«Puoi giurarci» commentò Jessica sottovoce, con tono fortemente ironico. «Lo vedo che dorme dopo essersi fatto due pinte di camomilla. No, stai certa che arriva. Più tardi, come fanno gli ospiti d'onore, con la sua bella faccia di culo.»

«Sarebbe venuto con Jason. No, secondo me non arriva. E poi... non è tanto stupido. Se davvero ha un'altra, non la mostrerà tanto apertamente.»

«Hai ragione. È più tipo da sotterfugi. Allora che facciamo? Entriamo, prendiamo a cazzotti qualcuno e lo costringiamo a spifferarci tutto?»

Grace scosse la testa, con aria distratta, guardando qualcosa dinanzi alla casa. Nella penombra vide una figura femminile che usciva dal portone e si dirigeva verso di loro. No, non proprio verso di loro. Piuttosto, verso il sentiero che conduceva alla spiaggia.

La riconobbe: era la sorella maggiore di Jason, Michelle, di due anni più grande, a suo modo una specie di pecora nera della famiglia. Non si era voluta iscrivere alla facoltà di Legge e frequentava il Culinary Institute of America per diventare chef. Nulla di particolarmente anarchico, ma per l'avvocato Rogers avere una figlia che ambiva a diventare cuoca era stato un duro colpo. Sulle prime l'aveva perfino ripudiata, rifiutandosi di finanziarle quella mediocre ambizione. Solo dopo, quando aveva indagato sulla faccenda e aveva scoperto che molti personaggi di spicco erano chef, se non addirittura veri e propri vip, si era rassegnato a riaccoglierla e a pagarle i corsi necessari.

Adesso, Michelle trascorreva a New York quasi tutto l'anno, tranne l'estate. Era giunta a New Haven per il diploma del fratello e usciva coi suoi stessi amici. Purtroppo, sembrava che non avesse smesso di assestare pugnalate alla schiena del padre: ultimamente si era diffusa un'altra voce sul suo conto, ben più audace della precedente. C'era chi giurava che fosse lesbica. Il suo carattere deciso, il suo abbigliamento casual e il fatto che non avesse ancora portato in casa un ragazzo avevano indotto i pettegoli a inventarsi anche questa storia.

La luna, uscendo da dietro le nuvole, inargentò le siepi, e Grace trattenne il respiro.

Mentre il suo cuore batteva e batteva, allo stato brado nella cassa toracica, si scoprì a pensare che l'avvocato Rogers almeno da quel punto di vista poteva stare tranquillo. Di sicuro Michelle non era lesbica.

La luce lunare l'aveva rischiarata quasi a giorno per un istante, poco prima che imboccasse il sentiero pedonale che portava alla spiaggia: sul braccio sollevato per sistemarsi una ciocca di capelli dietro un orecchio, sopra il polso, era tatuata una nitida rosa dei venti in stile steampunk.

Due

Grace avrebbe voluto tornare a casa, le lacrime di nuovo sul bordo delle palpebre, e tentò un dietrofront militaresco verso l'auto. Jessica, però, la trattenne. Nel buio, la sua figuretta bassa e robusta, un'ombra tra le ombre, per un attimo le parve più alta e più forte di un albero.

«No, adesso la seguiamo» s'impuntò l'amica. «Devi sbatterci il naso. Se rinunci, gli permetti di farti prigioniera. Se non lo affronti faccia a faccia, beccandolo con le mani nella marmellata, ti berrai tutte le balle che ti racconterà quando deciderai di chiedergli spiegazioni. Sarebbe capace di dirti che stava aiutando Michelle a raccogliere delle alghe speciali, che crescono soltanto su queste rocce, per preparare una zuppa *grand gourmand* da presentare al suo prossimo esame. E stamattina non l'ha baciata, no, hai forse visto le loro labbra che si toccavano? Malfidata, le stava insegnando un esercizio perfetto per la cervicale, e tu chissà che hai capito! Grace, se non vedi coi tuoi occhi che le mette la lingua in bocca, continuerai a sperare di sbagliarti. Quindi respira, stringi i denti e andiamo.»

Grace annuì e si lasciò condurre lungo il sentiero. Non era del tutto sicura che Jessica avesse ragione, che si sarebbe fatta raggirare, ma nel dubbio era meglio affrontare la verità senza mezze misure.

Il viottolo pedonale delimitato da siepi a un tratto si biforcava. Da un lato conduceva a un pontile di legno immerso nell'acqua calma, dall'altro continuava verso una spiaggia all'estremità della quale svettava un faro inattivo.

La luce della luna allagava completamente la sabbia, fino al faro bianco come avorio, ma di Cedric e Michelle non c'era traccia. Non un solo nascondiglio interrompeva quella distesa, non una duna, una voragine, un masso, e in acqua non si intravedeva alcuna imbarcazione.

«Sono per forza dentro il faro» commentò Jessica sottovoce. «A meno che non si siano tuffati entrambi con un sasso legato al collo.»

«Magari c'è soltanto lei, e Cedric non è proprio venuto.»

Nel dirlo si addentò le labbra, un gesto nervoso che stava diventando fin troppo frequente. Sulla strada che scorreva di fianco alla spiaggia, accanto a un olmo inclinato da decenni di vento, era ferma una vettura rossa. L'auto di Cedric.

Grace strinse forte la mano di Jessica. I loro occhi puntarono in quella direzione, in cerca di una o più figure umane, ma videro soltanto la sagoma della macchina sul cui parabrezza vibrava il riflesso delle fronde.

«Sono dentro il faro» ripeté Jessica, indicando l'enorme cono candido a qualche metro di distanza.

Percorsero la spiaggetta tenendosi per mano. Il mare era una lastra metallica, il vento spirava dall'acqua in tiepide folate salmastre. Alla base del faro c'era una porticina che avrebbe dovuto essere chiusa e invece era solo accostata.

L'interno era di pietra viva, con una lunga scala a spirale che, vista dal basso, in prospettiva, sembrava la sezione di una gigantesca conchiglia. Il silenzio era tale che, quando dalla sommità giunse una risata, parve quasi il rombo di un tuono.

Grace e Jessica salirono la scalinata, con diverse sfumature di emozione. Dal viso della prima trapelava un orrore infantile, come se si aspettasse di assistere a una scena macabra. L'espressione di Jessica era meno atterrita, più bellicosa, mentre trascinava letteralmente l'amica gradino per gradino. A un tratto le risate divennero due, unite a un vociare intimo e a un inequivocabile verso di godimento fisico.

Grace serrò più forte la mano di Jessica, guardando in alto. All'apice della torre c'era una stanza interamente circondata da lastre di vetro, al centro della quale spiccava un'antica lampada adesso inutilizzata. Dal lato opposto, verso il mare, contro le vetrate, si intuiva un movimento di corpi.

I passi che occorsero per oltrepassare la grande lanterna furono pochi ma parvero tanti. Grace ebbe perfino la sensazione di muoversi al rallentatore, ondeggiando, come se camminasse sulla superficie lunare. Pregò fino all'ultimo che Michelle fosse in compagnia di un altro ragazzo, un amico al quale Cedric avesse prestato la sua auto mentre lui era rimasto in casa a leggere un libro o al massimo a giocare con la Wii, o magari qualcuno con una macchina simile alla sua.

Ma tutte le speranze di Grace finirono a brandelli.

Benché lassù fosse buio, la luce della luna fece da faro nel faro. Erano proprio Cedric e Michelle, e lui non le stava soltanto mettendo la lingua in bocca: la loro posa non era affatto quella di qualcuno che insegni a qualcun altro un esercizio per la cervicale. Anzi, era molto probabile che quella posizione contorta, capovolta, quasi un mostro a quattro gambe, quattro braccia e nessun cuore, facesse malissimo alle vertebre del collo.

Grace rimase immobile, a pochi metri da loro che ancora non si erano accorti di nulla. A pochi centimetri da un mucchio di abiti appallottolati intorno a due lattine di Guinness. A un miglio dal proprio cuore, che le era caduto dal petto ed era finito in mare. A uno spazio non misurabile dalla vita di prima e dalla vecchia se stessa.

Quella silenziosa paralisi durò una manciata di secondi e un secolo. A un certo punto la sua presenza produsse un riverbero, tradì un respiro, fece filtrare un rumore: Cedric si voltò, la vide, emise un grido quasi ridicolo e balzò in piedi. Era tutto arruffato, coi pantaloni afflosciati intorno ai polpacci, le mani a proteggersi le parti più esposte, uno sguardo pieno di panico.

Appena esclamò: «Gracie, non è come sembra!», lei non poté fare a meno di sgranare ancora di più gli occhi, mentre i muscoli della faccia andavano per conto loro, decidendo di abbandonare l'espressione sgomenta per accoglierne un'altra.

In due parole, in un lampo, dinanzi a quella frase da barzelletta, scoppiò a ridere come una matta.

Per qualche minuto, in cima al faro risuonò l'eco di una risata. Di due risate, ben presto, appena Jessica si unì a lei. Grace non riusciva proprio a fermarsi: in parte era una risata prevedibilmente isterica, in parte una risata sincera, dettata dall'assurdità di quella risposta.

«Vi stavate esercitando nella lotta greco-romana per le prossime Olimpiadi?» gli domandò.

In quel momento Michelle si alzò in piedi, e la vista della sua bellezza statuaria umiliò Grace più di ogni altra cosa, riducendo le risate a un lumicino. Le aveva preferito una ragazza del tutto diversa: alta, bruna, formosa, più adulta, probabilmente esperta. Con numerosi tatuaggi sul corpo – la rosa dei venti tra il polso e il braccio, una cornice tribale intorno all'altro braccio, appena sotto la spalla, e una cavigliera verde smeraldo intorno a un malleolo – a dimostrazione che non li trovava poi così repellenti.

All'improvviso, decise di non voler ascoltare alcuna spiegazione: provava un fortissimo senso di nausea e la voglia di andarsene. Con Jessica alle calcagna, discese le scale correndo. In lontananza udì le voci alterate di Cedric e Michelle che litigavano fra loro a proposito di chi avrebbe dovuto chiudere la porta del faro.

Quando fu sulla spiaggia, continuò a correre in mezzo alla sabbia, il fragore del proprio respiro nelle orecchie, simile al rumore del mare nelle conchiglie. A un tratto dovette fermarsi per riprendere fiato. Jessica la raggiunse e l'abbracciò: si osservarono in mezzo al buio franto dalla luce lunare, senza dire nulla perché non c'era più nulla da dire.

Mentre stavano per incamminarsi di nuovo, una voce le fermò.

«Gracie!» Cedric giungeva dal faro di corsa. Si era rivestito in fretta, ma era ancora scalzo. «Aspetta!» ripeté più volte, con un tono dapprima implorante e poi, via via, sempre più autoritario. Era come se, ricomponendo i pezzi di se stesso, pettinandosi i capelli con le dita e indossando i suoi abiti firmati, recuperasse la solita sicurezza. Grace si domandò se le avesse sempre parlato in quel modo dispotico, dando ordini camuffati da suggerimenti, e se, in definitiva, fosse sempre stato lo stronzo arrogante che le appariva adesso. Si fermò, ma non perché glielo avesse imposto: a questo punto era curiosa di scoprire come si sarebbe giustificato.

Jessica le strinse la mano con stizza. «Adesso non farti intortare!» esclamò.

Cedric, intanto, era arrivato fino a loro. Rivolse un'occhiata quasi disgustata a Jessica, e poi sentenziò: «Sono sicuro che dietro questa squallida sceneggiata c'è il suo zampino».

L'amica stava per rispondere a tono, ma Grace la prevenne. «Dietro questa squallida sceneggiata ci siete tu e Michelle nudi» commentò. Era stupita dalla propria voce fredda come un coltello fatto di ghiaccio.

«Ma non avresti dovuto scoprirlo, diamine!» replicò lui sempre più irritato, come se la vera colpa non fosse la colpa commessa ma la sua rivelazione. «Non ne avresti saputo nulla! Non c'è niente di importante tra me e Michelle, facciamo solo sesso. Il sesso non è tutto, Gracie.»

«Non è tutto, ma è abbastanza.»

«Ti ripeto che non me ne importa niente di Michelle. Altrimenti ti avrei lasciato e mi sarei messo con lei, non credi? Pensi che abbia problemi a mollare una che non voglio, o che sia uno sfigato senza la possibilità di scegliere? Adesso vieni qui, dimmi che hai capito e...» Non si mosse, rimase immobile sulla spiaggia, in evidente attesa che lei lo raggiungesse come un cucciolo grato e addomesticato.

Grace avvertì il gemito di frustrazione di Jessica. Avrebbe voluto voltarsi per rassicurarla, ma il vento le scosse i capelli e le portò alle narici l'odore del mare. Sapeva di sale e sirene, tesori sommersi e avventura. Per un secondo la sua mente volò via da quel momento paradossale, come se non fosse la sua vita ma un pessimo film che era costretta a guardare al cinema. Sarebbe stato così bello trovarsi altrove, lontano da tutti, lontano da quella orribile giornata e...

«Gracie?» insisté Cedric, quasi spazientito.

Lei lo fissò con un'espressione priva di espressione. La sua fronte era liscia come la superficie di una tazza di porcellana bianca, senza segni che comunicassero un'emozione qualsiasi, stupore, rabbia o perdono.

«Non posso passare sopra a questa cosa» gli disse infine.

«Non dire sciocchezze, certo che ci puoi passare sopra!» la redarguì lui.

«Addio Cedric, e ancora auguri per il tuo diploma» continuò Grace, con un tono di voce ancora più distaccato.

Cedric imprecò. Era la prima volta che lo udiva pronunciare una frase volgare. Era infuriato perché non riusciva a trainarla con il solito guinzaglio che lei non aveva mai visto prima, né aveva mai supposto esistesse, ma che adesso le appariva in tutto il suo inquietante splendore?

Sono sempre stata la sua scimmietta equilibrista e non me ne sono mai accorta?

«Dopotutto, io sono passato sopra a cose ben più gravi!» continuò Cedric, gridando dietro la sua schiena.

Grace frenò la sua avanzata e si voltò. La luna, in quel preciso momento, finì dietro uno strato di nuvole, e Cedric le apparve come un'ombra tridimensionale a breve distanza. Detestò non riuscire a vedergli gli occhi: avrebbe voluto capire con quale sguardo si fosse permesso di affermare una cosa del genere.

«Ah sì?» esclamò. «E cosa avresti sopportato di me, sentiamo! Quali enormi torti ti ho fatto? Che colpe ho?»

Nel buio lo vide passarsi una mano tra i capelli. Il vento gli gonfiava la camicia di seta, facendolo apparire più robusto di quanto fosse. La sua voce le arrivò insieme a uno spruzzo di salsedine. «Nessuna colpa in senso stretto, però... insomma, lo sai quanto ci tengo a certe cose!»

«Quali cazzo di cose?» Era la prima volta che diceva una parolaccia a voce alta. Ne aveva pensata qualcuna ogni tanto, senza mai pronunciarla: quando il parrucchiere le aveva acconciato i capelli trasformandola in una sosia più giovane di Ivana Trump; quando, in occasione del suo sedicesimo compleanno, festeggiato sulla barca degli Anderson, Cedric le aveva impedito di mangiare una seconda fetta di torta a meno che non volesse far colare a picco lo scafo; quando prendeva un voto basso che non credeva di meritare ma anche, per onestà, quando prendeva un voto alto che non credeva di meritare. Da bambina le era successo di pensare un rivoluzionario "stramaledizione", quando i genitori le avevano proibito di tenere un cane. E una volta, a dodici anni, si era presa una cotta per un compagno di scuola dai modi sfacciati e lo aveva soprannominato più volte "stronzo" nel segreto dei suoi peccaminosi pensieri. Mai, tuttavia, aveva masticato una parolaccia godendone il gusto. Aveva un sapore piccante, piacevole e liberatorio.

Cedric parve infastidito dalla sua disinvoltura verbale, e tornò all'attacco con un tono più aspro, quasi vendicativo. «L'origine, i legami di sangue, la certezza che quando mi sposerò e avrò dei figli non avranno strane malattie genetiche, perché nella mia famiglia non ce ne sono.»

«E questo cosa ha a che fare con me?»

«Non fare finta di non saperlo, Gracie.»

Quel nomignolo dalla parvenza affettuosa, che l'aveva fatta sempre sorridere perché solo lui la chiamava così, la colpì come la punta saettante di una frusta. «Non chiamarmi Gracie e spiegami cosa intendi.»

Lui non esitò neppure un istante prima di risponderle. «Non somigli per nulla ai tuoi genitori.»

«E allora?»

«Fai la finta tonta? È ovvio che sei stata adottata! Anzi, più che ovvio, è certo, perché quando mio padre ha fatto indagare sul tuo conto...»

«Tuo padre ha fatto indagare sul mio conto?»

«Ha fatto la stessa cosa quando si è fidanzata mia sorella. Non era nulla contro di te. Così ha scoperto che i tuoi genitori non sono i tuoi veri genitori. Sei stata adottata o chissà che. Ma io ci sono passato sopra. E tu non puoi ignorare una cazzata come quella di stasera? Ragiona, Grace, ragiona, per Dio. Tu sei perfetta per me, anche con questa incognita a proposito delle tue vere origini. Sei carina, semplice ma allo stesso tempo raffinata, studiosa ma non un tale genio da avere chissà quali ambizioni, non hai strani grilli per la testa, sei tranquilla, leale e obbediente e...»

Grace avrebbe avuto molti motivi per sottoporlo a una grandinata di domande ma, in forza di chissà quale tortuoso ragionamento, l'unica cosa che riuscì a dire fu molto stupida e poco importante, tenuto conto delle circostanze.

«Obbediente?» esclamò, mentre tutte le altre notizie trovavano posto nella sua testa sovraccarica, ronzando come fili elettrici scoperti. «Sottomessa, non bellissima, non troppo intelligente... e noiosa?»

«Non ho detto questo!»

«Lo hai detto eccome, invece! Il senso è quello per me. Mi giudichi noiosa, Cedric?»

«Non sei noiosa, sei pacata, non sei una matta imprevedibile, ragioni in modo conveniente sulle cose, sai ascoltare i consigli dati per il tuo bene: insomma, per me si tratta di pregi. Non volevo offenderti, ma complimentarmi per le tue qualità, e tu invece reagisci come se ti avessi insultata!»

«Sarei tentata di chiederti come mai, se ho tutte queste virtù, hai sentito il bisogno di buttarti tra le braccia di Michelle, ma ho paura della risposta. D'altro canto, non mi importa più. Adesso me ne vado, e non provare a fermarmi.»

Si voltò con risolutezza, marciando sulla sabbia. Cedric non la raggiunse fisicamente, ma la sua voce la colse come un amo.

«Domani ne riparliamo. Non finisce mica così. Ma toglimi una curiosità: lo sapevi? Lo sapevi che sei stata adottata?»

Grace non si fermò, anzi si mise proprio a correre, e le sue orme divennero più profonde e distanziate, piccoli gorghi vuoti, mentre esclamava: «Certo che lo sapevo!».

Poi continuò ad andare avanti, Jessica che la precedeva di qualche passo e ogni tanto si voltava per sbirciarla, senza però vedere nulla, perché le nuvole avevano ancora la meglio sulla luna.

Solo quando arrivarono di nuovo all'auto, entrambe col fiatone, e Grace aprì lo sportello, la luce dell'abitacolo la avvolse come il bagliore latteo di uno spettro, e i suoi occhi sconvolti dissero la verità.

Non aveva mai neppure sospettato una cosa del genere.

Le braccia incrociate sul volante che profumava di cuoio nuovo, la testa sulle braccia, i capelli che le spiovevano ai lati, sulla schiena un alone di sudore ghiacciato, Grace non riusciva neppure a piangere. Aveva pianto tanto quel giorno, e riso per smettere di piangere, ma adesso era prosciugata. Dal momento in cui il preside della Hopkins le aveva consegnato il diploma, sembrava trascorsa un'era, e in quell'era qualcosa si era estinto. I dinosauri, qualche tipo di felce, la gentilezza, la pazienza e il coraggio. Di sicuro il coraggio. Non si era mai sentita così stanca e debole.

Jessica le accarezzò i capelli come si fa coi gattini spaventati. «Non credere a tutto quello che ha vomitato dalla bocca, potrebbe essere una bugia detta per ferirti. Lo stronzo era arrabbiato perché non hai reagito come piaceva a lui, e cioè come una cretina disperata.»

«Ma io *sono* una cretina disperata» biascicò Grace.

«Non è vero. Sei una che oggi ha preso delle piccole batoste tutte insieme, e deve ancora adattarsi al cambiamento.»

Per qualche minuto continuò su quel tono, provando a farle vedere le cose in una luce meno fosca e più incoraggiante. Grace la ascoltò a stento, come se la voce della sua amica giungesse da un mondo lontano e straniero.

«Mi prometti che ci dormi su senza tentare il suicidio?» le disse infine Jessica, quando arrivarono dinanzi a casa sua.

«Promesso.»

«Domattina ti chiamo, ma tu nel frattempo fai la brava.»

Grace annuì e si sforzò di sorridere mentre l'amica scendeva dall'auto e varcava il portone di una villetta modesta, di legno, incastrata fra altre case identiche. Non tornò subito indietro: fece un lungo giro, più lenta della sua leggendaria lentezza. Aveva paura di rientrare, paura di ritrovarsi davanti gli occhi dei suoi genitori che forse non erano i suoi genitori, terrore della necessità di fare loro delle domande per capire se Cedric fosse solo perfido o anche pazzo. Sopra tutti quei dilemmi torreggiava il ridicolo e infantile desiderio di possedere una macchina del tempo per azzerare quelle ventiquattr'ore e far tornare la felicità del suo penultimo tramonto.

Perché è indispensabile sapere tutto, affrontare tutto, passare attraverso cerchi infuocati e porte che nascondono leoni? Non si può vivere circondati da un ragionevole numero di bugie bianche?

Rimase per quasi un'ora nell'auto, ferma sulla strada davanti alla sua casa. Era una bella casa ed era una bella vita, un tempo. Cos'era adesso? E cosa sarebbe diventata?

Gli occhi di suo padre erano scuri come frammenti di giaietto. Quelli di sua madre sembravano piccole sfere di liquirizia. Come mai non aveva notato quella differenza prima d'ora? Anche i loro genitori erano stati bruni, e tra i cugini non ce n'era uno che avesse gli occhi azzurri o i capelli biondo rame come i suoi. Perché quel dettaglio non l'aveva mai colpita? Mentre li osservava, seduti dinanzi a lei sul divano del salotto, Grace si scoprì a pensare con rabbia che una legge federale avrebbe dovuto imporre, a chi intendeva adottare figli e non farglielo mai sapere, di scegliere dei bambini che non fossero l'antitesi di tutte le leggi di Mendel.

Suo padre si mosse nervosamente sul divano. Benché di solito fosse un uomo autorevole, dotato di una postura fiera e modi tutt'altro che dimessi, come si conveniva a un assicuratore molto persuasivo, in quel momento appariva curvo come una carta da gioco piegata a metà. La madre, una cinquantenne che da ragazza era stata paragonata ad Ava Gardner, aveva un'aria stravolta. Se ne stava sprofondata tra i cuscini rivestiti di seta, avvolta da una vestaglia lussuosa dai disegni cachemire, un fazzoletto fra le dita e una lacrima sul fazzoletto.

«È vero?» ripeté loro Grace.

Nel silenzio che continuò ad accompagnare la sua domanda, pensò che anche la loro bellezza avrebbe dovuto farle capire qualcosa: non puoi essere la figlia naturale di Rock Hudson e Ava Gardner, avere come prima cugina una sosia di Catherine Zeta Jones a vent'anni ed essere solo una biondina carina.

Carina.

Col tono quasi misericordioso usato da Cedric, pareva l'anticamera della bruttezza. Carina, senza grilli per la testa, senza grandi ambizioni, obbediente.

Strinse i pugni sotto le gambe, dove aveva rintanato le mani, e attese che i suoi genitori trovassero il coraggio per rispondere.

Fu sua madre la prima, nonostante gli occhi gonfi e le labbra che tremavano. «È vero» ammise.

«Perché non me lo avete mai detto?» La voce le venne fuori debole, simile a un sussurro per non svegliare qualcuno che dorme: parlò senza guardare nessuno di loro, concentrata sullo schienale del divano a righe bianche e oro in stile regency.

«Non sono cose che si dicono» obiettò suo padre, quasi alludesse a un pettegolezzo scandaloso. «Cosa avremmo dovuto fare? E a quale età? Prenderti da parte e farti un discorso? Per dirti cosa?»

«La verità.»

«La verità è che siamo una famiglia. Rivelarti questo insignificante dettaglio sarebbe stato come ammettere una differenza, come se l'adozione ti rendesse meno figlia. Lo abbiamo accantonato e, in un certo senso, dimenticato. E una volta che non lo dici, non lo dici. Anche perché non è importante, piccola. Se ci rifletti, non è importante.»

«Non lo so...» mormorò Grace. Non sapeva cosa pensare, le scoppiava la testa. Si portò una mano a una tempia e nel farlo sentì scricchiolare le spalle: sembravano fatte di gesso, tanto erano rigide.

«Come hai fatto a saperlo?» le chiese sua madre.

Non le rispose. Non perché intendesse proteggere Cedric, ma perché non aveva voglia di subire un assalto di interrogativi. Non ancora. Preferì reagire alla domanda con un'altra domanda. «Chi era lei? La donna che mi ha partorito?» Non disse "la mia vera madre". Le parve una delicatezza necessaria.

«Una ragazza come te» continuò a parlare suo padre. «Molto giovane e non ancora pronta ad affrontare la maternità.»

Aveva strane malattie? No, giusto per rassicurare Cedric a proposito dell'ereditarietà. Lui ci tiene tanto a queste cose.

«E... dov'è? Ha mai chiesto di me? Come si chiama?»

«Si chiamava Barbara Olsson. Viveva in un piccolo paese del Kansas, ma la sua famiglia era originaria della Svezia. E adesso... adesso è morta» disse suo padre. «L'abbiamo saputo dopo qualche anno. Lei e il ragazzo che probabilmente era tuo padre hanno avuto un incidente e...»

Il mal di testa di Grace divenne un vampiro succhiasangue. Si appoggiò contro lo schienale della poltrona e percepì un sapore acido in gola, e nello stomaco una fitta simile alla zampata di un orso. Si guardò le mani: erano ancora tanto serrate da sembrare sassi bianchi. Che strana sensazione quella di essere orfana senza esserlo. Era come non avere le gambe e percepirle ancora.

«Non stai bene, tesoro?»

Non sto bene. Vorrei mandare affanculo l'universo, ma non sarebbe una cosa gentile. E io sono tanto gentile, e carina, e obbediente.

«Vado a riposare» mormorò, anche se era consapevole che fosse una bugia e che non avrebbe riposato affatto. La madre si offrì di portarle del latte caldo e un'aspirina, ma lei rifiutò.

Suo padre concluse: «Adesso non pensarci. Domani ne riparleremo e andrà meglio».

Ma aveva più torto di chi credeva che il mondo finisse oltre le Colonne d'Ercole.

⊝⊜

La sua stanza era la stanza di una brava ragazza. La odiò, entrandoci, come odiava moltissime cose quel giorno: essere una brava ragazza sopra ogni altra. Benché fosse dipinta e arredata nei toni sobri del glicine, verde pistacchio e una vaga sfumatura di rosa, quella camera perbene le parve un buco nero desideroso di inghiottirla. Perfino

33

l'aroma di mora e vaniglia che esalava da un incensiere di bambù le diede il voltastomaco.

Si sedette sul letto, di peso, e non una molla del suo perfetto materasso cigolò. Rimase così per diversi minuti, a ripensare a tutto e a niente, perché i pensieri erano troppi e ognuno gridava per essere scelto.

Era quasi mezzanotte, la giornata stava per finire, e chissà che allo scoccare dell'ultima ora non accadesse un miracolo capace di rimettere in piedi le pedine di quel domino catastrofico e ritrasformare la sua vita in un mosaico prezioso.

Purtroppo la mezzanotte suonò, i suoi genitori si addormentarono dopo aver parlottato a lungo nella loro camera, sulla casa piombò il silenzio, ma niente mutò di una virgola. Era sempre lei, sempre lì, sempre triste e confusa. Soffocata da un cappio invisibile.

Allora si accorse che Silvy, la domestica, aveva posato sul suo comodino la posta di quella giornata prima di andarsene. La prese in mano, più per fare qualcosa che non fosse piangere di nuovo che per un reale interesse verso la corrispondenza, e diede una scorsa distratta a quelli che apparivano, per la maggior parte, come biglietti di auguri per il suo diploma.

Come se ci fosse qualcosa da festeggiare.

A un tratto riconobbe lo stemma di Yale su una piccola busta rettangolare. La aprì, ne lesse il contenuto, spalancò gli occhi, perse il ritmo del cuore e fuggì in bagno per vomitare il contenuto della sua anima.

Se qualcuno l'avesse udita e fosse arrivato per soccorrerla e permetterle di sfogarsi, probabilmente tante cose non sarebbero accadute. Ma nessuno ascoltò i suoi singhiozzi sottili, e nessuno la scovò lì, ai piedi del water, nella sua stanza da bagno di maiolica verde menta, con la vasca foderata di rame, gli asciugamani turchesi e il ripiano sopra il lavabo tanto saturo di cosmetici da chiedersi cosa se ne facesse una diciottenne di tutta quella roba.

Nessuno arrivò, dunque, fuorché un'infelicità lacerante.

Non era solo per colpa di questa cosa o di quella, ma di tutte le cose avvenute in un lasso di tempo troppo breve per riuscire ad accettarne una e prepararsi alla successiva. Una donna più adulta, abituata agli sgambetti della realtà, avrebbe affrontato quella valanga senza trarne la conclusione che la sua vita fosse finita. Ma se hai diciotto anni e hai sempre vissuto sotto una cupola di cristallo, senza alcun sospetto che la vita possa farti del male, ogni torto assume la forma di una sconfitta definitiva. Il rifiuto da parte di Yale, per giunta arrivato in ritardo per un disguido di cui l'ateneo si scusava con molte forbite parole, fu la goccia che fece traboccare il vaso.

Così, in preda a quel tumulto, prese una decisione folle.

Era quasi l'alba quando uscì di casa in silenzio, portando con sé solo un piccolo zaino che conteneva il minimo indispensabile. Niente avvenne che potesse farle cambiare idea: ad esempio i suoi genitori – veri o falsi che fossero – che si svegliavano e la beccavano mentre si aggirava come una ladra lungo le scale; Cedric che l'attendeva sulla strada con uno sguardo davvero pentito; una seconda lettera di Yale che cadeva dal cielo e le annunciava che quella di prima era tutto uno scherzo.

Niente avvenne, e la sua fermezza non vacillò.

Il buio e la luce ferivano l'aria come lame gemelle e un brivido di freddo le serpeggiò lungo la schiena, mentre percorreva a piedi il breve tratto di strada silenziosa e sicura di quel quartiere residenziale fino alla sua auto. Aveva una zavorra al posto del cuore. Tuttavia non intendeva fermarsi.

La Mini verde Tiffany, parcheggiata nel piazzale davanti alla Union Station, la guardò come un cucciolo abbandonato in un bosco. Grace resistette alla tentazione di una lacrima. Non voleva piangere più. Né voleva portarla con sé. Quell'auto apparteneva alla vita di prima, a una giornata bellissima, a un castello da fiaba che si era rivelato fatto di carte. La legò simbolicamente al guardrail della sua vita precedente e se ne andò dandole le spalle.

Si strinse nella leggera giacca di jeans con le maniche sfilacciate e una toppa su un gomito: l'aveva scovata in fondo all'armadio, faceva parte del suo passato da quindicenne. Al pensiero che Cedric potesse inorridire dinanzi a quella giacca le scintillarono gli occhi, e si mosse con più decisione verso il terminal della Greyhound, contraddistinto dall'insegna blu con un levriero in corsa.

I viaggiatori erano talmente pochi da poterli contare con un occhio solo: nessuno di loro aveva l'aria del teppista che brandisce catene e si propone di insultare le ragazze. Cedric e i suoi genitori le avevano sempre dato a intendere che le stazioni brulicassero di pericolose gang pronte a tagliarti la gola per derubarti. In quel momento, nella sala d'attesa, seduti su altrettante poltroncine metalliche, c'erano solo tre uomini che conversavano stancamente fra loro, una donna di mezza età dai lineamenti latini e un trentenne obeso che beveva una Coca-Cola ed emetteva lunghi sbadigli tra un sorso e l'altro.

Grace avanzò col passo educato e un po' timido di chi entra in una casa che non conosce. Non aveva una meta precisa, aveva deciso di lasciar fare al destino. Sarebbe salita sul primo autobus in partenza, ovunque andasse.

Il primo autobus in partenza andava a New York. Esitò solo un attimo davanti alla biglietteria e agli occhi stanchi di un impiegato in camicia blu e cravatta rossa, che dovette ripeterle due volte: «Destinazione?». Infine, trovò il coraggio per rispondergli.

Aveva portato delle banconote e la carta di credito. Quest'ultima contava di non usarla, se non nel caso di straordinarie emergenze. Perciò pagò trenta dollari e attese il suo turno per salire sul bus. Durante quei pochi minuti, le scoppiò quasi il cuore per l'ansia. Lo stava facendo, lo stava facendo davvero.

Sono ancora in tempo per tornare indietro, e nessuno si accorgerà di questa follia.

Ma non tornò indietro. Salì sul bus con il suo zaino, e si sedette in una fila centrale accanto al finestrino. Le fischiavano le orecchie per l'agitazione: per un secondo ebbe paura di avere un attacco di panico.

Ma quando l'autobus lasciò il terminal e in breve imboccò l'immensa autostrada, la tensione si allentò lentamente, sostituita da un brivido di aspettativa.

Guardò il mondo inseguito dal vento oltre il finestrino, sulle labbra un sorriso eccitato da bambina in fuga, gli occhi lucidi non più per l'angoscia ma per l'emozione. Era diventata una ribelle, una che non rispetta le regole, una disobbediente che lascia ai genitori un laconico messaggio sul cuscino e poi parte senza una meta precisa. Non più la figlia perfetta né la fidanzata ideale. Dopotutto, nemmeno i suoi genitori si erano comportati perfettamente e Cedric si era rivelato tutt'altro che ideale come fidanzato.

Poteva permettersi di ripagarli con un piccolo colpo di testa, ma soprattutto poteva permettersi di donare a se stessa la prima vera avventura della sua vita brevissima.

Tre

«New York!»

Si destò di soprassalto e col cuore in gola. Si era ripromessa di non chiudere occhio per controllare che non le rubassero lo zaino, ma era letteralmente crollata, addormentandosi distesa sui sedili come se si trattasse di un divano nel salotto di casa. Visti i pochi viaggiatori e la sovrabbondanza di posti liberi, nessuno l'aveva svegliata, né si era svegliata da sola a causa di qualche fiacco cigolio: era stato necessario il tono deciso, quasi un comando marziale, dell'autista al capolinea, per farla saltare su come un pupazzo a molla dentro una scatola di carnevale.

Si guardò intorno: i passeggeri erano già scesi tutti e l'autista, un omone che pesava di sicuro più di un quintale, incombeva vicino al suo sedile.

«Signorina, ha preso la Greyhound per un albergo? Siamo arrivati, direi che è il caso di scendere, no?»

Grace biascicò qualche parola di scuse, si lisciò i capelli con le dita e controllò che lo zaino fosse al suo posto. Barcollò, quasi, fino allo sportello aperto, e quando fu fuori comprese in una sola volta il significato della parola "rumore".

Il terminal Port Authority di New York si trovava nel cuore di Manhattan ed era poco meno caotico di un aeroporto internazionale.

Grace brancolò in mezzo alla folla, vagamente stordita e, appena avvistò la segnalazione di una toilette, vi si rifugiò di corsa.

La sua immagine nel grande specchio rettangolare la spaventò. Aveva gli occhi talmente rossi e le palpebre talmente gonfie da sembrare reduci da una scarica di cazzotti. Dov'era finita la principessa vestita di organza, col fard color pesca, il gloss rosa perlato e le labbra che sorridevano dolcemente?

Chi era questa estranea?

È una che ha pianto, è scappata di casa, e ha dormito sì e no due ore sul sedile di un autobus. Non ti aspettavi di somigliare a Cenerentola dopo l'incantesimo della fata, spero.

Si rivolse una smorfia e si impose di sorridere. Quindi indicò se stessa nel riflesso, si picchiettò un dito su una tempia e si disse: «Sei tutta matta, ragazza».

In quel momento qualcuno entrò nel bagno e Grace ebbe paura che le domandassero con chi diamine parlava, per cui si mise a ravanare nello zaino come se cercasse qualcosa. Le persone appena giunte, una signora grassa che ansimava trascinando un trolley e una ragazza che ascoltava musica con gli auricolari, si chiusero nei bagni ignorandola. Allora Grace vide il cellulare: la notte prima aveva eliminato la suoneria, ma adesso si ritrovava una marea di telefonate da parte dei suoi genitori e di Cedric.

Attese che le due donne uscissero, e poi chiamò a casa. Le rispose, immediatamente, la voce ansiosa di sua madre. «Grace! Dove sei?»

Ci vollero dieci minuti buoni per riuscire ad avere una conversazione che non fosse contraddistinta da sospiri e singhiozzi, ordini di tornare a casa e suppliche di tornare a casa, accavallati in un groviglio tanto caotico da rendere difficile perfino capire cosa dicesse.

«Sto bene, mamma. Non mi hanno rapita e non ho intenzione di farmi del male. Ho bisogno di una piccola pausa. Una vacanza tutta per me. Mi farà bene.»

«Non hai mai viaggiato da sola!»

«Un motivo in più per cominciare a farlo.»

Dall'altro capo del telefono giunse l'ennesimo sospiro angosciato. «Cedric è stato qui stamattina, ti cercava. Avete litigato? Richiamalo, era molto preoccupato anche lui.»

«No, mamma, non penso che lo farò. Chiamerò te e papà per rassicurarvi, ma lui... lui preferisco di no.»

«Cosa ti ha fatto?»

«Niente di cui voglia parlare adesso. Però stai tranquilla, sto bene, ho abbastanza soldi, mangerò e dormirò e starò attenta quando attraverso la strada.»

«Non ti sei portata dietro quasi nulla! Hai dei cambi di biancheria? Un ombrello? E dove hai dormito stanotte? E adesso dove sei?»

«Ho tutto ciò che mi occorre. Ti ripeto che sto bene, e domani starò ancora meglio.»

In quel momento il padre dovette sfilare la cornetta dalla mano della moglie, poiché la sua voce si sostituì a quella della madre al telefono. «Abbiamo trovato la lettera di Yale, Grace. È molto, molto spiacevole, ma non è la fine del mondo.»

Chissà perché, la forzata compostezza di suo padre la commosse più dell'agitazione materna. Lo immaginò, grande e grosso, come un albero con radici profonde, che cercava di apparire incoraggiante ma aveva il cuore a bocconi.

«Niente è la fine del mondo, papà, ma tante piccole cose messe insieme possono diventare l'inizio della fine, se si rimane fermi a guardarle. Per questo ho deciso di muovermi.»

«Tante cose? Ti riferisci a questa faccenda di Yale e a... a quella scoperta che... Noi ti amiamo, lo sai, vero? Sangue o non sangue, tu sei nostra figlia.»

Grace deglutì, inghiottendo un singhiozzo infantile. «Ti ricordi quando da bambina mi sono sbucciata un ginocchio correndo coi pattini della cugina Angie anche se mi avevate proibito di usarli? Avevo un livido grande quanto una mela. Tu avresti potuto dirmi: "Ben ti sta", e invece mi hai detto: "È una piccola ferita, guarirà presto". Puoi fare la stessa cosa anche adesso? Non rimproverarmi e dirmi che la ferita guarirà?»

«E stare lontana da noi la farà guarire? In che modo?»

«Aiutandomi a crescere e a diventare più forte. Ne ho bisogno, lo capisci?»

«Lo capisco ma... così? Di punto in bianco? Se avevi voglia di fare un viaggio potevamo organizzare un itinerario e...»

«Non ho voglia di *quel* tipo di viaggio. Con tutti gli alberghi prenotati, le escursioni stabilite con largo anticipo, qualcuno che mi porta i bagagli e qualcun altro che mi guarda le spalle. E poi, l'ho deciso solo ieri, di punto in bianco, ed è proprio questo il bello. Voglio imparare a badare a me stessa, a guardarmi le spalle da sola e a improvvisare. È una cosa tanto brutta?»

«Non è brutta, ma è indubbiamente irrazionale. Tuttavia, comprendo che certe notizie ti abbiano scosso. Non me la sento di farti una predica, solo... stai attenta, molto attenta. Il mondo può essere un covo di serpenti.»

«A maggior ragione devo imparare da sola a distinguere le bisce dalle vipere: non ci sarà sempre chi controlla per me. Non preoccuparti, me la caverò.»

Quando si salutarono, dopo altre mille raccomandazioni da parte della madre, Grace avvertì un groppo in gola e un vago ma pungente senso di colpa. Non era poi così sicura di essere in grado di cavarsela da sola.

Questa piccola follia vale il prezzo dell'ansia pagato da mamma e papà?

Per un attimo ebbe la tentazione di richiamare e piangere e dire loro dove si trovava e pregarli di venire a prenderla. Il pensiero di intravederli in mezzo alla folla, che la cercavano con gli occhi, le riempì le palpebre di lacrime.

Scosse vigorosamente la testa, per scacciare quel desiderio codardo. Non doveva arrendersi, doveva andare avanti.

Frugò nello zaino, trovò il gloss perlato all'aroma di fragole selvatiche, se lo passò sulle labbra, si impose di sorridere alla se stessa dal colorito esangue che vedeva nello specchio, e tornò nel terminal per continuare il suo strano viaggio.

-∞-

Forse suo padre non aveva del tutto torto riguardo all'idea di un itinerario. Quantomeno uno di massima. Dopo aver girato a lungo all'interno della mastodontica stazione, in mezzo a una calca che si muoveva in ogni direzione, pensò che non poteva vagare ancora senza una meta.

Quindi decise che, per iniziare, poteva tuffarsi nelle strade di New York. C'era già stata prima di allora insieme ai suoi genitori, ma erano andati a fare shopping sulla Fifth Avenue e sulla Broadway, al Metropolitan Museum e al Lincoln Center per un concerto della New York Philharmonic Orchestra, spostandosi solo in taxi di tappa in tappa: non poteva dire di aver visto molto.

Cercò una mappa di Manhattan sullo smartphone, vergognandosi un po' perché si sentiva più spaesata di una straniera. Le si illuminò lo sguardo quando si rese conto che Central Park era vicino a Port Authority: poteva arrivarci in poco più di mezz'ora di cammino, il che le avrebbe evitato la necessità di prendere un mezzo. Non voleva spendere tutto in taxi, e il pensiero di usare la metropolitana la spaventava. Risentiva dei racconti apocalittici fatti da suo padre a proposito delle cose terribili che potevano avvenire ai viaggiatori sotterranei in una città come quella: per quanto avesse fame d'avventura, doveva liberarsi piano piano da certe suggestioni. Il coraggio si conquista a piccoli passi, osando qualcosa ogni giorno, e per quelle ventiquattr'ore aveva già dato scappando. Camminare sarebbe stato un buon compromesso.

Times Square la abbagliò: nulla a che vedere con l'ordinata eleganza di New Haven. Si sentì come se fosse stata catapultata all'interno di un quadro dipinto da un artista pazzo: le insegne luminose sulle facciate dei grattacieli sembravano schizzi di colori acidi scagliati da altezze vertiginose.

Quando entrò a Central Park era stanca e affamatissima e, per la prima volta dopo tutti gli eventi che l'avevano portata in quel luogo, pensò a qualcosa di prosaico come il suo stomaco vuoto e miagolante.

Se fosse stata coi suoi genitori o con Cedric, sarebbe entrata in un locale, possibilmente quello dall'apparenza più raffinata e costosa. Siccome era da sola, si accontentò di un chiosco ambulante sormontato da un ombrellone a strisce verdi e bianche, e comprò un trancio di pizza alle olive, un pretzel e una lattina di Coca. Quindi, col suo pranzo distribuito in cartocci oleosi, si sedette su una panchina.

Moltissime altre persone stavano facendo la stessa cosa, sedute su altre panchine e sull'erba: con grande gioia di Grace si dimostrarono assolutamente indifferenti al pomodoro che le gocciolò sulla maglietta, allo zucchero a velo che le inzaccherò il mento, e alla Coca che, aprendola, forse perché l'aveva inavvertitamente sbattuta, le schizzò come un piccolo geyser fin dentro il naso. Nessuno si precipitò a darle soccorso per quegli sciocchi contrattempi, e soprattutto nessuno la giudicò perché mangiava come una barbona che non vede del cibo da un secolo.

Alla fine di quel pasto – la cosa più ribelle che avesse fatto da molto tempo, forse da sempre, se si eccettuava la fuga da New Haven – si mise nuovamente a camminare.

A un tratto, mentre si guardava intorno, squillò il cellulare. Lo prese temendo che fosse di nuovo Cedric, ma per fortuna si trattava di Jessica.

«Ehi, matta, che combini?» esordì la sua amica. «I tuoi mi hanno chiamato per chiedermi se sapevo dove eri scappata. Sei scappata?»

«Sono partita» specificò Grace. E poi: «Be', in effetti sì, sono scappata: è inutile chiamare le cose con un altro nome. Ma la fuga è diventata un viaggio».

«Ieri sera sembravi uno zombie, e temevo di dover raccogliere pezzetti di te, ma oggi ti sento una voce diversa. Non sei ancora resuscitata, ma non sei neppure una morta ambulante. Hai parlato coi tuoi genitori?»

«Ci ho parlato, e Cedric ha detto la verità almeno su un punto. Forse mi giudicherai matta, ma non ho sentito il bisogno di approfondire questa faccenda. Non voglio ascoltare spiegazioni adesso. Voglio solo scappare, partire, o quello che vuoi.»

«Almeno raccontami dove sei e cosa intendi fare.»

«È meglio che tu non sappia dove sono. Mia madre sa essere molto persuasiva: non sono sicura che, se ti guardasse con quegli occhioni umidi, riusciresti a mentirle. Riguardo a cosa farò, ancora non lo so nemmeno io. Forse attendo un segno del destino che mi dica quale sarà la prossima mossa.»

Jessica scoppiò a ridere. «Così mi piaci! Niente lacrime e un'avventura in tasca. Come ti senti?»

«Un po' scombussolata, ma desiderosa di andare avanti. In certi momenti mi sembra di non essere neppure me stessa, ma di guardare un film.»

«Questo sì che è un fantastico modo per festeggiare il diploma! Altro che automobili color confetto! A proposito, stai usando l'auto per viaggiare?»

«Oh no, l'auto l'ho lasciata alla stazione.»

«Mmh» biascicò Jessica pensosamente. «Allora ti conviene andare via al più presto da dove ti trovi.»

«E perché mai?»

«Una Mini di quell'assurdo colore si fa notare, soprattutto se rimane ferma in un parcheggio per giorni: gli basterà fare un giro con una tua foto e chiedere per quale destinazione hai comprato un biglietto. Visto che sei partita in piena notte, o al massimo all'alba, non dovevano esserci molti altri passeggeri. E alla stazione di arrivo potrebbero fare la stessa cosa, fino a beccarti.»

«Ho chiesto ai miei genitori di darmi un po' di spazio, non credo che mi inseguiranno. Gli telefonerò ogni giorno, così staranno tranquilli.»

«Non mi riferivo tanto a loro, quanto a Cedric. Si è incaponito come un moccioso al quale hai tolto un giocattolo. Ti vuole ritrovare a tutti i costi. Figurati che è venuto anche a casa mia per farmi l'interrogatorio, e questo la dice tutta su quanto sia determinato a rintracciarti. Dunque, ti conviene levare le tende.»

Grace fu colta da una girandola di sentimenti brutti: al pensiero che Cedric la cercasse, si irritò e si inquietò in ugual misura. Fu come se una rete le piombasse addosso dall'alto. Si guardò intorno, d'istinto, come se lui potesse essere già lì, afferrarla per un braccio e riportarla nella solita vita piena di bugie.

Fu allora che qualcosa attirò la sua attenzione. Anzi, qualcuno. E non si trattava di Cedric.

A qualche metro dal sentiero si ergeva una maestosa roccia grigia, una parete naturale usata da chi praticava l'arrampicata libera. Numerosi giovani si aggrappavano alle sporgenze di quel colosso, adoperando le mani nude per raggiungere la vetta. Qualcuno cadeva giù dopo i primi sforzi, con ridenti salti acrobatici, qualcun altro continuava stoicamente fino in cima.

In mezzo a quel piccolo esercito di scalatori, uno in particolare calamitò lo sguardo di Grace come se fosse fatto di metallo.

Era un ragazzo di una bellezza così sfrontata da far spalancare le labbra per la sorpresa e l'ammirazione. Alto e muscoloso ma al contempo snello e armonico, si innalzava su quelle creste di ardesia con un'agilità straordinaria: a un tratto saltò da una sporgenza all'altra come se fosse un poderoso capriolo. Per un attimo, fino a quando non afferrò un altro appiglio, si librò quasi in volo. Indossava dei pantaloncini di jeans, scarpe da arrampicata blu e gialle, e nient'altro. La sua schiena abbronzata era un intreccio di muscoli perfetti. Le sue braccia e le sue gambe dovevano essere state scolpite da Dio in persona. I capelli neri, lunghi fino al collo, meravigliosamente lisci, parevano fatti di raso tagliato a striscioline, col sole che li illuminava come se non riuscisse a sua volta a guardare altrove.

Forse il sole non era davvero così parziale, e certamente illuminava tutti gli scalatori allo stesso modo, ma Grace non vide nessun altro. Per qualche misterioso motivo, quell'insieme di pelle, capelli, muscoli e luce la incatenò.

«Ehi, cosa succede?» le domandò Jessica al telefono. «Ti sei ammutolita?»

«Lui è... lui è...» mormorò Grace come ipnotizzata. Non riusciva a trovare una parola adatta, sentiva le guance roventi e una diffusa sensazione di morbidezza, come se fosse fatta di cera calda e muffin appena sfornato.

«Chi? Non mi dire che Cedric ti ha già beccata?»

«No, no...» biascicò Grace, deglutendo a vuoto. «È solo che... ho visto un ragazzo talmente bello che... non sembra vero.»

Jessica rise ancora. «Ma brava! Nemmeno un giorno e già ti dai da fare! Mi piaci, ragazza, vai e fai conquiste!»

«Quali conquiste?» disse Grace con rammarico. «Lo sto solo guardando. Ma è di schiena: sono sicura che appena si volterà somiglierà a un ratto. Non può essere tanto bello anche in viso, con quel corpo.»

«Con quel corpo? Ma che, è nudo?»

«Quasi.»

«Dove sei, mia cara matta? Ieri danzavi il minuetto e oggi guardi bei ragazzi senza veli?»

Grace non le rispose: era troppo impegnata a osservare lo sconosciuto che arrivava in cima e si girava.

Per poco il cuore non carambolò nella sua cassa toracica come una biglia dentro un flipper.

Era bello anche davanti. Non riusciva a distinguerne i dettagli, ma a distanza somigliava a una sontuosa scultura bruna e sorridente. Sul petto si intravedeva un grande tatuaggio simile a un drago.

Lo vide passarsi le dita tra i capelli e portarseli indietro, e poi stringere la mano di un altro ragazzo appena giunto sulla medesima cima, conversando con la disinvoltura di chi non si trovi in equilibrio precario su un masso.

«Sei viva?» le domandò ancora Jessica.

Grace le rispose distrattamente e la salutò, mentre Jessica continuava a ridacchiare esortandola ad andare all'attacco, perché ogni lasciata è persa.

«Potrebbe essere l'uomo del tuo destino» le disse un attimo prima di staccare la comunicazione.

Okay, adesso la smetto di fissarlo. Non posso reagire come se fossi vissuta sempre in un convento sotterraneo e non avessi mai visto un bel ragazzo.

Eppure, non ce la faceva a scuotersi da quella specie di trance. Non era solo il suo aspetto ad attrarla, ma qualcosa che andava oltre un prodigioso insieme di lineamenti e proporzioni.

Quel ragazzo le trasmetteva una sensazione di forza, di coraggio e di libertà. I suoi gesti esprimevano energia e audacia, un che di selvatico e insolente, di naturale e di semplice. Non si muoveva come se la vita fosse un palco e lui un attore, ma come se la vita fosse il cielo e lui un falco.

Come potesse aver capito tante cose in un minuto, Grace non lo sapeva, ma era certa che fosse proprio così. Forse dipendeva dal non essere affatto in quel modo, forte, libera e coraggiosa. Lei, fragile, prigioniera e timorosa, era quasi invidiosa di tanta luce.

Dopo un po', il ragazzo percorse la stessa parete all'inverso. Lei continuò a contemplarlo. Appena le scarpe del giovane toccarono il suolo, Grace rischiò una sincera asfissia: lui si voltò, quasi percepisse i suoi occhi addosso, contraccambiò lo sguardo che lo perforava, aggrottò la fronte e si avviò nella sua direzione.

Grace fece qualche passo all'indietro, mentre il ragazzo si avvicinava con una falcata minacciosamente decisa. Era molto più alto di quanto sembrasse a distanza e aveva una bellezza strana, che tradiva un'incredibile origine mista: nel suo DNA doveva esserci anche sangue asiatico. Gli occhi dal taglio orientale erano d'un intenso blu fiordaliso. Il tatuaggio sul suo petto non era un drago ma una fenice verde, rossa e indaco, dall'espressione fiera come quella di un drago, spiegava le sue ali fino allo sterno.

Purtroppo, però, divenne impossibile godere ancora indisturbata di quell'affascinante panorama. Il ragazzo le corse incontro, l'aria infuriata. Il calore sulle guance di Grace divenne un rogo. Percepì quasi la febbre fino alle orecchie per l'imbarazzo. Fece appena in tempo a balbettare: «Io... non... non volevo...», che lui esclamò: «Fai più attenzione!», la sorpassò, e si mise a correre lungo il sentiero.

Dire che Grace fosse sconvolta sarebbe un modo estremamente blando per esprimere il suo stato d'animo. Lo vide galoppare quasi, raggiungere un tizio con una giacca viola e dei bizzarri capelli rasta, saltargli addosso, dirgli qualcosa e strattonarlo.

Quindi tornò da lei, mentre l'uomo in giacca viola fuggiva velocissimo.

Appena le fu di fronte, almeno venti centimetri più alto, con quella fenice che pareva ruggire sul torso nudo, disse: «D'accordo che sono uno schianto, ma devi pur guardare altro, non credi?».

«Co-cosa?» balbettò Grace, pensando che anche la sua voce era bella. Roca e ironica, più matura dell'età che dimostrava, non molto oltre i vent'anni.

«Non è tuo questo?»

Le porse il suo portafoglio di ecopelle stampata a effetto struzzo, rosa cipria, con un fiocco in rilievo sul davanti. Lei lo prese sempre più sconvolta, le labbra socchiuse, il respiro trattenuto, un batticuore rumoroso quanto un treno in un tunnel.

«Sì, ma...»

«Mentre tu mi mangiavi con gli occhi, quel tizio ti rovistava indisturbato nello zaino.»

«Io non... non ti mangiavo con gli occhi!» protestò Grace.

«Ah no? Quindi, oltre che distratta, sei anche bugiarda. Guarda sempre dove metti i piedi e chi hai alle spalle, piuttosto. Forse al tuo paesello puoi andartene in giro col naso per aria, ma a New York se non stai attenta ti rubano anche le mutande senza che te ne accorga.»

Grace avvertì una strana agitazione, un miscuglio di gratitudine e dispetto. Replicò con una verità e una menzogna: «Non... non vengo affatto da un paesello, e non guardavo te ma tutti gli scalatori!».

«Che strano. Hai l'aria della collegiale appena sfuggita al controllo di quella stronza baffuta della madre superiora. Non sembri affatto una newyorkese.»

«Perché? Che aria hanno i newyorkesi?»

«L'aria di chi non si fa ravanare nello zaino in pieno giorno a Central Park. Controlla se c'è tutto.»

Le indicò il portafoglio e lei fu tentata di rispondere a tono, di dirgli qualcosa di fulminante che lo convincesse di non essersi imbattuto in una sciocca provinciale, ma non le venne in mente nulla di efficace. Mentre apriva il borsellino, le tremavano le mani.

Un piccolo grido che fondeva insieme tante prese di coscienza – *sono una deficiente, mi hanno derubato, dovrò tornare a casa sconfitta, la mia fuga è durata meno di quella di un bambino con un fagotto sulla spalla, papà aveva ragione e probabilmente anche Cedric aveva ragione* – le venne fuori dalla gola nel constatare che le banconote erano sparite. Quasi cinquecento dollari volatilizzati.

La sua espressione frastornata e sulla soglia di una rabbia lacrimosa fu tanto eloquente che lui dovette capirlo subito.

«Lo immaginavo. Deve aver passato subito il contenuto più evidente a un complice. E poi meditava di frugare per benino per trovare il resto. Quanto c'era?»

Lei lo guardò in viso, improvvisamente colta da un dubbio. «Sicuro di non saperlo?»

«Non leggo nel pensiero» le rispose. «Ah, adesso ho capito, intendi che li ho sgraffignati io? Magari fingendo di inseguire il ladro? E dove li avrei nascosti, sentiamo! Ti pare che possa averli infilati da qualche parte? Se vuoi controllare, fai pure, perquisiscimi.»

Nonostante la mortificazione, Grace non poté fare a meno di arrossire. Lo osservò, quasi nudo a parte un pantaloncino privo di tasche, e il pensiero dell'unico posto in cui avrebbe potuto nascondere delle banconote le fece sudare le mani.

«Scusami» mormorò. «È che non so come fare e...»

Allora si ricordò della carta di credito. L'aveva nascosta in uno scomparto interno, chiuso da una cerniera e da una calamita. Il ladro aveva avuto il tempo per prendere anche quella?

La felicità le invase gli occhi. La carta di credito era ancora lì. La tirò fuori tutta eccitata. Nel sollevare lo sguardo, si rese conto che lui la fissava, un sorrisetto ironico sulle labbra.

«Senti, Bambi, se vuoi evitare che ti freghino anche quella, evita di sbandierarla in questo modo. E quando ti trovi in un luogo affollato, lo zaino tienilo davanti come un marsupio. Oppure fai come me: vai in giro con l'aria di chi ha pochi dollari in tasca e vedrai che nessuno ti deruberà. Si capisce subito se profumi di soldi.»

Grace infilò rapidamente il portafoglio nello zaino. La cosa migliore sarebbe stata ringraziarlo, salutarlo e tornare al terminal bus per scegliere la prossima meta di quel viaggio cominciato in modo tanto rocambolesco.

Sarebbe stata la cosa migliore, senza dubbio.

Eppure, nel guardare con finta indifferenza la fenice madida e luccicante sul suo torace e quegli occhi che parevano mandorle bianco avorio e blu polvere, Grace non riuscì a fare la cosa migliore.

«Io mi chiamo Grace» disse. «E tu?»

«Channing.»

Quel nome, per qualche oscuro motivo, le fece palpitare lo stomaco, come se custodisse qualche imprevista forma aliena.

«Ehm... innanzitutto grazie, Channing. E poi... potresti farmi compagnia mentre prelevo qualche dollaro a uno sportello ATM? Mi sentirei più tranquilla se ci fosse qualcuno con me. Però, se non hai tempo, non importa. Hai già fatto abbastanza e...»

«Okay.»

«Okay?»

«Mi metto una maglietta e ti accompagno. Ma, finché non torno, evita di farti rapinare.»

«Non succederà!» replicò lei, piccata.

«È anche per questo che mi metto una maglietta. Così non ti distrai.»

Lei trattenne il respiro per un attimo, terribilmente imbarazzata da quel commento e allo stesso tempo infastidita dalla sua presunzione.

«Non sei mica tutto questo splendore, sai?» mormorò fra i denti.

«Sì, sì, come no...» disse lui. «Rimani qui, Bambi, torno subito.»

«Smettila di chiamarmi così, non sono un animaletto impaurito!»

«Su questo ci sarebbe da discutere. Di sicuro, però, hai due fantastici occhi da cerbiatta.»

Su quelle parole Channing si allontanò, tornando alla base delle rocce. Grace lo guardò avvicinarsi a un gruppo di scalatori, salutarli con cameratesche strette di mano e pacche sulle spalle, e poi chinarsi su uno zaino verde militare posato a terra in mezzo a un mucchio di altri zaini. Tirò fuori una T-shirt azzurra e la indossò con rapidità. Quindi si cambiò anche le scarpe.

Per quell'intera parentesi, Grace rimase in apnea.

Mi ha detto che ho due occhi fantastici.

La sua razionalità le dava della totale sconsiderata. Non doveva fidarsi. Avrebbe potuto essere un ladro anche lui e rubarle la carta di credito, e poi era forte, ed era veloce a correre e...

E mi ha detto che ho due occhi fantastici.

⬿⬾

«Fai bene a prelevare il contante e non usare la carta di credito per pagare» le disse Channing mentre camminavano lungo il parco, cercando un esercizio commerciale che avesse uno sportello ATM. «Altrimenti sarebbe come se dicessi chiaramente dove vai e cosa fai, e tu hai l'aria di una che vuole far perdere le sue tracce. Sei davvero fuggita dal collegio?»

«Certo che no» replicò lei. «Potrei farti la stessa domanda, però. Conosci troppi trucchi per non farsi derubare e scoprire. Hai anche tu l'aria di uno che vuole far perdere le sue tracce.»

Channing rise divertito. «Mica hai torto, Bambi.» Intorno a un polso portava un elastico, e si legò i capelli in una coda con pochi gesti collaudati. «Da chi scappi?»

«Non sono affari tuoi.»

«Però scappi.»

«Forse.»

«Non arriverai lontano con quella faccia.»

«Che faccia ho?» brontolò Grace.

«Da ingenua. Da "eccomi qui, sono un'ochetta da spennare".»

Grace gli scoccò un'occhiataccia.

«Non sono un'ochetta, e adesso taci, sei fastidioso.»

«Sono uno che sa come mimetizzarsi. Se non vuoi avere sul collo il fiato dei tuoi inseguitori, devi confonderti con la massa e diventare quasi invisibile. Dovresti andare da Walmart, comprarti qualcosa di più trasandato da indossare. Inoltre, impara a parlare come una della strada. Se dici: "Adesso taci, sei fastidioso", attrai gli imbroglioni come il miele le mosche. Dimmi invece: "Chiudi la bocca, hai rotto". E quando ti guardi intorno, cerca di mostrare uno sguardo che ringhia. Come se nulla ti piacesse, il mondo fosse una merda e nascondessi una calibro 22, pronta all'uso, nello zaino. Se continui a fissare tutto come un'aliena incrociata con un cherubino, tornerai all'ovile quanto prima, viva se ti va bene, ma più probabilmente in un sacco giallo.»

«Stai esagerando. Non sono evasa di galera, e il mondo non è mica in agguato!»

«Questo lo dici tu, Bambi. Qui fuori è un concentrato di figli di puttana che cercano di fottere altri figli di puttana. Quando beccano uno come me restano a secco, perché ci annusiamo a vicenda e ci teniamo alla larga. Ma se incontrano un angelo, lo spennano fino alle ossa. In quel locale c'è uno sportello. Entriamo, preleva veloce e non esporre i soldi come se fossero le stecche di un ventaglio.»

«Sei un ladro o un poliziotto?»

«Devo ancora deciderlo. Adesso sbrigati.»

Grace avrebbe preferito non ammetterlo, ma per qualche arcana ragione non si sentì insicura con quel tipo accanto che la sbirciava durante l'operazione. Prese il denaro, sigillò tutto nello zaino e si ripromise di stare più attenta. Quindi tornarono sul viale principale.

A quel punto, si voltò verso il suo strano angelo custode. Gli sorrise. «Grazie, Channing. Puoi andare: hai la mia benedizione.»

Lui la contraccambiò con un'occhiata ironicamente rassegnata, dopo essersi dato una manata sulla fronte. «Non ti ho insegnato niente? "Hai la mia benedizione" lascialo al papa. Devi dirmi: "Adesso vattene, togliti dai piedi, non mi servi più, fila".»

Lei mise su un leggerissimo broncio. «Forse non sei né un poliziotto né un ladro. Sei un rompipalle e basta.»

Channing rise ancora. «Ci sei sempre più vicina. Adesso, però, prima di salutarti, ti offro qualcosa. A occhio e croce quello che hai mangiato ti è finito tutto sulla faccia e sulla maglietta.»

Grace si posò una mano sulla guancia: era ancora sporca di salsa e zucchero a velo. Credeva di averne rimosso ogni traccia almeno dal viso – per la maglietta non c'era stato nulla da fare – e invece aveva fatto la figura della sprovveduta che non solo si fa derubare, ma se ne va in giro sudicia come una bambina di due anni.

«Non ti allarmare, non è successo nulla di grave, non fare quella faccia. Ora sembri una cerbiatta impallinata.» Nel parlare, Channing frugò all'interno del proprio zaino, che in contrasto con tutte le proprie raccomandazioni teneva praticamente sospeso a un dito, su una sola spalla, e le porse un fazzoletto. Era una specie di bandana blu con la stampa di quella che sembrava una mappa del tesoro. «Adesso ti offro un gelato.»

«Non voglio niente, grazie, devo andare.»

«I nemici ti stanno alle costole?»

«Non ho nemici io.»

«Tutti li abbiamo. E se non sono fuori, sono dentro, fidati.» Si sfiorò il petto, e quel gesto le fece tornare in mente il suo splendido tatuaggio.

«Perché hai una fenice?»

«Notato il tatuaggio, o quello che c'è sotto?»

«Sei sempre così presuntuoso?»

«"Stronzo", Bambi, devi dire "stronzo".»

«Sì, "stronzo" ti si addice di più. Che significato ha la fenice? E, per giunta, una fenice con un'espressione così aggressiva. No, aspetta: incazzosa. Va bene "incazzosa"? Comunque, io le fenici me le immagino quasi celestiali. La tua, invece, ha un'aria battagliera.»

«È l'aria giusta per una fenice. Se riuscissi a metterla in quel posto al destino che ti vuole morta e ti fa bruciare come una strega sul rogo, e rinascessi dalle tue ceneri più forte di prima, non avresti un'espressione che corrisponde, più o meno, a un sonoro "vaffanculo"?»

«Sì, penso di sì.»

«Che gusto vuoi?»

«Cosa?»

«Il gelato, a che gusto?»

Si erano avvicinati a un carretto dipinto di rosso ciliegia e azzurro zaffiro, con una tettoia di stoffa a righe nei medesimi colori. Ad assicurarne il movimento non era un mezzo a motore, ma un buffo triciclo anch'esso azzurro. Alle spalle del gelataio ambulante, dall'interno di un edificio con l'aspetto di una pagoda, filtrava una musica giocosa che ricordava quella dei luna park.

«Fragola» disse Grace. «Cosa c'è lì dentro?»

«Una giostra per bambini. Il famoso Carousel di Central Park.

Scommetto che sei tentata.»

«Non sono una bambina, quindi no.» Il gelataio le porse un cono che luccicava come se fosse fatto di colla, d'un fucsia quasi abbagliante. Channing prese il proprio: menta, zenzero e panna, un abbinamento alquanto insolito. A Grace venne di chiedersi se anche lui fosse così, un insieme di contrasti, un po' piccante e fresco e un po' morbido e dolce. Si vergognò per quel pensiero ardito, ma soprattutto per la propria scelta banale: l'avrebbe indotto a pensare che era prevedibile e noiosa. La stessa cosa che pensavano Cedric e i suoi amici. Con rabbia, per colpa di quel ricordo umiliante, si avvicinò all'edificio che conteneva la giostra. Sbirciò attraverso le grandi finestre protette da inferriate, e i suoi occhi si riempirono di luci e colori. Dozzine di variopinti cavallucci di resina, sorretti da tubi di acciaio, giravano in tondo all'infinito, cavalcati in maggioranza da bambini, ma anche da qualche adulto che pareva divertirsi più dei piccoli.

Grace leccò il suo gelato senza sentirne il sapore, attratta da quel gioco di suoni e tinte accese, da quei puledri bianchi e neri che trainavano bighe con imprevedibili disegni di draghi e pellerossa, dalle risate che echeggiavano, e in generale da una sensazione di confusione che sapeva più di libertà che di confusione.

Si voltò d'istinto verso Channing, ma non lo vide. Non c'era più, era andato via.

Un magone inspiegabile la indusse a buttare il cono avanzato in un cestino. Guardò l'orologio e scoprì che erano quasi le cinque. Doveva rientrare a Port Authority e inventarsi una nuova destinazione. Adesso che era stanca, ci avrebbe messo più di un'ora a ritornare. Non poteva rimanere lì ad arrovellarsi perché uno sconosciuto se n'era andato senza salutarla.

«Dove vai, Bambi?»

Grace trasalì come uno yo-yo che, dopo essere precipitato verso il suolo, torna su con uno scatto rapido del polso.

«Cosa...?»

«D'accordo che mi hai detto di filarmela e mi hai pure dato la tua benedizione, ma non sarei andato via senza dirti nemmeno ciao. Mi sono allontanato solo per prendere questi.» Sollevò un braccio mostrandole due rettangoli di cartoncino rosso. «Ti va di fare un giro?»

Lei lo guardò con un misto di sorpresa e felicità e un'alata sensazione di speranza. I suoi genitori non le avevano mai permesso simili spericolati intrattenimenti quando era bambina. E, una volta diventata più adulta, Cedric aveva sostituito alla preoccupazione che potesse farsi male l'ansia che potesse rendersi ridicola, divertendosi in modi poco adeguati a una ragazza perbene. Perfino giocare al tiro a segno al luna park gli sembrava un'attività riprovevole. Lei aveva sempre accettato quelle decisioni senza controbattere, perché in fondo non era importante, non era mica una questione di vita o di morte, ed era molto più piacevole aggirarsi tra i padiglioni con Cedric che la teneva per mano, piuttosto che fare la scalmanata in mezzo alla folla.

Al ricordo di quelle piccole espressioni di tirannia, provò un'amarezza profonda e una rabbia verso se stessa perfino più forte della rabbia verso Cedric. Non ce l'aveva coi suoi genitori, non troppo almeno: erano stati eccessivamente protettivi e avevano contribuito a renderla la fragile creatura contro la quale doveva combattere adesso, ma gli sbagli compiuti per affetto erano più perdonabili. Cedric, invece, su cosa fondava i suoi diktat camuffati? Un tempo credeva che fosse l'amore la motivazione dello zelo col quale si prendeva cura di lei, ma adesso sapeva che quell'amore odorava di plastica, e che non si prendeva affatto cura di lei, ma cercava di farne una bambola da esposizione.

«Grazie» disse a Channing, strappandosi quei pensieri rancorosi dai pensieri. «Poi mi dici quanto hai pagato.»

«È un regalo. Ho la sensazione che tu abbia molte giostre arretrate su cui salire. Il cavallo nero però è il mio. Andiamo. Ah, è consentito ridere fino a sembrare scemi e guardarsi intorno con una buffa espressione.»

Il cuore di Grace divenne una cometa cremisi nella timida galassia del suo petto. Insieme si avviarono verso il Carousel, e Grace dovette piegare il viso un attimo, dal lato opposto a quello in cui guardava lui, per nascondergli due lacrime improvvise, frutto di una gioia ridicolmente infantile.

«Va bene, io prendo quello bianco con le redini verdi» gli disse infine.

Lui le strizzò un occhio. Una ciocca nera gli ciondolava sulla fronte. La sua bocca appariva morbida come i petali delle rose rampicanti che sua madre coltivava nell'angolo preferito del giardino. Grace dovette farsi forza per non ricominciare a osservarlo quasi ipnotizzata.

Che uno sconosciuto di cui conosceva a stento il nome – sempre che fosse il suo nome vero – potesse farla sentire così felice era commovente e spaventoso allo stesso tempo.

Che uno sconosciuto la attraesse così tanto, invece, era solo spaventoso.

Era ormai tardo pomeriggio e le ombre sui sentieri erano lunghe come cipressi. Mentre si avviavano verso l'uscita, Grace si domandava quale fosse il momento perfetto per salutare Channing, ringraziarlo e andare via col suo inspiegabile sasso segreto al posto del cuore.

Avevano trascorso insieme appena un'ora, ma in quel momento Grace si sentiva come se fosse passato un tempo più lungo e più importante. Era assurdo che provasse una simile malinconia, quasi una guerra di farfalle armate dentro il suo stomaco, e si domandò se dipendesse da qualcosa che era successo o dal semplice fatto che era una fuggiasca e perciò più incline a farsi prendere dalle emozioni.

Aveva sorriso tanto quel giorno, come se dovesse compensare al più presto le lacrime versate fino all'alba. Tuttavia, in quel preciso momento, provò l'incomprensibile certezza di poter superare il dolore di ieri più facilmente della felicità di oggi. Com'era possibile?

Grace si rese conto solo allora di avere tante domande da fargli, tante curiosità su chi era, da dove veniva e cosa stava inseguendo, ma era troppo tardi.

A un tratto Channing si fermò in mezzo a un viale, appoggiando lo zaino a terra, da cui tirò fuori una felpa blu con la cerniera. La indossò, e i suoi occhi a mandorla parvero ancora più splendidi con quel riflesso.

«Io adesso vado» mormorò Grace. «Mi aspetta un bel po' di cammino.»

«Prendi un taxi.»

«No, preferisco andare a piedi.»

«Dammi retta, prendi un taxi.»

«Non ti do retta affatto, ho voglia di camminare.»

Lui la prese per un braccio e si chinò come se volesse parlarle in un orecchio.

«Il tizio che prima ti ha derubato è tornato all'attacco.» Grace si guardò intorno spaventata, ma non lo vide. Lo avrebbe riconosciuto ovunque con quell'assurda giacca viola. Come se le avesse letto nel pensiero, Channing continuò: «Si è tolto la giacca, ma è lui. Ore due, vicino al venditore ambulante di falafel. Aspetta che io ti molli per completare il lavoro lasciato a metà».

Grace sussultò nello scorgere, dietro il carretto orientale, alcune ciocche di capelli rasta che affioravano da un berretto nero con la visiera calata quasi fino al naso.

«Te ne sei accorto adesso?»

«No, è da un bel po' che l'ho notato.»

«Ah...» riuscì solo a biascicare Grace. Il pensiero di essere ancora una preda era terribile, ma non tanto quanto il pensiero che Channing fosse rimasto a farle compagnia soltanto perché mosso a compassione per la sua incapacità di badare a se stessa. Avrebbe dovuto essergli comunque grata, ma le sarebbe piaciuto credere che lo avesse trattenuto qualcosa di più romantico e romanzesco del prendersi temporaneamente cura di una mocciosa. «Okay» aggiunse. «Prenderò un taxi.»

«Brava, è più sicuro.»

«Per essere uno che si arrampica a mani nude, sei troppo fissato con la sicurezza.»

«Diciamo che preferisco scegliere io se e come morire. Se voglio puntarmi una pistola alla tempia da solo è un conto, ma se me la punta un altro gli spezzo il polso. Detesto quando è qualcun altro o qualcos'altro a decidere la direzione della mia vita. E poi, arrampicarsi sulle rocce a mani nude è molto più sicuro che andare in giro a piedi per New York con uno che ti vuole rapinare alle calcagna.» Raggiunsero i grandi cancelli d'ingresso, a sud del parco. Channing si sporse sul marciapiede con la disinvoltura di chi è abituato a viaggiare, a fermare taxi ed elefanti, attraversare ponti di corda, stare in apnea per tutto il tempo che occorre a pronunciare uno scioglilingua difficile e arrivare a piedi fino alla cima dell'Everest. Un'automobile si fermò quasi subito. «Digli la destinazione solo quando sei dentro e siete partiti, okay?»

Lei annuì, ma non riuscì a spiccicare una parola.

Fu quando stava per salire sulla vettura, alla cui guida c'era un sorridente autista indiano, che provò quell'improvviso e disperato bisogno. La decisione fu tanto rapida da non lasciarle il tempo di morire di vergogna al pensiero di ciò che stava per fare. Una gamba era già sul taxi e l'altra ancora sul marciapiede. Channing era dietro di lei e la guardava con quegli occhi miracolosi. Aveva un'aria strana, un po' triste, e a Grace piacque pensare che gli dispiacesse non vederla mai più, e scacciò dalla testa la certezza che stesse pensando ai fatti suoi e quel cipiglio non la riguardasse affatto. Cosa c'era di male a coltivare un piccolo sogno? E perché non compiere un gesto che rendesse il ricordo davvero indimenticabile?

Così, in un lampo, invitò il taxista ad aspettare e tornò verso Channing. Si sentiva leggera ed eccitata, e quel brevissimo tragitto le parve esteso quanto l'Atlantico. Il mondo, intorno, si era zittito:

non udiva più lo strombazzare delle auto, le voci che componevano un incessante brusio di sottofondo, i passi di milioni di uomini e il chiasso continuo di una città sempre insonne.

Lo afferrò per la felpa, e lo baciò. Channing non si oppose, non rifiutò, non le disse: "Grazie, Bambi, ma mi attiri quanto una pistola puntata alla tempia da uno a cui voglio spezzare il polso". Semplicemente, la baciò. Le sue labbra erano tiepide, lisce, e la sua lingua sapeva di gelato alla menta.

Grace ebbe paura di liquefarsi su quel marciapiede e, dopo, di mettersi a piangere per colpa di una nostalgia insensata. Doveva smettere, doveva andare. Incantesimo finito. Addio.

Si staccò da lui in fretta, gli disse «grazie» e salì sul taxi. Comunicò al tassista l'indirizzo e poi si voltò a guardare dal lunotto posteriore.

Channing era ancora lì, alto e fermo come una statua dai contorni decisi. Non poteva vedere la sua espressione, non poteva conoscere il suo stato d'animo, ma era libera di pensare che gli sarebbe mancata.

Scegliere la successiva destinazione non fu difficile: non perché avesse una meta precisa, ma perché si era ripromessa di prendere il primo autobus in partenza, e il primo autobus andava a Philadelphia dopo un'ora. Non ci era mai stata e non le veniva in mente nulla di interessante da visitare, a parte l'Independence Hall, ma non gliene importava. La cosa fondamentale non era fare la turista, ma andare via, muoversi e ancora muoversi. Acquistò il biglietto, e un tramezzino da conservare in caso le venisse fame in un futuro prossimo.

Nel presente non ne aveva affatto. Mentre attendeva insieme a un numero di viaggiatori superiore a quello del tragitto da New Haven, non fece che ripensare a Channing, e le parve che quel pensiero potesse saziarla molto a lungo. Non avrebbe mai dimenticato la sua faccia, il suo corpo e la sua rabbiosa fenice che urlava "vaffanculo" alla cenere.

A un tratto, ricevette un SMS di Jessica.

Tutto okay? Com'era
il ragazzo quasi nudo?

> Molto interessante.
> Ma non lo rivedrò mai
> più. Mi sa che non era
> l'uomo del destino.

Adesso dove sei?

> Non te lo dico, così se
> qualcuno ti farà il terzo
> grado non sarai costretta a
> mentire, o a farti strappare
> i denti prima di dire la verità.

Inventerei una balla tanto
perfetta che mi crederebbero.
Comunque ti capisco,
l'avventura è più avventura
se nessuno sa dove
ti trovi. Solo, stai attenta.

> Anche Channing
> me lo ha detto.

Chi è Channing?

> Il ragazzo quasi nudo.

Mmh, nome figo.

> Anche il proprietario
> del nome lo è. Ma adesso
> non devo pensarci più.

Ho la sensazione che
ci penserai eccome.

> Per due o tre decenni
> forse, ma dopo smetterò.

E Cedric?

> Chi è Cedric?

Brava, così ti voglio,

cancellazione totale. Fai
come i marinai, trova un
Channing in ogni porto.

Credo che di Channing
ce ne sia uno solo.

Ti devi divertire, non
innamorarti!

Okay, vedrò di darmi
alla pazza gioia. :)

Si scrissero qualche altra battuta di quel tenore e poi si salutarono.
Dopo un po', udì il trillo di un altro messaggio e pensò si trattasse
ancora di Jessica. Ma era un SMS di Cedric.

Ho provato a chiamarti almeno una dozzina di volte,
ma è ovvio che lo fai apposta a non rispondermi. Stai
trasformando una cazzata in tragedia. Ti ripeto che non
mi importa nulla di Michelle e neppure del fatto che tu
sia stata adottata. Certo, questa fuga mi fa porre delle
domande sulla tua sanità mentale, ma voglio credere
che tu sia solo sconvolta e infantile e che, quando
tornerai in te, non farai più nulla del genere. In ogni caso,
ho scoperto che hai preso un biglietto per New York.
Sto per venire a prenderti. Sei tu la ragazza che voglio,
fattene una ragione.

Quella promessa le fece paura. Non desiderava vederlo, sentirlo,
pensarlo. Desiderava restare da sola più di ogni altra cosa, il suo viaggio
era appena iniziato, non sopportava neppure l'idea di udire ramanzine
e sermoni intenzionati a farla passare per colpevole, pazza o capricciosa.

La fretta con la quale raggiunse una delle toilette e vi rimase rintanata fino alla partenza dell'autobus equivalse in tutto e per tutto
a quella di chi intende seminare un inseguitore. Attese chiusa in un
bagno, come un topo nel buco di un albero.

Ne venne fuori giusto in tempo per salire sul bus e, siccome la
numerazione del biglietto non corrispondeva a un posto prenotato
ma chi prima arrivava meglio alloggiava, quasi tutti i sedili erano stati

occupati. Erano rimasti dei posti vuoti solo nelle ultime file, accanto a un ragazzo obeso che masticava barrette di liquirizia, a una suora dall'aria cupa, oppure a un tizio in jeans e giacca a vento che si era già addormentato con la testa piegata di lato e il cappuccio calato fino al naso. Escluse il ragazzo della liquirizia che occupava quasi per intero il sedile di fianco e l'avrebbe schiacciata in un angolo, e valutò se optare per la suora o il tipo addormentato. Scelse la suora. In fondo rappresentava il pericolo minore.

Stava per sedersi accanto alla religiosa, quando qualcuno la strattonò per la giacca, alle spalle. Per fortuna teneva lo zaino davanti, ma quel contatto la allarmò. Si voltò di scatto, esibendo la sua migliore espressione contrariata, pronta a fulminare con gli occhi chiunque si fosse preso quella confidenza.

Per poco non gridò.

Il tizio addormentato, a conti fatti, non dormiva.

E, a conti fatti, non era neppure un *tizio*.

Era Channing.

Lo fissò a bocca spalancata.

«Ti ho tenuto il posto vicino al finestrino, Bambi» le disse, e le rivolse un meraviglioso sorriso da canaglia.

Quattro

Il panorama oltre il finestrino era quanto di più simile alle scene dei film che raccontano storie di viaggio. Per qualche minuto, Grace si concentrò sul liscio nastro asfaltato a sei corsie e sui cartelloni pubblicitari che trasmettevano messaggi di ogni tipo agli automobilisti.

Purtroppo, però, pareva che anche i *billboard* ce l'avessero con lei. Era come se i gestori dell'autostrada e Dio in persona si fossero messi d'accordo per ricordarle che la sua vita era altrove. Un'enorme insegna di carattere sociale inneggiava all'importanza della famiglia, anche se adottiva, mostrando una coppia che abbracciava con eguale affetto un bambino biondo e uno afroamericano. Un altro cartello, con un uomo che guidava un pick-up, davanti a lui una fattoria con una donna che teneva in braccio un neonato, pubblicizzava la vendita di automobili munite di navigatore satellitare per riuscire a tornare a casa. Il successivo cartello propagandava i servizi di un investigatore professionista in grado di rintracciare le persone scomparse, e quello ancora dopo invitava i giovani a obbedire ai genitori e servire la patria.

Grace distolse lo sguardo da quell'irritante successione di ammonimenti e si accorse che Channing la fissava.

«Allora, Bambi, non mi domandi cosa ci faccio qui?» le disse, a voce bassa.

Voleva domandarglielo eccome: i pensieri le pulsavano allo stesso ritmo folle del cuore, rimescolati fra loro in un calderone pieno di "fai che sia qui per me" e "smettila di immaginarti chissà cosa". Ma aveva deciso di non farlo, come se incontrarlo sullo stesso autobus per la stessa destinazione fosse una coincidenza non troppo straordinaria e una circostanza non troppo importante.

«Ho capito» continuò lui, «hai deciso di interpretare la parte di quella che non ci pensa proprio. Oppure ti vergogni a morte per avermi baciato?»

«Io credevo di non rivederti più!» esclamò lei d'istinto.

«È un modo per dirmi che altrimenti non saresti stata sconvolta dal mio fascino? E pensare che mi ero fatto una mezza idea... Ho pensato che se dopo un'ora mi hai baciato, dopo tre ore saremmo saltati direttamente al passo successivo.»

«E hai pensato male!»

Channing rise, appoggiandosi contro lo schienale dell'ampio sedile. Lei sbirciò il suo profilo: sembrava intagliato in un legno chiaro, morbido e spigoloso allo stesso tempo. A vederle di lato, le sue labbra avevano una linea arcuata verso l'alto, in una posa eternamente canzonatoria. Sulle guance, così da vicino, si notava un velo di barba, lieve come il riflesso di un ricamo finissimo.

«Sto scherzando, Bambi. Non ho bisogno di dare fastidio agli angeli per farmi una ragazza.»

Se solo una settimana prima le avessero detto che sarebbe rimasta terribilmente delusa perché un ragazzo appena conosciuto le rivelava di non avere alcuna intenzione di provarci, non ci avrebbe creduto. Al massimo avrebbe apprezzato la sua correttezza e tirato un sospiro di sollievo. Adesso invece, chissà perché, aveva solo voglia di tirargli un calcio. Tuttavia, non voleva dargli la soddisfazione di vederla delusa.

«Bene» dichiarò, con finto apprezzamento. «Sono contenta che non ci siano equivoci. Il senso di quel bacio non aveva niente di provocatorio. Era solo un modo per dirti addio, e non un invito a pedinarmi.»

«L'ho capito benissimo, e non ti ho pedinata. Come avrei potuto? Non sapevo dove stessi andando e giuro di non averti notata affatto nel terminal. Avevo già in programma di viaggiare in autobus: devo raggiungere il Kentucky. Sei libera di crederci o meno, ma l'aver preso lo stesso mezzo è una coincidenza piuttosto bizzarra. Una cosa però la ammetto: quando ti ho vista salire, mi sono tirato il cappuccio sulla testa per farti uno scherzo. Ma ti giuro che sulle prime stava venendo un coccolone anche a me per la sorpresa.»

«Dici davvero?»

«Mento molto raramente.»

«Cosa devi fare in Kentucky?»

«C'è un posto fantastico per le arrampicate. E tu? Dove conti di andare?»

Lei si addentò il labbro inferiore. Mentire su tutto l'avrebbe confusa troppo. Già era difficile fare finta che non le stesse scoppiando il cuore. Già era difficile non capire perché le stesse scoppiando il cuore. Così, decise di raccontargli qualche verità.

«Non lo so. Questo viaggio è un'avventura. Andrò dove mi porterà il destino.»

«Non dovresti fidarti a tal punto del primo venuto. Potrei essere uno psicopatico e, scoprendo che sei da sola e senza una meta, potrei stuprarti e strangolarti una volta arrivati a Philadelphia.»

«Se fossi uno psicopatico con queste intenzioni, non mi avresti messo in guardia come il dinosauro della sicurezza, fin da quando ci siamo conosciuti.»

«Cos'è il dinosauro della sicurezza?»

«Nel quartiere in cui vivo è un tipo, di solito un agente di polizia o un vigile del fuoco, che indossa un buffo costume lilla da triceratopo e va nelle scuole elementari a dire ai bambini di non accettare caramelle dagli sconosciuti e roba simile.»

«Potrei essere uno psicopatico con rimorsi di coscienza.»

«È inutile che mi metti paura, mi fido di te e basta.»

«E di solito ci prendi?»

Grace si addentò di nuovo le labbra, tornando a guardare la strada. No che non ci prendeva, di solito. Con Cedric non ci aveva preso affatto: lo aveva frequentato per quattro anni senza mai percepire, in sottofondo, la nota stridente che lo caratterizzava. Forse aveva la nebbia in testa, e la sua ingenuità naturale e la vita in una culla di bambagia non avevano contribuito a diradarla.

Channing forse colse il suo disagio, perché le disse con tono sicuro: «Stavolta ci hai preso, però. Puoi fidarti di me. So che anche uno psicopatico te lo direbbe, ma sono sincero». Su quelle parole, si alzò bruscamente in piedi e disse ad alta voce ai viaggiatori presenti sull'autobus: «Giuro solennemente che non sono uno psicopatico, non voglio assassinare questa ragazza ma, nel caso, guardatemi bene in faccia così potrete fornire il mio identikit all'FBI!». Rise nel parlare, in mezzo a un brusio di stupore e malcontento.

Grace lo afferrò per un braccio, costringendolo a sedersi. Qualche istante dopo, un paio di uomini robusti seduti avanti, con l'aria di boscaioli del Vermont, si avvicinarono ai loro sedili.

«Tutto okay, signorina?» domandò uno.

«Questo tipo le dà fastidio?»

«Tutto okay» dichiarò lei, paonazza in viso per l'imbarazzo. «Il mio... ehm... ragazzo ama gli scherzi. Potete perdonarlo?» Sfoderò uno dei suoi sorrisi più aggraziati, che non avrebbe sfigurato sulle labbra di una principessa affacciata al balcone del castello per salutare i sudditi, e i due uomini andarono via. «Ma che ti dice il cervello?» bisbigliò infine a Channing.

Lui le rivolse un sorriso divertito. «Era per dimostrarti la mia buona fede. Uno psicopatico cercherebbe di passare inosservato.»

«Sei tutto matto.»

«Non lo nego.»

«Quanti anni hai? Cosa fai nella vita?»

«Siamo arrivati alla fase "ho fatto questo e quello"?»

«Se dobbiamo fare un pezzo di strada insieme, e abbiamo stabilito che nessuno di noi ha intenzioni omicide, non c'è nulla di male a scambiarsi qualche informazione. Comincio io, se vuoi. Già ti ho detto che mi chiamo Grace. Vengo da New Haven, ho diciotto anni, mi sono appena diplomata e questo viaggio senza itinerario è il mio regalo di maturità. Voglio dimostrare a me stessa che posso cavarmela da sola.»

Channing rovistò nel proprio zaino, ne estrasse dei chewing-gum e se ne infilò uno in bocca. Subito dopo le allungò il pacchetto. Lei ne prese uno timidamente, e nel masticarlo si sentì invasa da una sensazione di piacevole ribellione. Se Cedric l'avesse vista, sarebbe impallidito. Masticò il chewing-gum con più vigore, per dispetto.

«D'accordo» acconsentì lui. «Io vengo da Providence, ho ventidue anni e questo viaggio è il mio regalo di immaturità.»

«Di immaturità?»

«Mi sono diplomato da un po', e dopo non ho combinato molto. Sono quello che si definisce "uno scapestrato". Un tipo che gira il mondo, pratica sport estremi e fa dannare sua madre perché non vuole mettere la testa a posto.»

«Sei stato in molti Paesi?»

«Faccio prima a dirti dove non sono stato. In Australia, ma conto di recuperare al più presto. Per il resto, non c'è continente che io non abbia bazzicato in lungo e in largo. Mi piace spostarmi, zaino in spalla e adrenalina in corpo. In inverno di solito mi fermo, lavoro in un'officina per mettere da parte qualche dollaro e la primavera successiva parto di nuovo. È divertente.»

Grace osservò malinconicamente un cartellone pubblicitario, in cui un'agenzia immobiliare offriva case da sogno in paesi esotici, e mormorò: «Non potremmo essere più diversi».

«Tu sei una brava ragazza che fa impazzire d'orgoglio la famiglia?»

«Fino a ieri, sì.»

«Lo dici come se ti dispiacesse. Comunque consolati: è molto più facile diventare come me che come te. Basta un niente per deludere qualcuno, ma per inorgoglirlo possono non essere sufficienti una vita intera e tutto l'impegno del mondo. Dunque, sei ancora in tempo a trasformarti in una scapestrata, mentre io non sarò mai un bravo ragazzo.»

«Si può essere tante cose tutte insieme. Perché solo questa o quella? Posso essere una brava ragazza anche se faccio quello che piace a me e non quello che piace agli altri. E chiunque può essere un pessimo ragazzo, qualcuno di cui non essere affatto orgogliosi a meno di avere le fette di prosciutto sugli occhi, anche se sembra perfetto.»

«Ti riferisci a una persona in particolare?»

Lei arrossì, come se fosse stata colta in flagrante mentre rubava. «No, certo che no.»

«Per essere una brava ragazza, dici troppe bugie. Chi è questo tipo dall'apparenza perfetta che, invece, si è rivelato un pessimo soggetto? Il tuo ragazzo? Mi deludi, Bambi. Speravo scappassi per un motivo meno banale di un fidanzatino che ti ha messo le corna.»

«Non è solo per questo!»

«Quindi in parte lo è?»

Grace avvertì un sussulto di fastidio dinanzi a tanta insistenza. Non perché avesse torto, ma perché aveva ragione. Per quanto la scoperta di essere figlia adottiva e il rifiuto da parte di Yale l'avessero ferita, la causa principale della sua evasione – e di quella rabbia che continuava ad affacciarsi armata in mezzo a un'inerme tristezza – era dovuta a Cedric.

«Preferisco non parlarne. E tu non fare tanto il figo. Quali motivi più grandiosi dei miei hai per fare lo scapestrato? Sentiamo!»

«Sono gravemente malato e non vivrò ancora per molto, così cerco di godermela fino in fondo.»

Lo guardò come se fosse impazzito, o moribondo, o impazzito e moribondo insieme. Con paura e dolore. «Oddio...»

Channing rimase serio per un istante e poi scoppiò a ridere. «Ti bevi tutto, tu! Ti sembro sull'orlo della fossa?»

«No, ma...»

«Tranquilla, Bambi, anche i miei motivi sono superficiali come i tuoi. Il paese che mi sta stretto, la mamma che non sopporta i miei capelli lunghi, la ragazza che mi ha mollato e altre cazzate simili. Per fortuna c'è il mondo là fuori pronto a distrarmi da queste stronzate.»

«Non si scherza su certe cose.»

«Non prendere tutto così sul serio!»

Channing continuò a ridacchiare per un po', prendendola in giro per la sua espressione sconvolta, così simile a quella di un lemure dai grandi occhi tristi. Lei tornò a guardare la strada che scappava all'indietro, i cartelli pubblicitari, le stazioni di servizio Valero e Sunoco che si alternavano con le loro insegne blu e gialle, e poi via via il buio che invadeva tutto.

«Posso farti una domanda?» gli chiese a un tratto.

«Liberissima. E io posso non rispondere, nel caso riguardasse la mia ex ragazza?»

«Non sarei mai così indiscreta» mentì lei, che invece avrebbe voluto sapere tutto su quella tipa. «Volevo solo chiederti... hai qualche parente... ehm... orientale? I tuoi occhi e i tuoi zigomi...»

«Mi sembrava strano che ancora non avessi curiosato. I miei avi amavano viaggiare perfino più di me e fare figli sotto tutti i cieli del mondo. Ti posso dire che nel mio DNA circola sangue cinese, irlandese, olandese, italiano e francese. Un bel miscuglio, non credi? Una ragazza con cui sono stato non faceva che ripetermi che sono la copia sputata di Ricky Kim.»

«Non lo conosco. Però posso affermare che sei...»

«Uno schianto?»

«Passabile.»

«Brava Bambi, tienimi testa. A proposito, sei stata in gamba prima.»

«Prima quando?»

«Quando ti ho strattonato per la giacca, appena sei salita sull'autobus. Così ti voglio, pronta a strapparmi le palle! E adesso scusami, ma voglio riposare mezz'ora. Svegliami a Philadelphia, e non baciarmi di nascosto mentre dormo.»

«Non ci penso proprio!»

Lui le rivolse un sorrisetto obliquo, e poi si calò il cappuccio sugli occhi, mentre il buio fuori diventava inesorabilmente notte.

Grace smanettò con lo smartphone digitando il nome del personaggio che aveva citato poco prima. Tra le immagini apparve Channing... No, non era lui, si trattava di un modello che faceva anche l'attore, ma gli somigliava davvero tantissimo. Se solo avesse avuto ancora la sua macchina fotografica... Certo, avrebbe potuto adoperare quella del cellulare, ma non senza il suo permesso. Il solo pensiero di immortalarlo le scatenò un brivido alla base del collo. Era così insolito e interessante, così espressivo e travolgente, anche adesso che respirava piano e non sorrideva più, che all'idea di fotografarlo non riuscì a non sentirsi come se, facendolo, potesse rubargli l'anima.

A Philadelphia pioveva e, poiché era quasi notte e il successivo autobus, verso una destinazione qualsiasi, non sarebbe partito prima dell'alba dell'indomani, si pose il problema di dove dormire.

«Che ne dici se passiamo la notte insieme?» le domandò Channing, il cappuccio ancora alzato, una raffica di sbadigli e lo zaino su una sola spalla.

«Cosa?»

«Intendevo: cerchiamo un hotel e ci passiamo la notte, tu in una stanza e io nell'altra. O forse preferisci andartene per la tua strada? Non abbiamo stipulato un patto di sangue, puoi filartela quando ti gira.»

«D'accordo» disse Grace. «Troviamo un hotel.» Pioveva a dirotto, era stanchissima, desiderava cercare un posto dove dormire fino a recuperare le forze e non le dispiaceva il pensiero di condividere quella ricerca con qualcuno.

Lui la prese, tutt'altro che simbolicamente, per mano. Il cuore di Grace si trasformò in una girandola infuocata: per un attimo si sentì come quando, da bambina, era sfuggita al controllo dei suoi genitori e aveva conquistato uno scivolo proibito. Rammentava ancora l'eccitazione quasi febbrile mentre si issava su quelle scalette, più ripide di montagne per le sue gambe incerte, la soddisfazione palpitante della vetta e poi, mentre finalmente si lasciava andare su quella pista argentata, lo stesso calore di adesso, lo stesso cuore-girandola, la stessa sensazione di libertà.

Per fortuna era buio, per fortuna pioveva, per fortuna Channing non si accorse di nulla. Stava studiando una mappa sul cellulare. Quindi le disse: «A un centinaio di metri, nella piazza di fronte, c'è un albergo. Chiediamo se hanno una stanza, ti va?».

«Due stanze.»

«Ops, vero, due stanze» scherzò lui.

Si tuffarono in mezzo alla pioggia: dalla strada si levavano volute di vapore che, illuminate dai lampioni, creavano un singolare panorama dal sapore sulfureo. Dopo qualche passo trovarono l'hotel. Entrarono nella hall scrollandosi la pioggia di dosso come cuccioli zuppi.

L'albergo era confortevole ma modesto. Né i suoi genitori né Cedric vi avrebbero mai pernottato e, ancora una volta, quella constatazione rafforzò la decisione di sceglierlo. Ottennero due stanze vicine, all'ultimo piano di un palazzone vetusto.

«Buonanotte Bambi» le disse Channing. «Se hai bisogno di qualcosa, batti sul muro: tre colpi più profondi, tre colpi più leggeri, e di nuovo tre colpi più profondi. È il segnale Morse per l'SOS.»

«Grazie, ma non mi servirà nulla. Non prevedo di aver bisogno di essere soccorsa.»

«Non si sa mai.» Le sorrise con aria provocatoria, e Grace gli rivolse una linguaccia e si rintanò dentro la camera. Si guardò intorno: tutto era effettivamente semplice, con la moquette giallo senape, un piccolo televisore, qualche mobile in stile liberty alquanto malmesso, e un bagno senza vasca, solo la doccia chiusa da pareti di plastica opaca.

In quel momento, avrebbe anche potuto essere una grotta con grappoli di pipistrelli dagli occhi rossi e tende fatte di ragnatele vecchie. Non le importava. Voleva soltanto lavarsi con acqua bollente e un ettolitro di bagnoschiuma profumato, e dormire come una marmotta d'inverno.

Purtroppo dovette accontentarsi di un'acqua passabilmente tiepida e di un bagnoschiuma che sapeva di limone, polvere e cane bagnato. Inoltre, quando si pettinò i capelli davanti allo specchio, si rese conto che, asciugandoli solo con il debole getto del phon antidiluviano messo a disposizione dall'albergo, senza la spazzola rotonda e le creme lisciantti che utilizzava di solito e che non aveva portato con sé, si sarebbero irrimediabilmente increspati. Cedric prediligeva le chiome domate, quasi in stile anni Venti, frutto di appuntamenti puntuali col parrucchiere e di un sacco di tempo dedicato a "farsi bella" se ci pensava da sola.

Un sorriso spontaneo, quasi trionfante, le apparve sulle labbra mentre si metteva a testa in giù e li lasciava svolazzare ovunque. Quando si rialzò, sembravano i capelli di una matta: arricciati, spettinati, perfino sgarbati. I suoi occhi, sotto quelle ciocche, non erano mai stati tanto scintillanti.

∽∾

Poco prima di coricarsi mandò un SMS ai suoi genitori.

> Sto bene. Non chiamatemi,
> vi prego, mi faccio viva io.
> È tutto a posto e non dovete
> preoccuparvi di niente.

Li immaginò che combattevano contro la volontà irresistibile di comporre il suo numero e parlarle, il padre indeciso fra la promessa e la tentazione, la madre lacrimosa, entrambi ancora increduli e feriti dalla sua fuga.

Per fortuna nessuno chiamò, e il rumore principale rimase quello vellutato della pioggia.

Grace guardò oltre i vetri non troppo puliti della finestra, vide i contorni oscuri dei giganteschi palazzi e, come un fiore tra i baobab, il campanile dorato dell'Independence Hall.

Sono davvero io, da sola, in un alberghetto qualsiasi di Philadelphia, a guardare le cose senza che nessuno mi dica cosa guardare e per quanto tempo? Posso decidere da sola in quale direzione muovere un passo e quello successivo?

L'entusiasmo dinanzi alla consapevolezza di tanta libertà crollò al primo sbadiglio. Accese la televisione posizionata su un ripiano di vetro: fece uno stanco zapping col telecomando e si fermò su un canale qualsiasi, che trasmetteva vecchi film in bianco e nero.

Ben presto le palpebre si fecero pesanti, anche se le braccia di Morfeo si mostrarono meno accoglienti del previsto. Dopo un'ora trascorsa in preda a un sonno agitato, pieno di sogni stranissimi nei quali un po' volava e un po' annegava, si svegliò all'improvviso con una fame da lupi. Il tramezzino preso a New York non poteva bastarle. Il suo stomaco emetteva versi simili allo scratch di un dj.

Provò a chiamare la reception. Dopo due squilli percepì un rapido bussare alla porta: che avessero udito il lamento ringhioso del suo stomaco fin dal piano terra?

Quando aprì, perfino quel muggito famelico tacque, paralizzato anch'esso dinanzi a Channing che sostava sul pianerottolo con un enorme sacchetto di plastica in mano. Era tutto bagnato, come se fosse stato sotto la pioggia. Le gocce che precipitavano dai suoi capelli e si fermavano sulla bocca parevano perle traslucide.

«Ho pensato che avessi fame, Bambi» le disse. «E anch'io ne ho. Posso entrare?» Lei annuì e si spostò dall'ingresso con un passetto vacillante. Subito dopo si rese conto di indossare una camicia da notte di cotone rosa, corta fino alle ginocchia, con un cucciolo scodinzolante disegnato sul petto e un'infinità di cuori stampati, e si vergognò come se Channing l'avesse scovata a giocare con le bambole facendole parlare fra loro in falsetto. «La cucina dell'hotel era chiusa, così sono uscito e ho trovato un takeaway cinese. Ti piacciono gli spaghetti di soia e il pollo alle mandorle? Ho preso anche funghi fritti, ravioli al vapore, riso ai gamberetti e banane caramellate. E sette biscotti della fortuna.»

«Sette?»

«Sì, non si sa mai. Se il bigliettino che c'è nel primo non ti piace, lo butti e ripieghi sul secondo, e via dicendo finché non becchi la frase che fa per te. La fortuna va accompagnata. Mangiamo insieme o vuoi la tua privacy? Sei paonazza come se indossassi a stento due foglie di fico strappate.»

«Entra... io... vado a mettermi qualcosa addosso» gli disse.

In bagno indossò dei jeans e una T-shirt, la più rude che aveva, senza cuccioli e volant, solo un tulipano scarlatto dal lato del cuore. Tornando nella stanza, si rese conto che Channing aveva approntato una specie di postazione da picnic, adoperando il letto come prato erboso.

«Spero non ti dispiaccia se ho messo tutto qui» le disse lui. Aveva disseminato un'infinità di scatoline di cartone plastificato, giallo acceso, simili a strane gerbere spigolose sparse sul letto. Si era tolto la giacca: indossava una maglietta con una stampa mimetica e dei jeans sfilacciati sulle ginocchia.

Grace non aveva mai mangiato così, un po' all'arrembaggio. Sulle prime si sentì in imbarazzo al pensiero di stare seduta sul letto, le gambe incrociate in mezzo a quei fiori di plastica, con Channing che, dal lato opposto, pareva trovarsi del tutto a suo agio. Lo vide armeggiare con bastoncini e forchette di plastica, e le parve così bello al centro di quel caos fragrante, coi capelli umidi e l'aria di chi si incastra perfettamente in qualsiasi angolo del mondo, che avrebbe voluto – di nuovo – avere la macchina fotografica per rubare alcune parti di lui. La ciocca di capelli sugli occhi. La curva ironica delle labbra. Uno spicchio d'ala scarlatta della fenice che faceva capolino dallo scollo a V della maglietta.

«Non fissarmi così» le disse lui. «Oppure guardami per bene una volta per tutte. Vuoi che mi spogli per esaminarmi nei particolari, così dopo ci dedichiamo alla cena senza distrazioni?»

«No!»

«Non credevo esistessero ancora ragazze così.»

«Così come?»

«Capaci di arrossire in modo sincero. Sei un tipo insolito. E anche molto carina.»

«Non... non è affatto vero!» esclamò lei, come se le avesse appena rivolto un insulto.

«Cosa? Che arrossisci o che sei carina? Credimi, Bambi, ho viaggiato tanto, e anche se non sono un vecchio replicante e non posso dire "ho visto cose che voi umani non potete neppure immaginare", ti assicuro che un po' di mondo l'ho bazzicato lo stesso. Una come te non l'ho mai conosciuta. Sembri sbucata da un sogno.»

«Se è un modo gentile per dire che sembro un'imbranata, grazie lo stesso.»

Channing divorò due grossi bocconi di riso, e poi continuò: «Io non sono una persona gentile, almeno non nel senso di falsamente cortese. Posso essere scherzoso e simpatico, se mi va di essere scherzoso e simpatico, ma dico sempre quello che mi passa per la testa. Ho litigato di brutto a tutte le latitudini con persone con poco senso dell'umorismo, perché non riesco mai a mentire su quello che penso e che provo. Non ti considero un'imbranata, ma una specie di delizioso incrocio fra una fata e una creatura aliena. Arrossisci alla minima sciocchezza, anche mangiare sul letto in modo scanzonato ti sembra quasi una cosa da tripla X. Però, secondo me, oltre la facciata c'è qualcosa di bellicoso che bolle in pentola: una voglia segreta di sfoderare gli artigli. Se non fossi del tutto immune, potrei innamorarmi di te.»

Grace rimase con uno spaghetto sospeso fra le labbra, ciondolante verso il contenitore giallo, gli occhi sgranati come girasoli.

«Perché sei immune?» gli domandò, rendendosi conto quasi subito che era il commento sbagliato.

«Perché ho troppe cose da fare per perdere tempo a innamorarmi. E poi l'amore è una fregatura. Si finisce col fare del male o per farsi del male. Non c'è mai il lieto fine. O vieni pugnalato alle spalle, o pugnali qualcuno alle spalle, o semplicemente finisci con l'annoiarti a morte.»

«Tu sei stato pugnalato o ti hanno pugnalato?»

«Più che altro mi sono annoiato a morte.»

«E la tipa che ti ha lasciato?»

«Mi sa che ci annoiavamo a morte entrambi.»

Continuando a mangiare, Grace si domandò come fosse possibile annoiarsi insieme a lui: non sembrava che la noia potesse aver mai posato armi e bagagli in una stanza qualsiasi della sua vita.

«Penso sia impossibile non farti annoiare» commentò infine. «Non credo esista una persona in grado di attrarre la tua attenzione per un tempo superiore a un secondo.»

«Chi lo sa? In ogni caso, viaggiare è la cura migliore per ammorbidire tutti i pensieri spinosi. Bastano due tramonti in riva al mare, una notte sotto le stelle, un'alba ad arrampicarsi fino a sentire il fuoco nei polpacci e nei polpastrelli, e ti rendi conto di quanto tutto sia effimero. Tu invece hai l'aria di quella che il coltello ce l'ha tuttora infilzato in mezzo alla schiena. O anche tu hai deciso di diventare cittadina del mondo per noia?»

«Non credo di aver pensato molto, quando sono andata via. Diciamo che scappare... no, ehm... partire... mi è parso l'unico modo per riuscire a respirare ancora. Mi sentivo come dentro un sacchetto di plastica senza un filo d'aria.»

«Cosa ti è successo?»

«Sono sicura che non ti interessa davvero.»

«Credimi, Bambi: non faccio mai nulla se non voglio farla davvero. Se ti dico una cosa, la penso fino al midollo. Non mi riesce proprio di fingere.»

Per qualche motivo che aveva a che fare solo con l'istinto e con nessun'altra esperienza, Grace gli credette, si fidò e gli raccontò ogni cosa. Lo fece senza guardarlo, intervallando le parole per mangiare ora un pezzetto di pollo alle mandorle, ora un fungo croccante. In sottofondo, il brusio del televisore somigliava alla voce sonnolenta di uno sciame rinchiuso in un cassetto.

«Accidenti» commentò lui alla fine di quell'elenco di disavventure. «Certo che non te ne sei fatta mancare una. Però, tutto sommato, hai l'aria di chi ha incassato bene il colpo. Forse, inconsciamente, non vedevi l'ora.»

«Di cosa?» Sollevò lo sguardo e lo fissò, le bacchette di legno impugnate come bastoni. «Di scoprire che il mio principe azzurro era in realtà un guardiano dei porci e un porco lui stesso? Che non so chi siano i miei veri genitori e, se pure volessi contattarli, non potrei perché sono morti? Che non solo non sono abbastanza per Cedric come ragazza, ma nemmeno per l'università come studentessa?»

Lui non si scompose neanche un po' dinanzi alla sua collera. Continuò a mangiare e parlare negli intervalli, con un sorriso irremovibile sulla bocca. «Di scoprire la verità. Di essere te stessa. Di mandare affanculo le favole. Di smetterla di girare intorno alla vita e di cominciare a entrarci dentro. Le cose che succedono non devono per forza essere disgrazie: possono anche essere utilissimi calci in culo per iniziare una buona volta a vivere davvero. Io credo che non ci capiti mai nulla che non siamo in grado di sopportare. Magari non lo comprendi subito, sulle prime ti sembra di essere vittima della sfiga più stronza dell'universo, ma a un tratto ti rendi conto che tutto ha un senso: la tua storia voleva solo portarti su una certa strada e, siccome non capivi, è stato necessario uno spintone.»

«E quale sarebbe questa strada? Sentiamo!»

«Al momento è esattamente quella che vedi. La stanza 238 di un Holiday Inn di Philadelphia, a mangiare cibo cinese e parlare della vita. Domani si vedrà. Vuoi il dolce adesso? Le banane caramellate sono buonissime.»

«Sei... sei una persona davvero strana...»

«Non più di molti altri. Non più di te, Bambi. Anche tu sei strana, ma ancora non lo sai. Ci dividiamo i biscotti? Sei sono tuoi e uno mio. Voglio essere cavaliere.»

«Perché a me così tanti?»

«Perché tu hai avuto una brutta giornata e hai bisogno di più fortuna.»

La rabbia di Grace evaporò d'un tratto. Quel ragazzo, quello stranissimo ragazzo, effondeva una specie di magia. Perché, solo ascoltandolo, i fulmini nel suo petto diventavano stelle cadenti? Perché lo conosceva da poche ore e le pareva di conoscerlo da sette vite?

Macchinalmente, prese i biscottini da un sacchetto. Vide Channing rompere il suo, dare una scorsa al biglietto trovato dentro, sorridere e gettarlo via appallottolato.

«Cosa c'è scritto?»

«"Un nuovo amore in arrivo, vai dove ti porta il cuore, ma vacci armato." Pensi che si riferisca a te? Intendi spararmi?»

Lei non gli rispose. Si mise a trafficare coi suoi biscotti.

Il primo bigliettino diceva: «La fortuna che cerchi è in un altro biscotto».

Il secondo: «Anche un viaggio di mille miglia comincia con un passo».

Il terzo: «Se c'è una soluzione, perché ti preoccupi? Se non c'è una soluzione, perché ti preoccupi?».

Il quarto: «Tutto ciò che vuoi è dall'altra parte della paura».

Il quinto: «Un problema è una possibilità che ti viene offerta per fare meglio».

E l'ultimo: «Se l'opportunità non bussa, costruisciti una porta».

«Bene» sentenziò Channing, «mi sa che anche i biscotti sono d'accordo con me. Hai notato che non ce n'è uno che ti dica: "Fattela sotto per la fifa e torna a casa"? E a volte sanno essere crudeli, fidati. Non dicono solo ciò che chiunque vorrebbe sentirsi dire. Ad esempio, io non ci penso proprio a innamorarmi.»

«Ma chi cavolo ci pensa? Prima di ricascarci, camminerò su un sentiero di carboni ardenti, mi tingerò i capelli di rosa shocking e brancolerò nel buio in una grotta piena di serpenti.»

«Che strano, non hai l'aria di una che ci è già cascata.»

«Che vuoi dire?»

«Che non sembri una col cuore spezzato. Sembri delusa, frastornata, indispettita, perfino spaventata, ma non hai un'aria da Giulietta senza il suo Romeo, ecco.»

«Tutta questa filosofia l'hai imparata a furia di mangiare biscotti della fortuna?»

«E dove sennò? Piuttosto, passami il telecomando.»

«A che ti serve?»

«È uno dei miei film preferiti» le spiegò lui, aumentando leggermente il volume del televisore.

Nel vederlo sistemarsi contro la testiera del letto, di un legno che forse non era legno, verde come la bile, Grace si domandò se esistesse su Internet un tutorial che insegnasse alle ragazze come lei a non arrossire col ritmo di un interruttore della luce, acceso e spento da qualcuno che ama gli effetti psichedelici. Non c'era verso di non mostrargli quanto era candido il suo passato e gracili le sue difese. Avrebbe voluto avere un'aria spigliata, ma non faceva altro che trasformarsi in un fiore sgargiante, rosso fuoco, a ogni suo movimento inaspettato.

«Non vai nella tua stanza adesso?» gli domandò.

«Certo, Bambi. Se vuoi che vada subito, mi tolgo di torno più veloce della luce.» Fece per alzarsi, stiracchiandosi come un felino.

«No! Cioè... non subito, puoi rimanere ancora, mi fa piacere. Che film è?»

Lui si risistemò sul letto, in mezzo a una babele di scatoline cinesi vuote. «*Quarto potere*. Lo conosci?»

«Credo di no. No, sono sicura di no.»

«È appena cominciato. Vuoi vederlo?»

Aveva visto molti film insieme a Cedric, ma al cinema, sulle comode poltroncine del più rinomato multisala, e mai su un letto scaravoltato come la tasca di un bambino, e in piena notte.

Un brivido di euforia la percorse. Si sentì quasi una donna perduta. Immaginò Cedric che le cuciva sulla giacca un'enorme iniziale scarlatta – "A per Adultera" – e si mise comoda, il cuscino dietro la schiena e nel cuore una banda di tamburi.

Per due ore esatte, nella penombra della stanza regnò un dolce silenzio. Era piacevole vedere un film più impegnativo di *Batman v Superman* senza che nessuno le spiegasse il senso di questa e di quella scena. Cedric era solito farlo: dava per scontato che non capisse i messaggi reconditi dei passaggi meno scorrevoli. Come aveva fatto a giudicare piacevole quell'abitudine? Perché, invece di vederla per ciò che era, ovvero insopportabilmente pedante, le era sempre parsa gentile, un segno di rispetto, un indizio di considerazione?

Quanto sono stata ottusa?

«Non ti è piaciuto il film?» le domandò Channing alla fine. Era ancora seduto sul letto, e la sua sagoma nella semioscurità sembrava più grande, quasi imponente.

«No, mi è piaciuto molto invece. Stavo pensando che... che tutti noi abbiamo una Rosabella nella nostra vita. Non intendo uno slittino di legno, ma un confine oltre il quale perdiamo l'innocenza, un momento fondamentale in cui l'infanzia rimane indietro. Per quanto possa sembrare patetico, ho l'impressione che la mia sia finita solo ieri. Mi sa che hai ragione. Era ora. A te quando è successo? Qual è stato il tuo confine?»

Lui si passò una mano tra i lunghi capelli, facendoli frusciare come un acchiappasogni di piume. «Avevo dieci anni, era estate. Ero in vacanza dai miei nonni, sul lago Winnipesaukee, nel New Hampshire. Avevo il divieto di allontanarmi dopo il tramonto, perché il lago è molto profondo e pericoloso. Una notte, però, mi parve di udire il verso disperato di un animale: era un lamento fortissimo, e scavalcai la finestra per andare a vedere. Nel bosco, in mezzo al fogliame, c'era un cucciolo di alce. All'apparenza era rimasto impigliato al filo metallico di una recinzione ma, guardando bene, capii che era stato legato da qualcuno e certamente torturato. A terra c'era un lago di sangue. Ricordo come mi osservava: la luna illuminava due grandi occhi terrorizzati. Andare a chiedere aiuto richiedeva troppo tempo, così lo liberai da solo, ferendomi a sangue a mia volta. Mi parve di metterci un secolo, un secolo inginocchiato a terra a sbrogliare quella matassa, ma forse passarono solo pochi minuti. Quando finii, il cucciolo era morto. Ecco, quel piccolo di alce è stato la mia Rosabella. Da quel momento in poi, tutto è cambiato.»

«Mi... mi dispiace. Deve essere stato terribile.»

Channing scese dal letto. «Adesso andiamo a dormire. Domattina, alle dieci, parte un autobus per Pittsburgh. Io ci vado, ma tu... ho la sensazione che tu debba continuare da sola.»

«È un modo per dirmi di togliermi di mezzo?»

«È un modo per dirti di non appoggiarti a nessuno. Hai appena abbandonato la tua Rosabella sulla neve, devi imparare a muoverti senza cadere di nuovo nella trappola di chi decide per te dove andare. Però, e sono sincero, è stato un piacere conoscerti.»

Channing si avvicinò: la luce che proveniva dal televisore ancora acceso illuminò il suo sguardo magnifico. Si chinò, e lei sperò che stesse per baciarla, ed ebbe paura che stesse per baciarla, e implorò il cuore di non sbattere contro le pareti della stanza come un passero cieco, ma Channing si limitò ad abbracciarla un istante e ad accarezzarle i capelli. Infine, uscì dalla porta.

⸏⸎

Sognò cuccioli di alce che cantavano come le sirene di Ulisse e slittini che affondavano in pozze melmose. Si svegliò poco dopo l'alba, più stanca di quando era andata a dormire.

Rimuginò a lungo su cosa fare, dove andare e perché andare, e poi decise di percorrere un altro pezzo di strada con Channing. Si era buttata in quel viaggio facendosi guidare dal destino, e il destino l'aveva portata da lui.

Non si può fare un torto alla sorte, non si possono ignorare i suoi suggerimenti.

E se questo non bastasse, se il destino fosse davvero solo una sciocchezza fatata, è proprio quello che voglio fare. Conterà pur qualcosa ciò che desidero ardentemente?

Perché lo desiderasse tanto ardentemente era un altro paio di maniche. Non era solita lasciarsi andare così, ma forse... forse una volta che allenti il nodo che tiene chiuso il sacco della tua vita, quello rimane aperto e lascia scivolare fuori ogni emozione. Forse un cavallo libero da redini e bardature torna selvaggio e corre fino all'orizzonte.

Sono un cavallo selvaggio?

Sorrise a quel pensiero, e dubitò di essere nulla di più di un gatto randagio. Tuttavia, voleva senz'altro rivedere Channing, aveva altre cose da chiedergli, voleva guardare ancora i suoi occhi, vederlo scalare una roccia di arenaria e sorridere in quel modo indimenticabile. Probabilmente non era la decisione più saggia, ma aveva pasteggiato a prudenza e saggezza per tutta la vita: adesso era il turno di gustare l'intenso sapore della follia.

Passate le otto, sistemò le sue poche cose e notò il mucchietto di scatole trapezoidali del ristorante cinese accatastate in un angolo. Per quanto avesse scelto di trasformare il rettilineo della sua vita in una strada piena di curve, non era giusto che qualcun altro pagasse il prezzo della sua ribellione. Ad esempio, la cameriera che avrebbe dovuto rimettere in ordine quella stanza. Così, diligentemente, raccolse tutto in un sacchetto, e decise di conservare i bigliettini estratti dai biscotti della fortuna. Li raccolse uno per uno, come preziosi cimeli. Desiderava tenere anche quello di Channing, così cercò a terra, dove le era parso che avesse lanciato il suo rettangolino di carta spiegazzato. E infatti era lì, sotto il letto: per recuperarlo dovette quasi spalmarsi sulla moquette.

Tuttavia, quando lisciò la carta per unire il biglietto agli altri nel portafoglio rosa cipria, il suo cuore spiccò un salto acrobatico.

Nel biglietto non c'era scritto affatto quel che Channing le aveva letto la sera prima. Non era un messaggio dal tono spiritoso e romantico. Era, invece, un biglietto dal tenore inquietante.

La morte sorride a tutti. Un uomo non può far altro che sorriderle di rimando.

Perché mai le aveva mentito?

In preda a un'agitazione crescente, bussò contro il muro che comunicava con la stanza di Channing, imitando il segnale Morse di sos. Non le rispose nessuno. Perciò raggiunse direttamente la camera. La porta era aperta e una cameriera stava cambiando le lenzuola nel letto.

«Il ragazzo che sta in questa stanza... dov'è?» le domandò.

La donna, una messicana dall'aria stanca il cui nome, impresso su una targhetta agganciata alla divisa azzurra, era Juanita, le rispose: «Da quanto ne so, è andato via da almeno un paio d'ore».

Grace socchiuse le labbra, stupita. Arretrò di qualche passo, le orecchie che fischiavano come se tutto il mondo la stesse pensando.

Era andato via prima?

«Signorina?» la chiamò all'improvviso la cameriera. «Lei è Bambi?»

«Cosa?»

«Sul cuscino c'era un biglietto indirizzato a Bambi. Non sapevo cosa farne. È lei?»

«Sì, sono io.»

La donna le porse un foglio arrotolato come un editto papale e tenuto insieme dalla bandana che Channing le aveva prestato il giorno prima, a mo' di grossolano nastro. Da un lato c'era scritto proprio "Per Bambi", accanto al disegno un po' buffo di due grandi occhi da cerbiatto. Grace lo lesse in preda a un triste presentimento.

Conteneva un messaggio definitivo.

Nel dubbio che decidessi di venire con me, ho preferito partire prima. Non sono una scelta vincente, dammi retta. Incontrarti è stato magico: i tuoi occhi hanno qualcosa di simile a quelli del cucciolo di alce che tentai di salvare anni fa. Ma tu non morirai, tu sei una forza, tu vivrai intensamente e farai mangiare la polvere a chiunque tenterà di metterti i bastoni fra le ruote. Sono felice di aver condiviso con te questa breve parentesi. Adesso punta un dito sul mappamondo e va' dove ti porta la vita.

Cinque
Channing

Il primo infarto l'ho avuto a dieci anni, sulla riva del lago Winnipesaukee. Da allora, non sono più tornato da quelle parti.

Il secondo infarto l'ho avuto a diciotto anni, qualche giorno dopo il diploma, mentre compilavo la domanda di iscrizione all'accademia di polizia di New York. Inutile dire che la domanda è finita nel cesso. Era già improbabile che riuscissi a entrare con la mia cartella clinica, ma dopo è diventato definitivamente impossibile.

Il terzo infarto lo sto ancora aspettando.

Arriverà, lo so che arriverà, come arriva la neve, in un giorno silenzioso, anche se nell'aria c'è ancora il profumo dei fiori.

Ho una patologia cardiaca congenita, di quelle che fanno strabuzzare gli occhi alle persone compassionevoli, sconvolte al pensiero che un ragazzo tanto giovane abbia una speranza di vita che, a voler essere sfrenatamente ottimisti, non è destinata a superare il giro di boa della trentina.

Mio padre, che faceva il poliziotto, è stato assassinato in un conflitto a fuoco quando avevo otto anni, quindi si è risparmiato la *lieta* novella e ha almeno soddisfatto la speranza di ogni genitore normale: quella di morire prima dei figli. A mia madre è toccata invece la ragionevole certezza di sopravvivermi, e questa cosa la distrugge due volte: perché non è naturale, e perché io non faccio nulla per tentare di rimandare il mio commiato alla terra.

Da bambino mi sono anche adattato alle prescrizioni mediche: per quattro anni dopo il primo infarto sono entrato e uscito dagli ospedali, mi sono imbottito di farmaci e ho condotto una vita noiosa e prudente, ogni emozione racchiusa in una scatola affinché non facesse troppo rumore e non frantumasse in modo definitivo il ferrovecchio incostante che avevo nel petto. Ma l'adolescenza è una leonessa che non vuole essere addomesticata. Dai quindici anni in su mi sono rotto della noia e della prudenza, con grande sgomento di mia madre che non è più riuscita a tenermi a freno. Il fatalismo è entrato nella mia vita insieme al sesso e al desiderio di fare tutto quello che facevano gli altri ragazzi. Il mio corpo, ovviamente, mi ha castigato, ma fino a quel giorno me la sono goduta. Dopo il secondo infarto mi è stato detto che l'unica speranza che avevo di prolungare il mio viaggio era di sottopormi a un trapianto. Il mio nome è finito in una lista d'attesa piena di nomi di altri disperati. Ma quando, a diciannove anni, mi hanno chiamato, ho detto di no. Meglio un giorno da leone, col cuore che scoppia al tramonto e la morte che arriva in un ruggito, che cento giorni da coniglio, silenzioso, lento, imbottito di medicine, sottoposto a continui controlli e la morte che arriva comunque.

Mia madre ha pianto, ha protestato, ma già lo sapeva che non ci sarebbe stato verso di convincermi. Per placare un po' la sua disperazione, ho accettato di reinserire il mio nome nella lista d'attesa, ma entrambi lo sappiamo che, se e quando mi richiameranno, rifiuterò di nuovo e lascerò il posto a qualcuno che ci tiene a vivere più di me.

Sono tre anni che vado avanti così. Apparentemente sto bene. D'inverno lavoro, ho la passione per i vecchi motori e le auto vintage che amo rimettere in sesto. Rimedio un bel gruzzolo e poi viaggio, non mi lego a nessuno, non lascio che nessuno si leghi a me: non ho storie sentimentali, solo brevissimi incontri, qualche metro di strada percorsa insieme, qualche letto con l'impronta concava del mio corpo su quello di una ragazza di passaggio, nessuna lacrima e nessun giuramento. Ho preso le distanze perfino da mia madre. Non so quanto durerà, potrebbe finire fra un anno o domani: ma almeno finirà mentre mi muovo, mentre combatto, mentre sudo, salto, corro e respiro a pieni polmoni, mentre mi arrampico fino alla cima di un masso col sole che mi arroventa la schiena. A un tratto sentirò il corpo che si fa pesante, le mani che perdono la presa, e l'aria mi accompagnerà fino a terra.

Voglio morire vivendo appassionatamente.

Ma soprattutto, non voglio essere vivo sulla pelle di qualcun altro. Per cui, va bene così.

I suoi occhi somigliano a quelli di un cucciolo di alce ferito, o di un cerbiatto che ha perso la madre e la rotta. Aiutandola, mi sento come se avessi di nuovo dieci anni e fossi riuscito a liberare in tempo quella creatura torturata. Mi sento come se, subito dopo, non fossi caduto in mezzo all'erba sporca di sangue, in preda a un dolore che non so raccontare, fatto di aghi e pietre e pugni e una desolata paralisi.

Non che lei somigli a un alce: è molto carina. Spaesata come un cigno in un bosco. Scappa da qualcosa, probabilmente una delusione. Esistono molti tipi di viaggiatori, ma quelli veri sono quelli che vanno senza sapere quando tornano, i fuggiaschi per rabbia o per disperazione. Quelli che non programmano, che fanno il periplo della terra con pochi bagagli, i nomadi, i vagabondi, i cercatori di se stessi, i pellegrini del mondo.

Lei è una pellegrina appena sbocciata. Ha bisogno di qualche suggerimento, di qualche dritta da girovago. Ha bisogno anche di un sorriso, e gliene regalo volentieri più di uno.

Ciò di cui io non ho bisogno, invece, è un bacio. Ma lei me lo dà. E mi piace. Mi piace il suo sapore tremante, la sua dolce impudenza, il suo corpo incerto che si stringe al mio.

Non toccarla, non toccarla, non toccarla.

Non giocheresti ad armi pari con lei, è poco più di una ragazzina sperduta.

Sulla giostra era felice come se avesse scoperto tutto in una volta il suono della sua stessa risata e ne fosse piacevolmente stupita.

Non sa bene cosa vuole, a parte fare un dispetto a qualcuno che è rimasto a casa.

Non la tocco e la lascio andare.

Mentre il taxi si avvia, mi guarda come un naufrago che vede allontanarsi una nave lungo l'orizzonte.

Io, invece, la guardo come ho guardato quell'alce, con la stessa sensazione di dolorosa responsabilità e la certezza di aver potuto fare di più per salvarla, perdendo in modo spregevole.

Io mento di rado. Però a volte ometto alcuni dettagli.

Ad esempio, non ritengo indispensabile dirle che l'ho vista dare l'indirizzo di Times Square al taxista. Non l'ho udita, l'ho proprio vista. Stavo osservando il suo profilo oltre il vetro, e le sue labbra hanno pronunciato due parole riconoscibili.

Okay, in un certo senso la seguo. O meglio, sarei dovuto comunque partire, anche se avevo in mente di rimanere a New York per qualche altro giorno. Piccolo cambio di programma, nulla di più.

Okay, spero di rivederla. Ma il terminal bus è troppo vasto, le compagnie di viaggio sono tantissime, la folla è fitta come sabbia, non ho la più pallida idea di quale fosse la sua destinazione, e mi rassegno. Meglio così. Se la caverà da sola, non sono il suo angelo custode.

Però poi, quando la vedo salire sull'autobus, mi pare di vedere anche il destino che la segue e riempie l'abitacolo col suo peso impertinente, come un vecchio amico che si diverte. Per un attimo trattengo il respiro e mi dico che va bene così, le cose che succedono anche da sole vanno bene, perché vanno come devono andare, come sarebbero andate comunque, e la vita è un fiume che non si ferma.

Se era scritto che ci incontrassimo, chi sono io per oppormi?

⚯

Però mi sa che devo oppormi lo stesso. Mentre guardiamo il film insieme, e lei non se ne accorge, la osservo: coi capelli spettinati e gli occhi persi nelle immagini grigie del televisore, non è solo carina, è proprio bella. Mi sento terribilmente attratto da lei.

Durante i miei viaggi con poche mete e molti brividi, non mi è mai successo di provare un'affinità talmente immediata, visto che all'apparenza siamo tanto diversi. Eppure, Grace mi piace più di quanto mi piaccia di solito la gente che incontro. Non so che spiegazione dare a quest'attrazione, so soltanto che un vento misterioso mi spinge contro i suoi occhi e il suo corpo. Le sue labbra hanno la curva rotonda delle mele, la sua pelle sembra fatta di madreperla. Mi muovo impercettibilmente sul letto, in preda a una strana inquietudine, senza smettere di domandarmi: "Perché mai questa tipa mi piace così tanto?".

Purtroppo, sono certo a mia volta di piacerle molto, ed è questo il limite più insormontabile. I suoi sguardi non hanno maschere. Sembra una bambina davanti a una vetrina piena di dolci, giocattoli e bijoux. Ma non va affatto bene così.

È appena scappata di casa.

È delusa dal suo ex che l'ha tradita, dalla sua famiglia, dalla piega che ha preso la sua vita.

Non sa quello che vuole.

Potrebbe innamorarsi, o credere di innamorarsi, di chiunque le porgesse un braccio o un fiore. Ma quel qualcuno non voglio e non posso essere io. Perciò parto prima di quanto le avessi detto. Già mi manca. Non so perché – è più assurdo di una tempesta in un bicchiere – ma già mi manca.

Alcune cose appaiono inspiegabili, un po' pazze, magiche e aliene, ma questo non le rende meno vere.

Sono passate da poco le sette quando arrivo al terminal della Greyhound. Mi aspetta un viaggio più lungo, fino a Pittsburgh saranno almeno sei ore, destinate ad allungarsi a causa delle fermate necessarie. Quindi dovrò arrivare a Cincinnati, e infine in Kentucky: è improbabile che giunga a destinazione prima di domani.

Di solito non elenco tutte le tappe col tono di chi snocciola mentalmente una nevrotica litania. Di solito mi godo il percorso, senza l'ansia di tagliare un traguardo, ma stavolta sento addosso una strana fretta.

Da un lato temo che Grace possa apparire da un momento all'altro, e non voglio che accada. Dall'altro mi farebbe piacere vederla apparire da un momento all'altro, ma non è una pensata molto geniale. Così, cerco di accelerare il tempo riflettendo vorticosamente su moltissime cose come se, dando gas ai pensieri inutili, l'autobus possa partire prima.

Di fatto penso tanto a lei, anche se continuo a non capire perché. Per distrarmi, infilo gli auricolari e mi sparo nelle orecchie un po' di vecchie note rock. Secondo i dottori dovrei ascoltare solo musica new age, fare sport leggero, sottopormi a controlli ogni tre mesi e aspettare che qualcuno tiri le cuoia e mi doni il suo cuore. Invece io mi imbottisco di Deep Purple, Whitesnake e Black Sabbath, mi arrampico come una scimmia impazzita, vado dal medico solo per farmi prescrivere i farmaci appena finiscono e di sicuro non auguro la morte a nessuno. Perché la mia vita dovrebbe valere più di quella di qualcun altro? Solo perché è la mia? Non mi sono mai sopravvalutato a tal punto, neppure quando ignoravo di essere una bomba a orologeria.

Purtroppo non riesco a distrarmi: il viso pallido e morbido di Grace mi torna alla mente senza intervalli. Be', mi passerà, come passano tutte le cose. E anche lei, di sicuro, tempo due giorni, si dimenticherà di me e si tufferà in qualche nuova avventura. Spero che torni a casa il più tardi possibile. Spero che trovi se stessa lungo la strada e impedisca al mondo di addomesticarla ancora. Spero che impari a ruggire e a vivere intensamente, perché non c'è un altro modo giusto per vivere.

A un tratto, sulle note di *Long Way from Home*, e a meno di un quarto d'ora dalla partenza dell'autobus per Pittsburgh, qualcosa in mezzo alla folla attira la mia attenzione. Anzi, qualcuno.

C'è un tizio – sui vent'anni, capelli biondi pettinati col compasso, pulloverino di cachemire e scarpe sicuramente made in Italy – che gira in mezzo alla gente con un'aria da primo attore. Chiede qualcosa agli impiegati e ai passeggeri, mostrando loro una fotografia.

Lo guardo fingendo di non guardarlo, e in me lampeggia un'intuizione formidabile. Mi sono sempre chiesto se la malattia mi abbia reso più perspicace, e mi sono risposto che ha soltanto trasformato il valore del tempo: quando ne hai poco, devi fare di tutto per valorizzarlo. Minimizzare gli incidenti di percorso, le noie, gli intoppi, i pericoli. Proprio perché so che domani potrei non esserci, oggi voglio assolutamente arrivare fino al tramonto e soprattutto tentare di morire in modo grandioso, quasi epico, e non per colpa di un cazzone che mi borseggia o di un ubriaco che mi investe. Tutta questa attenzione mi porta a cogliere dettagli che altri ignorerebbero e a fare cento cose in un secondo, senza perdere le redini di nessuna: ascoltare musica, leggere *Mr. Vertigo* di Paul Auster, sgranocchiare un brownie Oreo, notare una rissa in fondo all'isolato, rispondere al sorriso di una bella ragazza coi capelli rossi che mi fissa dalla fila dirimpetto, e individuare quello che – ne sono sicuro – deve essere un parente stretto dello stronzo che ha tentato di fare fessa Grace, se non lui stesso.

D'altro canto, pur non essendo riuscito a entrare in polizia, covo un po' di DNA da poliziotto. Mio padre lo era, e mio nonno, e i miei zii, e anche qualche cugino lo è diventato.

Per tutto questo, e perché il tipo corrisponde alla descrizione che lei ne ha fatto, sono sicuro che sia... come si chiamava lo stronzo? Carter? Cameron? Griffin? Ecco, per i nomi ho meno orecchio.

Certo che si è impuntato un bel po'. È arrivato fino a qui. Deve essere proprio motivato. Cosa lo spinge? L'amore? Un capriccio? Un sentimento offeso o un pentimento?

Dopo un po' il tipo – ma come diamine si chiama? – arriva dalla mia parte. Fingo di essere immerso nella lettura. La musica è talmente forte che si sente anche a distanza.

«Per caso hai visto questa ragazza?» mi domanda, mettendomi sotto il naso una sua foto.

Bambi abbracciata a lui. Entrambi sembrano scolpiti nella cera e nella menzogna. Sorridono con due sorrisi gemelli e anche i colori dei loro abiti fanno pendant. Celeste la camicia di lui come l'abito di lei. Bianchi i pantaloni di lui come le scarpe di lei. È una foto scattata d'estate, appaiono abbronzati, e sullo sfondo si intuisce lo scorcio di un porticciolo al quale sono ormeggiate delle barche di lusso. Eppure, c'è qualcosa di artefatto in questa immagine, sembrano in posa, ed è come se Grace recitasse la parte della brava e fortunata mogliettina.

«Cos'hai detto?» domando, togliendomi un auricolare.

«Hai visto questa ragazza in giro?»

Fingo di riflettere.

«Mi pare proprio di sì» replico dopo un po'.

Lui sussulta, come se non se lo aspettasse.

«Dici davvero?»

«Era insieme a due ragazzi biondi con l'aria da surfisti. Tentavano di convincerla ad andare con loro fino in Florida.»

«Cosa?»

«Ci ho fatto caso perché erano seduti vicino a me e lei rideva a voce alta. I due ragazzi volevano portarla a Cocoa Beach.»

«Cosa?» ripete lui con un'aria ottusa che non gli dona molto.

«Siccome ci sono stato anche io l'anno scorso, mi sono intromesso nella conversazione suggerendo loro un Best Western Hotel che affaccia sull'Atlantico.»

Ammetto che in questo momento mi fa quasi pena. È letteralmente sconvolto. Se nella foto sembrava un manichino di cera, adesso sembra un blocco di cemento a presa rapida.

«Ma... Sei sicuro che fosse lei?»

«Credo di sì. Certo, sotto giuramento non potrei confermarlo. Magari mi sbaglio.»

«Il nome... L'hanno chiamata per nome?»

«Aspetta, fammi pensare... Possibile che fosse Greta? Oppure Grace... Non ricordo esattamente, mi dispiace. Ops, adesso devo prendere il mio autobus.»

Mi allontano in fretta, lasciandolo in mezzo alla sala d'attesa con un'aria a dir poco disorientata. Dopo un po' lo vedo uscire dal terminal e raggiungere un'Audi rossa parcheggiata fuori. Mi auguro parta al più presto alla volta della Florida e che lì si perda nelle Everglades.

E ovviamente, mi auguro che Grace scelga qualche altra destinazione.

Sei

Cose da fare entro l'estate

1. ~~Partire senza dirlo a nessuno~~
2. ~~Baciare un affascinante sconosciuto~~
3. Scattare tantissime fotografie
4. Scatenarmi a ballare in mezzo alla folla
5. Farmi fare un tatuaggio
6. Viaggiare lungo la Route 66
7. Assistere alla migrazione delle farfalle
8. Fare una seduta spiritica
9. Consolare una persona triste
10. Indossare un abito strano
11. Trascorrere il compleanno a Four Corners
12. Perdermi in un bosco
13. Fare qualcosa di assolutamente pazzo e pericoloso
14. Salvare una vita
15. Innamorarmi

Scrisse la lista di getto, in preda a una furia creativa che scaturiva dalle forti emozioni provate dalla nuova Grace, affamata di vita ed esperienze. La lesse, la rilesse, e poi le sorrise, come se non fosse un semplice elenco di parole, ma una persona in carne e ossa che poteva comprendere ciascuna di quelle speranze.

Le prime due cose erano andate. Peccato che anche Channing fosse andato. Non si erano scambiati i numeri di cellulare, e ricontattarlo era impossibile. Ignorava perfino il suo cognome. Conosceva il sapore della sua bocca, ma non come si chiamava esattamente.

Per quanto la ragione le dicesse che era meglio così, non riusciva a soffocare una piccola voce interiore che diceva tutt'altro.

Una cameriera gentile le versò dell'altro caffè in una capiente tazza di ceramica gialla, mentre Grace, seduta al tavolo di un diner vicino al Liberty Bell Center, continuava a rileggere quella lista strampalata, piena di cose che non aveva mai pensato di voler fare ma che adesso le risultavano indispensabili.

Di sicuro desiderava arrivare fino a Pacific Grove, in California, dove all'inizio dell'autunno le farfalle monarca giungevano dal Canada in speranzosi sciami, per svernare abbracciate agli alberi di pino. Una volta, da bambina, aveva visto un documentario sul canale del National Geographic, ed era rimasta colpita dal coraggio di quei piccoli animali color arancio, fragili come petali di papavero, che percorrevano migliaia di miglia solo per restare in vita.

Voleva essere all'altezza di una sola di quelle farfalle, voleva essere coraggiosa come l'ultima di quella moltitudine, e aveva deciso che la contea di Monterey sarebbe stata la tappa finale del suo viaggio.

Ci sarebbe arrivata attraverso la Route 66: una strada storica, percorsa nel passato da carovane di uomini non meno audaci delle farfalle e spinti dal medesimo istinto di sopravvivenza. Sarebbe stata l'ultima tappa: doveva arrivarci piena di emozioni, esperienze e ricordi. Talmente tante emozioni, esperienze e ricordi da permetterle di non pensare più alle emozioni suscitate dall'esperienza di incontrare Channing, che non riusciva proprio a trasformarsi in un ricordo immobile. Era un ricordo che le sgomitava dentro e faceva lo sgambetto alla decisione di pensare ad altro.

Come si spiega tutta questa nostalgia per qualcuno che ho visto una volta e con cui ho trascorso solo poche ore?

Potrebbe essere una specie di dispetto a Cedric?

Forse trovare attraente un altro ragazzo è una forma grossolana di vendetta?

Poteva darsi, anzi, era certamente così. Un modo un po' infantile per affrontare la questione, ma si trovava ancora al principio del viaggio, e certi cedimenti puerili erano ammessi.

Diede un ultimo morso alla torta di more che aveva ordinato e udì il trillo dei messaggi in arrivo sul cellulare. Aveva già fatto la chiamata mattutina promessa ai suoi genitori, dunque non potevano essere loro.

Il nome di Cedric lampeggiò come uno schiaffo. Il tenore delle sue parole, invece, la lasciò alquanto perplessa.

> È vero che stai andando in Florida? E chi sono
> questi due ragazzi che ti stanno accompagnando?
> Sei diventata matta? Non farlo, Gracie, non farlo,
> o potresti trovarmi a Cocoa Beach al tuo arrivo.
> Io sono a Philadelphia, dimmi dove sei, torniamo
> a casa insieme e smettiamola con queste stupidaggini.

Grace provò un mucchio di emozioni diverse, prima fra tutte il senso di soffocamento di chi si sente pedinato.

Cedric si trovava a Philadelphia? Aveva seguito il suo percorso? Come si permetteva di spingersi a tanto? Se la cosa stava bene – sia pur tra mille sospiri e singhiozzi – ai suoi genitori, che diritto aveva lui di perseguitarla?

Inoltre, si domandò come potesse essere tanto stupido. Credeva che quelle parole arroganti la facessero tornare sui suoi passi? Spinta da quali emozioni, poi? Paura? Vergogna? Era tanto presuntuoso da non intuire che potessero, invece, rendere più testarda la sua fuga?

No, non era presuntuoso, o almeno *non solo* presuntuoso: più che altro era abituato. Abituato a un docile agnellino da condurre ovunque con un guinzaglio d'oro. A una demente che non coglie i segnali disseminati dappertutto e che si fa "intortare" – per dirla alla Jessica – con due frasi poetiche e un regalo costoso.

Infine, cos'era quel riferimento alla Florida e a due fantomatici ragazzi? Forse, oltre che arrogante e falsamente cortese, era pure squilibrato? No: di sicuro, durante la sua ricerca ossessiva, qualcuno gli aveva fornito le informazioni sbagliate, scambiandola con un'altra persona.

Per fortuna non era andata alla stazione un'ora prima. Se lo avesse fatto, probabilmente lo avrebbe trovato lì.

Tuttavia, quell'equivoco le faceva comodo. Adesso aveva un posto dove mandarlo e dove non andare mai.

Gli rispose con un messaggio, per la prima volta dopo due giorni di silenzio assoluto.

> Non insistere a chiamarmi, e non ti permettere
> di seguirmi fino in Florida. Vado dove voglio
> e con chi voglio. Sono perfettamente in grado
> di scegliere una destinazione e dei compagni
> di viaggio senza la tua consulenza. Addio.

Era certa che quelle parole sarebbero bastate a condurlo esattamente a Cocoa Beach, anche se non aveva la più pallida idea di dove si trovasse esattamente.

Sorrise e chiese dell'altro caffè. Doveva rimanere lì un altro po', dargli il tempo di organizzare il suo viaggio per la Florida e lasciare Philadelphia. Era sicura che avrebbe raggiunto il primo aeroporto per batterla sul tempo. E lì l'avrebbe attesa per almeno un paio di giorni, immaginando giungesse in pullman.

Benissimo. Doveva solo prendere tutt'altra direzione.

Trascorse l'intera giornata ad ammirare la lunga, storica crepa sulla campana della libertà, a gironzolare in quei dintorni e a bere caffè. Non esattamente la terapia più idonea a placare la burrasca di emozioni che aveva dentro, ma era sempre meglio stare sul chi va là che mostrarsi distratta, nel caso Cedric avesse ordito qualche misterioso gioco per stanarla.

Nel tardo pomeriggio, si impose di prendere una decisione più logica del nascondersi dietro le schiene dei turisti per mimetizzarsi, e seguì uno dei suggerimenti di Channing: entrò in un centro commerciale, scovò un negozietto che vendeva abbigliamento sportivo e tentennò per qualche attimo dinanzi a una pila di larghe T-shirt coi personaggi di Futurama, chinos multitasche e berretti dei Philadelphia Eagles. Non il tipo di abiti ai quali era abituata, ma proprio per questa ragione il miglior camuffamento del mondo. Uscì in strada con un berretto verde, una maglietta con la faccia sarcastica di Bender che fumava un sigaro, un paio di pantaloni color cachi e sneaker bianche.

Prese il primo autobus in partenza, senza far molto caso alla meta: Columbus, in Ohio. Una destinazione è uguale all'altra quando il tuo viaggio non ha una scaletta ma è ispirato dal destino. Si sedette in fondo e, finché non si rintanò accanto al finestrino, il suo cuore sperò che Channing la strattonasse come aveva già fatto una volta. Ma non accadde nulla del genere e trovò posto senza inconvenienti né sorprese. Avrebbe fatto meglio a mettere in moto al più presto un meccanismo di rimozione: non del *suo* ricordo, ma del batticuore che il suo ricordo continuava a procurarle.

Posò la testa contro il vetro, al di qua di un nuovo tramonto e di una nuova strada da percorrere. Si vide riflessa: i capelli mossi – una criniera leonina biondo rame – la fecero sorridere ancora una volta. Si domandò che faccia avrebbe fatto Cedric nel vederla così, ma quasi subito quella riflessione divenne una nebbiosa dissolvenza, sostituita dal pensiero delle mani di Channing che le accarezzavano le guance e delle sue labbra che la baciavano.

Abbassò le palpebre e si assopì col suo sapore ancora in bocca.

Dopo un po', l'autobus si fermò in una stazione di servizio e il movimento dei passeggeri che scendevano tutti insieme la svegliò di soprassalto. Sbadigliando, sbirciò un attimo fuori con le mani a coppa intorno agli occhi: le luci dello snack-bar, oltre i distributori di benzina sui quali svettava l'insegna rossa della Exxon, illuminavano la notte quasi a giorno. Decise di uscire per andare in bagno e comprare qualcosa da mettere sotto i denti.

L'autista era stato bruscamente esplicito: l'autobus sarebbe ripartito dopo venti minuti, chiunque ci fosse a bordo. Nessuno avrebbe provveduto a fare appelli o a segnalare l'eventuale assenza del compagno di sedile, come in una gita scolastica. Perciò Grace scelse quasi al volo una confezione di Swiss Rolls, un tubo di Pringles e una lattina di Pepsi. Fino a due giorni prima avrebbe preso dei cracker senza sale e una bottiglia d'acqua liscia, ma che avventura sarebbe stata senza un po' di cibo spazzatura?

Mentre si avviava verso la cassa, qualcosa, anzi qualcuno attrasse la sua attenzione. Davanti a un distributore di bevande c'era una coppia che infilava monetine e pigiava i vari tasti per ottenere del tè al ginseng. Non ci sarebbe stato nulla di interessante se non si fosse trattato di due anziani che si tenevano per mano, si parlavano dolcemente e si sorridevano come se avessero dodici anni. Erano anche vestiti come due dodicenni: lei, che non dimostrava meno di settant'anni, indossava una casacca di lino, una coloratissima gonna a ruota lunga fino ai polpacci, una borsina a tracolla e ballerine rosa shocking; lui aveva lunghi capelli argentati e portava una camicia a quadretti, jeans e scarpe da tennis viola acceso, e uno zainetto di tela appeso a un braccio.

A un tratto, mentre bevevano il tè da due bicchieroni di plastica, l'attenzione di Grace venne carpita dallo zaino dell'uomo: la sacca si muoveva in modo insolito. Era come se contenesse qualcosa di vivo. L'anziano sorrise e vi sbirciò dentro. Un musino aguzzo, con grandi occhi neri e piccole orecchie tonde grigio madreperla, si affacciò appena dall'orlo dello zaino. Intorno al collo aveva un nastrino sottile, rosso ciliegia. L'uomo tirò fuori da una tasca un sacchetto di plastica che pareva contenere della frutta secca, e l'animaletto prese a mangiarne con avidità, arricciando il nasino circondato da un ventaglio di lunghissimi baffi.

Grace emise un piccolo grido un po' stupefatto e un po' spaventato. L'anziano signore si girò verso di lei e si posò un indice sulla punta del naso, come fa un dodicenne che invita un altro dodicenne a tacere su una birbonata appena commessa. Aveva gli occhi azzurri e un sorriso che ancora prometteva fossette.

«Non darai l'allarme perché lo abbiamo fatto entrare nel negozio, vero?», commentò la donna, con una voce soffice come i baci di una nonna.

Grace scosse la testa, sentendosi allegramente complice di una marachella infantile, mentre il piccolo roditore continuava a sgranocchiare nocciole. Li osservò per qualche altro minuto, attratta dalla complicità che pareva unire quella stramba famiglia, e poi si ricordò dell'autobus e si avviò verso la cassa per pagare.

Lì si bloccò come se le fosse colata addosso una patina di ghiaccio.

A qualche metro di distanza c'era Cedric. Era lui, senza dubbio, ne riconosceva la forma delle spalle, il colore dei capelli e perfino lo stile degli abiti. Stava in fila per pagare qualcosa, e ciò che aveva acquistato le confermò di non aver preso un abbaglio. Acqua Evian in bottiglia di vetro, un caffè in tazza grande, pane integrale e prosciutto italiano.

Grace divenne piccola e pavida, e arretrò a passi lenti. Si nascose dietro un espositore di merendine, tra una fila di KitKat e una di Milky Way.

Una parte di lei la afferrò per il bavero e la scosse con forza, intrappolandola in una raffica di rimproveri.

Di cosa hai paura? Non può farti nulla! Non può mica costringerti a tornare!

Però può ferirmi con le parole e con gli occhi, e non sono ancora abbastanza "qualcosa" per resistere ai suoi attacchi. Abbastanza forte, coraggiosa, abbastanza avventuriera e indifferente, abbastanza donna. Ancora sono "troppo". Troppo fragile e spaventata e insicura e bambina e preda.

Rimase nascosta dietro l'espositore per un tempo lunghissimo. Vide Cedric che pagava i suoi acquisti, si avviava verso l'uscita e poi si voltava per dire qualcosa al cassiere e... e non era Cedric. Gli somigliava terribilmente visto da dietro, ma di fronte era un'altra persona. Aveva un lungo naso adunco e un neo sotto un occhio, gli occhi scuri e una cicatrice sul mento. E, a ben guardare, neppure da dietro era poi tutto questo clone: la giacca che indossava era di poco pregio, una mera imitazione lisa sui gomiti, e portava stivali da cowboy che Cedric non avrebbe indossato nemmeno morto.

Col cuore in gola e la voglia di prendersi a schiaffoni davanti a tutti, Grace abbandonò gli snack in uno scaffale a caso e raggiunse l'esterno di corsa.

L'autobus non c'era più.

Per qualche attimo rimase attonita, le labbra socchiuse, gli occhi strizzati come se, inquadrando meglio il parcheggio vuoto che aveva davanti, il flessuoso levriero blu potesse rimaterializzarsi all'improvviso. Per qualche attimo fu perfino incapace di ragionare.

Infine, la sua mente tornò a riempirsi di pensieri, il più prepotente dei quali la inchiodava con una tragica verità: era da sola, di notte, in una stazione di servizio lungo la I-76, circondata da un mucchio di sconosciuti e dal nulla.

⚮

Darei chissà cosa, adesso, affinché quel tizio fosse davvero Cedric.

Scacciò quella puntura di vigliaccheria dalla mente. Doveva uscire dalla modalità Grace-che-se-la-fa-sotto, per entrare in quella Grace-che-trova-una-soluzione.

Sulla strada, i mezzi sfrecciavano veloci e rumorosi. Fare l'autostop non era un'opzione possibile, troppo pericolosa in ogni senso. Rientrare nello snack-bar e chiedere a gran voce se qualcuno potesse darle un passaggio fino alla prima città era un'alternativa altrettanto rischiosa. Forse era meglio aspettare, sperando che si fermasse un altro autobus?

Mentre rifletteva, cercando disperatamente di non piangere, avvertì un grido alle proprie spalle e si voltò di scatto. Non fece in tempo a comprendere ciò che stava succedendo: i suoi occhi registrarono un movimento ondeggiante di stoffa colorata, quasi un pavone ruotasse la sua coda in mezzo alla piazzola, e qualcosa di piccolo e frenetico che correva sull'asfalto dirigendosi verso l'interstatale.

Se non lo avesse visto poco prima, avrebbe pensato a un ratto: ma si trattava senza dubbio dello strano animaletto che i due romantici vecchietti custodivano nello zaino. Lo riconobbe soprattutto dal nastro color ciliegia che gli decorava il collo e dai due anziani che gli correvano dietro, tentando di fermarlo.

L'animale, però, non si fermò. Scovò un albero sul margine della piazzola e vi si arrampicò fino in cima.

«Fred è sempre stato un bambino dispettoso» dichiarò la donna con le ballerine rosa parlando a Grace. Aveva il tono un po' amorevole e un po' affranto di una madre che non può fare a meno di constatare quanto il suo adorato figliolo sia pestifero.

L'uomo chiamò l'animaletto per nome, senza alcun successo.

«Dovresti provarci tu, Gladys, dopotutto è tuo fratello» disse con la più assoluta convinzione, come se stesse parlando di un ragazzino in carne e ossa.

«A volte la mamma doveva strillare per delle ore prima che tornasse dalle sue avventure coi pantaloni sporchi di fango e talvolta strappati sulle ginocchia» continuò la donna pensosamente. «Forse provando con il cibo... Ti è rimasta un po' di frutta secca?»

Nella mente di Grace si fece largo il sospetto che fossero entrambi matti. Eppure erano così carini, sotto l'albero con il naso in su, lei con la gonna che sembrava uno spicchio di arcobaleno, lui coi capelli svolazzanti, mentre mostravano al ribelle animaletto dei pezzetti di mandorle e noci per indurlo a scendere, e così preoccupati ogni volta che un mezzo sfrecciava veloce sulla mastodontica strada a pochi metri, che Grace non riuscì proprio a disinteressarsi della sorte di Fred per concentrarsi sulla propria. Si avvicinò, chiedendo se poteva rendersi utile.

«Potresti toglierti il berretto, tesoro, e provare a chiamarlo tu?» le domandò la donna. «Da ragazza avevo i capelli come i tuoi, stesso splendido colore, e magari Fred ti scambia per me alla tua età. Ha così tanta nostalgia di quel tempo, e a volte, ne sono certa, fatica a credere che io sia davvero sua sorella. Cinquant'anni sono cinquant'anni. Puoi dirgli che se scende giù andiamo al lago a vedere i castori e mangiare marshmallow?»

«Ehm... io...» titubò Grace, molto confusa.

La signora le sorrise divertita. «Oh, piccola, non temere, non sono matta. Semplicemente, Fred è un ghiro ed è la reincarnazione di mio fratello, morto per colpa della difterite quando era un ragazzino. Ma forse tu non credi nella reincarnazione?»

«Io... non... non ci ho mai pensato e...»

«Puoi pensarci dopo, bambina?» la esortò l'anziana. «Edward, le passi il sacchetto con la frutta?»

L'uomo le allungò una bustina di plastica.

«Preferisce le nocciole, ma va matto anche per le mandorle.»

Nel giro di pochi minuti Grace si ritrovò a passare da una situazione angosciosa a una surreale. Con un pezzetto di nocciola fra le dita, i capelli liberi nel vento affinché l'animaletto li vedesse, si mise a chiamarlo con un tono di voce forzatamente suadente. Dubitava che Fred la ascoltasse più di quanto non avesse ascoltato Gladys ed Edward, ma fu subito smentita: in un attimo il ghiro si affacciò tra le fronde, la osservò come se la riconoscesse *sul serio* e si tuffò tra le sue braccia. Grace trattenne un grido: d'accordo che era un ghiro, ma somigliava terribilmente a un topo. E lei aveva paura dei topi.

O meglio, credeva di aver paura dei topi. Non ne era certa. Dopotutto non aveva mai incontrato un topo. Gli animali di qualsiasi specie non facevano parte della sua vita asettica. E quel simil-topo in particolare era parecchio carino, morbido, con una codina a spazzola, e masticava la frutta con una specie di vezzosa eleganza che la fece ridere. Coraggiosamente, gli accarezzò la testolina, e non provò alcun ribrezzo, ma soltanto una strana tenerezza e un'inspiegabile felicità.

«Molto bene!» commentò Gladys. «Ero certa che ti avrebbe scambiata per me. Solevamo giocare molto insieme prima che la malattia lo colpisse. Puoi metterlo dentro lo zaino, tesoro?»

«Non mi morderà?»

«Oh no, era dispettoso ma non mi mordeva mai!»

Grace soffocò una risata e strinse l'animaletto tra le mani. Era caldo e vibrante, e si lasciò prendere con facilità: anzi, a contatto con le sue dita, parve quasi assopirsi.

I due anziani apparivano raggianti per l'esito fausto di quell'avventura.

«Grazie tesoro, sei stata gentilissima!» esclamò la donna. «Per ricompensarti voglio regalarti un braccialetto della fortuna. Li faccio io, intrecciando dei fili di cotone. Ne tengo sempre qualcuno da parte da regalare alle persone più simpatiche che mi capita di incontrare.» Si mise a frugare, eccitatissima, nella piccola borsa a tracolla alle cui frange erano intrecciate perline e foglie di plastica, e ne tirò fuori un laccetto colorato. Poi le domandò come si chiamava e fece lunghi complimenti al suo nome principesco. «Per te va bene questo, piccola Grace. Rosso, verde e bianco. Il rosso rappresenta l'amore, il verde la speranza e il bianco la libertà. Secondo me sono i colori di cui hai bisogno. Adesso te lo allaccio al polso, e mentre lo faccio devi chiudere gli occhi ed esprimere tre desideri. Non lo devi slegare mai, ma aspettare che si spezzi da solo, così uno o tutti i tuoi desideri si avvereranno.»

Grace annuì, con una gioia più intensa di quella mai provata dinanzi a doni assai più preziosi. Abbassò le palpebre e non ebbe bisogno di cercare a lungo nell'archivio dei sogni, per individuare i più adatti a partecipare a quel gioco buffo e magico.

Voglio diventare forte e coraggiosa, voglio trovare la mia strada nella vita, voglio vivere un amore indimenticabile.

Il volto di Channing le apparve nella mente e la fece sorridere.

«Hai pensato a un bel giovanotto, vero?» le domandò Gladys tutta allegra. «Vedrai che lo sposerai!»

«Oh... ehm... ne dubito molto, e poi...»

«Lo so, i giovani d'oggi non pensano a sposarsi ma solo a divertirsi. E fanno bene, non dico di no. Ma alla fine l'amore è importante, è il motivo per cui viviamo. Lui è con te?»

«Oh... no, lui... non esiste un *lui*, a dire il vero.»

«Esiste sempre un lui, e se ancora non c'è, ci sarà. Però, da come sei arrossita, io penso ci sia già. Forse stai andando a trovarlo?»

Grace scrollò le spalle con una punta di amarezza. «Sarebbe come trovare un ago in un pagliaio.»

Perché le rispondo? Perché do spiegazioni a questa stramba signora? Perché penso a Channing quando lei pronuncia la parola "amore"? Nessuna di queste cose ha il benché minimo senso!

«Non è poi così difficile, piccola. Basta usare una calamita e l'ago salta fuori. Quando vogliamo veramente qualcosa, la troviamo, puoi starne sicura.»

«Adesso andiamo, milady?» si intromise Edward con garbo. «Ormai è notte, dobbiamo trovare un posticino per fare la nanna prima che arrivino i lupi.»

Gladys dovette notare l'ennesimo stupore di Grace.

«Oh, amor mio, rischiamo che questa fanciulla ci consideri un bel gruppetto di matti!» spiegò con una risatina. «Non ci riferiamo ai lupi veri e propri, piccola. Di quelli non avremmo paura. Ma siamo in viaggio da diverse settimane e ci è capitato, talvolta, di notte, di fermarci in luoghi non sicuri e fare la conoscenza con persone non proprio perbene, ecco. Dunque dobbiamo girare un bel po' prima di trovare un angolino tranquillo in cui accamparci con la nostra casetta.»

«Una casetta?»

La dolce Gladys prese Grace per mano e si diresse con una lentezza quasi solenne, come se anche quel gesto facesse parte di un piccolo rito, verso un mezzo parcheggiato sotto due alberi, accanto alla piccola toilette dello snack-bar.

Grace trattenne una risata.

Davanti a lei c'era un furgoncino Volkswagen, di quelli che si vedono nei film fricchettoni ambientati negli anni Settanta, dipinto con colori che non avrebbero potuto essere più attira-lupi. Impossibile avere almeno centoquarant'anni in due, vestirsi come arcobaleni tascabili, spostarsi su un furgone viola e rosa con un'ala bianca su ciascuna fiancata, spacciare un piccolo ghiro per la reincarnazione di un ragazzino defunto e pensare di passare inosservati. Perfino una persona come lei, sempre vissuta dentro una cupola di cristallo, riusciva a immaginare che un simile insieme finisse col diventare quasi un'istigazione a delinquere per un certo tipo di umanità.

In quel momento, però, era un altro il pensiero che le attraversava la mente. Mentre Edward faceva scorrere il portellone laterale, mostrandole un interno che sembrava una bomboniera, con tanto di letto ricavato sul fondo, proprio sotto il lunotto posteriore, coperto da un plaid rosa con lunghe frange di pompon, un cucinino sormontato da una credenza a due ante, un divanetto a fiori, un piccolo tavolo e un paravento di bambù che forse celava una microscopica ritirata, sulle labbra di Grace affiorò una domanda più veloce dello stesso pensiero.

«Posso venire con voi?»

Il divanetto a fiori era più comodo del previsto. L'aria, tutt'intorno, aveva una dolce fragranza di lavanda e, osservando i minuscoli mobili perfettamente incastrati, Grace si sentì come se fosse finita in una casa di bambola. Si domandò se le stoviglie custodite nella credenza fossero piccole come quelle con cui le bambine bevono il tè invisibile e si fingono signore.

Mentre Edward metteva in moto il colorato trabiccolo, Fred venne fuori dallo zaino e si sistemò sullo stesso divano, in un angolo, seduto in una posa ridicola, come un piccolo re, tra le zampette una grossa mandorla bianca. Gladys si mise a imburrare panini di segale, farcendoli con fette sottili di seitan speziato e larghe foglie di verza bollita. Poi, del tutto incurante del movimento del mezzo che la faceva scivolare qua e là, versò del succo di pompelmo fresco in un bicchiere di vetro con decori di angeli.

«Noi non mangiamo carne, spero che la cosa non sia un problema per te» disse a Grace, porgendole il sandwich in un piatto di ceramica gialla. «Non sarebbe carino mangiare un nostro lontano parente o qualcuno che abbiamo conosciuto in una vita passata. Fred è la reincarnazione di mio fratello Frederick: e se mangiassimo una fetta della reincarnazione di qualcun altro? No, preferiamo non correre il rischio.»

Grace scosse la testa e subito dopo addentò il panino con gusto.

«Come fa a sapere che Fred è... insomma, che è suo fratello?» le domandò, dopo aver sorbito un sorso di quel succo senza un granello di zucchero che le fece stridere i denti.

«Dammi del tu, va bene? Diciamo che ci sono stati dei segni. Innanzitutto è entrato nella nostra vita il giorno del compleanno di Frederick. È apparso dal nulla, inseguito da uno stupido inserviente che lo aveva scambiato per un topo e voleva prenderlo a colpi di scopa. Mi è saltato in grembo e mi ha guardato con quegli occhietti vispi, come faceva lui quando voleva che lo proteggessi dal rimprovero di nostra madre, nascondendo una marachella. Poi, mio fratello aveva un dito in meno su una mano, era nato così, senza mignolo: e come puoi vedere, anche Fred è senza un dito in una zampetta. Infine, ho fatto dei sogni molto significativi in quel periodo, in cui mi appariva mio fratello e mi chiedeva di prendermi cura di lui. E aggiungeva di aver vissuto troppo poco nella sua vita precedente e di aver voglia di conoscere il mondo. Così siamo andati via tutti quanti.»

«Andati via da dove?»

«Dalla casa di riposo in cui vivevamo. Ma non immaginarti un posto terribile! Era a Coventry, un paese molto carino del Rhode Island. Io ed Eddie ci siamo conosciuti lì. Siamo entrambi vedovi e senza figli. Tra noi è stato amore a prima vista, chi l'avrebbe mai detto? Ci credi all'amore a prima vista, piccola?»

Grace bevve un altro sorso di succo di pompelmo e si morse le labbra. Di nuovo, come già era accaduto quando la parola "amore" si spandeva nell'aria, Channing divenne una prepotente molecola di quell'aria.

«Sì, ci credi» osservò Gladys allegramente. «Ti riferisci all'ago nel pagliaio? È stato un colpo di fulmine?»

Per la seconda volta durante quel viaggio, Grace si ritrovò a parlare di sé con qualcuno di cui sapeva più niente che poco. Seduta sul divanetto a fiori, con Fred che le dormiva accanto russando come un ghiro da cartone animato, raccontò una parte della sua storia a quella vecchia signora che forse era solo svanita e forse era proprio matta. Gladys la osservò per tutto il tempo con le mani giunte e un'aria ispirata, come una ragazzina romantica che ascolta una favola piena di cuori e di fiori. Alla fine, quasi volesse ritemprarne le forze dopo una piccola sofferenza, offrì a Grace una tavoletta di cioccolata.

«Forse eravate legati in un'altra vita e vi siete ritrovati» commentò la signora. «Credo sia accaduto anche a me ed Eddie. Il colpo di fulmine non è altro che l'incontro fra due anime che si riconoscono dopo tantissimo tempo. Adesso dovete ritrovarvi.»

«Oh no!» protestò Grace. «Dubito molto che lui abbia voglia di rivedermi, e comunque è impossibile. Non so neppure dove sia andato. Mi ha parlato solo del Kentucky, e di un posto famoso per le arrampicate, ma è tutto troppo generico per ritrovarlo... ammesso che intenda ritrovarlo.»

In quel momento, prima che Gladys potesse darle una risposta qualsiasi, Edward parlò dal posto di guida. «Siamo nella contea di Lancaster. Credo che, uscendo dall'autostrada, potremo trovare un'area di sosta sicura. C'è un villaggio amish da queste parti, e gli amish sono persone molto tranquille.»

Per quasi un'ora si inerpicarono lungo strade di campagna immerse nel buio. La notte era stellata ma illuminava a fatica le interminabili distese dei campi piatti come dischi, intervallate ogni tanto dalla sagoma spigolosa dei granai. Quando oltrepassarono un ponte coperto e avvistarono un agglomerato di case basse, capirono di essere arrivati a destinazione.

Grace guardò all'esterno con emozione. Non aveva mai dormito così, quasi all'aperto, col solo riparo del tetto di un furgoncino che forse era stato nuovo quarant'anni prima.

Mentre Gladys ed Edward si sistemavano sul letto da una piazza e mezzo in fondo all'abitacolo e si addormentavano tanto velocemente da sembrare loro la reincarnazione di due ghiri antichi, Grace si rintanò sul divano, avvolta in un plaid giallo, accanto a Fred col suo collarino rosso acceso. Gli fece una carezza sulla pancia con un dito, e poi sprofondò nel sonno di chi ha un secolo di stanchezza sulle spalle.

Sette

Le ragazze indossavano lunghi abiti azzurro cupo con grembiuli bianchi. Talvolta, dalle cuffiette di organza, soprattutto nelle più giovani, sfuggivano piccole ciocche non domate. I ragazzi portavano cappelli di paglia, pantaloni scuri tenuti su da grosse bretelle e camicie di cotone grezzo.

Grace aveva sentito parlare degli amish, ma non li aveva mai incontrati. Si stupì nel notare che i giovani erano in gran parte bellissimi, altissimi e biondissimi, fin troppo diversi dalle immagini suggerite dalla sua ristretta fantasia. Se li era figurati più cupi, parchi di sorrisi, vestiti completamente di nero e con lunghe barbe. Solo gli adulti corrispondevano, in qualche modo, a quell'idea: i giovani ancora non sposati, invece, erano sorridenti e gentili.

Vendevano marmellate, dolciumi, frutta, prodotti caseari e ninnoli vari ai turisti, tutto rigorosamente fatto in casa, all'interno di un negozio con la facciata in legno lilla. Il viavai degli acquirenti, che entravano a comprare cibarie, trapunte patchwork, campanelle, casette per uccellini e sonagli per le culle fatti con gusci di noci, era quasi una folla.

Gladys svolazzava come una libellula in mezzo alla fiumana di curiosi, domandava con sincero interesse notizie su questo o quel

prodotto e intavolava dialoghi amichevoli con le signore dalle cre-
stine bianche, finendo con l'acquistare quasi tutto. Edward le stava
accanto e, forse per solidarietà o forse per caso, esibiva anche lui un
paio di bretelle larghe, solo che le sue erano rosse, abbinate a un paio
di scarpe dello stesso colore. Reggeva una sportina di vimini all'interno della quale, con metodo e delicatezza, impilava confezioni di ogni
cosa, e guardava Gladys con l'amore di chi ha ritrovato il proprio
cuore dopo averlo perso.

Grace decise di uscire e di fare una passeggiata per i campi. Il
ghiro era nel suo zaino: aveva dimostrato di preferirla e non la abban-
donava un istante. Ormai era chiaro, secondo Gladys, che il suo caro
Fred l'avesse scambiata per lei: per dimostraglielo le aveva fatto vedere
una foto della loro giovinezza.

Fred era un ragazzino con la faccia da piccola canaglia: zazzera
bionda e scompigliata, il fisico magrissimo e un visetto... un visetto aguzzo che somigliava a quello di un roditore. Insomma, per
quanto la nuova Grace non fosse così nuova da credere a tutta la
faccenda della reincarnazione, non dubitava che Fred il bambino e
Fred il ghiro fossero pressoché identici.

Gladys da ragazza era così carina che Grace le fu grata di aver
affermato che le somigliasse. Era bionda e alta, vestita con un elegante completo anni Cinquanta d'un dolce rosa fiore di pesco, ed
esprimeva al pari del fratello un'aria forte e combattiva, come se tra
le pieghe della sua gonna a ruota si annidasse una scintillante por-
porina ribelle.

Con Fred nello zaino, dunque, Grace si avviò verso la strada di
campagna. A tratti, i tipici mezzi di locomozione degli amish – i *bug-*
gies trainati da cavalli – le passavano accanto, e ogni volta, per un istante, si sentiva come se fosse finita dentro un film ambientato in un altro
tempo, un tempo semplice fatto di carrozze, frumento raccolto con la
sola forza delle braccia e impilato in mucchi imperfetti, abiti rammen-
dati quando si strappavano e tramonti illuminati solo da candele.

Quel morbido niente – niente automobili, niente frastuono, niente palazzi e niente fretta – era così ipnotico, così piacevole che, quando qualcosa le finì addosso, Grace gridò più per la paura che per la caduta. Fred sgusciò dallo zaino, fuggendo verso un campo di pannocchie del tutto simile a un labirinto.

Mentre lo chiamava a gran voce, Grace vide accanto a sé una ragazza con un lungo abito celeste e in testa una cuffietta bianca. Si trattava chiaramente di un'amish, ma la cosa che colpiva di più era che, sotto quel vestito da piccola suora, spiccavano due imponenti rollerblade neri. Intorno a lei, sparpagliati come lego, c'erano un sacchetto di tela, delle mele e una bottiglia di soda.

«Oh, mi dispiace!» esclamò la ragazza. «Non so ancora andare benissimo su questi cosi e...»

Grace non rimase ad ascoltare le sue scuse. Si alzò in piedi e corse dietro a Fred. Purtroppo, un ghiro, che forse è la reincarnazione di un ragazzino biondo e forse è soltanto un animaletto dorato, non è destinato a risaltare in un campo di mais: il dispettoso roditore si confuse ben presto come un camaleonte in mezzo a tutto quel giallo.

Per fortuna i coltivatori avevano lasciato dei larghi sentieri liberi tra una schiera di spighe e l'altra, e Grace li percorse con un'ansia quasi materna, avanti e indietro, indietro e avanti, come se quel pestifero esserino fosse davvero un marmocchio terribile.

Col fiatone, la fronte sudata, una sete tremenda e la voglia di prendere Fred il bambino dal bavero e Fred il ghiro dal collarino per fare a entrambi un bel discorsetto, Grace crollò a terra stanchissima. Il sole era alto, le ombre erano mozziconi di matita. In quel momento si ricordò di se stessa, della propria fuga di pochi giorni prima, dell'ansia nella voce di sua madre ogni volta che la chiamava, e si domandò che diritto avesse di giudicare le scappatelle di Fred, bambino o ghiro che fosse.

Così, si mise a sedere sull'erba, a gambe incrociate, e disse parlando alle spighe: «Io sono qui. Se hai voglia di tornare, torna».

Il vento frusciò producendo un rumore di carta strappata. Per un po' non accadde nulla. Dopo qualche minuto, una freccia scintillò in mezzo a quel mare paglierino e il musetto di Fred affiorò tra le foglie.

Gli sorrise come si sorride a un fratello che è tornato a casa per amore e non per obbligo. «Brutto monello, vieni qui!» Per tutta risposta, il ghiro spiccò un lievissimo balzo e le atterrò tra le braccia.

«Parli agli animali?» Grace sussultò per la seconda volta a causa della stessa persona. La ragazzina di prima, scalza come in riva al mare, coi rollerblade che le penzolavano da una spalla e il sacchetto di tela sull'altro braccio, la guardò con curiosità. «Ti sanguina una mano» aggiunse subito dopo. Aveva un accento strano, un po' duro, come quello di un tedesco che si sforzi di parlare inglese.

Grace si osservò il palmo della mano destra: quando era caduta in avanti si era procurata delle abrasioni. Adesso che la paura era passata, cominciava ad avvertire un bruciore palpitante.

«Non è nulla» replicò.

«Se mi aspetti qui, torno subito. Abito dietro il campo. Sei caduta per colpa mia, e devo farmi perdonare. Ho un unguento antibatterico che mi ha fatto guarire le sbucciature alle ginocchia quando non sapevo ancora pattinare e sono caduta cento volte. Non che adesso io sappia pattinare molto bene, ma certamente meglio di prima. Insomma, aspettami! Cioè... non posso certo obbligarti ma...»

«Va bene, ti aspetto» le concesse Grace con un sorrisone.

La aspettò davvero. Nello zaino aveva un sacchetto di nocciole e fettine di mela secca e ne offrì a Fred. Dopo pochissimo tempo, la ragazza amish tornò. Era ancora scalza e stringeva tra le dita una boccetta di vetro e una pezzuola di cotone. Si sedette accanto a lei, la lunga gonna educatamente sistemata fin sotto i talloni, in una posa simile a quella di certe antiche dame negli arazzi ottocenteschi.

«Mi chiamo Kate» le disse la ragazza. «Questo unguento l'ho preparato io. Non che mia madre ne sia felicissima. Non so cucire e sono una frana a cucinare, ma mi diverto a preparare pomate e ricostituenti usando le erbe. Da grande voglio fare il medico. A te cosa piace fare?»

Non era il massimo che perfino una ragazza amish, indotta dalla propria comunità a non coltivare altri interessi oltre quelli domestici, avesse le idee più chiare delle sue riguardo al proprio futuro. Grace si sentì infantile e stupida al pensiero di non possedere uno straccio di sogno che potesse definirsi tale. All'improvviso, essere una fuggitiva in cerca di se stessa le parve troppo poco rispetto alle coraggiose ambizioni di Kate.

«E puoi farlo?» le domandò. L'unguento sulle ferite sfrigolò leggermente, mentre la ragazza vi passava la pezzuola con una delicatezza portentosa. «Intendo... puoi studiare per diventare medico? Io credevo che...»

Kate fece una smorfia. Non dimostrava più di quindici o sedici anni, aveva la pelle color marmo e i capelli raccolti in una cuffietta, ma l'espressione risoluta che assunse per un attimo la fece apparire più adulta di lei.

«In teoria, no. La nostra è una comunità molto conservatrice, non abbiamo neppure l'energia elettrica... ma io realizzerò il mio sogno, stanne certa. Fa ancora male?»

«No, va benissimo, guarirà in un attimo. Era solo una ferita superficiale.»

«Anche le ferite superficiali vanno pulite. Uno degli anziani della comunità, l'inverno scorso, è morto di setticemia perché non si è disinfettato dopo essersi tagliato con una falce. Come ti chiami?»

«Grace.»

«Vuoi un po' di soda fresca, Grace? No? A me piace tanto. Vado spesso a comprarla all'emporio. Conservano il ghiaccio in casse di sughero, ed è piacevole d'estate bere una bibita frizzante. Neppure di questo mia madre è molto contenta: della mia passione per le bollicine, intendo.» Si allungò verso il sacchetto di tela che, poco prima di recarsi a casa, aveva lasciato cadere lì, in mezzo all'erba, insieme ai rollerblade.

Tirò fuori la bottiglia e la stappò con uno sguardo euforico. Ne bevve ampi sorsi, con l'aria divertita di chi si stesse concedendo una pausa di spavalderia. Subito la sua postura perse la severità, l'inflessibile piega delle gambe si allentò e infine si adagiò sui gomiti osservando il cielo.

«Allora, spara le domande» le disse dopo qualche minuto.

«Domande? Che domande?»

«Di solito i turisti non fanno che cercare di fermarci per chiedere questa o quella cosa. Il più delle volte sono domande cretine.»

«Non ho domande, né cretine, né intelligenti. Sono talmente tante quelle che pongo a me stessa, e alle quali non so dare le giuste risposte, che sarei davvero una presuntuosa a pretenderle dagli altri.»

Il sorriso di Kate divenne tanto ampio da sfiorarle gli occhi. «Allora te le faccio io: da dove vieni?»

Grace glielo disse.

«Oh, speravo venissi dalla California.»

«Come mai lo speravi?»

Kate scrollò le spalle senza spiegarle il senso di quella misteriosa speranza. In quel momento, da dietro l'esercito di spighe emerse una voce femminile.

«È mia madre che mi cerca» osservò la giovane amish. «Devo rientrare. Se ti trattieni per qualche giorno, magari ci rivediamo.» Sollevò un braccio in segno di saluto, quindi si chinò sull'erba per prendere i pattini e la sportina. Mentre si allontanava, Grace pensò che le sarebbe piaciuto incontrarla di nuovo: non per subissarla di domande cretine, ma per scoprire come aveva coltivato il coraggio che le scintillava negli occhi, se era possibile impararlo, se era lecito chiederne uno spicchio. Ma soprattutto se esisteva un modo per capire se stessi abbastanza a fondo da capire cosa andasse bene per se stessi a dispetto di quello che pensavano gli altri.

Era come se Gladys calamitasse la gentilezza del mondo. Non c'era essere umano, ghiro, gatto, cespuglio di rododendro e perfino soffio di vento che non si facesse incantare dalla sua svampita freschezza.

Di solito gli amish non erano molto amabili coi turisti, e benché non si comportassero mai sgarbatamente, tendevano a mostrarsi impenetrabili. Quel giorno, invece, a seguito di una conversazione piena di sorrisi all'interno dell'emporio, invitarono la loro strana famiglia – due nonni e una nipote, questo sembravano, visti dall'esterno – ad accamparsi in una delle loro proprietà coltivata a frutteto e a servirsi senz'altro del pozzo.

Così, dopo pranzo, mentre Fred poltriva ed Edward sciacquava i piatti servendosi di un secchio d'acqua tirato su come nella scena di un vecchio film western, Gladys decise di rinfrescare la sua antica passione per le acconciature e si munì di spazzole e forcine per giocare coi capelli di Grace.

«Da ragazzina pettinavo molto spesso i capelli di mia madre. Erano color rame e lunghissimi. Tua madre ha i capelli come i tuoi?»

Grace stava per risponderle che no, i capelli di sua madre erano neri e lisci tanto quanto i suoi erano biondi e crespi, ma poi realizzò che si trattava di una verità parziale. Non aveva idea di come fossero i capelli della sua *vera* madre. Così le raccontò quel lato della sua vita e, già che c'era, le rivelò anche del rifiuto da parte di Yale.

«Mia cara piccina» disse Gladys con tono più morbido del suo consueto tono, già simile al burro, «quando accadono tante cose tutte insieme è perché la vita sta cercando di dirti qualcosa. Magari ci aveva provato prima, ma eri troppo distratta per sentire e allora ha dovuto gridartelo dritto nelle orecchie».

«Anche Channing ha detto qualcosa del genere...»

Gladys si fermò un istante ed emise un sospiro intensamente amareggiato. «Mi dispiace per lui.»

«Per quale motivo?»

«Un ragazzo tanto giovane che sia già in grado di comprendere i meccanismi del destino deve aver sofferto moltissimo. Io certe cose le ho capite in età molto avanzata. Da giovani, di solito, quando accade qualcosa di spiacevole, si tende ad arrabbiarsi e basta, a piangere e basta, senza riuscire a cogliere la sottile trama di fili che si nasconde oltre il disegno superficiale. Chi ha davanti una strada più lunga di quella che è rimasta indietro perde tempo coltivando inutili rancori o autocommiserandosi. È chi ha meno tempo che cerca un senso positivo e si rimbocca le maniche per non perdersi in chiacchiere.»

Grace ripensò agli occhi luminosi di Channing, al suo sorriso, e provò un brivido d'ansia. «Cosa intendi?»

«Che il tuo caro Channing ha di sicuro un segreto che lo ha fatto crescere in fretta. Oh, non fare quella faccia, piccina! Quando lo ritroverai ti racconterà tutto. E, di qualsiasi cosa si tratti, la risolverete insieme.»

Avrebbe potuto risponderle che il loro rapporto non era così profondo, che avevano soltanto condiviso un tratto di strada, un giro di giostra e visto un film insieme, che un giorno non è la vita anche se la vita è fatta di giorni, che di sicuro lui adesso era in cima a qualche roccia inondata dal sole e non pensava più a lei. Avrebbe potuto risponderle così, ma disse: «Pensi che lo ritroverò?».

«Se metti in moto la calamita, stai pur certa che lo becchi questo benedetto ago.»

«Forse l'ago non vuole essere ritrovato...»

«Quanti "forse", tesoruccio. Per fortuna, quando sei fuggita di casa hai lasciato i "forse" in cantina. Per questo la vita ti ha dato tutti questi colpi: sapeva dei tuoi "forse" e li ha sostituiti con una raffica di "sì". Ti piacciono i capelli?»

Le allungò un piccolo specchio e Grace si osservò incuriosita. Mentre Gladys armeggiava con le ciocche, si era aspettata di ritrovarsi un'acconciatura dal sapore antico o, al massimo, due lunghe trecce in stile squaw. Invece la sua testolina bionda era invasa da treccine

118

rasta. Alla base di alcune erano agganciate delle piccole perle di plastica rosa. Come avesse fatto a domare i suoi ricci naturali solo con la spazzola era un bel mistero. Scoppiò a ridere ed esclamò: «Cedric resterebbe di sasso se mi vedesse così!».

«E allora mandagli una foto» disse Gladys con soave provocazione. «Ma solo se diventa davvero di sasso, altrimenti non ne vale la pena.» Grace rise ancora. «Non che io abbia qualcosa contro di lui, bambina. In fondo senza il suo contributo non saresti qui adesso, con queste belle treccine da regina leonessa.»

«Posso averle anch'io?»

Sembrava che quella ragazza sapesse entrare sulla scena soltanto in modi repentini e sorprendenti. Grace e Gladys si voltarono insieme e la videro lì, coi pattini in linea, un abito celeste pallido, la cuffietta e due occhi da bambina ribelle. Da un braccio le pendeva la solita sportina.

«Posso avere anche io quelle belle treccine?» ripeté. «In cambio vi ho portato mele e pesche.»

«Accomodati, cara. Il parrucchiere Da Gladys è ancora aperto.» La ragazza si sfilò la cuffietta e una cascata di lunghi capelli dorati le scivolò quasi impetuosamente sulle spalle con un fruscio come di foglie nel vento. «Hai dei bellissimi capelli, sarà molto divertente.»

Kate si avvicinò e si sedette sulla sediolina pieghevole. I suoi enormi rollerblade che affondavano nell'erba sembravano zampe di drago.

«I tuoi ti permettono di usare i pattini in linea?» le domandò Grace incuriosita. Subito ebbe il timore di averle posto una domanda cretina e si pentì della propria schiettezza, ma la ragazza le sorrise. Forse le domande cretine alle quali si riferiva quella mattina erano altre.

«Finché non sarò battezzata, sì: dopo sarà impossibile come far guarire una gravissima malattia con un cucchiaino di bicarbonato.»

«Battezzata?»

«Il battesimo ci viene somministrato da adulti, dopo il Rumspringa.» Grace le indirizzò un'occhiata che esprimeva perplessità. Kate le sorrise ancora con paziente divertimento. «È il periodo in cui i giovani tra i sedici e i diciotto anni possono darsi alla pazza gioia. In alcune comunità progressiste possono anche partire e conoscere il mondo. A me, al momento, permettono solo di pattinare, bere soda, leggere libri proibiti e parlare coi turisti. Non grandissime concessioni, direi.»

«Libri proibiti?»

«Niente di scandaloso, purtroppo! In realtà è un solo libro. Un testo di medicina. Ho dovuto dirlo alla mamma, e prima di permettermi di leggerlo ha strappato alcune pagine. Ma è lo stesso molto interessante. Me lo ha... ehm... me lo ha regalato un ragazzo.»

Gladys emise una risatina querula mentre intrecciava i lunghissimi capelli biondi di Kate. «Ma cosa sentono le mie orecchie! Si parla di ragazzi? E chi è questo giovanotto?»

La giovanissima amish arrossì con la stessa velocità con la quale una fiamma arroventa un foglio di carta velina. Le punte massicce dei suoi pattini in linea si piegarono creando un angolo scontroso. «Non è nessuno. Nessuno di particolare, intendo. È solo un tipo che ho incontrato qualche mese fa. Era un turista... uno studente in viaggio. Abbiamo parlato un po', mi ha regalato il libro e basta.»

Grace si domandò se lo studente in questione venisse dalla California, ma tenne per sé quella domanda indiscreta.

Per qualche minuto il silenzio combatté contro il vento e il ronzio degli insetti. Gladys tesseva treccine come fossero ricami al tombolo, con la stessa accuratezza, le dita sottili simili ad aghi che bucavano il lino e la seta per creare disegni. A un certo punto emise una risatina soddisfatta e porse a Kate lo specchio: la ragazza si guardò con un'espressione indecisa fra il rapimento di chi vede qualcosa di bello e lo stupore di chi non riconosce più qualcosa di familiare. Gli occhi che osservavano quella scapigliata criniera luccicavano di trepidazione. Si guardò con attenzione, sempre più soddisfatta.

«Adesso, però, devi scioglierle» sentenziò infine. «Se torno a casa così, non serviranno tutti i Rumspringa dell'ultimo secolo a evitarmi una pubblica ammonizione davanti all'assemblea.»

Con rammarico, Gladys le obbedì, sciolse le trecce e la spazzolò accuratamente. Al termine, la cuffietta di organza era tornata al suo posto e non c'era modo di intuire un tradimento.

In quel momento Edward arrivò dal pozzo, quasi cotto in viso e con una bacinella smaltata piena di stoviglie. Sui bicchieri capovolti era adagiato un ranuncolo. Appoggiò la bacinella su un tavolino da picnic e poi si avvicinò a Gladys. Con delicatezza, le intrecciò il fiore ai capelli, e il fiore parve una corona, un bacio e una promessa.

«Alla più bella donna del mondo» le disse, e Grace provò una sensazione di gioia, rendendosi conto che l'amore era una cosa semplice, nulla più di un ranuncolo dietro un orecchio. Allo stesso tempo non riuscì a impedirsi di provare una sensazione di tristezza, perché nessuno aveva mai posato un fiore sui suoi capelli e forse nessuno lo avrebbe fatto mai.

Kate andò a trovarli ogni giorno dei tre che si trattennero a Lancaster. Ogni volta portava in dono qualcosa di croccante da mangiare: frutta freschissima, pannocchie arrostite, caramelle di zucchero e miele. Gladys le regalò un braccialetto della fortuna bianco e rosso e la ragazzina espresse i suoi tre desideri segreti serrando gli occhi e le labbra. Dopo, lo nascose sotto una delle lunghe maniche del suo abito azzurro. Grace ammise di non saper usare i rollerblade, e la sua nuova amica si propose di insegnarle a pattinare. Tra i filari di granoturco, cadde diverse volte e altrettante volte si rialzò. Fu divertente quanto il primo gioco della vita. No, di più: quanto i primi passi di una bambina che osserva lo spazio dal punto più alto di se stessa dopo aver solo gattonato. Provò anche sulla strada, col vento in faccia, pericolosamente veloce, atterrita da quel senso di vuoto e di mondo che scappa sotto i piedi, e ammaliata da quel senso di vuoto e di mondo che scappa sotto i piedi.

Ma la cosa più strana accadde all'alba del quarto giorno, mentre quella strana famiglia inventata si apprestava a partire. Edward osservava una cartina e confabulava con Gladys, posando un dito su questo o quel luogo.

A un tratto, tra i meli, venne fuori una ninfa.

No, non era una ninfa, era Kate, in un lungo abito verde, una sacca di tela su una spalla, la cuffietta di organza e un paio di stivaletti al posto dei rollerblade.

«Vengo con voi» disse. «Mi merito un Rumspringa coi fiocchi, e non qualche ballo campagnolo nel fine settimana o al massimo un viaggetto fino in Ohio, per di più accompagnata dalla famiglia della sorella di mio padre. Io voglio vedere un po' di mondo, il mondo vero, e da sola.»

«Stai scappando di casa?» le domandò Edward pensieroso. «Non che io sia contrario alle fughe, apprezzo chi ha il coraggio di compiere un sano colpo di testa, ma... sei minorenne, piccola. Non vorrei credessero che ti abbiamo rapita o corrotta in qualche modo. Sono stati tutti molto gentili con noi, e non mi piace il pensiero di tradire la loro fiducia.»

«Non correte questo rischio. Una sedicenne che parte durante il Rumspringa è ben tollerata dalla comunità. Il vescovo è più moderato di mia madre e saprà farle capire che sarebbe peggio se non partissi, coltivassi questo rimpianto e decidessi di fare una stupidaggine dopo il battesimo. Allora sì che sarebbe un disonore irreparabile. Inoltre, saranno contenti che mi unisca a voi, siete una compagnia tutto sommato innocua. Sarebbe stato peggio se...»

«Se avessi scelto una compagnia che include un giovane studente di medicina?» esclamò Gladys con un sorrisone.

Kate arrossì. Grace arrossì per complicità. Si sentì sempre più vicina a quella ragazza così diversa da lei e così affine nel bisogno di sottrarsi a una vita con le sbarre. Certo, le loro sbarre erano diverse, e quelle di Grace avevano l'aspetto di ornamenti d'oro, ma quando qualcosa ti soffoca è poco importante che si tratti di un fazzoletto di canapa o di seta. Se ti chiude la gola, è comunque letale.

Quel viaggio pareva davvero guidato dal destino. O il mondo era pieno di gente in fuga e non era affatto strano imbattersi in qualcuno che si lasciasse precipitosamente qualcosa alle spalle, oppure l'aver incontrato tutte quelle persone desiderose d'avventura faceva parte di un disegno misterioso di cui ancora a nessuno era chiaro il senso.

Otto

Doveva calmarsi un po', doveva soffocare la tentazione di chiamare Cedric per mandarlo al diavolo in modo un po' meno metaforico di quanto avesse già fatto. Che quell'idiota, dopo averla tartassata di telefonate alle quali non aveva risposto e di messaggi in segreteria che non aveva ascoltato, si fosse permesso di contattare i suoi genitori per informarli della fantomatica fuga in Florida insieme a due sconosciuti era più di quanto potesse sopportare.

Grace era furibonda, ogni molecola del suo corpo scalpitava armata di clava e taser: se Cedric le fosse apparso davanti in quel momento, non sarebbe bastato un carattere mite per impedirle di prenderlo a randellate e scosse elettriche. Come si era permesso di spaventare a tal punto sua madre e di scatenare nel padre la prima reazione seriamente incollerita dall'inizio di quel viaggio? Se credeva di farla tornare indietro, era più fuori strada di Cristoforo Colombo. Al contrario, aveva fatto aumentare la sua voglia di scappare, ma soprattutto di escluderlo dalla propria vita come si fa con un colore che ti sta male, con un odore che ti provoca il mal di testa e in generale con qualcuno che ti rende l'opposto di te stessa.

«Tutto okay?» le domandò Kate. Non occorreva una sensibilità straordinaria, a dire il vero, per cogliere le volute di fumo che filtravano dal suo umore, simili ai chiari indizi di un incendio divampato in cantina.

«Tutto okay» le rispose. Non aveva voglia di parlare di Cedric, doveva calmarsi ed evitare di richiamarlo per dirgli fino in fondo tutto quello che pensava. Forse, invece, sarebbe stata la cosa migliore da fare per dargli la chiara misura di quanto la vera Grace *non* potesse piacergli, così da indurlo a rassegnarsi. Purtroppo il solo pensiero di udire la sua voce la irritava, aizzava una Grace primitiva che credeva non solo estinta, ma mai nata, e che invece era lì, dietro le quinte della vecchia recita, ogni giorno sempre più vicina al centro del palcoscenico.

Si sforzò di sorridere, guardando la magnifica fontana in mezzo alla Fountain Square di Cincinnati. Dalle mani di un'alta statua di bronzo, l'acqua sgorgava in drappi come di seta traslucida.

Erano giunti nei dintorni della città la notte prima e si erano fermati in un'area di sosta per camper. Gladys ed Edward erano rimasti lì, mentre lei e Kate si concedevano una piccola evasione. La chiamata allarmata dei suoi genitori, che di solito aspettavano fosse lei a contattarli, aveva rovinato l'atmosfera da ragazzine in gita.

Fu allora, con quel diavolo in corpo, durante una passeggiata lungo le strade affollate del centro, che Grace avvistò una vetrina più tentatrice di un espositore di gioielli: un rigattiere che vendeva oggetti usati di ogni tipo. Abiti di grandi marche passati di moda, oggetti casalinghi che perfino un amish avrebbe considerato antidiluviani, piccola paccottiglia spacciata per antiquariato, polverosi quadretti di dubbia fattura, servizi da tè orfani di qualche pezzo, e poi... una vecchia macchina fotografica italiana, una Bencini Koroll II degli anni Sessanta, di pesante metallo, dai bordi usurati, con un'altrettanto pesante e usurata custodia di cuoio, dotata di una lunga tracolla.

La contemplò per qualche attimo, emozionatissima. Poi si rivolse a Kate: «Voglio farti un regalo, e ne farò uno anche a me stessa».

Gironzolarono a lungo nel negozietto, e Kate impiegò un po' di tempo a scegliere qualcosa di adatto al senso del suo viaggio. Quando uscirono, Grace aveva la sua Bencini Koroll da 50 dollari, insieme a un sacchetto di rullini da ventiquattro scatti, e Kate un contapassi in ottone dei primi del Novecento.

Fu come se il possesso di quella macchina vintage avesse illuminato una stanza all'interno della sua anima. Il mondo divenne un teatro di posa, un collage di scenari, di espressioni, di rumori e silenzi da immortalare. Impossibile imprigionare ogni cosa e ogni momento, gli scatti non erano illimitati come per una macchina digitale, ma proprio per questo ciascuno di loro aveva un senso ed era frutto di un ragionamento.

Gladys ed Edward che danzavano un valzer senza musica, nell'area di sosta, fra una magnolia e il fianco alato del furgoncino viola e rosa, le loro ombre allungate come sagome di due ballerini altissimi; Fred che poltriva abbracciato a un grande fazzoletto coi lembi annodati a forma di orecchie di lepre; Kate di profilo che osservava il suo magico contapassi come se quel tondino bronzeo, del tutto simile a un orologio da taschino, potesse numerare uno per uno i salti che la portavano verso la libertà; una Madonna bionda e turchese disegnata su un marciapiede all'interno dell'area di sosta, coi gessetti colorati, da due camperisti che avevano trascorso la giovinezza in giro per l'Europa, creando immagini sacre lungo le vie storiche di Roma e Parigi; e poi scatti rivolti a se stessa, confusi, forse sfocati, di cui non avrebbe saputo nulla finché non avesse fatto sviluppare il rullino.

E soprattutto i luoghi del viaggio. Un'aiuola di margherite selvatiche intorno all'insegna di una stazione di sosta; un cartellone pubblicitario catturato in corsa, d'un intenso viola magenta, lo stesso colore del cielo in quell'attimo; la cartina degli Stati Uniti completamente stesa, con Fred che ci zampettava sopra; i tramonti dietro le case, dietro i motel, le fontane, i palazzi, la curva di una collina, la schiena curva di un uomo qualsiasi.

E le lucciole.

Non le aveva mai viste prima, ma le notò adesso, nel buio, oltre il finestrino, a distanza di una cinquantina di passi, addensate fra l'erba e i tronchi dei faggi e degli aceri. Parevano quasi tracciare un sentiero sospeso.

Si trovavano a Red River Gorge, nella Daniel Boone National Forest, da quella mattina. Erano Edward e Gladys a decidere le tappe seguendo un'ispirazione segreta, e Grace e Kate li lasciavano fare. Ogni volta scoprivano la sosta successiva quasi per caso. Quella scoperta le aveva emozionate molto: nessuna di loro, neanche Kate che pure aveva vissuto un'esistenza semplice, aveva mai incontrato una natura tanto poco addomesticata. Non c'erano campi arati né staccionate, cespugli potati, stradine di ghiaia o innocui labirinti di granoturco: c'erano alberi nodosi che occupavano tutto lo spazio che desideravano occupare, c'erano gole e grotte, ruscelli e fiumi, grovigli di radici robuste, rocce appuntite e precipizi improvvisi.

Avevano scelto di campeggiare in un'area isolata, tutt'altro che confortevole. Era stato loro proibito di accendere fuochi e di allontanarsi senza una guida, poiché la natura circostante era così come ci si aspettava che fosse: scomoda, fiera e selvaggia.

Ma come poteva Grace rinunciare alla straordinaria occasione di fotografare le prime lucciole della sua vita? Così, mentre gli altri dormivano, indossò una felpa e uscì dal furgoncino, la macchina fotografica fra le dita.

Il cielo era talmente stellato da non rendere necessario l'uso di una torcia: tutto era illuminato dai faretti più antichi del mondo. Le lucciole, inoltre, rischiaravano l'erba, i cespugli, i rovi, col loro freddo bagliore.

Grace le rincorse come un incauto bambino che, in una fiaba, segue una scia di molliche che lo conducono nella dimora di una strega. Era stregata davvero da quegli sciami dorati, talmente simili a microscopiche lampadine intermittenti da farle venire in mente il Natale, la neve e le slitte.

Lì non c'era neve e non c'erano neppure slitte, e l'aria era umida e calda. Gli alberi sembravano colonne di una chiesa barocca, e Grace si inoltrò in mezzo alla boscaglia, scattando silenziose ed estatiche foto. Man mano il suolo si faceva sempre meno erboso e più simile a una distesa di sassi. Improvvisamente tra gli alberi apparve una cascatella che si tuffava in una conca rocciosa.

Grace si accorse di avere le lacrime agli occhi. Non aveva mai visto nulla di tanto magnifico. Il sospetto che la sua vita di prima fosse priva di vere emozioni l'aveva sfiorata più volte, ma adesso ne ebbe l'assoluta certezza. La sua vita di prima era una lavagna nera, quella di ora un quadro con tutti i colori del mondo. Osservò le lucciole che si dirigevano verso l'acqua, e per un attimo provò la sensazione di appartenere a quello stormo vibrante, quasi fosse una lucciola lei stessa. Stava per scattare una nuova fotografia, quando un brusco rumore la fece voltare.

A una cinquantina di metri c'erano due cuccioli di orso nero che giocavano tra loro. Erano talmente belli, morbidi e innocenti, con quel buffo saltarsi addosso, mordicchiarsi e rotolare emettendo versetti striduli, che Grace non ebbe alcuna paura. Cosa mai avrebbero potuto farle due esserini poco più grandi di cagnetti dalle intenzioni pacifiche?

Fece per avvicinarsi agli orsetti, quando si sentì strattonare per la felpa. Contemporaneamente, una voce sommessa le sussurrò: «Io non lo farei se fossi in te, Bambi».

Okay, sono ancora sul furgoncino e sto dormendo con Fred sulla pancia.

Non ho affatto visto le lucciole, non mi sono inoltrata nel bosco, non mi sono imbattuta in due piccoli orsi, ma soprattutto non c'è Channing che mi parla a un centimetro dall'orecchio.

Sto sognando.

Il sogno, tuttavia, continuò a parlarle.

«Guarda» le sussurrò, e il suo braccio si sollevò per indicarle qualcosa tra gli alberi.

Un grosso orso nero si avvicinò ai cuccioli, rivolse loro un versaccio che pareva un rimprovero materno e poi si allontanò con la prole al seguito. Grace osservò quella scena attraverso una confusa coltre di emozioni. Si sentiva come ubriaca e forse anche un pelino pazza. Non era possibile, non era assolutamente possibile che ci fosse sul serio *lui* dietro la sua schiena, in mezzo a una foresta, a mezzanotte. Gli Stati Uniti d'America occupavano uno spazio troppo grande perché due persone potessero imbattersi l'una nell'altro per caso, in un posto determinato, a un orario che pareva scaturito dal countdown di un mago burattinaio, poco tempo dopo essersi conosciuti in modo altrettanto casuale. Per quanto Grace stesse cominciando a coltivare una certa stima nei confronti del destino, non ce la faceva a vedere in quell'incontro il frutto di un disegno superiore. Perché il fato avrebbe dovuto impegnarsi tanto?

Si voltò verso di lui, con lentezza, quasi temesse che girandosi velocemente potesse cancellarlo, come fa il mare con le scritte tracciate sulla sabbia. Le lucciole riflesse nei suoi occhi blu sembravano granelli di polvere d'oro.

«Cosa ci fai tu qui?» gli domandò. Non era la prima domanda alla quale aveva pensato. La prima era stata: "Sei felice di rivedermi?". E poi: "Ti sono mancata?". Ma quelle erano le domande di una ragazzina con una rosa sbocciata al posto del cuore, di un'irrazionale piccola sciocca innamorata dopo uno sguardo e forse proprio di uno sguardo, non di una giovane donna con la testa sulle spalle.

Channing le sorrise ancora, ma anche lui pareva stordito da quella specie di stregoneria.

«Potrei domandarti la stessa cosa» le rispose. «Credevo di aver bevuto poco, dopo cena, giusto una bottiglia di birra, ma a quanto pare mi sono ubriacato e adesso vago per i boschi e mi imbatto in strane creature con gli occhi da cerbiatta. Facciamo che ci pizzichiamo a vicenda?»

Lei non avrebbe voluto pizzicarlo, avrebbe voluto abbracciarlo e domandargli come fosse possibile. Perché il cuore le batteva dentro con foga, perché non si era mai sentita così insieme a Cedric? Quando sarebbe finita quell'ebbrezza, quel dolore adorabile, quel bisogno di pronunciare una formula magica che fermasse il tempo e congelasse lo spazio?

Cos'è questa emozione meravigliosa e terribile?

Non si dissero nulla, non ancora almeno. Nello stesso attimo, ciascuno di loro allungò una mano e sferrò un pizzicotto sul braccio dell'altro. Parve una coreografia provata per giorni, e non un gesto impulsivo.

Si fecero entrambi male, non molto, ma abbastanza per capire che non si trattava di un sogno.

«Mi sa che siamo veri» disse Channing. «Però è un bel po' strano, non trovi?»

«Molto più di un bel po'.»

«Non mi hai seguito, vero?»

Lei sgranò gli occhi e scosse vigorosamente la testa. «No! Come avrei potuto? Non sapevo neppure dove...»

«Ti avevo detto che sarei venuto in Kentucky.»

«Lo so, e infatti ho subito pensato a te, ma il Kentucky non ha esattamente le dimensioni di un tombino. Puoi stare sereno, non sono una stalker.»

«Peccato.»

«Eh?» esclamò Grace, arrossendo di nuovo.

Una voce femminile esterna, fin troppo altisonante per il silenzio dei boschi e la necessità di non attirare altre famiglie di orsi, risuonò in mezzo agli alberi. «Channing, sei qui?»

Una ragazza alta, con lunghi capelli fulvi, leggings scuri e una camicia bianca, apparve come una visione, talmente bella da sembrare a sua volta la protagonista di un sogno. Aveva in mano una torcia e la ruotava in giro con un effetto teatrale, anche se non ce n'era bisogno, anche se bastavano le stelle e le lucciole. Nell'inquadrare Channing si fermò, e Grace si domandò perché diamine avesse un aspetto talmente splendido. Ma soprattutto: chi accidenti era?

«Credevo ti avesse divorato un orso o, che so, un coccodrillo» commentò la ragazza allegramente.

«E venivi a recuperare i resti? O a fornire il dessert?» replicò Channing divertito.

La ragazza scrollò le spalle con una mossa aggraziata e sensuale allo stesso tempo, poi porse la mano a Grace esclamando: «A quanto pare non sei né un orso né un coccodrillo. Io sono Beautiful». Grace impiegò qualche istante per rendersi conto che la giovane sconosciuta non stava rivolgendo un complimento enfatico a se stessa ma le stava comunicando il proprio nome. «Lo so, è un nome assurdo, ma tutti mi chiamano Bella.» In effetti, comunque la si chiamasse, era bella davvero. E non sembrava neppure antipatica. Grace detestò il non poterla detestare a pelle. Se le avesse stretto la mano con supponenza, se le avesse rivolto un'occhiataccia, sarebbe stato più facile. Mentre così poteva solo sorriderle, mostrarsi felice di fare la sua conoscenza e lasciarsi attraversare da un treno segreto di domande.

«Io sono Grace.»

Sperò che Bella reagisse con un commento del tipo: "Ah, *quella* Grace, quella di cui Channing non ha smesso di parlarmi un istante per una settimana intera!", ma la ragazza dimostrò chiaramente di non avere la più pallida idea di chi lei fosse.

«Accompagno Grace alla sua tenda» disse Channing strizzando un occhio, anche se non fu chiarissimo a chi.

«Ti ringrazio, ma sono poche centinaia di metri, credo di poter ritrovare la strada e...»

«Ti accompagno» ripeté Channing con tono più deciso, e le porse il braccio. Lei esitò un attimo, poi si strinse a quel braccio. Bella rimase indietro, con la torcia accesa che imprimeva guizzanti pois nella vegetazione.

«Voi alloggiate in una tenda?» gli domandò Grace dopo un po'.

«Sì, è quella di Bella, c'è abbastanza spazio per due. Ci siamo incontrati in viaggio e abbiamo deciso di continuare per un pezzo di strada insieme. Anche lei si arrampica, sapessi che stambecco è.»

Grace avrebbe voluto formulare un commento sagace, ma le venne fuori solo un mormorio. Il pensiero di una tenda per una sola persona nella quale entravano in due, e uno dei due era un ragazzone muscoloso alto più di un metro e ottanta, le faceva immaginare due corpi che dormivano stretti, o forse non dormivano affatto. Tuttavia, poiché non voleva mostrarsi gelosa e infantile, anche se era certa di esserlo, aggiunse con tono altrettanto divertito: «Io ho incontrato dei compagni di viaggio sicuramente meno sexy, ma a loro modo molto affascinanti».

Subito gli parlò di Edward, Gladys, Kate e Fred, e di quanto in pochi giorni fossero diventati una piccola e bizzarra famiglia. Un demonietto fugace desiderò che ci fossero davvero due surfisti biondi ad accompagnarla, che dormissero in tre in una tenda per uno, e che fossero venuti a cercarla a torso nudo brandendo torce infuocate, ma lo stesso demonietto le diede della cretina e sfumò nel giro di un attimo dai suoi pensieri. Non avrebbe fatto alcuna differenza per Channing, e ne faceva tantissima per lei. Non intendeva rinunciare ai suoi veri amici nemmeno con l'immaginazione.

«Una persona speciale calamita persone speciali» commentò Channing.

Per qualche ragione, quella frase la disturbò.

«Speciale è un modo per dire che siamo un gruppetto di sfigati? Mentre tu attiri solo i tuoi simili, ovvero delle sexy fighe di un metro e ottanta?»

Channing le strinse più forte il braccio e si chinò verso di lei. Avvertì la sua voce che le attraversava i capelli e la pelle e le arrivava diritto al cuore: «Sei arrabbiata con me, Bambi? Per via di Bella? Ti domandi come mai ti ho piantata in asso e con lei invece ho deciso di continuare il viaggio?».

«Sei stato un po' maleducato, non credi? Avresti anche potuto dirmelo in faccia, non c'era bisogno di svignarsela. Mica ti avrei pregato di farmi da babysitter. Chi cavolo ti conosce, Channing? A stento so come ti chiami.» La voce le venne fuori più alterata di quanto la sua professione di indifferenza desse a intendere. Era arrabbiata, improvvisamente e profondamente, proprio per quel motivo.

«Con Bella è più facile viaggiare» continuò lui senza scusarsi, anzi rincarando la dose con una totale assenza di diplomazia.

«Buon viaggio allora. E non mi dire nemmeno per sbaglio dove sarà la tua prossima tappa, così ti togli dalla testa l'idea che ti abbia seguito, nel malaugurato caso che ci rivedessimo. Quello è il nostro furgone, puoi tornare nella tua tenda monoposto.»

Lui la trattenne, e la speranza di Grace immaginò cinematografiche scene piene di abbracci e promesse, e la sua bocca di nuovo sulla propria. Purtroppo, però, la sua speranza aveva letto troppi romanzi d'amore.

Channing, infatti, le intimò il silenzio e di nuovo, in quella notte di lucciole e altri incontri, le indicò una sagoma che si muoveva accanto al furgone. Una volpe li osservava come se fossero loro i pittoreschi animali nei quali ci si poteva imbattere in mezzo alla foresta. I suoi occhi brillavano come le lucciole nell'erba. Rimase così per qualche attimo, immobile, e infine sparì tra gli alberi come uno spettro ramato.

Il furgoncino, così simile a una tana notturna per unicorni, parve strizzare l'occhio a Grace invitandola a salire.

«Okay, è stato un piacere rivederti» disse lei con voce distaccata. Non che lo fosse davvero, tentava solo di imitarne l'intonazione. In realtà era scombussolata, aveva ancora la sensazione che Channing facesse un incantesimo al tempo, dilatandolo fino a strapparlo, perché non era possibile che, accanto a lui, i minuti diventassero ore, le ore giorni, e ogni volta le rimanesse dentro l'impressione di conoscerlo da molte più vite e di non poterlo dimenticare mai.

«Anche per me, Bambi, te lo giuro. Solo che... mi spaventi anche un po', lo ammetto.»

«Spaventarti?» Lo guardò male, delusa, perché se era vero che non si aspettava giri di valzer nel buio, almeno pretendeva di non essere offesa. «Certo, non sono una figa di un metro e ottanta, ma sono molto carina e di solito non metto paura alla gente!»

«Lo so che sei molto carina, mica sono cieco» obiettò lui. «A volte mi comporto da idiota, ma ci vedo benissimo. Non mi riferivo al tuo aspetto ma... alle cose che fai succedere.»

«Cose? Quali cose?»

«È da tre giorni che io e Bella campeggiamo qui, e ogni notte me ne vado in giro per il bosco. Fino a oggi ho incontrato solo il buio e il silenzio e nemmeno uno straccio di pipistrello. Stanotte ho beccato un tappeto di stelle, tante di quelle lucciole da illuminare una stanza, orsi, volpi e... guarda!» Su un albero si stagliò il contorno bubolante di un gufo.

«Ah, ho capito, pensi che io sia una specie di strega? Sappi che è solo un caso, non sono l'equivalente del pifferaio magico, non mi faccio inseguire dai topi o altri animali. Anzi, non ho mai avuto neppure un cane! Comunque non preoccuparti, non è necessario che inventi altre scuse per andartene per la tua strada. Hai la mia benedizione. No, così sa troppo di principessina sfigata. Allora... vattene, togliti dai piedi, non mi servi più, fila. Ho imparato la lezione, vedi?»

Erano uno di fronte all'altra, e Channing la fissò con le sopracciglia aggrottate. Stava per dirle qualcosa, quando ebbe un vistoso sussulto guardando alle spalle di Grace.

Cosa c'è adesso? Un puma sul tetto del furgone?

Si voltò e sussultò anche lei.

Non era un puma. Erano le facce di Edward, Gladys e Kate, e il musetto di Fred, che sbirciavano da dietro la tenda che velava uno dei finestrini.

Channing scoppiò a ridere.

«Hai i tuoi buffi angeli custodi a quanto pare!» esclamò. «Vai a dormire adesso, Bambi.»

Grace ebbe paura di dirgli addio, perché "addio" era una parola pesante, faceva pensare al vuoto, alla morte, alla solitudine e al ghiaccio, così non disse niente, gli sorrise soltanto, e poi si rifugiò sul furgone.

Se credeva di trovare un esercito di curiosi schierato ad attenderla, si sbagliava. Dormivano tutti, o fingevano di farlo, o forse volevano lasciarle il tempo per assimilare ciò che era successo, qualsiasi cosa immaginassero che fosse.

Grace si avvolse nel plaid giallo e pensò a Channing, e le venne da piangere in quel piccolo buio, perché non ha senso ritrovare qualcuno che devi perdere di nuovo, la felicità a scadenza è un inganno e i colpi assestati al cuore non rimbalzano.

Stranamente, l'indomani nessuno le fece domande su quel che era accaduto la notte prima, anche se le occhiate e i sorrisi pieni di sottintesi dimostravano che ciascuno aveva compreso ciò che c'era da comprendere.

Ma cosa c'è da comprendere?

Kate propose a Grace di fare una camminata insieme a un altro gruppo di viaggiatori e lei accettò, sperando di distrarsi. Voleva smetterla di pensare a Channing, smetterla di sentirsi stralunata e di domandarsi il senso di quel turbamento.

Il mondo circostante era magnifico. Miglia di boschi che parevano racchiudere ogni tipo di albero inventato da Dio, fiumi che scorrevano ora impetuosi ora più lisci di un vetro, tratti sabbiosi, enormi formazioni rocciose, ponti sospesi, salite, discese, grotte e panorami infiniti.

In mezzo a tutto questo fulgore, io non faccio che pensare a quello stupido.

«Davvero carino il tuo ragazzo» commentò Kate all'improvviso.

«Non è il mio ragazzo!» obiettò Grace. «Ma in effetti è carino. No, non è carino: è bellissimo.»

«A me piacciono di più i tipi bruni, con la pelle scura e gli occhi neri, ma lui non è affatto male.»

«Il *tuo* ragazzo è così? Il tuo studente di medicina, intendo. Tra l'altro, non mi hai mai detto come si chiama.»

«Neanche lui è il mio ragazzo. Si chiama Kenneth e... sì, è molto bruno. Ha la pelle color caramello. Secondo te ci si può innamorare dopo un unico sguardo?»

«Io... io... penso di sì.»

«A me hanno sempre detto di no» continuò Kate, «e che prima di sposarsi bisogna frequentarsi e conoscersi per capire cosa si ha in comune e prendere una decisione saggia. Ma la saggezza può avere a che fare con l'amore? Me lo sono chiesta spesso ultimamente, e l'unica risposta che mi balena non piacerebbe affatto a mia madre.»

Grace si inerpicò lungo una ripida scalinata di roccia delimitata da un parapetto. Oltre esso, il vuoto era una bocca verde brillante.

«La saggezza mi direbbe di tornare da Cedric» mormorò, tornando a guardare il sentiero, «perdonarlo, e ricominciare a vivere la mia *vita perfetta*. Ebbene, io non la voglio più una vita perfetta. Voglio una vita difettosa, rotta, sporca, piena di curve, decisa soltanto da me. E non sposerei Cedric neppure se mi implorasse.»

«Dovevate sposarvi?»

«Sì. Non subito, ma fra qualche anno sicuramente. Adesso il solo pensiero mi fa venire l'orticaria.»

«Ti capisco. Anche io sarei caduta più o meno nella stessa trappola.»

«Ti avrebbero imposto un marito?»

«Oh no, in teoria noi ragazze possiamo scegliere in modo indipendente. Se consideri, però, quanto è piccola la comunità, che rimanere nubili non è ammesso e bisogna sfornare almeno una mezza dozzina di marmocchi, alla fine si tratta di una finta libertà. O scegli Paul, o Jeremiah, o Samuel, anche se non sei innamorata di nessuno di loro.

Scegli quello che ti fa meno schifo, ecco. Oppure quello col quale sei meno imparentata. Ho provato a spiegare a mia madre che a furia di sposarci tra cugini sforneremo bambini ciechi, ma mi ha detto che sono sciocchezze, che il buon Dio non lo permetterà. Non è facile parlare con chi si affida sempre al buon Dio.»

La loro conversazione fu bruscamente interrotta. Erano arrivate al Natural Bridge, un enorme ponte di roccia arenaria. Due ragazzi che parevano appena sbucati dalle paranoie di Cedric, con l'aria da surfisti capitati per caso in mezzo al bosco, si fecero avanti con due sorrisi quasi gemelli.

No, non quasi gemelli. Sono proprio gemelli, o ci vedo doppio.

Erano giorni ormai che Grace non faceva più caso al proprio aspetto. Lasciava sciolti i capelli biondi, ormai ricci, e non portava più un solo filo di trucco. Era certa di essere orribile, ma non gliene importava. Forse, essere orribile le avrebbe permesso di vivere tutto più intensamente: senza perdere tempo a preoccuparsi di piacere a qualcuno che ti vuole impeccabile, senza ore passate a lisciarsi i capelli, senza far caso a ogni più piccolo brufolo che avesse l'ardire di deturparle un millimetro quadrato di guancia, poteva concentrarsi sulle emozioni, sulla bellezza che aveva intorno, sul tempo e lo spazio e la vita.

Non aveva mai avuto a che fare con ragazzi che si avvicinassero per fare amicizia. Quando stava con Cedric, nessuno si permetteva di *dare fastidio* alla sua fidanzata. E adesso escludeva di essere così interessante. Era dimagrita, appena più elegante di una barbona, e l'unica cosa rimasta del tempo passato, di quando era carina ma cieca e arrendevole, erano un paio di Converse rosa con gli strass.

Di sicuro volevano solo sapere l'ora.

Eppure, non volevano solo sapere l'ora.

Erano davvero due fratelli gemelli, Colton e Michael, di circa vent'anni. Non surfisti, ma giocatori di football nella squadra della loro università, in Minnesota. Si presentarono con la semplicità e la sicurezza di chi è abituato a fare amicizia senza pensarci troppo.

Grace arrossì come l'adolescente che era, e si rese conto di esserlo sul serio, in un certo senso. Aveva la stessa insicurezza di un'adolescente. Come si reagisce quando un ragazzo di cui non sai nulla, tranne che è parecchio carino, si avvicina col palese intento di conoscerti? E quando i ragazzi sono due?

Cosa gli piace esattamente di me? Sembro un porcospino coi vestiti prestati da un amico tirannosauro. Forse sono incuriositi da Kate?

No, non sembravano incuriositi da Kate. La giovane amish non dimostrava un anno di più dei suoi sedici e indossava ancora gli abiti della comunità da cui proveniva: benché le serpeggiasse dentro uno spirito ribelle, aveva declinato con fermezza la proposta di Grace, che voleva prestarle qualcos'altro da indossare.

«Colton è un timido» dichiarò Michael con un sorriso tipicamente americano, grande, limpido, deciso. «Ti ha notata, ma non aveva il coraggio di farsi avanti. Ha detto che somigli ad Amanda Seyfried.»

Il fratello gli diede una gomitata e rise in un modo ugualmente franco e solare. Non sembrava affatto timido. «Non ho detto che somigli ad Amanda Seyfried, ma che sei più bella di Amanda Seyfried, giusto per chiarire. Hai detto che ti chiami Grace, vero? Ti va, magari insieme a tua sorella, se non ti fidi a venire da sola, di partecipare a una festa? Abbiamo affittato un bungalow vicino al Cave Run Lake, allo Zilpo Campground, e stasera faremo un falò nei pressi del lago. Abbiamo invitato anche altra gente, e ci sarà qualcosa da bere, rigorosamente analcolico, perché non vogliamo che qualcuno dia di matto e un ranger ci spari addosso. Ti va di venire?»

Grace ci pensò su solo un attimo. «Va bene. Sei molto gentile.»

«E tu hai qualcosa di speciale che non so definire. Non sei amish pure tu, vero?»

«No, e Kate non è mia sorella. Siamo amiche. Però lei ha solo sedici anni, per cui occhio!»

«E tu?»

«Io ne ho diciotto.»

«Cavolo se sei bella, lo sai? Cioè, io ho una fissa per quell'attrice, e appena ti ho vista, che ne so, mi stava cascando la mascella sulla roccia. Stasera balleremo anche un po', e faremo il bagno nel lago. Ci divertiremo. Intanto ti faccio vedere una cosa mitica.» Fece per prenderle la mano, ma Grace si ritrasse. «Voglio solo portarti alla fine del ponte. C'è un panorama che mi scombussola più di sei shot di Baileys e sambuca. Vuoi vederlo?»

Lo seguì attraverso il ponte. A qualche metro, il massiccio di roccia finiva scontrandosi con un mastodontico vuoto. Gli alberi, in basso, sembravano ninnoli di giada.

«Non è fantastico?» esclamò Colton. «Ci si sente l'equivalente di un cazzo di niente. Il più presuntuoso degli uomini dovrebbe fare un giro da queste parti per ridimensionare il suo Ego. Che c'è? Soffri di vertigini? Sei pallida.»

Lei annuì, facendo qualche passo indietro. «Mi sa di sì, ma non lo sapevo prima di venire qui. Credo di aver sempre volato basso.»

«Ti insegno io a volare alto, se vuoi.»

«Attento che cadi di sotto, superman!»

Grace trasalì nell'udire la sua voce inattesa, e tutto il sole di quella mattina di giugno le entrò dentro usando il cuore come porta d'ingresso. Dietro le loro schiene c'era Channing, a torso nudo, i capelli che grondavano sudore e fatica, legati in una mezza coda asimmetrica, negli occhi bellissimi una strana espressione. Cosa ci faceva lì? Da dove era arrivato? Lo guardò come se fosse un'apparizione di spettri.

Perché fa così caldo all'improvviso?

«Ma tu cosa...?» sussurrò Grace, senza riuscire a completare la frase. Il sorriso di Channing, dal quale pareva incapace di separarsi, aveva tuttavia qualcosa di mordace e stridente.

Colton sollevò le braccia in segno di ironica resa. «Nulla di male, fratello, non ho cattive intenzioni. Non sapevo avesse un ragazzo.»

«Non è il mio ragazzo!» esclamò Grace.

Colton non parve rassicurato da quell'affermazione. «Okay» commentò. «Comunque puoi venire anche tu alla festa, stasera, se ti va. Eri col gruppo dell'arrampicata, vero? Prima ti ho visto sulla Motherlode. È dura da scalare. Sei forte, amico. A più tardi, Amanda.»

Le sorrise, strizzandole un occhio, e tornò verso il ponte.

«Amanda?» domandò Channing con un sopracciglio inarcato. Aveva un po' di fiatone, la fronte imperlata, e gli sanguinavano le nocche delle mani e un ginocchio. La fenice, sul suo petto muscoloso, esibiva uno sguardo giallo da tigre.

«Ti sei fatto male?»

«Perché ti ha chiamato Amanda?» insisté Channing.

«Qualcuno mi trova più carina di un cerbiatto orfanello. Come ti sei ferito?»

«Ogni tanto arrampicarsi fa male» osservò Channing scrollando le spalle. «Lo sai che ci stava provando, vero?»

«Lo so, ma poi sei arrivato tu a rompere le scatole.»

«Oh, be', credevo di dare una mano. Mi sembrava che fossi tu a romperti le scatole e non sapessi come dirglielo. Non avevi un'aria divertita.»

«Invece mi stavo divertendo moltissimo. Uno, per dimostrare che si diverte, mica deve per forza cantare *Cats* in mezzo alla giungla.»

«Allora mi sa che ti ho rovinato la piazza. Il tipo adesso crede che stiamo insieme.»

«Stasera avrò modo di spiegargli che non è così, che sei solo un matto con la mania del controllo che si è messo in testa di salvare tutte le fanciulle che crede in pericolo. La tua bellissima Bella dove l'hai lasciata?»

«Non è la *mia* bellissima Bella.»

«E io non sono una povera scema che devi proteggere. Guarda da un'altra parte la prossima volta.»

«Non è che non ci abbia provato. Ma per qualche misteriosa ragione è meno facile che arrampicarmi su una di queste falesie.»

Grace aggrottò la fronte, senza riuscire a inquadrare il senso di quell'affermazione. In verità, non riusciva a inquadrare il senso di tutto quel dialogo, del perché lui fosse lì, perché la fissasse con tanta insistenza, e perché il proprio cuore non volesse saperne di frenare quella corsa tormentosa.

«Vai sempre in giro mezzo nudo, tu?»

«Nessuna ragazza si è mai lamentata.»

«C'è sempre una prima volta.»

«Naaa» dichiarò lui, con simpatica arroganza. «Piuttosto, andrai a quella festa stasera?»

«Ci puoi giurare.»

«Non sai nemmeno che tipo è quello lì.»

«Così come non so che tipo sei tu, Channing. E a dirla tutta, non sapevo neppure che tipo fosse il mio ex. Dunque, o sono una schiappa nel giudicare la gente, oppure è difficile conoscere sul serio qualcuno. Tuttavia, si deve pur vivere nel mondo.»

Channing rimase in silenzio, passandosi una mano grande, callosa e ancora sanguinante, fra i capelli sudati. Quel gesto semplice, comune a milioni di mani, una lieve ferita nell'aria, trasformò il costato di Grace in una gabbia di uccelli impazziti. Tentò di ignorarlo, come si ignora la neve che cade e i fiori che si aprono quando li hai già visti cadere e aprirsi, ma non ci fu verso di non sentirsi come se fosse la prima volta che si imbatteva in un fiocco e un bocciolo.

Così, si voltò verso il burrone: la vertigine provocata dalla naturale vastità di quel vuoto avrebbe celato il vero motivo del suo capogiro. Non riusciva a nascondere quell'irrazionale tumulto, era come se il suo corpo fosse pieno di segnali traditori in grado di indicargli tutti i suoi sentimenti: "Ehi tu, guarda un po' qui! Il cuore le scoppia, le sue mani sembrano fatte di sapone, respira con l'affanno di chi ha appena fatto l'amore e l'immagine del tuo corpo le riempie gli occhi. Mi sa che la tipa ha una cotta per te".

Fu allora che in cielo, con la stessa improvvisazione di Channing, apparve una sagoma scura. A distanza sembrava un passero, da vicino era un'aquila.

«Ma cosa...?» bisbigliò Channing avvicinandosi a lei. Grace avvertì il calore del suo petto contro la schiena. Guardò a malapena l'aquila, un enorme esemplare con la testa bianca, il becco e gli artigli giallo oro e l'apertura alare di un aliante. «Un'aquila calva in Kentucky?» continuò Channing col tono sbalordito di chi avesse appena avvistato un velociraptor. Si chinò sulla spalla destra di Grace e le parlò accanto a una guancia. «Te l'ho detto che fai accadere strane cose nei boschi, Bambi. La prossima quale sarà? Scoverò un arcobaleno nel mio zaino? Un dodo mi chiederà indicazioni su una scorciatoia per l'Australia?»

«Se sniffi qualcosa, probabilmente sì» replicò Grace, cercando di assumere un tono di voce che non gridasse a squarciagola il suo turbamento. «Devo tornare da Kate, adesso.»

«Posso accompagnarti?»

«Per quale ragione? Perché ti fa piacere o perché pensi che non sappia mettere un piede avanti all'altro? Se è per quest'ultimo motivo puoi...»

«Perché mi fa piacere.»

«... anche andartene al diavolo e... cos'hai detto?»

«Mi fa piacere, Bambi. Credevo di essere stato chiaro. Non mento e non faccio cose che non desidero fare.»

«Allora va... va bene.»

Tornarono sul ponte, e da lì si avviarono lungo il viottolo. Uno strano terzetto percorse i sentieri della foresta, tra pareti di roccia, pilastri d'alberi, tappeti di foglie e corsi d'acqua dal colore indeciso fra il blu, il verde e l'opale: una ragazzina amish abbigliata come una piccola suora che conversava speditamente con un ragazzo molto più alto di lei e ben poco abbigliato. E nel mezzo, Grace, un po' stranita, che non riusciva a parlare perché le emozioni le avevano chiuso le labbra con un sigillo di ceralacca. A un tratto, andò perfino avanti lasciandoli indietro.

Quando arrivarono al furgoncino, e fu necessario presentare Channing a Gladys ed Edward che stavano seduti sotto le fronde di un salice – in grembo diverse foglie raccolte e commentate come fossero foto –, l'anziana signora si mise in piedi con uno scatto inaspettatamente atletico.

Porse a Channing le mani piccole e bianche: non solo la destra, ma entrambe, nel gesto di una bambina che si prepara a fare il girotondo. Lo guardò con la testa reclinata leggermente all'indietro, fissò i suoi occhi e il suo sorriso e qualcosa che parve vedere soltanto lei, come se cogliesse il senso recondito di un rebus non adatto ai dilettanti. Infine disse: «Ho già capito tante cose di te, ragazzo mio, anche prima di vederti. Grace, avevi detto che era bello, ma non così bello».

Grace avrebbe dato un rene, in quel momento, per trasformarsi in un salice, in una lontra, o in un frammento qualsiasi di cielo, e scomparire dalla scena. Certo, si sarebbe persa il sorriso che Channing le rivolse, ma avrebbe anche evitato di mostrargli le proprie guance color rubino, senza alcuna possibilità di spacciare quell'imbarazzo per un rossore da scottatura solare.

Quindi Gladys passò alla fase successiva di ogni suo incontro. Regalò a Channing un braccialetto della fortuna verde e rosso.

«Ti mancano l'amore e la speranza. Con loro puoi fare quello che vuoi, lo sai, vero?»

Mentre Gladys si avvicinava di più a Channing e gli sussurrava qualcosa in un orecchio, il piccolo Fred, fino a quel momento posato sulla spalla di Edward, spiccò un balzo verso il nuovo venuto aggrappandosi al suo polso.

Channing non se ne dimostrò in alcun modo infastidito: strinse il ghiro fra le braccia, e Grace non riuscì a impedirsi di pensare che anche la trasformazione in un ghiro sarebbe stata ben gradita, se le avesse dato la possibilità di finire tra quelle braccia.

Nove

«Stai andando a una festa? Brava, sono fiera di te. Cerca di divertirti e di non fare la bella statuina, come quando andavi da qualche parte con Cedric. Ma dimmi ancora di Channing.» La voce di Jessica risuonò nelle sue orecchie e nel silenzio, tanto forte che ebbe la certezza potesse udirla anche Kate, e tutto il bosco.

«Non c'è molto da dire. Ci siamo incontrati, ma è andato di nuovo via. Poco prima di salutare, stamattina, ha detto che sarebbe partito nel pomeriggio. Adesso sarà già chissà dove.»

«Magari ci ha ripensato e lo trovi alla festa.»

«E perché avrebbe dovuto ripensarci? Tu mica l'hai vista Bella, io sì. Ti assicuro che, con una così accanto, non si guarda altro.»

«Eppure ti ha guardato eccome!»

«Come si guarda un albero bruciato. O una mezza matta. Si è fatto l'idea che io sia una specie di strega o chissà cosa.»

«Magari una fata?»

«Non eri tu quella tutta numeri, equazioni e calci in bocca a chi non ci merita se non ci vuole e spesso anche se ci vuole? Non ero io quella tutta principi azzurri, cavalli bianchi e fatine? Non esistono le fate, Jess, ormai lo so, e soprattutto non hanno il mio aspetto. Mi hai vista nella foto che ti ho mandato col cellulare? Ho i capelli di un porcospino col

144

naso nella presa di corrente. Ti risulta che esistano fate così? No, le fate somigliano di più a Bella, con tanto di chilometrico stacco di coscia.»

Jessica rise come sapeva fare solo lei, con squillante e protettiva allegria. «Con quei capelli sembri una principessa guerriera. Ti stanno benissimo: sei tu, sei la bambina che ho conosciuto dieci anni fa, quella che ha inseguito per tre miglia due ragazzetti che avevano preso a sassate un gatto per suonargliele.»

«Sì, ma sono riusciti a scappare.»

«Però al loro arrivo sono sicura che avevano gli slip di un altro colore. E poi hai salvato il gatto e lo hai restituito alla vecchia signora che lo aveva smarrito. Sai, Grace, non credo che questo viaggio ti stia facendo trovare una nuova te stessa.»

«No?»

«No. Stai semplicemente ritrovando quella che avevi dentro e che hai sacrificato per piacere a Cedric. E in quella bambina c'era anche un po' di fata. Ricordi la notte d'estate che uscimmo di casa senza permesso per andare a vedere i pianeti col telescopio che ti eri fatta regalare, anche se non te ne fregava nulla dei telescopi? Era il tuo compleanno, e tu non sapevi neppure cosa fosse una nebulosa. Siamo arrivate fino alla spiaggia di West Haven, io tenevo il telescopio da destra e tu da sinistra. E poi, ricordi tutte quelle stelle cadenti? Non se n'erano mai viste così tante. Non se ne sono mai più viste così tante. Forse è successo perché tu eri lì, perché eri felice di essere lì, perché sei un po' fata sul serio, e ti porti dietro le lucciole, le stelle cadenti e chissà quante altre cose straordinarie quando sei felice. Dunque Channing non si sbaglia di molto. E tu cerca di essere felice più che puoi, promesso?»

«Ecco, adesso mi fai piangere.» Grace si asciugò una lacrima tutt'altro che immaginaria. «Io e Kate siamo arrivate a destinazione, intravedo il lago. C'è un bel po' di gente.»

«Scatta una foto a Channing, okay? Vediamo se somiglia davvero a quel tipo.»

«Ti ho detto che è andato via, scema!»

«Seee! Andato via?! Facciamo una scommessa, ti va? Se è andato via davvero, ti regalo la mia rosa del deserto che ti è sempre piaciuta. Vediamo un po' chi vince!»

Avrebbe avuto di sicuro la sua bella rosa del deserto: benché lui e Bella fossero accampati lì vicino, all'esterno del campeggio, di Channing non sembrava esserci traccia. In compenso – ammesso che una presenza qualsiasi bastasse a equilibrare la sua assenza – la riva del lago era piena di gente. Non c'era illuminazione elettrica all'esterno dei bungalow – le minuscole casette di legno affittate a chi preferiva campeggiare in modo meno selvaggio rispetto alla tenda – e l'unica fonte di luce era fornita dai fuochi accesi all'interno di piccoli cerchi di pietre e mattoni, disseminati al di qua della spiaggia ghiaiosa. Una porzione di lago era percorribile a nuoto e con piccole imbarcazioni a remi ormeggiate intorno a un pontile giocattolo, ma gran parte della liscia superficie d'argento era delimitata da corde e boe bianche che impedivano di finire dentro correnti pericolose. Tutt'intorno, il perimetro del lago era incoronato da un rigoglioso recinto di alberi.

L'atmosfera era gaia e spensierata. Intorno ai falò, alcuni ragazzi strimpellavano chitarre, molti ballavano e tantissimi abbrustolivano marshmallow sulle fiamme: pareva d'essere finiti in un film, o in una delle strisce dei Peanuts. Era tutto uno scottarsi di dita e un colare di zucchero.

Grace si guardò le punte dei piedi, e la vista delle sue care vecchie Converse la tranquillizzò. Gladys aveva tanto insistito a prestarle uno dei suoi abiti strampalati: una lunga tunica lilla, legata in vita da una cintura fatta di bottoni, perline e frammenti di conchiglie marine. Se Cedric l'avesse vista, non l'avrebbe riconosciuta: il clima caldo e umido della foresta e l'assenza di cosmetici dagli altisonanti nomi francesi avevano ormai trasformato la sua chioma in un cespuglio amazzonico.

Capelli così andavano bene per drogarsi, ubriacarsi e fare sesso con sconosciuti, non per muoversi nel mondo con la grazia di una geisha. Non che Grace volesse drogarsi, ubriacarsi o fare sesso con sconosciuti, ma era divertente immaginare che la propria testa fosse sbocciata come un'incazzata gerbera gialla.

Kate indossava i suoi soliti vestiti, con l'unica variazione del contapassi appeso al collo. Fred, che non aveva voluto saperne di rimanere con Gladys, si era rintanato nella custodia della macchina fotografica vuota. A Grace venne da ridere pensando a quando andava alle feste spocchiose degli spocchiosi amici di Cedric indossando gioielli preziosi, mentre ora il suo unico monile era il fodero logoro di una vecchia Bencini Koroll, portato a tracolla, con dentro un ghiro sazio che poltriva.

«Siete venute!» disse loro Colton, porgendo a entrambe un bicchiere di plastica. «Posso offrirvi del buon succo di melagrana? Il tuo ragazzo non è venuto, Amanda?»

«Ehm... no. Lui è partito.»

«Io non partirei mai lasciandoti da sola! Deve essere un vero idiota.» In un film o in un romanzo, il vero idiota in questione sarebbe apparso dal nulla con un'espressione mordace capace di far tremare le gambe di tutti i Colton della terra, ma nella vera vita di Grace Gilmore non apparve nessuno e le parole di Colton si persero nell'aria. «Più tardi ti va di fare un giro sul lago con me? Remo io. Non sono un free climber, ma ho braccia forti lo stesso. Il football non è mica balletto.»

«Nemmeno il balletto è balletto, non nel senso che intendi tu» specificò Grace con un sorriso. «È un'attività che richiede fatica e sacrificio. Lo sapevi che molti giocatori di football praticano la danza per acquistare velocità e agilità?»

Colton scoppiò a ridere. «Ma dai, non ci credo nemmeno se lo vedo! Ti piace scherzare, eh, Amanda?»

Grace rise a sua volta, scrollando le spalle. Colton venne strattonato via da un amico, ma promise di ritornare. Kate lo guardò scuotendo la testa e disse: «L'idiota non ha capito che era la verità. Io non perderei tempo con quello lì, ha l'aria di un imbecille. Carino ma scemo. Va bene che non te lo devi sposare, ma io un minimo di intelletto lo pretenderei comunque».

«Sei uno strano tipo di amish, lo sai?»

«Sì!» esclamò Kate quasi lusingata. Bevve un sorso del succo di melagrana e fece una smorfia. «Niente alcolici? Allora è un succo di melagrana ben strano. Una melagrana ubriaca? Lo avranno allungato con qualcosa.»

Grace bevve un sorso e annuì. «Qualche superalcolico di sicuro. Però non me ne intendo. Meglio se non bevi.»

«Oh, stai tranquilla. Sono uno strano tipo di amish, ma non desidero ubriacarmi. Però vorrei assaggiare un marshmallow. Vado e torno, okay?»

In quel momento, il cellulare di Grace, inserito in una tasca esterna della custodia che fungeva da tana per Fred, prese a squillare. Immaginando che fosse di nuovo Jessica, Grace accettò la chiamata senza neppure osservare il display.

«Finalmente ti degni di rispondere!» La voce aspra di Cedric esplose nella sua testa. Un senso di nausea la avvolse. Si sentì come se lui fosse davanti ai suoi occhi, e non al di là di un cellulare che le portava soltanto il suo tono rabbioso. La tentazione di chiudere fu forte, come si chiude un portone dinanzi a un nemico che vuole sfondare la soglia, ma poi si disse no, cento volte no: "Se non lo elimino, il nemico sarà lì fuori ogni volta, e non sarò mai davvero libera". Così mantenne il telefono accostato all'orecchio, e tracannò il resto del succo di melagrana allungato con chissà quale alcolico per darsi coraggio. «Ti rendi conto di quello che mi stai facendo passare? Sono arrivato fino in Florida, ho battuto quella dannata spiaggia palmo a palmo, ho chiesto a chiunque mostrando la tua foto, ma niente! Smettila con questa sceneggiata, Grace. Smettila! Comincio a essere stufo. Dimmi dove sei che vengo a prenderti, così mettiamo una pietra sopra a questa pazzia. Sempre che tu nel frattempo non abbia fatto qualche irreparabile stronzata.»

«Cosa intendi per "irreparabile stronzata"?»

«Non lo so! Ti stai comportando in modo talmente assurdo che saresti capace di fare qualsiasi cosa! Non ti riconosco più!»

«Ad esempio, scoparmi qualcuno?»

«Grace! Come parli, maledizione?!»

«Tu puoi scoparti chi vuoi e io no? Il sesso è solo sesso, ricordi? O vale solo per te?»

«Io sono un uomo, non è la stessa cosa! Smettila di dire altre cazzate o spacco il telefono!»

«Spaccalo pure, così la smetti di rompere.»

«Parli come una puttanella, lo sai?»

«Forse lo sono! Forse mi sono rotta di essere la principessina senza pisello, che ne sai? Forse voglio divertirmi come non ho fatto in quattro anni!»

«Sei ubriaca? Hai bevuto? Parli come una che ha bevuto, per Dio!»

«Ho bevuto, sì. E non nominare il nome di Dio invano o tua madre ti fa fare un esorcismo. Ho bevuto, mio caro Cedric, sono a una festa insieme a due ragazzi fighissimi, senti la musica? Fra poco mi farò mettere la lingua in bocca da uno dei due, o magari da tutti e due, chi lo sa? Ti basta per farti sparire? O devo anche informarti che sono stata privata del fiore della mia virtù? Adesso la finisci di chiamarmi?»

Dall'altro capo le giunse un indistinto miscuglio di insulti pesanti e di rumori come di cose prese a calci, che si riducevano in pezzi. Sperò che si trattasse di qualche oggetto di valore. Magari il prezioso vaso Ming di cui andava tanto fiero suo padre, ma si sarebbe fatta bastare anche uno sportello dell'auto.

Con una rabbia altrettanto furiosa in corpo, Grace spense il cellulare. Aveva voglia di gridare e di piangere e di gridare ancora. Cedric riusciva a farla sprofondare nel pozzo della vecchia se stessa, l'insicura marionetta dalla quale stava tentando disperatamente di allontanarsi.

«Che ne dici di quel giro in barca?» le domandò Colton, giunto all'improvviso, ignaro della sua tempesta interiore.

«Certo!» rispose, con un entusiasmo sopra le righe, provocato più dal desiderio di fare un dispetto a Cedric che dalla sincera volontà di salire su una barca qualsiasi insieme a un tizio qualsiasi sotto un cielo qualsiasi. Lo seguì verso il porticciolo, la tunica lilla che le danzava sulla pelle delle gambe, il succo di melagrana ampiamente corretto che le danzava nello stomaco insieme a un improvviso dolore, come se fosse ferita e a ogni passo seminasse viscide gocce di sangue nell'erba.

Salì sulla barca, mentre Colton rideva e parlava e ignorava il suo silenzio. Appena furono abbastanza distanti dalla riva, immersi in un buio profondo come acciaio liquido, Colton prese a dire stronzate su quanto lei gli piacesse, su quanto somigliasse a quell'attrice carina, su quanto fosse romantica quella serata di stelle. Per Grace non c'era niente di romantico, il romanticismo era un'invenzione per ragazzine che ancora non avevano aperto gli occhi su quanto la realtà fosse crudele. Ma lei li aveva aperti, ormai, lei coi suoi capelli nuovi, i suoi pensieri nuovi, le sue lacrime nuove, lei li aveva aperti e non si aspettava più niente da nessuno. Allora gli disse con semplicità: «Ti va di baciarmi?».

Colton sorrise, i suoi denti erano talmente bianchi da luccicare nel buio. La barchetta dondolò sotto il suo peso che si spostava, e raggiunse Grace dall'altro lato.

Quando si chinò per baciarla e la sua lingua le entrò dentro come una chiave arrugginita, Grace pensò a Channing per dimenticare quel sapore di ferro. Tuttavia, quando una mano di Colton le accarezzò il seno, attraverso la sottile veste di lino, dovette smettere di pensarlo, e non fu perché le piacesse ciò che accadeva.

Fred era sbucato dalla custodia della macchina fotografica e la sua prima reazione, da bravo ghiro fratello, era stata quella di assestare un morso alla mano di Colton. Il ragazzo cacciò un urlo che nemmeno una partoriente nel bel mezzo del travaglio.

«Cazzo, un topo! C'è un topo sulla barca!»

Fred prese a gironzolare sulla barchetta, infastidito da quelle urla o forse disgustato dal saporaccio di quella mano, e Colton, la stessa espressione di una casalinga codarda che si rifugia su uno sgabello in punta di piedi, si mise a saltare qua e là con piccoli balzi poco eroici e molto pericolosi.

«Non è mica una tigre!» esclamò Grace. «Ti dai una calmata?»

«Ma è un topo, per Dio! Un fottutissimo topo!»

Su quelle parole, la barca oscillò in modo critico una volta di troppo, inclinandosi di lato, e Colton finì in acqua con uno spruzzo da pessimo tuffo olimpionico. Grace si ritrovò coi capelli inzuppati e un colante miscuglio al posto del mascara e del gloss per le labbra, che si era messa prima di uscire.

Quell'incidente, invece di placarla come dovrebbe fare ogni doccia gelata che si rispetti, accrebbe la sua rabbia.

«Cosa vuoi fare? Pensi di risalire sulla barca?» domandò a Colton con tono spazientito, porgendogli un remo.

«Prima butta il topo in acqua!» le intimò lui.

«Non ci penso nemmeno.»

«E allora non salgo» protestò Colton, con un tono ridicolmente infantile.

«Allora rimani lì. Non siamo in mezzo all'oceano, sono solo pochi metri dalla riva. E un tipo come te, che pratica il football e non il balletto, dovrebbe farcela a tornare indietro in cinque minuti. Sai nuotare, mi pare. Attento ai topi d'acqua però!»

«Ci sono i topi nell'acqua?» domandò Colton, con voce sempre più disperata.

Mentre sistemava di nuovo Fred nella custodia, Grace scoppiò a ridere. Non era una risata divertita, ma sarcastica. Mise mano ai remi e raddrizzò la barchetta, dirigendola verso la sponda del lago. Non era facile mantenere la rotta, la barca mostrava un'indisciplinata tendenza a ruotare su se stessa come un cane che si morde la coda e, quando accettò di spostarsi in avanti, prese una traiettoria tutta sua, tagliò il lago in linea obliqua, e si allontanò dalla riva sulla quale era ancora in corso la festa.

Approderò qualche metro più in là. Così evito di fare la figura della cretina che parte principessa e torna indietro ranocchia.

Una folta vegetazione separava il camping dall'argine roccioso al quale Grace riuscì ad avvicinarsi con la barca. Osservò affascinata un selvaggio semicerchio di altissimi pioppi che si ergevano su una scogliera di arenaria stratificata come le sfoglie croccanti di un wafer. Le radici degli alberi in parte erano riuscite a penetrare nel sottosuolo, in parte erano rimaste all'esterno, quasi sospese, simili a zampe di ragno, nere nel buio. Qua e là si intravedevano grossi tronchi caduti. Non c'era una spiaggia, ma solo quel ripido e boscoso pendio: ormeggiare lì avrebbe richiesto un'abilità superiore alle sue forze. Eppure, decise di avvicinarsi. In un punto la roccia sprofondava nell'acqua creando una liscia superficie grigia simile a un piatto. Grace si mise in piedi sulla barchetta che oscillava, strinse forte al petto la custodia della macchina fotografica e si preparò al salto. Non era affatto sicura che fosse la cosa giusta da fare, ma aveva dentro ancora quei rimasugli di rabbia, l'alcol mascherato da melagrana e una scarica di adrenalina, per cui, a dispetto della consapevolezza che si trattasse di un'idiozia, saltò comunque.

Adesso cado, adesso scivolo, adesso mi rompo una gamba. Ma quanto sono pazza? I ghiri sanno nuotare?

Atterrò incespicando, ma rimase in piedi. Fece ruotare le braccia per non cadere all'indietro. Quindi salì sugli strati di roccia come fossero gradini ed entrò nel bosco. Si domandò che tipi di animali potessero annidarsi in quel buio profondo, se ci fosse abbastanza spazio fra gli alberi per nascondere la sagoma di un orso nero e quanto fosse distante il campeggio.

Mentre rifletteva, udì un rumore alle spalle. Qualcosa era uscito dall'acqua, e adesso ne udiva lo scalpiccio sulla roccia.

Ci sono i coccodrilli in Kentucky? Sanno arrampicarsi?

Fu allora, quando quel rumore si fece sempre più prossimo nonostante stesse correndo, come se il suo inseguitore, qualunque cosa fosse, sapesse correre più veloce di lei, che cominciò ad avere seriamente paura. Si maledisse in un milione di modi per la propria stupidità, e a un tratto si accorse di non udire più nulla a parte il rimbombo del cuore nelle orecchie.

Quel dannato bosco si estendeva in altezza, era più una montagna trafitta da alberi che un bosco, e via via diventava sempre più buia e...

Gridò quando qualcosa la afferrò alle spalle.

«Bambi, sono io, Channing! Calmati! Ho provato a chiamarti ma non mi hai sentito, continuavi a correre come una disperata...»

Lo guardò come se fosse una visione di quelle che toccano ai viandanti persi nel deserto. Non che lo vedesse, scorgeva soltanto la sua sagoma scura, ma era lui, era indubbiamente lui, e la sua reazione più naturale fu di abbracciarlo. Avrebbe dovuto capirlo subito: non compariva sempre così, dal nulla, come una sorpresa?

Rimase stretta al suo torace, senza porsi il problema della sconsiderata intimità di quel piccolo gesto, senza parlare, respirando contro la sua maglietta, e le sembrò – senza esserne sicura, perché in quel momento era smarrita in un sogno pieno di sospiri di sollievo – che lui le stesse accarezzando i capelli. Solo dopo un po' si rese conto che anche Channing era tutto bagnato. Allora si staccò dal suo corpo e non gli domandò scusa per averlo abbracciato, non finse che le dispiacesse o che non volesse rifarlo ancora, ma disse sbalordita: «Da dove sei arrivato?».

«Dall'acqua.»

«Con una barca?»

«L'ultima libera l'avevi presa tu, o meglio, tu e quell'imbecille che è tornato a nuoto, così mi sono tuffato.»

«Ti sei tuffato per... per...»

«Per capire che fine avessi fatto. I cerbiatti sono creature di terra e non d'acqua.»

«Ma non eri andato via?»

«Cerco sempre di andare via, ma a quanto pare non ci riesco. Cos'è successo sulla barca? Quel tipo aveva l'aria della verginella aggredita da un bruto. L'hai aggredito?»

«Non io, è stato Fred. Ha difeso il mio onore.»

Come se avesse capito di essere stato chiamato in causa, il ghiro fece capolino dalla custodia, sollevando il coperchio con la testa.

«Bravo Fred!» esclamò Channing.

Gli raccontò ciò che era accaduto e Channing rimase in silenzio per qualche attimo.

«Sei una matta» le disse infine. «Per quale motivo hai fatto questa stronzata? Kate mi ha detto di averti vista sconvolta dopo una telefonata. Il tuo ex ha rotto ancora le palle?»

«Qualcosa del genere.»

«E l'hai mandato affanculo?»

«Qualcosa del genere.»

Channing prese una ciocca dei suoi capelli fra due dita e ci giocò per un interminabile istante. «Brava Bambi.» Le stesse dita le sfiorarono una guancia, piano, come se fosse un quadro antico da non rovinare. Grace percepì la pelle, tutta la pelle del suo corpo, che tremava, e non di freddo. Avrebbe voluto fare qualcosa, ma le venivano in mente solo gesti molto più sconsiderati dell'abbraccio impulsivo di poco prima, e non era abbastanza forte per affrontarli. Perciò, quando Channing fece qualche passo indietro, e la sua sagoma si mosse, e la sua voce le parlò in un tono pratico che ruppe quell'incantesimo pericoloso, gliene fu quasi grata. «Adesso, però, prima di inerpicarci sulla roccia per tornare indietro, dobbiamo asciugarci. In linea d'aria è vicino, ma quel pendio non è facile da valicare. È tutto arenaria, alberi e tronchi caduti. Dobbiamo essere più asciutti e avere una torcia. A meno che tu non voglia tornare dal lago. Sappi però che dobbiamo farlo a nuoto, perché la barca, che non hai ormeggiato, ha seguito la corrente ed è finita chissà dove.»

«No, per oggi basta acqua. E poi ho Fred, rischierebbe di annegare. Ma dove troviamo una torcia o comunque un fuoco?»

«Non hai mai fatto campeggio, intendo un vero campeggio, da bambina?»

Grace scrollò le spalle con aria sconsolata. «Per i miei genitori sarebbe stato come farmi gattonare sui carboni ardenti. Il massimo che mi hanno concesso è stato qualche castello di sabbia sulla spiaggia, ma munita di protezione totale, enorme cappello di paglia e mio padre che chiedeva alle pulci di mare di cambiare strada.»

Channing rise, e l'eco della sua voce si sparse nel bosco come il fruscio d'ali di un angelo nascosto. Quindi la prese per mano, inoltrandosi lungo un sentiero che girava intorno agli alberi con una traiettoria zigzagante.

«Attenta a dove metti i piedi, non si vede molto.»

«Non si vede niente.»

Lui si fermò, e le posò una mano sulle palpebre. «Tieni gli occhi chiusi per un po'. Quando li riaprirai, vedrai meglio.»

In effetti, dopo quel buio vero, il buio nel bosco divenne meno drastico, più un digradare di colori scuri ma distinti. Colse i profili dei pioppi, le proprie braccia e le proprie gambe, la testolina di Fred affacciata oltre l'orlo del suo piccolo balcone, e Channing, davanti a lei, che continuava a tenerla per mano e la guidava. Indossava dei jeans e una maglietta a maniche lunghe, i suoi capelli erano sciolti e da bagnati gli arrivavano alle spalle. Grace allungò un braccio per toccarli, ma subito lo ritrasse stringendo forte il pugno.

Dopo qualche minuto, arrivarono a una piccola area senza alberi. Dietro di essa si ergeva un tramezzo di roccia, quasi un grosso monolite concavo che creava una specie di comoda rientranza.

«Possiamo fermarci qui per un po'. E adesso vediamo come fare per accendere un fuoco. Puoi sederti, Bambi, ci penso io.»

Grace lo vide chinarsi a terra per cercare qualcosa. Sistemò delle foglie di felce contro la grossa pietra, depositò davanti ai suoi piedi dei legnetti secchi e dei pezzi di corteccia, e poi fece qualcosa che le stampò sulle guance due chiazze cremisi. Si sfilò la cintura dei pantaloni.

«Co-cosa...»

«Ho trovato delle schegge di selce, ma per creare una scintilla occorre del metallo.» Colpì ripetutamente la pietra con la fibbia della cintura, finché da quell'attrito non si dipartirono ventagli di scintille che, cadendo come pioggia sulla corteccia, produssero delle minuscole fiammelle. Channing soffiò alimentando il fuoco, e alla fine inserì i legnetti secchi.

Nell'arco di pochi minuti, davanti agli occhi meravigliati di Grace c'era un bel fuoco scintillante.

«Sei un mago!»

«Ho solo fatto campeggio con mio nonno da bambino. Ho imparato anche ad accendere un fuoco con una lattina di Coca-Cola e della cioccolata, ma per farlo serve il sole. E comunque non avevo la cioccolata. Hai freddo?»

Nel domandarglielo si avvicinò a lei, e Grace sentì di nuovo un brivido non-di-freddo. Cos'era quel batticuore, quel desiderio di stargli vicina e di toccarlo, quella protettiva sensazione di famiglia? Era come se lui facesse parte della sua vita e della sua storia, come se non fosse soltanto l'elemento di un viaggio, ma *il viaggio*.

«Sto bene» gli sussurrò. «Grazie.»

«Grazie di cosa?»

«Di esserti tuffato per venire a cercarmi. Sono una gran rottura per te, vero?»

«Qualcosa del genere» scherzò lui. E poi: «Per asciugarci meglio dovremmo spogliarci. Mi rendo conto che può sembrare una maliziosa provocazione, ma è la verità».

Grazie al buio e ai ghirigori provocati dal fuoco, lui non poté notare le sue guance sempre più paonazze. Gli rispose con un tono sicuro, ma dentro era fatta di quel poco di morbido e caldo che rimane quando una candela si consuma. «Be', per quanto mi riguarda, mi accontenterò di asciugarmi in modo approssimativo. Tu fai come credi. Cioè, se vuoi spogliarti non mi scandalizzo. Anche perché, visto quanto poco sei vestito quando ti arrampichi, ho già visto tutto quello che c'è da vedere.»

«*Quasi* tutto quello che c'è da vedere, Bambi.» Channing rise ancora, passandosi una mano tra i capelli bagnati. Li portò indietro e Grace dovette distogliere lo sguardo per non mettersi a fissare i suoi zigomi alti, la bocca carnosa, gli occhi dal taglio allungato di quel blu quasi viola.

«Puoi dire ciò che vuoi, fare le battutine più sceme... tanto, mi fido di te. E poi, mica sono quella gran figa di Bella! Non una grande tentazione, temo. A Colton è bastato un morsettino per darsela a gambe.»

«Meglio il morso di un ghiro di un calcio sui denti.»

«Non gli avrei mai dato un calcio sui denti!»

«No, tu no, Bambi. E comunque, sei proprio un genio dell'intuito.»

«Non è questione di intuito, ma di fatti.»

«E quali sarebbero i fatti?»

«Che Bella è più figa di me. A proposito, dove l'hai lasciata?»

«Tra le braccia di un turista canadese.»

Lei sussultò e lo fissò sconvolta. «E lo dici così?»

«Come dovrei dirlo? Cantando?»

«No, ma... che ne so... con un po' di dispiacere...»

«Non sono dispiaciuto affatto e non mento quasi mai.»

«Dici sempre così. Quindi qualche volta menti. A proposito di cosa?»

«Non a proposito di Bella.»

«E a proposito di cosa? Se non menti quasi mai, significa che quando lo fai, lo fai per motivi molto gravi.»

«Non è che in quella specie di tascapane, a parte il ghiro, hai qualcosa da mangiare?»

«Cambi discorso, ma te lo concedo. Non siamo ancora abbastanza amici per farci confidenze speciali. Ma prima o poi mi dirai qual è il tuo malinconico segreto.»

Le spalle di Channing tradirono un visibile sussulto. «Chi ti dice che ne abbia uno?»

«Gladys. Lei capisce tante cose delle persone, semplicemente guardandole.»

«Me ne sono accorto. Fra streghe vi intendete.»

«Non sono una strega, però...» Si ricordò del ricordo di Jessica, della notte delle stelle cadenti, e glielo raccontò. «La mia amica sostiene che quando sono felice faccio accadere cose strane intorno a me. Detto da lei è un fatto eccezionale, crede solo alla tavola periodica e alle equazioni di secondo grado.»

«Dunque deve essere proprio vero.»

«Credo lo abbia detto solo per consolarmi. E poi detesta Cedric, e ogni occasione è buona per farmi notare che non sono stata più felice dopo che lui è entrato nella mia vita.»

«E ha ragione? Non sei più stata felice da allora?»

Grace scrutò intensamente il fuoco, mordendosi le labbra. «Non lo so... io... credevo di sì. Cioè, credevo di stare bene ma... se fosse stato vero, avrei cercato di perdonarlo, non credi? Non avrei approfittato della sua prima debolezza per mollarlo.»

«La prima debolezza che hai scoperto.»

«Okay, la prima che ho scoperto. Insomma, se fossi stata felice, se lo avessi amato, non avrei infilato la porta di casa senza dire neppure ciao e adesso non sarei qui. Sarei con Cedric a cercare di capire come far funzionare le cose. Invece, non voglio farle funzionare affatto le cose. Magari ero stanca da un po', ed è per questo che anche il colloquio col rettore è andato male. Mi sono chiesta: se lui avesse capito prima di me che non sono tagliata per fare l'avvocato, e la non ammissione fosse stata un bene e non un male? Devo ancora trovare il lato positivo per la scoperta di essere stata adottata, ma ci sto lavorando.»

«Questa scoperta, da sola, ti avrebbe indotta a fuggire senza tutto il resto?»

«Io non... no, credo di no.»

«E allora, forse non è una cosa tanto fondamentale per la tua vita sapere da quale utero sei nata. Forse in cuor tuo sai che sono altre le cose che contano davvero.»

Lei sollevò lo sguardo e lo fissò. Il suo profilo sembrava fatto della stessa roccia sulla quale amava arrampicarsi. Una leggera ombra di barba sfumava fino al collo, la fenice tatuata pareva scalpitare per emergere dalla maglietta. Gli disse semplicemente: «Forse», e poi tacque.

Per un po' rimasero in silenzio. A un certo punto, però, Grace non resistette al bisogno di sapere qualcos'altro di lui.

«Adesso raccontami qualcosa di te. Dinanzi al fuoco, quando si campeggia, si parla sempre di ricordi, nostalgie e sogni. Non ho mai campeggiato, ma suppongo sia così. La notte e il fuoco che scoppietta fanno venire voglia di confidarsi, non è vero? A parte scalare ogni superficie verticale che incontrerai, cosa vuoi fare nella vita?»

Channing esitò prima di rispondere.

«Vivere non basta?» disse infine, fissando le fiamme con la fronte leggermente aggrottata.

«Alla giornata, intendi? Senza un progetto? Suppongo si possa fare ma... non hai una passione?»

«Mi sarebbe piaciuto diventare un poliziotto. Mio padre lo era, e mio nonno, e diversi cugini.»

«Questo spiega il tuo correre in soccorso delle damigelle indifese. Sono come un gattino finito su un albero che non riesce a scendere? Ma come mai hai detto: "Mi sarebbe piaciuto"? Non ti piace più?»

«Non mi hanno ammesso all'accademia.» Di nuovo un'esitazione nella voce.

«Oh... mi dispiace. Puoi sempre ritentare, no?»

«No. Purtroppo da ragazzino ho fatto alcune cazzate che mi hanno macchiato la fedina penale. E certe chiazze non vanno via. Per essere ammesso dovrei possedere una macchina del tempo, ma pare che ancora non l'abbiano inventata.»

«E allora... rinunci al tuo sogno?»

«Non tutti i sogni sono indispensabili. Occupano soltanto i dannati cassetti. E poi, i sogni ti legano. Per realizzare qualcosa devi mettere radici, ovunque esse siano. Io detesto le radici. A me piace spostarmi, cambiare tutto molto e spesso.»

«Non... non vorrai una famiglia... fra qualche anno?»

«No» disse Channing con tono deciso.

«Oh.»

«Il solo pensiero mi fa venire l'ittero, Bambi. Non siamo tutti uguali.»

«No, non siamo tutti uguali. E in fondo, neanche io so cosa ne sarà di me. Cosa diventerò.»

«È tanto importante *cosa* diventare? Dobbiamo per forza identificarci con un progetto, un mestiere, un luogo? Non possiamo semplicemente essere quello che siamo? Persone che vivono giorno per giorno, senza proiettare ombre, senza fare calcoli.»

Quelle parole la fecero sentire triste. Fu come se, all'improvviso, qualcosa – la sua voce velata di rimpianto, i suoi sogni spezzati, le cose che non le diceva e forse non le avrebbe detto mai – avesse creato un recinto che li divideva.

«Non so se riuscirei a essere così priva di organizzazione» gli disse. «Adesso va bene, adesso mi aiuta, però credo che in futuro mi farà piacere avere qualche punto di riferimento. Non dei paraocchi, questo no, ma almeno dei ganci ai quali aggrapparmi se la terra mi trema sotto i piedi. Una famiglia, appunto, un progetto, un'idea. Una roccia di arenaria, come per te quando ti arrampichi. Sembra tutto frutto del caso quando uno ti vede appeso lassù, ma non è forse vero che dietro c'è tanta disciplina, tecnica e attenzione?»

«Non mi convertirai, Bambi, rassegnati. Avevo un piano, che era quello di fare il poliziotto. È andato a puttane. Non ne ho di alternativi e non li voglio neppure. Adesso sono qui, domani chissà dove.»

«E chissà con chi.»

«E chissà con chi.»

«Mi racconti di quei tuoi campeggi?»

«Cosa?»

«Hai detto che da bambino campeggiavi con tuo nonno. È stato prima di trovare quel cucciolo di alce ferito?»

«Sì.»

«Non vuoi parlare del futuro, ma puoi dirmi qualcosa del passato, vero? Un ricordo, un aneddoto, qualsiasi cosa. Visto che domani potrei non vederti mai più, perché oggi sei qui e poi chissà dove e chissà con chi, mi piacerebbe serbare qualche ricordo.»

Lo sguardo di Channing la attraversò e Grace si sentì trafitta. Per un attimo le parve così infelice, così sconvolto, che evitare di prendergli una mano per consolarlo fu uno sforzo quasi soprannaturale. Subito dopo, però, pensò di aver avuto le traveggole. Che fosse stato un effetto del buio e delle fiamme? Channing le sorrise, si strofinò entrambe le guance con la stessa mano, e poi parlò. Con voce pacata, dolce, lievemente arrochita, le raccontò alcuni episodi divertenti della sua infanzia avventurosa. Grace si appoggiò con la schiena contro la parete ricoperta di felci, quasi fosse lo schienale di una sedia, e ascoltò ogni sua singola, morbida frase. Rise a tratti, e lo immaginò bambino, e si domandò in quale animale si sarebbe reincarnato nelle sue prossime vite. Non le venne in mente nessuna creatura reale. Forse a causa del suo tatuaggio, riuscì a pensare soltanto a una fenice con lo sguardo da tigre.

Qualcosa le camminava addosso, fermandosi sul viso. Aprì gli occhi e vide un gigantesco mostro giallo con un occhio solo che la fissava.

No, non era un mostro con un occhio solo, era Fred che, sbucato dalla custodia, si era fermato tra il suo collo e una guancia a osservarla con curiosità, come se l'avesse colta mentre si comportava in modo disdicevole.

Quando si rese conto che, in un certo senso, Fred aveva ragione, per poco non cacciò un urlo.

Era coricata sull'erba, sulle grandi foglie di felce sparpagliate, accanto al falò quasi spento. Accanto a lei c'era Channing. Dormiva, steso di profilo, il viso tra i propri capelli, le braccia intorno alle braccia, il suo corpo talmente a contatto che lei non riuscì a evitare di arrossire fino alle orecchie. Non era mai stata così vicina neppure a Cedric in quattro anni. Non avevano mai dormito insieme.

Abbassò le palpebre, invasa da una felicità che faceva un po' male perché era destinata a morire.

Intorno, il buio era meno indelicato, più disposto a farsi ferire dal sole nascente.

Siamo rimasti qui fino all'alba?

Respirò leggermente, quasi non volesse svegliarlo, anche se il battito del suo cuore avrebbe potuto svegliare il bosco. Sugli alberi era tutto un cinguettare di uccelli, e nei paraggi doveva esserci una cascatella, poiché udiva un capitombolare d'acqua. Sarebbe rimasta lì, con le sue braccia intorno, fino a quando il cielo non fosse imploso.

Fred, però, non la pensava allo stesso modo. Prese a saltellare intorno con la foga di un gatto che vuole la sua ciotola di cibo e non intende sentire ragioni. Nel timore che qualche predatore lo ghermisse, Grace si mosse per bloccarlo. Il suo corpo si separò dal corpo di Channing, e senza di lui si sentì come vuota e fredda. Nonostante quel gesto, tuttavia, lui continuò a dormire. Era così dolce nel sonno, così rilassato, bello d'una bellezza irripetibile, che non resistette alla tentazione di sfiorargli i capelli.

In quel momento Fred si allontanò verso il lago, e Grace dovette inseguirlo. Lo riacciuffò poco prima che scendesse i gradini di pietra e raggiungesse la sponda. La luce era pallida, gli alberi scuri, l'acqua quasi verde. A distanza, vide la cascatella di cui non si era accorta la notte prima, poco più di un fuoco d'artificio liquido che sgorgava da un anfratto: si avvicinò e ne bevve ampi sorsi.

«Io preferirei una colazione italiana. Cappuccino e cornetto, grazie.»

Channing era in piedi su una roccia più alta, le braccia incrociate sul petto. La osservava con una strana espressione, un po' imbronciato e un po' sorridente. Grace finse che non le si aggrovigliassero i pensieri nel vederlo.

«Mi dispiace, c'è solo acqua fresca» gli rispose con tono scherzoso.

Channing si stiracchiò, portando entrambe le braccia dietro la nuca, e il labbro inferiore di Grace per poco non precipitò nell'acqua per colpa di un gesto così insignificante: i suoi muscoli, che si flettevano visibili anche attraverso la maglietta, ebbero il potere di stregarla per un istante.

«*Tu* ti sei addormentata, Bambi, mentre io ti raccontavo i fatti miei. Non un gran complimento alle mie doti oratorie e a tutte le *altre doti*. Ho alimentato il fuoco, mi sono detto: "Adesso la sveglio", e poi temo di essere crollato anch'io.»

«La vecchiaia avanza per entrambi.»

«Parla per te. Russavi come un trombone. Mi sa che hai tenuto lontani i predatori meglio di un fossato elettrificato.»

«Io non russo!»

«Oh, sì che russi.»

«Non è vero!»

«Devi aver dormito solo con dei sordi, fino a ora.»

«Io non... non ho mai dormito con nessuno però... sono sicura... sono quasi sicura...»

Lui le rivolse un altro sorriso ironico e dolce nello stesso momento. «Perché sei un tipo da sesso e poi ognuno a casa propria?»

«La notte non ti ha portato affatto consiglio!» replicò lei indispettita.

«Guarda che sono d'accordo con te. Mica ti giudico.»

Grace si concesse un istante di broncio, e poi disse: «Esatto, proprio così. Sesso e poi ognuno a casa propria. Ed è meglio se ci andiamo anche adesso a casa o, insomma, in quella che al momento è una casa. Gladys sarà preoccupata». Channing si avvicinò con una lenta andatura da leone, le passò accanto, le sfiorò le labbra con un dito e poi raggiunse a sua volta la cascatella per bere. «È molto lontano?» gli domandò ancora.

Lui si bagnò completamente il viso e i capelli e si scosse energicamente. Che spalle larghe aveva. Che mani grandi. Che...

Pensa solo a rientrare e smettila. Smettila!

«No, e con la luce sarà più facile. Dobbiamo raggiungere quella cima e poi scendere.»

«Scendere come?»

«Con molta attenzione. Ti guido io, non ti farai male. Accorciati il vestito.»

«Eh?»

«Strappane un pezzo o tiralo su in modo che non stia così lungo, potresti inciamparci.»

«Non sarà un modo per guardarmi le gambe?»

«Potrebbe essere un modo per *riguardarti* le gambe, dopo averti sbirciata per bene di notte.»

«Cosa?»

Channing rise più rumorosamente della cascatella vicina. «Non credevo esistesse una come te.»

«Una come me... in che senso?»

«Una ragazza della tua età che arrossisce per ogni cosa. E arrossisci sul serio, non reciti la parte della finta imbarazzata. Te l'ho già detto: per fortuna sono immune o potrei perdere la testa per te.»

«Tienitela pure sul collo la testa, non saprei che farmene. E adesso andiamo?»

«Devi davvero accorciarti il vestito, piccola. Puoi ripararti dietro quell'albero se...»

«Non sono Biancaneve! Posso farlo anche davanti a te. Non mi sto mica spalmando contro un palo da pole dance in perizoma!»

Mentre Channing rideva di nuovo, Grace tirò su la lunga tunica di Gladys, facendola arrivare sopra le ginocchia e fermandola con la cintura.

«Mica male» commentò Channing.

«Smettila di scherzare e andiamo.»

La tenne per mano, con una stretta salda che, per l'ennesima volta, prese a colpi di spada il suo cuore. Quando era Cedric a farlo, non si sentiva così. Non così stravolta e desiderosa e pronta a tutto, perfino a scalare montagne a piedi scalzi. I sentimenti suscitati un tempo da Cedric erano strade diritte, circondate da panorami sempre uguali, come certe monocordi pianure dell'Idaho. Channing, invece, le faceva percorrere le tortuose piste di un autodromo, le curve di una strada francese a picco sul mare e i saliscendi vertiginosi di San Francisco.

Salirono fino al punto più alto di quello strano bosco di pietra: oltre c'era un'identica formazione rocciosa in pendenza. Scendere fu meno faticoso, ma più pericoloso a causa del rischio di scivolare. Gli alberi erano fitti, il sole proiettava sottili strisce di luce orizzontali ancora pallide. Channing le fu sempre accanto, aiutandola nei salti più impervi, fermandosi per sostenerla con tutta la pazienza del mondo. Fu un percorso silenzioso, rotto solo dai loro respiri, dai versi degli uccelli e dal gorgogliare dell'acqua.

Quando arrivarono al livello del lago, oltrepassarono un'ultima schiera di pioppi e si ritrovarono nei pressi del campeggio. Era appena l'alba, dormivano tutti, la cenere ancora calda fumava nei bracieri di pietra.

Grace si sentiva come dentro un sogno dal quale non avrebbe voluto risvegliarsi mai. Le pareva quasi di camminare sospesa e che la mano di Channing le impedisse di volare come un palloncino pieno di elio sfuggito a un bambino.

Purtroppo, a breve si sarebbe svegliata. Tutto sarebbe finito.

The end, sogno infranto, Channing va via, tu continui il tuo viaggio e stavolta non lo rivedrai mai più davvero. È lui il vero palloncino: se separo le mie dita dalle sue, vola via, perché non vuole radici né legami.

«Questa sì che è una sorpresa.» Channing la distrasse dai suoi pensieri.

«Quale?»

«Guardati intorno.»

Grace osservò la stradina fiancheggiata da uno slargo ricoperto d'erba ingiallita dove, fino a qualche ora prima, era parcheggiato il furgoncino trasformato in camper di Edward e Gladys. Riconobbe i due alberi ai quali avevano agganciato un'amaca e i resti ben spenti di un fuoco. Tutto era come l'aveva lasciato, compresa l'amaca, tranne per un dettaglio: il furgone Volkswagen non c'era più.

«Ma dove...?» biascicò Grace, continuando a guardare in giro come se, per magia, il camioncino alato potesse materializzarsi tra le foglie.

Channing si diresse verso il fuoco e si chinò posando una mano aperta sulla brace.

«È ancora calda. Sono andati via da meno di un'ora.»

Grace lo fissò con gli occhi sgranati. «Sono andati via?»

«A quanto pare.»

L'amaca dondolava leggermente nel venticello dell'alba. Allora Grace si accorse che su di essa c'era un foglio piegato. Era la carta dei pensieri di Gladys, rosa e profumata di rosa, sulla quale spesso tracciava frasi ispirate dal mondo, dai propri ricordi e dal futuro che immaginava. Sul foglio c'era scritto il suo nome. Nel foglio c'era un messaggio per lei.

Mia dolce Grace,

ti confesso una cosa: il nostro arrivo qui non è stato casuale. Fin da quando mi hai confidato che Channing intendeva raggiungere il Kentucky e in particolare un'area famosa per le arrampicate, mi sono data da fare per capire quale fosse. Ho intuito potesse trattarsi di Red River Gorge, ma il destino mi ha comunque aiutato. Per scovare gli aghi nei pagliai occorre dotarsi di una calamita, te lo avevo detto, no? Adesso che vi siete ritrovati, credo che tu abbia bisogno di continuare il tuo viaggio senza di noi. La tua aura, quando c'è lui, diventa rossa fiammante, e anche la sua si illumina. Dovete stare insieme, il come decidetelo voi. Se te lo avessi semplicemente suggerito, avresti detto di no, per paura, per timidezza, per orgoglio. Sono certa che non ti lascerà

da sola nelle strade del mondo. Anche lui ha tanta paura, insegnagli a non averne e abbiate coraggio insieme.
Con amore,
Gladys

P.S. So che può sembrarti una follia, e forse lo è, ma penso che Gladys abbia ragione. Io non vedo aure e non capisco altro che questo: la presenza di Channing ti fa bene. E anche se è restio ad ammetterlo, la tua presenza fa bene a lui. Quando si decide di inseguire il destino, occorre inseguirlo fino in fondo.
Kate

P.S. del P.S. Buon viaggio, bambina. Fidati di Gladys e delle sue intuizioni, non ha mai sbagliato. Lo zaino con tutte le tue cose è sotto il cespuglio di ginestra. Ci si rivede a Four Corners, se vuoi. Noi, il 22 agosto, per il tuo compleanno, saremo lì. Abbi cura del nostro piccolo ghiro bambino e digli che gli vogliamo bene e lo lasciamo in buone mani.
Edward

Grace rimase immobile col foglio in mano, gli occhi sull'amaca che dondolava.

«Tutto okay?» le domandò Channing.

Grace gli porse il biglietto in silenzio, come ipnotizzata. Solo dopo si rese conto che conteneva informazioni che non voleva divulgare, e si pentì di averglielo fatto leggere. Ma ormai era fatta. Non poteva certo strapparglielo dalle mani. Si aspettava che lui facesse qualche battuta ironica sulla parte del messaggio che lo riguardava, ma nei suoi occhi balenò un lampo di puro, sincero allarme. Si passò una mano tra i capelli, trattenendo una manciata di ciocche in un pugno, ma quel gesto aveva perso la disinvoltura di qualche ora prima e appariva tormentato.

«Non farti venire le paturnie, Channing» lo ammonì con un tono freddo che risentiva dello shock di essere stata mollata e della scoperta di quanto lui mal tollerasse il pensiero di averla tra i piedi. «Non devi davvero occuparti di me. Non dobbiamo proseguire insieme sul serio, solo perché se lo augura Gladys e ha ordito tutto questo piano per farci incontrare. Non è che le avessi detto chissà cosa di te, le ho solo raccontato qualcosa di quel che mi era successo, e lei ha inventato un romanzo. Stai andando in iperventilazione. Continueremo il viaggio così come lo abbiamo cominciato. Quindi respira.»

Invece di smentirla, lui disse semplicemente: «Cazzo», e tornò a sembrare uno che volesse essere ovunque e con chiunque, tranne in quel luogo e con lei. La sua fronte era solcata da fitte rughe d'espressione e prese anche a mordersi le labbra.

Senza dire niente, Grace raggiunse il cespuglio di ginestra e cercò lì sotto. Trovò lo zaino, più pesante e stipato di quanto ricordasse. Dentro c'erano un sacchetto di frutta secca per Fred, delle tavolette di cioccolata e la copertina di pile giallo limone con la quale dormiva di solito. Le venne da piangere, come se si fosse imbattuta in un cucciolo abbandonato e morto in mezzo alla strada. Stava per issarsi lo zaino sulle spalle, quando quello smise di pesare e divenne un sacchetto di piume.

«Ma che...?»

Channing si era avvicinato e lo aveva preso al suo posto.

«Cosa trasporti? Incudini?»

«Che siano incudini o nani da giardino non ti riguarda. Ridammelo.»

«Lo porto fino alla tenda.»

«Tenda? Quale tenda?»

«Quella di Bella. Ho lasciato lì la mia roba. Spero che lei e il canadese abbiano finito di darci dentro.»

«Tu vai alla tenda di Bella. Io cerco il sentiero per uscire dal parco. Bye bye.»

Gli porse la mano, e lui le porse la sua, ma quando stava per stringergliela in segno di saluto, Channing la afferrò per un polso e la trascinò verso di sé. Si ritrovò contro il suo petto, molle come una bambola rotta.

«Non vuoi che venga con te?» le domandò con un tono di nuovo scherzoso, come se la parentesi di panico di qualche attimo prima non fosse mai esistita. Una parte di Grace voleva dirgli di no, ma non era la parte più grande.

«Magari per un tratto, giusto per raggiungere la fermata dell'autobus» gli concesse con apparente indifferenza.

«Prima cerchiamo un motel.»

«Eh?»

«Hai bisogno di una doccia calda, dopo la scorsa nottata, o ti ammalerai. E anch'io. Non possiamo metterci in viaggio così. Vieni con me da Bella? Mi concedi il privilegio della tua compagnia?» Le regalò un sorriso perfettamente innocente.

«Sei tutto matto, lo sai? Poco fa sembravi sul punto di strapparti i capelli al solo pensiero di dover viaggiare ancora con me.»

«Ero sul punto di strapparmi i capelli.»

«Ah, bene, evviva la sincerità!»

«Te l'ho detto che non mi piace raccontare frottole.»

«E come mai hai cambiato idea?»

«Perché Kate ha ragione. Quando ci si mette di mezzo il destino, c'è poco da fare. Lo stronzo ce l'ha con noi. Vorrei tanto capire cosa ha in serbo. Inoltre, temo che, se pure tu partissi per l'Alaska e io per l'Arizona, finiremmo per incontrarci di nuovo. E allora assecondiamolo.»

Mentre si incamminavano lungo il sentiero, Grace trattenne una lista di altre domande importune.

Quindi non hai cambiato idea perché ti fa piacere?

Il tuo cuore non scoppia quanto il mio?

Non sei talmente felice che vorresti rinascere mille volte solo per arrivare a questo punto della tua vita?

Dieci
Channing

È facile viaggiare con Bella. Non turba in alcun modo il mio bisogno di non perdere il controllo delle emozioni, il mio cuore malato non esita e non trema, le sue labbra non mi sembrano mele da mordere, e dire che abbiamo pure scopato. Ma scopare è solo scopare, e quando lo fai soltanto con la tua metà inferiore non ti stanchi neppure troppo. Se andasse via domani, la ricorderei come ricordo tutte le cose della mia vita, quelle che non hanno provocato grandi cambiamenti e alle quali sono grato senza che la gratitudine divenga bisogno. Per questo è facile viaggiare con lei, perché non ho bisogno di lei, non ho paura di lei, e so che lei non ha bisogno né paura di me.

Eppure abbiamo tante cose in comune, tra le quali la passione per l'arrampicata libera. Un romanziere ci cucirebbe intorno una trama fatta di sesso e sogni, tormento e redenzione, lei che mi salva e io che la salvo e viviamo felici e moriamo nello stesso momento. La realtà ci vede condividere un viaggio in autobus e tre notti in tenda a Red River Gorge. Punto. Qualche mese fa lei ha lasciato un uomo che l'ha fatta soffrire, ed è decisa a non amare mai più e a divertirsi soltanto; io non so neppure cosa sia l'amore e scappo dalla tentazione di volerlo scoprire. Chissà perché, tutti i viaggi hanno sempre a che fare con quel fottuto tiranno.

Il destino, però, ha intenzione di darmi una severa lezione.

Per un attimo credo sia una specie di allucinazione. Ho bevuto una birra, Bella aveva una canna e me l'ha passata per due tiri, l'ossigeno che satura l'aria notturna è fin troppo, e non dormo bene da che ho memoria. Quando sai di avere i giorni contati, anche dormire è uno spreco di tempo.

Perciò, sulle prime penso a una specie di miraggio. Non può essere Grace che insegue uno sciame di lucciole.

E invece è lei, è proprio lei, e il mio cuore mi avverte di fare piano, mi dice di stare attento, perché anche un uomo invincibile ha il suo tallone d'Achille, figurati poi se non è neppure invincibile.

Dovrei filarmela, mandare affanculo il destino, tornare al campeggio e dire a Bella: "Bye bye, io adesso me la batto e buon viaggio", e invece seguo Grace e la fermo e le parlo. E non c'è arrampicata, scopata, fumata e paura di morire che mi abbiano mai fatto battere il cuore così.

Gli scalatori di tutto il mondo vengono qui per arrampicarsi. Ci sono pareti che sono una bomba. Stamattina divoro la Motherlode in preda a un'assurda furia. Dopo, ho intenzione di andarmene.

Non posso rimanere, non voglio più incontrarla. Non ho smesso di pensare un istante a quei dannati occhi da cerbiatta. Con l'aria ribelle e i capelli da Merida bionda è ancora più attraente. Quindi, meglio smammare: una che è capace di farmi incontrare lucciole, volpi e stelle in mezz'ora di vita, e di farmi trattenere il respiro mentre parla, cosa potrebbe farmi se...

Non c'è un "se", stamattina lascio il parco.

Poi, però, mentre passo sotto il Natural Bridge e guardo in alto, venti metri sopra il mio naso, la vedo. È quasi sull'orlo del ponte e parla con due tizi. Sorride? Non ne sono sicuro da questa distanza,

171

ma mi pare proprio di sì. Non mi dispiace che sorrida, intendiamoci, però...

Forse, oltre che al cuore, devo aver sviluppato un problema al cervello perché, senza pensarci su nemmeno un attimo, mi ritrovo ad arrampicarmi lungo la base del ponte.

Non so bene perché lo faccio, so solo che lo faccio. E sono talmente agitato che perdo la presa, mi faccio male a una mano, sbatto il ginocchio contro la roccia, combino un macello prima di raggiungere la cima. Mai stato tanto imbranato.

Quando arrivo di sopra, lei non c'è più: guardo ovunque come un matto, e poi la noto a sinistra, insieme a uno di quei due ragazzi. Il tizio le sta appiccicato addosso come un francobollo del cazzo.

Una voce dentro mi urla: "Vattene, vattene, vattene! Ti farà solo del male, ma soprattutto... quanto male farai a lei? Che senso ha creare dei legami quando la tua stessa esistenza è una forbice? Se superi un confine, se concedi uno spazio, se spalanchi le braccia, è come se aprissi il suo cuore per far posto a un coltello".

Lo so, lo so, lo so. Eppure, non riesco a fare due passi indietro.

Eppure credo di... credo di essere geloso.

Mai stato geloso prima, mai, neppure da bambino per le cose che i bambini considerano soltanto loro e guai a chi le tocca: ho sempre creduto che ogni parte del mondo fosse di tutti, e questa convinzione si è rafforzata dopo i dieci anni, quando ho capito che neppure il mio cuore era solo mio. Era di qualcuno che lo aveva posato nel mio petto per qualche tempo ma, a breve, sarebbe tornato a riprenderselo.

Adesso, però, per la prima volta nella vita sento una voce che sale come schiuma di mare e mi dice: "No, stavolta no, stavolta lei è solo mia".

Stronzate. Io non sono così, non posso cedere a questa invasione barbarica. Mi faccio ridere da solo. Non ho nessuno e non sono di nessuno. Ho cancellato da tempo ogni sogno: inutile coltivare desideri che hanno bisogno di fondamenta, perché le fondamenta hanno bisogno di tempo, e il tempo non ha bisogno di me.

Non comincerò adesso a volere qualcosa – *qualcuno*, dannazione, qualcuno con occhi grandissimi, labbra con la curva rotonda delle mele, e paura e coraggio e strane magie che le accadono intorno, e la più strana magia sono io che la voglio – non comincerò adesso.

Soprattutto se si circonda di amici che, appena mi guardano, capiscono tutto: una ragazzina amish che mi chiede subito, sottovoce ma con fermezza, cosa significa la cicatrice che ho tentato di nascondere con la fenice tatuata; una signora anziana che mi legge negli occhi ogni verità e mi sussurra in un orecchio di esprimere tre desideri quando indosserò il bracciale e che non è finita finché non è finita; e un piccolo ghiro che mi si accoccola addosso come se volesse accogliermi e consolarmi.

No, Bambi, non posso cominciare adesso.

La speranza può fare più male della rassegnazione.

«Da quando hai incontrato quella ragazza sei strano forte» mi fa notare Bella, mentre preparo il mio zaino per battermela.

Non le rispondo: non mi piace mentire. Dovrei dirle che ha ragione, che mi sento strano eccome, conteso tra due forze contrapposte e in pericolo. Detto da uno che ha i giorni contati, sarebbe una dichiarazione fin troppo significativa. Perciò è meglio se sto zitto.

«È molto carina» insiste lei.

«Mmh» replico, senza aggiungere altro al mugugno.

«E adesso perché vai via? Non dovevamo scalare la Chocolate Factory domani?»

«Una delle parti migliori di un viaggio è cambiare idea su dove andare.»

«Una scopata d'addio?» mi propone come se mi offrisse un caffè.

«Come se avessi accettato» le rispondo con lo stesso tono.

«Penso che chiederò a Marshall: è un tipo interessante. Tanto stasera tu vai via, no?»

Sorride, si stiracchia ed esce dalla tenda dopo avermi mandato un bacio in un soffio, come fanno i bambini. Certo che la mente umana è un mistero profondo. Ho viaggiato con Bella per giorni e ci siamo divertiti parecchio, ma adesso che sto per salutarla non c'è un atomo del mio corpo che abbia un dubbio. E invece, al solo pensiero di non rivedere mai più quella piccola cerbiatta bionda, che non sa neppure d'essere bella e arrossisce per niente, mi si rimescola tutto dentro. A volte scatta qualcosa con la gente che incontri, a volte non scatta nulla. Ma perché diamine quel che scatta, quando scatta, ha scelto proprio Grace per scattare?

Non voglio interrogarmi ancora, per cui sistemo ancor più alacremente lo zaino. Fuori è già buio, la notte incombe, ma è inutile aspettare fino a domani. Mentre sto per finire di mettere insieme le mie pochissime cose, Bella riappare nella tenda.

«C'è una ragazza fuori, che ti vuole parlare.»

«Una ragazza?»

«Non fare quella faccia, non è *lei*. È una di quelle tipe strane... come si chiamano? Amish? Che tu sia uno schianto non si può negarlo, ma addirittura una piccola amish che ti viene a cercare di notte... non credi di esagerare?»

Ride, e mentre ride io vengo assalito da un'immediata sensazione di allarme. L'amica di Grace... cosa potrà mai volere? Dubito sia stata conquistata dal mio fascino, mi è parsa alquanto fredda da questo punto di vista: quando abbiamo parlato, stamani, era più che altro incuriosita dalla cicatrice che ho sul petto e aveva l'aria di chi non ha creduto alla storia del taglio con un coltello a serramanico durante una scazzottata nei miei anni ribelli. Di solito la gente inventa strani malanni per nascondere incidenti violenti: io invento di aver fatto parte di una gang e di averle pure prese, per non rivelare che sono stato operato al cuore.

Esco dalla tenda e Kate mi raggiunge in fretta.

«Credo che Grace abbia bisogno di te» dichiara.

«Cosa?» esclamo, un po' indispettito e un po' preoccupato dalle sue parole, dall'ansia che le leggo negli occhi e dalla certezza che una piccola amish dallo spirito altero non verrebbe mai a disturbarmi di notte se non ci fosse un motivo più che valido.

«Eravamo a quella festa, Grace ha ricevuto una telefonata, ed era così sconvolta che l'ho vista mandar giù un intero bicchiere di succo di frutta corretto con qualcosa di molto alcolico, e poi si è allontanata con quel Colton su una barca. Non so cosa sia accaduto, sul lago è tutto buio ed erano a una certa distanza, ma mi è parso che lui le sia saltato addosso, e poi qualcuno ha gridato e qualcun altro è caduto nell'acqua... Non conosco nessuno a cui rivolgermi, e Gladys ed Edward non sono esattamente un fiore di gioventù. Così ho pensato a te e ti ho cercato. E se il tuo prossimo commento è: "Non sono affari miei", io...»

Il mio commento successivo non è un commento. È un'azione. Mi dirigo a falcate veloci verso lo Zilpo Campground. Kate mi segue, altrettanto rapida, e mentre marciamo mi dice: «Gladys mi ha confidato che la tua aura è grigia in alcuni punti, in particolare intorno al torace. Il grigio è il colore delle malattie. Hai problemi al cuore?».

Mi volto un attimo a osservarla, senza smettere di avanzare.

«Non credo ti riguardino i miei colori, ragazzina.»

«Non riguardano me, ma Grace. Le piaci molto. E lei piace a te.»

«E vissero tutti felici e contenti?»

«Sono un'amish, non una bambina di quattro anni. Solo, pensavo... non credi che lei possa aiutarti?»

«È parente stretta di qualche divinità?»

«Non nel senso di guarirti in modo miracoloso. Per quanto ascolti mia madre parlare del buon Dio da una vita, e sia affascinata dalle teorie romantiche di Gladys, sono una persona coi piedi ben piantati per terra. Intendevo che possa comunque farti del bene.»

«Credevo che gli amish fossero di poche parole. Le tue chiacchiere mi rimbombano in testa. Mettiamo in chiaro una cosa: sono venuto solo per capire se Grace ha bisogno di aiuto. Lei mi piace, okay, ma non nel senso che pensi tu. Vedo come sta e vado via.»

La spiaggia che costeggia il Cave Run Lake è piena di gente. Qualcuno è un po' brillo, segno che hanno fatto circolare alcolici, alla faccia del succo di frutta. Guardo in acqua e scorgo una sagoma che arriva a nuoto verso la sponda. Quando la testa bionda di quell'imbecille affiora, e blatera non so cosa a proposito di qualcuno che lo avrebbe morso, non mi fermo a prenderlo a calci sui denti solo perché sono preoccupato per Grace. Che fine ha fatto? Perché non è tornata anche lei?

Senza pensarci, trascinato da una calamita interiore che non riesco a spiegare e che tuttavia mi fa muovere in una direzione soltanto, entro in acqua fino alla vita. A distanza, noto una barca che si dirige verso la costa vicina, uguale per dimensioni a quella su cui sorge il campeggio ma non per conformazione: è tutta sassi e alberi. Chiamo Grace, ma lei non mi sente. Allora mi tuffo. In linea d'aria ci metterei un attimo, ma a nuoto, e per giunta nell'acqua ferma di un lago, ci impiego un'eternità.

All'arrivo, faccio appena in tempo a notare la barchetta che va alla deriva e Grace che si arrampica sui gradini rocciosi. La chiamo ancora, ma non mi sente. E poi la seguo, e la raggiungo, e la abbraccio, e mi sembra di essere stato in apnea fino a questo momento e di poter finalmente respirare di nuovo.

Ho tenuto vivo il fuoco e, complice l'aria tiepida in mezzo agli alberi, tipica di una notte d'estate, decido di lasciarla dormire. Rimango vigile fino a che non si chiudono anche i miei occhi. Quando li riapro sono abbracciato a lei. Profuma di fiori. Dovrei alzarmi, scuoterla, ma rimango fermo, i suoi capelli vicino alle labbra, la sua schiena contro il mio petto. Non ho mai dormito abbracciato a nessuno, tranne forse un orso di pezza quando avevo tre anni. È una sensazione stranissima, mi ricorda la prima volta che andai al mare da piccolo e affondai le dita nella sabbia rovente. Ricordo un brivido che dai polpastrelli arrivò fino allo stomaco, pulsava come una ferita ma era piacevole. Adesso mi sento così, accoltellato e felice.

A un tratto mi rendo conto che anche lei è sveglia, e fingo di dormire ancora. Non voglio capisca che abbracciarla ha smesso da un pezzo di essere un riflesso del sonno per diventare una scelta. Si alza e si allontana per inseguire il ghiro, è spettinata, stropicciata, un po' buffa, ma mi turba come se fosse una dea nuda e perfetta. Il dramma è che non so neppure perché mi accade questa cosa e dove andrà a finire. Di sicuro finirà: perciò preferisco dare fondo a tutta la mia ironia, prenderla in giro, provocarla, mostrarmi distaccato e perfino un po' stronzo, perché è l'unico modo per allontanarla. E in ogni caso, non avrei nulla da darle. Uno che potrebbe morire domani non può permettersi di far entrare nessuno nella propria vita. Men che meno una ragazzina che arrossisce come si arrossiva in un altro tempo, e che quasi certamente è vergine. Il pensiero che non lo abbia mai fatto – mi ci gioco le mani che è così – mi eccita e mi sconvolge e mi fa venire strani pensieri, per cui continuo a parlare da stronzo, da quello che se ne sbatte di tutto. Mica ti penso, Bambi, mica non riesco a pensare ad altro, mica sono un idiota romantico che vorrebbe scoparti per primo per essere il primo e, cazzo, l'unico. Mica sono io questo, io vado dove mi porta il vento e non mi affeziono e soprattutto non mi innamoro.

Questa frase – io non mi innamoro – mi rotola in testa come una sfera dentata, e mi spaventa per il semplice fatto di averla inclusa fra le altre parole. Cosa c'entra l'amore? Che stronzata. Al massimo mi attrae, è una bella ragazza, ha un corpo niente male...

Che... cosa... diamine... c'entra... l'amore?

Quando arriviamo al luogo in cui era parcheggiato il furgone dei suoi strani amici, i suoi strani amici se la sono svignata, per poco non mi viene il terzo infarto. L'idea era di salutarla e non rivederla più, togliermela dalla testa in via definitiva e tornare quello che ero una volta, Channing che vive giorno per giorno e nessuno gli si avvicina *davvero*.

Invece così...

Cosa si è messa in testa quella gente?

Ma la parte più assurda di questa scoperta non sono lo sgomento e la rabbia ma... il sollievo. Il dannato sollievo che seppellisco e prendo a calci ma torna su come un geyser.

Gladys ha ragione: se avessi dovuto scegliere da solo, sarei andato via. Per questo ha deciso per me.

Forse è veramente una strega.

Siamo arrivati a Lexington con un autobus locale e abbiamo preso una stanza in un motel semplicissimo. Le dico: «Tu fai una doccia con calma, non torno prima di un'ora per darti il tempo di fare tutto. Nel frattempo, vado alla fermata della Greyhound a vedere quando è il prossimo autobus».

«Per dove?» mi domanda.

«Non lo so. A te dove va di andare?»

Sorride, piega la testa da un lato e mormora: «Fai così, prendi i biglietti della terza destinazione scritta sul tabellone, qualsiasi essa sia».

«Va bene anche la Florida?» mi sfugge dalle labbra.

Grace fa quasi un salto.

«No, la Florida no!»

Allora capisco che, in qualche modo, lo stronzo le ha detto di essere andato fin lì per cercarla. Mi fa molto piacere che non voglia assolutamente incontrarlo.

«Okay, allora la scartiamo» commento, e lei non si sogna neppure di chiedermi perché mi è venuta in mente la Florida, visto che è del tutto fuorimano rispetto al Kentucky e dubito che esista un autobus che colleghi direttamente Lexington a Miami. «Qualsiasi altro posto va bene per te?»

«Sì. Il mondo è l'unico posto di cui mi importi. Eccetto la Florida.»

Annuisco e faccio per raggiungere la porta di questa minuscola stanza con la moquette beige, il soffitto che quasi mi sfiora la sommità della testa e una coperta patchwork giallo e arancio sul letto a due piazze.

Meglio che acceleri la mia uscita di scena: per un attimo immagino i suoi capelli sparsi sul cuscino e il suo corpo sotto il mio corpo fra quei ritagli di stoffa. E nessuno dei due corpi ha addosso uno straccio di vestito. No, no, e ancora no. Devo rimuovere i pensieri molesti. E provocanti. E molesti.

Afferro la maniglia quasi con rabbia, ma la sua voce mi ferma: «Channing». Mi volto e la guardo e mi sembra triste come una bambina quando è triste. «Non sei costretto a viaggiare con me, dico davvero» aggiunge.

«Vallo a dire a Gladys» le rispondo con un sorriso ironico.

«Non voglio essere un peso per nessuno» conclude.

Scappo prima di dirle qualcosa di cui mi pentirei, qualcosa del tipo: "Non sei un peso, il solo pensiero di viaggiare con te mi eccita fino a togliermi il fiato. Altro che aiutarmi, tu mi farai venire l'infarto definitivo, Bambi".

Il terminal è vicinissimo e, appena entro, guardo il cartellone con gli orari di partenza. La terza destinazione è Indianapolis. L'autobus parte fra due ore. Faccio la fila per acquistare i biglietti e non riesco a schiodarmi dalla mente l'espressione triste di Grace. Mentre pago, mi scatta dentro una sensazione di allarme. Ripenso a Philadelphia, a quando sono partito prima di quanto avessimo concordato, e mi domando il senso delle sue ultime parole: forse intende andare via senza dirmelo? Era un addio mascherato?

Dovrei esserne contento, no? Che qualcuno risolva il problema per me, così sarò libero e infilerò anche lei nel cassetto dei sogni spezzati dei quali non mi importa più niente.

Invece mi metto a correre come un cretino. Un milione di domande mi annebbiano. Come pensa di partire? È talmente imprudente che sarebbe capace di fare l'autostop, e dubito che avrà la fortuna di beccare di nuovo delle persone innocue come Gladys e il suo strano gruppo di matti perbene. Ha idea di quanti maniaci camuffati da gente normale ci siano in giro?

Così corro, corro, e quando arrivo al motel, infilo la chiave e spalanco la porta in un unico gesto, con la foga di un pazzo che scappa da un incendio. Sono talmente convinto di trovare la stanza vuota e al massimo un biglietto di saluto sul copriletto, che quando scovo lei, bagnata e completamente nuda in mezzo alla camera, che mi fissa con gli occhi sbarrati per la sorpresa, sono talmente sorpreso anch'io che rimango quasi paralizzato a fissarla a mia volta. Di scatto afferra un cuscino dal letto, se lo porta davanti e poi strilla: «Ma cavolo! Così si entra? A casa tua non si bussa? Avevi promesso che saresti stato fuori un'ora!».

Ha il viso paonazzo, più rosso di così c'è solo il sangue appena versato. Non riesco a staccarle gli occhi di dosso, non so più se per la meraviglia di trovarla ancora qui o per il semplice fatto di saperla nuda dietro il cuscino. Diamine, non è mica la prima volta che vedo una ragazza senza vestiti!

«Te ne vuoi andare o devo gridare?» aggiunge, arretrando verso la porta del bagno come un gambero color gambero. I capelli zuppi le colano sulle spalle e sulla federa gialla che le fa da striminzito siparo, dalla gola alle cosce. La sua espressione è talmente adorabile che ho voglia di baciarla. Scoppio improvvisamente a ridere. Quando l'alternativa è scaraventare lontano quel cuscino e continuare a osservarla con cura e poi smettere di osservarla per fare *altro*, ridere è la soluzione migliore per trarsi d'impaccio.

«Sono solo rientrato per... ehm... ho dimenticato il portafoglio nello zaino. Credevo fossi ancora in bagno.»

«Sbrigati a prenderlo e vattene. La prossima volta bussa. E non c'è niente da ridere!»

«Lo dici tu perché non hai visto la tua faccia. Quasi quasi ti scatto una foto. Giuro, sei uno spasso.»

«Non ti azzardare! Fred, mordilo!»

Il ghiro, steso in panciolle sul letto dopo aver divorato un etto circa di arachidi di cui scorgo gli avanzi sparpagliati, solleva la testa, mi scocca un'occhiata distratta e torna a dormire.

«A Fred io piaccio, piccola. Rassegnati.»

«Be', non piaci a me. Sei un villano a essere entrato in questo modo, e sei un villano triplicato a ridermi in faccia così. Certo, non ho le gambe lunghe di Bella e la sua quarta di reggiseno, ma non c'è niente da ridere!»

Mi do una manata sulla fronte, senza smettere di sghignazzare. «Ah, ho capito! Non sei arrabbiata perché sono rientrato di colpo e ti ho beccata nuda, ma perché non ti sono saltato addosso! Se è solo per questo, provvedo subito. Non sei niente male neppure con le gambe non chilometriche e quella che a occhio e croce è una terza scarsa.»

«Non muoverti di un millimetro!»

«Vuoi che rimanga, allora? Ai tuoi ordini. Però, potresti voltarti? Il retro mi è sfuggito.»

«No! Vattene!»

«Vuoi che non mi muova di un millimetro o che vada via? Sai, Bambi, le due cose sono incompatibili.»

«Oh, insomma, non cercare il pelo nell'uovo! È ovvio che voglio che tu vada via!»

«D'accordo, ma non arrossire di più o prendi fuoco.»

Afferro al volo lo zaino ed esco, fingendo di dover tornare alla biglietteria del terminal. In realtà aspetto fuori dalla porta. Questa ragazza mi ucciderà, sento che mi ucciderà in modi che nemmeno immagino, e non una volta soltanto.

Undici

Era ancora arrabbiata, specialmente con se stessa perché quella rabbia era figlia del motivo sbagliato. Fingeva che fosse perché Channing era entrato nella stanza senza bussare, ma un tarlo segreto le diceva sottovoce: "Sei furiosa e triste soprattutto perché ha riso di te".

Durante il viaggio non gli rivolse la parola. Scattò numerose fotografie alle cose che l'autobus in corsa lasciava indietro, ben consapevole che ne avrebbe ricavato solo macchie di verde, di grigio e di blu. Ma era quello che desiderava, un mondo impastato e fuggitivo, simile a come si sentiva lei.

A un tratto, dal fondo dell'abitacolo giunse una musica suonata dal vivo, e non proveniente da una radio o un iPod. Allora la curiosità la indusse a voltarsi, e si scontrò con gli occhi di Channing che la fissavano.

«Vorresti andare a vedere chi suona?» le domandò con un'inflessione provocatoria. «Chiedimi gentilmente di spostarmi o non ti faccio passare.»

Lo fulminò con lo sguardo, non più dovuto soltanto alla rabbia pregressa. Era da una vita che chiedeva il permesso perfino per respirare. A volte erano richieste mute, fatte solo di sguardi che cercavano altri sguardi per ricavarne approvazione. Una parte di sé era consapevole che Channing stesse scherzando, ma in quel momento non era incline a coglierne l'ironia. Perciò si mise in piedi e, continuando a non rivolgergli la parola, si fece spazio ugualmente tra le sue gambe e il sedile dirimpetto. Percepì una sua mano che tentava di stringerle la mano, come se volesse fermarla, ma si divincolò e passò oltre.

«Nessun maschietto stronzo mi dirà mai più cosa fare e dove andare» gli chiarì a denti stretti, prima di allontanarsi.

In effetti, in fondo all'autobus c'era una piccola banda di musicisti. Tutti molto giovani, sperimentavano una musica strana, un po' etnica e un po' rock. Una ragazza afroamericana cantava senza cantare, si limitava a modulare la voce in modo dolce e sensuale. I due ragazzi che la accompagnavano percuotevano batterie improvvisate usando un termos, dei bicchieri impilati, un giornale arrotolato e bacchette giapponesi di plastica.

Ben presto, molti altri viaggiatori incuriositi si radunarono in fondo al bus, e i ragazzi riuscirono a coinvolgere tutti, assegnando a ciascuno di loro uno strumento inventato; a Grace toccò un barattolino vuoto di marmellata con dentro tre biglie, da scuotere come una maracas.

Per un po' si sentì stupida e a disagio, un pesce decisamente fuor d'acqua: quando andava alle feste con Cedric doveva avere sempre un comportamento esemplare, un modo di muoversi, perfino di ballare, composto e adeguato al sacro nome del suo ragazzo. Ad esempio, non era mai stata in una vera e propria discoteca, non si era mai scatenata sul serio, e una volta che, durante il compleanno a casa di un'amica, si era permessa di provare a imparare un ballo latino piuttosto movimentato, era stata redarguita da Cedric perché aveva "dato spettacolo".

Dopo qualche minuto, tuttavia, qualcosa si sciolse nella sua anima. Nessuno l'avrebbe guardata storto, nessuno le avrebbe ricordato che non era più una bambina e non poteva fare la sciocca, nessuno le avrebbe detto che era ridicola, goffa e sconveniente. Così, si lasciò andare. Si sentì felicissima, immersa in quell'atmosfera talmente festosa e spontanea che perfino l'autista canticchiava, fino a quando si accorse che Channing l'aveva raggiunta. Lo vide sedersi su un bracciolo vicino, e venne colta dalla paura che si sarebbe fatto sfuggire qualche commento infelice. Era pronta a mordere, ma non era mai stata tanto fuori strada. Senza smettere di sorriderle, lui allungò un braccio e le fece una rapida carezza, e poi le disse in un orecchio: «Stavo scherzando, prima. Non devi chiedere il permesso a nessuno».

A un certo punto, un applauso accolse la fine di quell'allegra baraonda e i suonatori distribuirono dei volantini: quella sera stessa si sarebbero esibiti in un locale di Indianapolis, l'Howl at the Moon. La cantante invitò tutti a partecipare e a portare con sé più amici possibile.

Quando tornarono ai loro posti, Channing le domandò di punto in bianco: «Cosa non ti permetteva di fare quello stronzo?».

Grace abbassò il viso a guardare le proprie ginocchia, invasa da una marea di ricordi mortificanti. «Oh, be', cose che rischiavano di farmi passare per... sgualdrina. Io credevo che lo dicesse per il mio bene. Non alzava mai la voce, era sempre pacato e signorile, e per questo sembrava nel giusto. Ma una stronzata è una stronzata anche se la sussurri.»

«Cose... tipo? Raccontami. Così faccio scorta di motivi per spaccargli la faccia, se lo rivedo.»

«Se lo rivedi? In che senso?»

Channing fece una risatina e una smorfia strana, come quella di un monello colto a rubare. Quindi le raccontò di averlo incontrato al terminal bus di Philadelphia e di avergli rifilato la frottola dei due surfisti e della Florida. Grace lo guardò sbalordita per un attimo, un brivido di puro orrore la percorse al pensiero di non averlo incontrato proprio per un pelo, e poi scoppiò a ridere anche lei.

«Tu sei matto! Mi hai salvato, ma sei matto!»

«Prima o poi, però, quel testa di cazzo dovrai affrontarlo.»

«Lo so, ma meglio poi che prima.»

«Comunque, è venuto il momento di rifarti.»

«Diventando davvero una sgualdrina?» gli domandò lei scherzosamente.

«Mi riferivo al divertirsi, scatenarsi, ballare, dare di matto, quella roba lì. Ma se pensi di voler percorrere anche la strada del sesso selvaggio, sono a tua disposizione.»

«No, grazie. Quando percorrerò anche quella strada, mi rivolgerò a qualcuno che non mi rida dietro.»

«Per essere proprio precisi, ti ho riso davanti, perché non ti sei voluta girare.» Lei gonfiò le guance e sbuffò esasperata. «E comunque ancora non riesci a capire perché rido quando rido. Un giorno dovrai permettermi di fotografare certe tue espressioni: quando ti rivedrai, ti domanderai come ho fatto a non ridere più forte.»

«Un giorno non ci rivedremo più, e non ci sarà nessuna foto da scattare.»

Grace trattenne il fiato per un attimo, e sperò che lui la contraddicesse, che le rispondesse che avrebbero continuato a vedersi per sempre e ci sarebbero stati milioni di foto da scattare. Ma la sua apnea speranzosa finì in un rantolo.

«Già» commentò infatti Channing, il sorriso improvvisamente scomparso dalle labbra.

Se l'idea di fare cose matte non fosse già stata così granitica, lo sarebbe diventata per effetto di quella chiamata. Cedric, evidentemente, aveva contattato i suoi genitori per riferirgli delle scandalose affermazioni fatte da lei il giorno prima, e la madre era in una valle di lacrime.

Per placarla e convincerla che Cedric fosse un bugiardo, ci volle un impegno quasi estenuante. Alla fine decise di raccontarle del suo tradimento con Michelle, e questo sconvolse la madre ancora di più. Il padre le garantì che gli avrebbe detto di lasciarla in pace, e la invitò a tornare a casa perché lui avrebbe messo a posto le cose. Dopo un silenzio carico di promesse, Grace rispose di no.

«Tornerò quando deciderò di tornare.»

Al termine di quella chiamata, la sua voglia di follie ringhiava.

Quasi non aprì bocca mentre Channing le proponeva di scegliere un alloggio vicino al terminal bus, mostrandole una mappa scovata su Internet: preferiva un alberghetto che sembrava il Bates Motel, o un hotel migliore, dal nome parigino, con la vasca idromassaggio in camera?

«L'alternativa è tra un posto economico con tanto di imbalsamatore assassino in agguato dietro le tende della doccia, o un hotel figo che invece assassinerà le nostre magre finanze. Io, quando sono solo, dormo quasi sempre dove capita, e mi concedo una vera camera d'albergo soltanto se non mi reggo più in piedi e mi è venuta una barba da cavernicolo, o se non trovo un amico che mi ospiti.»

«Un'*amica*, suppongo.»

Channing scrollò le spalle in un modo che riuscì a essere allo stesso tempo malizioso e fanciullesco. «Il più delle volte sì. Ma mi è capitato anche di dormire in un parco pubblico, quando ero più giovane e incosciente. Insieme a te, però, dobbiamo trovare una soluzione più adatta.»

Grace era ancora troppo in collera con Cedric, e coi suoi genitori che continuavano a trattarla come il frutto di un innesto tra una statuina di cristallo e una principessa capricciosa, e rispose a Channing con tono antipatico: «Posso adattarmi anch'io, non sono una stronzetta viziata. Comunque, se proprio vogliamo risparmiare e fare una doccia senza correre il rischio di venire ammazzati, proporrei l'albergo più costoso, solo che prendiamo una camera in comune. Così dividiamo la spesa. Con due letti separati, s'intende. Tanto, non c'è pericolo che tu possa cadere in tentazione, visto quanto ti faccio ridere».

Non era abbastanza lucida da aspettarsi una risposta precisa, ma di sicuro la risposta di Channing la spiazzò, facendole l'effetto di uno schiaffone di quelli che, elargiti nel bel mezzo di un attacco isterico, ti fanno tornare in te stessa. Con lo sguardo accigliato e il sorriso svanito, Channing le disse: «Non sai quanto sei stronzetta, invece. Finché questo viaggio continuerà a essere solo un dispetto al tuo ex e ai tuoi genitori, sarai proprio quello che hai detto. Okay, ti hanno rotto, hai ragione ad averne le palle piene e sono il primo a consigliarti un po' di divertimento. Ma non otterrai la tua indipendenza facendo proposte del cazzo al primo che ti capita davanti, ogni volta che ti dicono qualcosa che ti infastidisce!».

«Tu non sei il primo che mi capita davanti!»

«No, ma è un puro caso. La ribellione è cosa buona e giusta quando ti rompono le scatole da una vita, ma non mandare affanculo anche un minimo di prudenza!»

«Non ho capito: cosa ti ha infastidito? Che ti abbia proposto di dividere la camera con me? Scusami, mi rimangio la parola, non volevo turbare la tua elevata moralità!»

Gli occhi blu di Channing, in quel momento, sembravano quasi nero catrame.

«Non è questo, dannazione. Non è la proposta in sé, ma il fatto che tu non riesca a dominare la collera proprio come una bambinetta. Conta fino a dieci, e non farti trascinare da un momento di furia omicida! La volta scorsa hai permesso a quel coglione di metterti la lingua in bocca: okay, qualche stronzata nella vita è indispensabile, ma almeno fai cose che ti vanno davvero, e non puttanate che ti vengono in testa solo per ripicca!»

«Non ho capito: i tuoi sono suggerimenti da poliziotto mancato, o sei geloso perché mi sono fatta mettere la lingua in bocca da Colton?»

Mentre gli parlava, era perfettamente consapevole che quel dialogo si stesse attorcigliando su se stesso come un serpente che si morde e si avvelena da solo. Sull'ultima parola pronunciata, desiderò con tutto il cuore di poter tornare indietro e annullare quelle battute reciproche piene di fiele. Soprattutto la stupida frase sulla gelosia.

Channing le indirizzò un'occhiata profonda, e sul viso gli apparve una smorfia di autentica amarezza. Quindi, con un tono di voce più basso, le disse: «Scusami, non ho il diritto di farti la lezioncina. Non sono un moralista del cazzo. Solo, credo che, quando ci si tuffa in un mare tempestoso, si debba saper nuotare bene, altrimenti è una missione suicida».

Lei si addentò il labbro inferiore ed emise un sospiro. «Scusami tu, è che mi stanno facendo ammattire.»

Channing non sorrise, come lei si sarebbe aspettata. Pareva ferito da un misterioso dolore da cui non riusciva a tornare indietro.

«Prenota la stanza che vuoi dove vuoi, Grace. Io devo andare a fare una cosa, okay? Ci si vede più tardi.»

«Ah... okay.»

Lo vide andare via, zaino in spalla, quasi in fuga. Un attimo prima di raggiungere la fine dell'isolato, tuttavia, lui si voltò: «E comunque, se la proposta è ancora valida, l'idea di dividere la camera mi va bene».

Scelse l'hotel migliore, una stanza per due. Attese che Channing tornasse, con l'ansia di non rivederlo mai più. In parte era ancora arrabbiata, in parte avrebbe voluto prendersi a sberle da sola. Lui aveva ragione su una cosa: quando continuavano a trattarla come una stupida o, nella migliore delle ipotesi, come una cosa non infrangibile da custodire in una teca di vetro blindato, Cedric e i suoi genitori erano in grado di tirare fuori il mostro che le si annidava dentro. Tutto il resto erano stronzate.

Lo erano davvero? Non hai baciato Colton per rabbia? Se Fred non lo avesse morso e lui non fosse caduto in acqua, come sarebbe andata avanti la cosa? Credi di vivere in un romanzo? Non ti rendi conto che la vita reale richiede più attenzione per i dettagli?

Quando si fece pomeriggio e Channing non tornò, Grace lasciò Fred nella stanza e decise di uscire. Domandò informazioni al portiere, che le indicò un centro commerciale a poca distanza. Gironzolò nel mastodontico edificio a tre piani pieno di negozi, osservando le vetrine e sobbalzando ogni volta che intravedeva qualcuno che poteva essere Channing. Aveva avuto paura di scorgere delle spalle simili a quelle di Cedric, ma le spalle che le ricordavano quelle di Channing rendevano il suo cuore simile al barattolino con le tre biglie di vetro che aveva fatto tintinnare di mattina sull'autobus.

Ancora non si era fatta dare il suo numero di cellulare: si poteva essere più idiote di così? Dov'era andato? Ma soprattutto, perché?

Mentre vagava, un abito esposto in una vetrina che esponeva insoliti outfit attrasse la sua attenzione.

Era quello che, in gergo, veniva definito un abbigliamento da gothic-lolita. Ovvero, una sorta di incrocio tra l'abito di una bambolina e un elegante completo vittoriano. Con nastri di pizzo lungo le balze della gonna a campana che si fermava all'altezza delle ginocchia, non aveva nulla di colorato: era nero corvino con numerose sottovesti semirigide, un corpetto aderente e riccamente decorato, calzettoni neri e scarpe in stile Mary Jane, ma più massicce e squadrate. L'unica nota stridente era un nastro viola scuro intorno al colletto alto, simile a una gorgiera. Grace lo contemplò affascinata: era cupo e sfizioso allo stesso tempo. Era a suo modo bon-ton, ma anche inquietante.

Non costava neppure tantissimo. Si guardò intorno, come se dovesse chiedere il permesso all'aria o alla gente per quell'acquisto che la tentava. Non aveva mai posseduto nulla di tanto strano, i suoi vestiti di prima erano colorati come arcobaleni e unicorni giocattolo, e in ogni caso non erano mai sopra le righe.

Decise di entrare un attimo. In un altro attimo lo comprò e tornò a confondersi tra la folla del centro commerciale.

Purtroppo, nonostante la momentanea gioia di quell'acquisto, aveva il cuore pesante. E se Channing non fosse tornato?

Quella sensazione d'essere diventata una valigia piena di incudini divenne quasi insopportabile, quando non lo trovò al suo rientro in albergo. Forse non era riuscito a rintracciarla? Dopotutto, come avrebbe potuto?

Si buttò mollemente sul letto insieme a Fred, lo stomaco chiuso anche se non mangiava nulla da ore. A un tratto, prese il cellulare e scrisse un messaggio a Jessica. Lapidario, senza "forse" e "magari".

> Mi sono innamorata
> di Channing.

La sua amica le rispose immediatamente.

> Ne sei proprio sicura?

> Sicurissima. Lo amo
> da impazzire.

Subito, uno squillo si sostituì al trillo degli SMS.

«Raccontami tutto» la esortò Jessica, un po' elettrizzata e un po' preoccupata, come se scappare di casa fosse una minuzia rispetto ad affermare con tanto candore di amare qualcuno.

Le confidò ogni cosa, ogni più piccola, imbarazzante, palpitante cosa.

«Sei proprio cotta» commentò Jessica alla fine. «Però mica aveva torto ad arrabbiarsi un po', dai. Chi era 'sto Colton? Ci hai parlato sì e no tre minuti. Metti che ti stuprava sulla barca? Si vede che non hai mai visto *Criminal Minds*.»

«Okay, ho fatto una cazzata. Ma, a voler spaccare il capello in quattro, non l'ho fatta anche fidandomi di Channing?»

«Proprio per questo devi stare in campana. Non ti può andare bene più di una volta. Cioè, non beccare almeno uno psicopatico è statisticamente impossibile. Comunque, cosa pensi di fare? Gli dirai che...»

«Oh no! A parte che nemmeno so se lo rivedrò e...»

«Smettila, lo sai che lo rivedrai. Non lo rivedi sempre? In qualche modo anche lui tiene a te, ti cerca, ti insegue. Resta solo da capire perché. Gli rivelerai quello che provi?»

«Ti ripeto di no. Lui scherza, mi provoca, è divertente e simpatico, ma sono certa che, se mi lasciassi sfuggire una cosa del genere, non lo rivedrei *davvero* più.»

«Stasera ci vai in quel locale?»

«Non lo so. Ho comprato questo stupido vestito e...»

«Vacci. Stai attenta, ma vacci. Magari ti diverti.»

«Ho paura, Jess.»

«Paura di cosa? Sto guardando su Internet, è un locale carino e piuttosto rinomato a Indianapolis, dove suonano musica dal vivo e pare facciano anche ottimi cocktail analcolici. Basta che li prendi direttamente dalle mani del barista, che non bevi nulla che ti offra qualcuno che non conosci e che non ti allontani da dove c'è gente. Portati quel buffo ghiro da difesa.»

«Non posso portare Fred in mezzo al caos. E comunque non mi riferivo a questo. Ho paura di quello che provo. È qualcosa di... qualcosa che non so spiegare, che mi toglie il respiro. Non mi sono mai sentita così con Cedric.»

«Perché, in fondo, hai sempre avuto buon gusto. Quel coglione non ti ha mai ingannata del tutto, una parte di te sapeva quanto era fasullo. Sono contenta che tu sia partita: se non avessi cinque fratelli a cui badare quando i miei sono al lavoro, sarei venuta anch'io. Adesso, però, mettiti quel vestito fighissimo e vai, promesso?»

Grace si guardò intorno, invasa da una luce fucsia che la faceva apparire color piombo con strane venature rossastre. Appena si era vestita, sulle prime, si era seduta sul bordo del letto e si era concessa un paio di lacrime. Non per l'abito e il suo insolito aspetto da bambola assassina, ma perché Channing non si era più fatto vivo. Poi aveva attinto a piene mani alla scorta di coraggio che ogni volta credeva giunta alla fine e che invece era ancora lì tutta intera, e si era imposta di uscire comunque.

L'Howl at the Moon era un posto fenomenale, pieno di gente e di suoni. Varie band, tra le quali quella incontrata di mattina sull'autobus, si esibivano contro un fondale blu notte col logo del locale: un lupo che ululava alla luna. Le bevande erano servite dentro strani contenitori di plastica che sembravano barattoli di vernice trasparenti, con tanto di manico, cannuccia viola e logo ululante. Tutto era all'insegna dei colori forti, acidi, schiaffeggianti.

Ordinò un Midsummer Punch a base di ginger ale, e si sedette a un tavolino, con le spalle alla parete. A un tratto due pianisti, uno di fronte all'altro, si sfidarono a chi produceva i più complicati voli pindarici di note. Stavano seduti su dei grossi bidoni metallici capovolti e, benché gli strumenti fossero due irreprensibili pianoforti a coda, li suonavano come tastiere elettriche da rock band, con risultati sorprendenti.

Dopo una mezz'ora trascorsa a guardarsi intorno e ascoltare soltanto, Grace decise di tuffarsi nella mischia di chi ballava.

Era la prima volta nella sua vita che si scatenava così. Neppure nei suoi sogni più estremi si era mai vista vestita in quel modo, sui ricci un cerchietto con un fiocco di organza rigorosamente nero, i suoni che le entravano nel petto e la attraversavano, le gambe e le braccia e i pensieri che andavano dove volevano, senza che nessuno li conducesse da qualche parte. Quasi nessuno, in verità, poiché se le gambe e le braccia erano abbastanza libere di fare quel che gli pareva, coi pensieri non c'era verso: a dispetto del frastuono, continuavano a creare ricami intorno allo stesso nome.

E poi, mentre la musica imperversava, e tutti ballavano e ridevano e bevevano, Grace arrivò a domandarsi se per caso nel cocktail ci fosse dell'alcol o qualcosa di peggio e se adesso avesse le allucinazioni. Dal sapore non le era sembrato, e non le girava in alcun modo la testa, ma allora...

In fondo alla sala c'era Channing. Era seduto a un tavolino insieme a una bella ragazza dai lunghi capelli viola che gli parlava animatamente. Ma forse non era Channing, forse desiderava soltanto che lo fosse.

Si avvicinò lentamente, ed ebbe la strana impressione che una luce bianca come il marmo illuminasse soltanto lui. Ammesso che fosse lui.

Quando fu a poca distanza dal suo tavolo, ogni dubbio svanì. Il cocktail era analcolico come richiesto, e Channing era vero, in carne e ossa e quella strana luce bianca come il marmo.

«Eccoti, sei arrivata!» le disse a voce alta. E poi, rivolgendosi alla sconosciuta coi capelli viola: «Te l'avevo detto che aspettavo la mia ragazza». Nel parlare, allungò un braccio verso Grace, la prese per mano e la fece sedere sulle proprie gambe. Lei gli cadde addosso con un'espressione a dir poco sconvolta.

La tizia dalle chiome color orchidea la squadrò dalla testa ai piedi, scrollò le spalle magrissime svelate da un top striminzito e se ne andò mormorando: «Contento tu...».

Grace fece per alzarsi, ma Channing la trattenne, un braccio attorno alla vita, l'altro sulle sue gambe.

«Rimani un po' qui con me, vuoi? Altrimenti le mie fan si scatenano» le disse.

«Le tue fan? Chi sei? Michael Bublé?»

«Non mi dire che ti piace.»

«In pratica era la colonna sonora di tutte le volte che andavo a trovare Cedric. La sua famiglia lo adorava. Non c'era pranzo, cena, ricorrenza di qualsiasi tipo che non avesse in sottofondo la voce swing del *caro* Michael. C'è stato un periodo in cui l'ho pure sognato. Mi inseguiva con un machete tentando di affettarmi.»

«D'accordo, poi ti faccio ascoltare io un po' di musica decente. Ti ho visto ballare, prima, in mezzo alla gente, e con questo vestito, quello sguardo e quella rabbia sembravi un cerbiatto incazzato.»

«Sono un cerbiatto incazzato. Da quanto sei qui?»

«Da un po'. Mi prometti che sarai sempre così?»

«Così come?»

«Un cerbiatto col kalashnikov.»

«Sì, ma... non stai bene? Sei strano...»

Channing scoppiò a ridere. «Quando ti faccio un complimento pensi che sono strano. Sarà meglio che continui a punzecchiarti. Dove hai trovato questo assurdo vestito da strega?»

«In un negozio per streghe, mentre ti aspettavo. Dove sei stato? Sempre se la domanda non è troppo invadente.»

In quel momento passò un cameriere, Channing gli rivolse un cenno e gli chiese di portargli un Cranberry Crush.

«Stasera niente alcol per solidarietà, così lo beviamo insieme. Tu da quanto sei qui? Hai già fatto strage di cuori?»

«Io no, non ho mica dei fan come te.»

«Sì che li hai, in tanti ti fissavano mentre ballavi.»

«Non è vero. Nessuno mi ha dato fastidio.»

«Perché non gliene abbiamo dato il tempo, Bambi. E adesso che sei qui in braccio a me, stai pur certa che nessuno si avvicinerà più. Inoltre, i maschi, a meno che non siano uno schianto come il sottoscritto, prima di buttarsi fanno qualche ragionamento in più per capire se la ragazza in questione ci starà. Un due di picche fa sempre male all'orgoglio.»

«Quindi tu, a parte la straordinaria modestia che ti contraddistingue, hai l'aria di uno che ci sta e io no?»

«Potrebbe darsi.»

«E come fai quando una non ti piace?»

«Le dico che aspetto la mia ragazza.»

«Cosa aveva che non andava la tipa di poco fa?»

«Non ho sempre fame, sai? A volte preferisco starmene per i fatti miei.»

«Allora forse è meglio se tolgo il...» Di nuovo fece per alzarsi, ma le braccia di Channing la strinsero con fermezza. Grace si sentì come risucchiata da un vento tiepido, che diventava bollente nei punti in cui i loro corpi si toccavano.

«Non te ne andare, okay?»

«Oh... okay...» biascicò, trattenendo un sospiro da cerbiatto che non ce la fa più a sparare e impugna solamente una rosa. «Channing, riguardo a prima...»

«Già, riguardo a prima. Mi hai perdonato? Mi sono comportato peggio di Cedric testa di cazzo.»

«Non è vero! Tu eri davvero preoccupato per me. Farò più attenzione. E chiederò di baciarmi soltanto a chi mi piace davvero.»

Vuoi baciarmi?

Lo pensò ma non lo disse.

Lui non fece commenti, ma una delle sue mani le avvolse un ginocchio attraverso la stoffa dell'abito.

«Hai cenato, Bambi?»

«No, avevo lo stomaco chiuso.»

«E adesso?»

«Sto morendo di fame.»

«Ho visto che c'è una saletta qui accanto dove si può mangiare. Posso offrirti un hamburger?»

«Se mi permetti di offrirne uno a te.»

Lui le sorrise, ed era così vicino che quasi percepì sulla pelle la morbidezza sfacciata delle sue labbra. Il cameriere di prima gli portò un bicchierone-barattolo pieno di liquido rosso con un ombrellino decorativo che infilzava una lunga fila di mirtilli e dei profumati rametti di menta. Channing ne assaporò un lungo, assetato sorso, e poi le domandò: «Vuoi assaggiarlo?».

Il pensiero di posare la bocca sulla stessa cannuccia usata da lui scatenò nella sua mente un film pieno di immagini folgoranti. Arrossì con la solita ingenua velocità mentre accettava. Chiuse perfino gli occhi, e dopo si leccò le labbra sulle quali era rimasto il sapore agro della frutta.

«Buono.»

«Mmh.»

«Che c'è?»

«Niente, andiamo a mangiare.»

Si alzò in fretta, tenendola per mano. Lei notò che si era cambiato, dunque doveva essere passato dall'hotel. Indossava una camicia bianca con le maniche arrotolate fino ai gomiti, infilata dentro un paio di jeans chiari. Ai piedi calzava anfibi dall'aria vissuta, portati senza lacci. Grace non riuscì a evitare di fissarlo, e il rossore non allentò la presa sulle sue guance.

Raggiunsero una sala vicina, nella quale la musica filtrava più soffice. Per un attimo, Grace si sentì orgogliosa del fatto che lui attirasse così tanto l'attenzione delle ragazze e perfino di qualche maschio, ma subito dopo si sentì soltanto gelosa. Non c'era verso che, transitando fra i tavoli in cerca di un posto libero, quel magnifico ragazzo dall'aspetto esotico non provocasse una costante calamita di sguardi.

Quando si sedettero in una zona tranquilla, Grace si accorse che non era stata l'illuminazione mordace della sala grande a farlo apparire bianco come il marmo: era pallido anche sotto la luce normale.

«Non stai bene?» gli domandò allarmata.

«Sto da Dio, Bambi» le rispose, con un sorriso che, per una ragione che non riuscì a decifrare, le parve forzato. «Sei davvero strana, vestita così. Sembri il personaggio di un fumetto giapponese, capelli biondi a parte.»

«Anche tu: siamo perfettamente abbinati.»

Di nuovo, lui le donò un sorriso esausto, come se dietro quella bocca dagli angoli in su si nascondesse un inganno.

Ordinarono hamburger e patatine fritte, ma quando i due piatti colmi arrivarono, Grace riuscì a mandarne giù appena un paio di bocconi, e Channing neanche quelli. Appariva svogliato, quasi apatico, abbassava le palpebre sugli occhi e poi le rialzava, e fra i due movimenti si insinuava ogni volta una parentesi sempre più lunga.

«Sembri stare male. Torniamo in hotel.»

«No, se prima non mangi qualcosa.»

«Mangia anche tu, allora.»

«Io mi sono fatto un panino mentre ero via, prima. Non ho più fame. Tu sei digiuna da ieri. Ti prego, Grace, mangia.»

«Mi hai chiamato per nome.»

«Ti chiami così, no?»

«Non lo avevi mai fatto. Non so se è un fatto positivo o negativo.»

«È senz'altro positivo. E lo diventerà ancora di più quando potrò dirti: "Brava, Grace, hai mangiato tutto".»

Lei prese una patatina e la ingoiò di malavoglia. Poi fece la stessa cosa con l'hamburger: un morso indolente, uno sguardo al suo sguardo che la guardava. Dopo qualche altro boccone, tuttavia, non riuscì ad andare avanti. Era come se l'ansia avesse afferrato l'appetito di prima e lo avesse infilato con la testa sott'acqua fino a farlo annegare.

«Adesso andiamo?» gli propose. «L'hotel non è tanto distante da qui, io sono venuta a piedi.»

«Vestita così?»

«No, mi sono cambiata strada facendo. Scemo, certo che sono venuta vestita così. È stato divertente. Mi guardavo nelle vetrine e pensavo: forse questa è la vera me stessa.»

«Tu sei tantissime cose. Questo e molto altro.»

«E anche tu sei tantissime cose insieme. Ad esempio, adesso sei uno che sta male, anche se insisti a dire di no. Ti prego, andiamo via? Con te che hai quella faccia pallida, non mi diverto più.»

«Proponimi qualcosa di emozionante per convincermi a tornare.»

Lei parve pensarci un attimo. «Potrei cantarti una ninna nanna e dirti: "Dormi bene, tesoro, domani starai meglio". È abbastanza emozionante?»

Lui le rivolse un'ultima profonda occhiata. «Lo è, Bambi. E non sai quanto. Andiamo pure.»

Stavolta fu Grace a prenderlo e tenerlo per mano, fino a quando non arrivarono a destinazione. Camminarono in totale silenzio, attraversando le strade alberate di una città in cui alti palazzi e casette dall'aria fiabesca si contendevano amichevolmente lo spazio. Che strana coppia dovevano sembrare dall'esterno: un affascinante ragazzo bruno coi capelli lunghi e il viso talmente pallido da far concorrenza al candore della sua camicia, e una ragazza bionda il cui abito da piccola dama stregata era più nero di un pugno in un occhio.

Dopo che varcarono la soglia della stanza, gli disse senza se e senza ma: «Adesso ti cambi e ti metti a dormire. Io vado in bagno mentre lo fai, così hai la tua privacy».

«Non mi vergogno mica di spogliarmi. E poi, mi hai visto *quasi* tutto, no?»

«Il problema è appunto in quel *quasi*. Ehi, smettila, aspetta che io vada in bagno!» esclamò, mentre lui si sfilava la camicia dalla testa, come se fosse un maglione, e rimaneva a torso nudo. Scappò nella stanza da bagno e vi rimase a fissare la propria immagine nel grande specchio, e poi la vasca rotonda incassata nel pavimento, e poi ancora se stessa, e infine la spudorata idea di loro due in mezzo alle bolle dell'idromassaggio.

Quando uscì, con cautela, le mani davanti agli occhi per non vedere ciò che voleva vedere con ogni cellula della sua fantasia, si scontrò col totale silenzio. Scostò le dita e vide Channing praticamente tuffato sul letto più vicino alla porta, a pancia in giù, la faccia affondata nel cuscino, e solo un paio di boxer neri fin troppo stretti su quasi un metro e novanta di ragazzo bellissimo.

«Channing, mettiti sotto le lenzuola» lo invitò, scrutandolo dalla cima della testa ai talloni, e poi all'inverso, il cuore in gola, le labbra socchiuse, la lingua asciutta come un rotolo di velluto.

«Girati dall'altro lato, se ti scandalizzi» farfugliò lui, tra l'aria e il cuscino. «Di solito dormo nudo, ho tenuto questi solo per rispetto a te. Hai voluto che dividessimo la stanza? E adesso pedala.»

«Sei una testa dura.»

«Non solo la testa.»

«Non puoi fare un ultimo sforzo e coprirti?»

Lui non le rispose, rimase così, una statua capovolta. Grace si avvicinò, le palpebre strizzate come dinanzi a una luce accecante, si chinò e gli sfiorò una tempia. Scottava. Allora si fece più ardita. Si sedette sul letto e gli toccò il viso, insinuando le dita tra la pelle e il cuscino.

«Hai la febbre alta» gli disse, con voce ansiosa. «Devi coprirti. Non hai un pigiama?»

Lui piegò leggermente il collo da un lato, metà del suo volto stropicciato apparve, e il suo unico occhio visibile al di qua del sipario di capelli sconvolti era sconvolto a sua volta. E lucido.

«Te l'ho detto che dormo nudo» ripeté.

«Okay, ma per stavolta devi indossare qualcosa. Posso cercare nel tuo zaino?»

Channing non rispose immediatamente, ma quando lo fece la sua replica fu lapidaria e perfino un po' stridula. «No!»

«Okay, okay, calmati. Almeno però devi coprirti.»

Lui rimase immobile, la palpebra abbassata, il respiro ansante. Non avendo altra scelta, Grace prese ad armeggiare intorno al letto e sfilò la coperta da sotto il suo corpo un po' alla volta: in tutte quelle operazioni non poté fare a meno di toccarlo, sfiorarlo, afferrarlo, spingerlo, sentirlo sotto le mani e nel cuore. Era caldo, ingombrante, una roccia. Si domandò cosa si provasse ad avere il suo peso addosso, e subito dopo si diede un colpetto, quasi un pugno, in cima alla testa, per scacciare quella visione creata dalla sua mente perversa. Doveva pensare solo a coprirlo e a prendersi cura di lui, senza distrazioni peccaminose – e soprattutto fantasiose – che non si sarebbero mai avverate.

Quando lui fu completamente sotto il lenzuolo e il copriletto, Grace gli si sedette di nuovo vicino e prese ad accarezzargli i capelli: all'attaccatura erano umidi di sudore scintillante. Si interruppe un attimo per andare ad abbassare le luci, e la voce di Channing le giunse da quelle che sembravano le profondità dell'America: «Non te ne andare».

«Sono qui» gli sussurrò con dolcezza, nella stanza in penombra.

«Mi avevi promesso una ninna nanna» insisté lui, la voce sempre più rauca.

Senza smettere di accarezzargli i capelli, e la fronte, e un orecchio, e il profilo del naso che si congiungeva alle labbra, Grace gli cantò la melodia che le cantava sempre sua madre quando era bambina, modificando una strofa. Si trattava di una lirica popolare di origine scozzese di cui, da piccola, adorava il ritmo lento e struggente, senza capire il senso delle parole. Quando, da adulta, aveva compreso che si trattava di una triste storia d'amore, ci era rimasta malissimo, ma ormai era parte della sua storia.

La sua fronte è come un mucchio di neve, il collo di cigno,
il viso è il più bello
sul quale mai il sole risplenda.
Sul quale mai il sole risplenda,
blu scuro ha gli occhi
e per lui
sono pronta a morire.

Dodici
Channing

Non mi capitava da tanto: a un tratto mi pare di non avere solo un cuore ma mille, e tutti corrono per trascinarmi nel posto più buio del mondo, dove alla fine non ne sopravvivrà neppure uno. Mi sembra quasi che le costole si flettano a causa del contraccolpo. Succede così, all'improvviso, senza un segno premonitore: appena Grace mi chiede di condividere la stanza, penso a quando è salita in barca con quell'idiota, e mi domando se faccia sempre così, se io sono soltanto la persona sbagliata al momento giusto, o quella giusta al momento sbagliato, insomma un tizio qualsiasi che si ritrova davanti e al quale rivolge proposte provocatorie per sfogare la rabbia verso il suo ex. Avrebbe chiesto la stessa cosa anche a un altro, un Colton qualunque capitatole fra i piedi per caso?

Ecco, adesso sono più furibondo di lei. Il pensiero di essere poco più fondamentale di quel cacasotto mi innervosisce al punto da spezzarmi la voce e farmi accelerare i battiti. E poi, nonostante mi sforzi per richiamarli all'ordine – non esiste una sola ragione per la quale debba sentirmi così incazzato e disorientato – i battiti non vogliono saperne di darsi una calmata. Mi fischiano le orecchie, comincio a sudare, vengo assalito da un senso di nausea. Non voglio che mi veda in questo stato, piegato in due, rantolante, non voglio vomitare davanti ai suoi occhi. Se morissi, l'ultima cosa che ricorderebbe di me sarebbe a dir poco disgustosa.

Quindi mi allontano, e per qualche minuto barcollo letteralmente. Chi mi vede pensa che sono ubriaco. Poi scorgo una farmacia, entro, e non ricordo molto tranne che qualcuno mi misura la pressione e che qualcun altro chiama un'ambulanza.

Mi ritrovo al pronto soccorso più vicino, senza sapere come ci sono arrivato. Intorno a me tutto odora di sangue. Forse non odora di sangue sul serio, forse è solo il ricordo della prima volta in cui mi sono sentito male e dell'alce agonizzante. Ogni volta che non sto bene, e non mi riferisco solo agli infarti ma a tutte le occasioni in cui questo cuore fottuto mi trasmette un segnale di allarme, quell'odore mi torna nel cervello e nel naso. Ho paura, lo ammetto, ho paura di stare per morire e, anche se dico sempre che non mi importa, la paura serpeggia come il sudore vischioso che ho addosso. Adesso ci lascio le cuoia, me ne vado per sempre in un merdoso ospedale di Indianapolis, sarebbe stato meglio schiattare a dieci anni, avrei dovuto salutare Grace, e vorrei fosse qui, ma no che non vorrei fosse qui, mica voglio qualcuno che mi tenga la mano piangendo mentre vado al Creatore.

Comunque, non vado al Creatore. Rimango in ospedale fino a sera, in un letto bianco e bollente, attaccato a una flebo, due milioni di aghi che mi pungono ovunque, due milioni di elettrodi incollati al torace, e in sottofondo una macchina che emette un ticchettio minaccioso.

Appena rimango da solo, mi stacco di dosso tutte queste cianfrusaglie e decido di chiamare mia madre. Non lo faccio molto spesso, ma forse è venuto il momento. Mi sono chiesto più volte se non viva col cellulare incollato a un orecchio, perché mi risponde sempre dopo il primo squillo. Ogni volta mi sento in colpa per non essere stato il figlio che avrebbe voluto: sano soprattutto, o almeno un malato che affronta i suoi demoni come fanno le persone normali, piantando le tende negli ospedali. Non uno che scappa e forse muore lontano da casa. All'inizio ho provato a spiegarle che un trapianto non è cosa da nulla e una vita da trapiantato sarebbe comunque una morte per me, ma pare che il discorso sul giorno da leone e i cento da coniglio non le sia piaciuto.

«Ehi, mamma.»

Mi risponde col solito tono sconvolto di chi ha appena visto un fantasma. «Chan, sei tu?»

«Pare di sì. Come stai?»

«Io sto bene! Tu come stai?!» Non è una domanda, è quasi un sussurro misto a un'implorazione.

«Sto benissimo» mento, guardando il cubicolo suddiviso da spessi divisori bianchi che mi è stato destinato in una stanza da sei, tutti pazienti con problemi cardiaci. Intorno impera un silenzio che definire "di tomba" può non essere solo un'allegoria.

«Quando vieni a trovarmi?»

«Non lo so, ma sto bene, tranquilla. Sono felice e sto bene. Non basta questo?»

«Non basta, no!»

«Raccontami di te, dai. Melvin come sta?»

Per qualche minuto si distrae raccontandomi del suo compagno, al quale è legata da qualche anno, e io la incalzo con domande che la costringono a rispondermi e a dirottare ancora l'attenzione da me, la mia cocciutaggine e il mio destino.

«E tu?» mi domanda a un tratto. «Hai incontrato qualche ragazza speciale?»

Di solito le rispondo subito con un tono piuttosto sbrigativo, ma stavolta rimango in silenzio per qualche secondo prima di dirle: «Se pure incontrassi la ragazza dei miei sogni, non potrei mai permetterle di avvicinarsi troppo».

«Perché no?»

«Lo sai perché no.»

«Quindi hai incontrato una ragazza speciale e la tieni distante?»

«Forse.»

«Le hai raccontato di...»

«Possiamo parlare d'altro?»

«Come si chiama?»

«Stavo scherzando, non ho incontrato nessuno, era solo per vedere come avresti reagito.»

«Se ti innamorassi sul serio, sarei felicissima perché... perché forse vorresti vivere.»

«Chi ti ha detto che io non voglia vivere già adesso? Voglio vivere eccome, solo alle mie condizioni.»

«Le tue condizioni non sono sane. Fai una vita stressante, sempre in giro, non so neppure se prendi le tue medicine tutti i giorni!»

«Certo che le prendo» mento di nuovo.

«Sai, Chan, ultimamente, oltre che pregare per la tua guarigione, prego affinché trovi una ragazza per la quale tu decida che valga la pena lottare. Non mi interessa com'è, puoi portarmi in casa anche un'evasa di galera, purché ti faccia venire voglia di prenderti cura di te stesso.»

«Destina le tue preghiere a qualche causa più nobile, mamma, dico davvero. E adesso devo andare, sta per partire l'autobus. Ti scrivo qualche SMS ogni tanto, come faccio di solito, okay? Non preoccuparti troppo. Ricordati che le cose vanno come devono andare.»

Prima di lasciarmi, mi riversa addosso un altro quarto d'ora di prediche addolorate, e la lascio fare, non la interrompo, la ascolto e mi rattristo più per lei che per me, ma non torno sui miei passi in nessun senso.

Dopo qualche minuto, mi aspetta un'altra ramanzina da parte del medico.

«Ha avuto un'angina, non un infarto, ma ci è mancato poco. Deve controllare le emozioni, deve evitare gli sforzi, lei è attaccato a un filo sottile, da quanto non prende i suoi farmaci? Li ha finiti? Ha avuto altro a cui pensare? Non è una scusa accettabile! Adesso glieli prescrivo io, li assuma con diligenza, e poi vada dal suo dottore e valuti con lui cosa fare, o non resterà su questa terra ancora per molto, caro ragazzo.»

Vorrei dirgli di smetterla di chiamarmi così, di riservare a qualcun altro tutto questo paternalismo e di lasciarmi in pace.

Non dovrei provare emozioni, dice.

Vuole dirlo lui al mio cuore scaduto di smetterla di battere come un pazzo quando c'è Grace in giro?

-୨୦-

Vorrebbero che rimanessi in osservazione, ma al tramonto firmo le dimissioni e vado via. Il cuore si è calmato, mi sento come se avessi nel petto una gabbia vuota dalla quale sono fuggiti tutti gli uccelli. Ho un po' di febbre, ma è un sintomo che conosco: è una specie di febbre emotiva, mi capita sempre, per la paura, il sollievo, la rabbia e il dolore d'essere appeso alla vita con un gancio di plastica che sta per cedere sotto il mio peso.

Prendo in farmacia le medicine che mi ha prescritto il dottore. Poi ripenso a Grace. Come se avessi mai smesso. In tutte queste ore non ho fatto altro che vedere la sua faccia tra quelle delle infermiere, e udire la sua voce in mezzo ai suoni cavernosi dell'apparecchio per l'ecocardio.

Più che altro, adesso desidero capire che fine ha fatto.

È buio ormai, spero sia al sicuro.

La cerco negli hotel di cui stavamo parlando quando ho cominciato a stare male: ha prenotato una sola stanza in quello migliore fra i due. Ha lasciato detto alla reception che il suo fidanzato sarebbe passato più tardi, di fornirgli senz'altro le chiavi della camera. Brava, piccola.

Salgo su e vedo le sue cose e Fred che mi accoglie come un cane e mi si stringe la gola: sto diventando ridicolmente melodrammatico se la stolida felicità di un ghiro mi fa venire le lacrime agli occhi. Sono ancora febbricitante, ma non esiste che io rimanga qui chiuso: voglio cercare Grace, capire dov'è, come sta, con chi sta. Non so cosa mi prenda, a parte il quasi infarto. Ripeto, non sono mai stato geloso, ma adesso mi sento come un bambino che vorrebbe dare una spinta a tutti quelli che osano solo pensare di toccare la sua splendida gru preferita. A dire il vero, vorrei proprio strappargli le palle a questi fantomatici ladri di gru, anche se Grace mica mi appartiene, se nessuno appartiene a nessuno, se non è una cosa né tantomeno una gru, e non intendo trasformarmi nell'imitazione solo un pelino meno pallosa del suo ex. Però lei è splendida, questo sì. E mi piace un bel po', accidenti. E sono geloso, punto.

Faccio una doccia e mi cambio e cerco di capire dove si trova il locale di cui hanno parlato sull'autobus, perché credo sia lì. Scopro che è molto vicino, pochi isolati di distanza, e ci vado a piedi.

La sala è affollata e bersagliata da luci di ogni colore. Fa caldo, un dannato caldo, o forse il caldo ce l'ho io dentro. Dapprima non la vedo da nessuna parte, anche se giro, giro, giro, e mi gira la testa. Poi, eccola.

Sta ballando in mezzo alla sala, da sola: è una scintillante rosa nera dai capelli dorati. Indossa un vestito stranissimo, un po' da bambola e un po' da pantera. È scatenata e libera e forse incazzata, mentre segue il ritmo della musica.

Vorrei fare qualche passo avanti, nella sua direzione, e invece ne faccio molti indietro verso un posto a sedere. Continuo a fissarla: perché cazzo mi piace così tanto? Non è mica più figa delle moltissime altre ragazze che ho incontrato in tutti i miei viaggi. Non fa niente per sedurmi o intrigarmi, non consapevolmente almeno. Arrossisce come una dodicenne. E allora perché la trovo così sensuale? Non solo io, a quanto pare. Altri la osservano, e okay, ammetto che è bella, è così insolita in mezzo a questa folla di cloni, è davvero una bambola, ma una bambola cupa, armata, rabbiosa e piena di malinconia.

Quando una tipa mi attacca un bottone, la mando subito al diavolo. Le dico che aspetto la mia ragazza, e la aspetto davvero, anche se non è la mia ragazza e non lo sarà mai. Anche se continuerò a scherzare con lei e a fingere di essere solo uno stronzo, simpatico ma pur sempre stronzo.

A un certo punto, Grace si accorge di me e mi guarda come se fossi una visione. Cammina in mezzo alla gente, a passi lentissimi, mi fissa senza staccarmi gli occhi di dosso, poi nota la ragazza che continua a parlarmi, e sembra triste.

Così, appena è a due passi da me, la prendo per mano e la faccio sedere sulle mie gambe, e il suo dolce peso addosso è la cosa migliore di questa maledetta giornata.

~∞~

Un altro giorno e sono ancora nella terra dei vivi, anche se non so esattamente dove si trova. Subito mi guardo intorno, riconosco la stanza dell'hotel e i ricordi tornano tutti insieme. La luce che entra dall'unica finestra è forte, deve essere mattina inoltrata. Mentre mi stropiccio le palpebre finalmente fresche, non più ardenti di febbre, mi sento invadere da una sensazione che non ho mai provato prima nella mia vita stipata di emozioni diverse.

Tenerezza.

Grace, ancora vestita come ieri notte, è seduta su una sedia di fianco al mio letto, china in avanti, con la testa appoggiata sul margine del materasso, le braccia sotto la fronte. I riccioli biondi risaltano contro il blu del copriletto.

Ha dormito così?

Era preoccupata per me?

Mi dovrò impegnare parecchio per farle credere che sto bene e sono la canaglia di sempre.

Non deve essere triste, la preferisco arrabbiata.

«Ehi, Bambi, se continui a dormire così andrai in giro con la gobba» le bisbiglio. Lei si muove, solleva il viso, ha il trucco tutto impiastricciato e i capelli sparati come missili ma, per Dio, le sue labbra sembrano ancora più grandi e carnose, come se avesse pianto. Le osservo e mi torna in mente quando, ieri notte, ha bevuto il mio cocktail e, nonostante stessi di merda, ho immaginato qualcosa di diverso da una cannuccia di plastica in quella bocca: la mia lingua, e altre parti anatomiche che uno appena scampato al rischio di un infarto non dovrebbe desiderare fra le labbra di una ragazza, se non vuole tornare al pronto soccorso. «Se volevi venire dentro il letto per toccare il mio splendido corpo, potevi farlo benissimo. Io non mi scandalizzo, lo sai.»

«Stai meglio!» esclama, e poi mi sorride, come se la mia battuta maliziosa la rendesse felice.

«Direi di sì, Bambi. Ma tu come stai? Secondo me ti si è anchilosato il collo. Vieni qui.» Mi tiro fuori dalle lenzuola. «Oh, meno male che ho i boxer! Di solito dormo nudo, lo sai?»

«Me lo hai già detto, e non una volta soltanto.»

Con un gesto simile a quello di ieri, la faccio sedere sul letto, tra le mie gambe spalancate intorno alle sue. Una vocina pedante mi strilla in testa di non farlo, di starle lontano: "Non ti rendi conto che il cuore è già partito a razzo?".

Me ne rendo conto benissimo, ma diamine, non voglio essere morto prima di essere morto. Al momento non sono morto per niente e, anzi, direi che sono *piuttosto vivo*.

«Chinati un po', rilassa le spalle.» Mi obbedisce all'istante, senza una domanda. La schiena si arcua, i riccioli ciondolano in avanti. «Non mi domandi neppure cosa ho intenzione di fare?»

«No, mi fido» è la sua immediata risposta. Ha una voce morbida, leggermente arrochita, come se dentro la sua bocca il pudore e l'audacia stessero combattendo una battaglia solenne. *Dentro la sua bocca.* Cazzo. Sto di nuovo fantasticando su qualcosa di molto, molto perverso. Scaccio il pensiero, o almeno tento di farlo. O almeno fingo di tentare di farlo.

«Posso sbottonarti il vestito? Solo un poco, la parte vicina al collo.»

«Okay.»

«Non hai neppure un po' paura di me?»

«Nemmeno un po'. Perché mi fido, te l'ho detto. E poi, tanto non credo di suscitarti chissà che impressione. Al massimo ti farai altre due risate alle mie spalle, e stavolta letteralmente.»

Potrei suggerirle di dare un'occhiata alla mia *seconda metà*, per capire quanta voglia ho di ridere. Si fa per dire, ovviamente, non intendo suggerirle nulla del genere. Se si accorgesse di quanto sono su di giri, smetterebbe di fidarsi. E sarebbe un errore, perché non le farei mai del male. Mai.

Mentre sgancio i primi bottoncini della lunga fila che ha sulla schiena, mi sento come un quindicenne che spoglia una ragazza perfetta in una perfetta notte d'estate. Sono solo tre fottuti bottoni e uno spicchio di pelle ma, mentre le massaggio delicatamente la nuca, ho sul serio la sconcertante impressione di essere un giovanissimo cretino innamorato. Perché mi eccitano perfino le sue vertebre? Perché immagino di continuare a liberare dalle asole questo interminabile serpente di bottoni, fino a sbucciarla come un'arancia, per poi mangiarla a piccoli morsi?

«Channing, hai sentito cosa ti ho detto?»

«Ehm... no, pensavo ai fatti miei. Adesso sono tutto orecchie.» E qualcos'altro, dannazione.

«Pensavo che per oggi ti devi ancora riposare. Rimani a letto, dormi, guardi la TV, fai quello che vuoi.»

Quello che voglio non credo proprio di poterlo fare, Bambi.

«Non ci penso nemmeno. Sto bene, la febbre è passata.»

«Mamma mia quanto sei testardo. Allora usciamo a fare colazione, e stavolta mangi. Promesso?»

«In effetti ho una fame da lupi.»

Ed è la verità, in tutti i sensi.

«Insomma, almeno per oggi puoi avere cura di te?»

«Promesso.»

Allora si volta, e mi sorride, e mi accorgo che è paonazza. Forse anche lei è turbata dalla mia vicinanza? Le piaccio, l'ho capito fin dal nostro primo incontro. Ma quanto di questo turbamento dipende dalla sua inesperienza e dal semplice fatto che io sono un bel ragazzo che le mette le mani addosso, e quanto dipende dal semplice fatto che sono proprio io, Channing Audley, e non un qualsiasi altro bel ragazzo che le mette le mani addosso?

Improvvisamente mi odio per un motivo contorto: sono geloso al pensiero che lei sia qui, in questa stanza, a Indianapolis, con un altro compagno di viaggio incontrato per caso, al quale riservi gli stessi rossori.

Sto diventando pazzo, non c'è altra spiegazione.

«Va meglio?» le domando.

«Sì, grazie.»

Mentre sta per alzarsi, tiro frettolosamente il lenzuolo verso le mie gambe, per nascondere il famelico bastardo che implora sollievo dentro i boxer. Invano: il famelico bastardo è talmente euforico che gli ci vorrebbe un forziere di piombo. Un lenzuolo non basta, anzi, lo fa risaltare in modo più grottesco.

Il sorriso semplice sulle labbra di Grace svanisce quando se ne accorge. Fa qualche passo indietro, infuocata fino alle orecchie. Il solo sospetto che possa temermi mi fa venire da vomitare.

«Tranquilla, Bambi, non devi avere paura di niente. È che *lui*, al mattino, ha... come dire... una vita propria. Non ti ho neppure sfiorato.»

«Lo so» risponde, guardando altrove.

«Lo sai?»

«Sì, una volta è successo anche a Cedric.»

Ecco, bene, perfetto, adesso sì che sono felice. Pretendo di sapere subito quando è successo, cosa è successo, perché erano insieme di mattina presto, e dov'è Cedric che lo strangolo con le mie mani? Ma non posso farle un interrogatorio, sarebbe assurdo. Perciò, fingo che questo *simpatico* aneddoto non mi interessi, mi avvio verso il bagno, mi chiudo dentro e mi odio perché non riesco a smettere di essere disperatamente geloso.

Tredici

Cose da fare entro l'estate

1. ~~Partire senza dirlo a nessuno~~
2. ~~Baciare un affascinante sconosciuto~~
3. ~~Scattare tantissime fotografie~~
4. ~~Scatenarmi a ballare in mezzo alla folla~~
5. Farmi fare un tatuaggio
6. Viaggiare lungo la Route 66
7. Assistere alla migrazione delle farfalle
8. Fare una seduta spiritica
9. Consolare una persona triste
10. ~~Indossare un abito strano~~
11. Trascorrere il compleanno a Four Corners
12. ~~Perdermi in un bosco~~
13. Fare qualcosa di assolutamente pazzo e pericoloso
14. Salvare una vita
15. ~~Innamorarmi~~

Nel bosco non si era affatto persa, ma aveva perso il suo cuore. Non in mezzo all'arenaria e ai lunghi rami delle felci, alle infiorescenze dei pioppi o all'acqua del lago: lui non lo sapeva, ma aveva smarrito il suo cuore tra le mani di Channing. Ormai era certissima di amarlo, per cui annullò anche la quindicesima voce della sua lista.

211

Peccato che per lui fosse l'equivalente di un'amica carina da prendere in giro ogni tanto e dalla quale stare lontano per non rischiare più di toccarla neanche per sbaglio. Nei giorni immediatamente successivi, infatti, Channing mise in atto una specie di piccola guerriglia: non nel senso che fu sgarbato, ma senz'altro più distaccato. Dormì perfino indossando i pantaloni lunghi di una tuta e una T-shirt, fu molto attento a non entrare nella stanza senza aver prima bussato, e quando guardarono qualche vecchio film in TV – *Mezzogiorno di fuoco*, *La fabbrica di cioccolato* e *Accadde una notte* – rimasero a distanza di sicurezza, sgranocchiando popcorn, facendo qualche commento ogni tanto, ma non avvicinandosi mai.

«Quale sarà la nostra prossima meta?» gli domandò Grace qualche giorno dopo.

«Pensavo di trattenermi a Indianapolis ancora un po', voglio andare in un posto. Dopo il mortorio delle ultime quarantott'ore, ci vuole un po' di movimento.»

«A me non è sembrato affatto un mortorio. È stato divertente. E poi ti sei riposato, lo avevi promesso, e si vede che stai meglio.»

«Senza dubbio sto meglio, ma il mio concetto di divertimento è un po' diverso dal tuo.»

Perché tu non sei innamorato pazzo di una persona e ti basta guardarla per sentirti in mezzo a una festa.

«Posso venirci anch'io in questo posto misterioso?»

«Se sei abbastanza coraggiosa.»

«Sono coraggiosissima! Di cosa si tratta?»

«Non te lo dico, sarà una sorpresa. Ma cosa scrivi? Una lettera d'amore per Cedric?»

«Potrebbe anche darsi.»

Channing emise una risatina sarcastica, secca come polistirolo. «Non mi dire, un ritorno di fiamma per quella faccia di plastica?»

«Non ha una faccia di plastica. Tutto puoi dire di lui, tranne che non sia bello.»

«Se ti piacciono i bambolotti, sì. In effetti somiglia un po' a Bublé. E a proposito di questo, adesso ti faccio ascoltare della musica decente.»

Si sedette sul letto su cui era stesa lei, e già questo le piacque dopo giorni in cui parevano divisi dal muro di Berlino. Aveva tra le dita un lettore Mp3, lo accese e le porse gli auricolari. No, fece di più: glieli sistemò lui stesso.

Sono vergognosamente cotta. Mi basta che i suoi polpastrelli sfiorino per caso i lobi delle mie orecchie per sentire le gambe di gelatina.

Un bombardamento di musica dura le entrò nelle ossa e nei muscoli attraverso i timpani. Guardò Channing con un'espressione sconvolta e scoppiò a ridere.

«Proprio una carezza!» gridò.

Lui si chinò, le sfilò un auricolare e le disse: «Devi diventare parte della musica mentre lei entra dentro di te».

«Mi rimbomba nelle costole!»

«Aspetta, ti seleziono un pezzo un po' più soft.»

Quel concerto, che pareva la voce di Satana in persona quando è molto arrabbiato e distrugge il mondo a suon di calci, venne sostituito dalla voce di Satana che chiede ammenda per essere riammesso ai piani alti. Quel brano, *Ain't No Love in the Heart of the City*, dei Whitesnake, le piacque moltissimo.

Non c'è amore nel cuore della città,
non c'è amore nel cuore del paese.
Non c'è amore, è proprio un peccato,
non c'è amore perché non sei vicina.

A seguire, ascoltò tutte le tracce, e poi altri due album di diverse band, con Channing vicino a lei, ciascuno con un auricolare. In breve, si ritrovarono stesi sullo stesso letto, il lettore Mp3 al centro, Fred a quattro zampe sul cuscino intento a rosicchiare una fetta di banana essiccata, e le loro teste vicine, a formare quasi un angolo morbido al cui vertice c'erano due tempie che si sfioravano.

«Sai che mi piace?» disse a un tratto Grace, sfilandosi completamente l'auricolare. «E mi stupisce che ci siano anche delle belle canzoni d'amore. Pensavo le trovassi stucchevoli.»

«Le trovo stucchevoli quando le canta Michael Bublé e le ascolta il tuo Cedric faccia di plastica. Davvero gli stavi scrivendo?»

«Ma no, stavo solo leggendo e annullando le voci della mia bucket list.»

«E sarebbe?»

«Una lista di cose che voglio fare entro la fine dell'estate. Tu non ne hai una?»

«Io odio le liste.»

«Già. Tu sei il selvaggio Channing che vive alla giornata e non fa programmi che superino le ventiquattr'ore. A me, invece, piace avere una specie di spirito guida.»

«E cos'hai scritto?»

«È privata, non posso fartela vedere.»

«Contiene segreti scottanti?»

«Forse.»

«Tu e Cedric avete mai fatto sesso?»

Grace balzò a sedere tanto rapidamente che Fred si spaventò, lasciò cadere il pezzetto di frutta e si rifugiò in un anfratto sotto il cuscino.

«Non sono affari tuoi!» sbottò sconvolta da quella richiesta improvvisa, pronunciata, per giunta, con un tono pressoché indifferente, come se le stesse domandando se lei e Cedric erano mai stati in una galleria d'arte che esponeva quadri fiamminghi.

Potrebbero essere affari tuoi se provassi qualcosa per me; se, solo sfiorando la mia tempia con la tua, la tua anima ti supplicasse di toccarmi. Ma stando così le cose, no, non sono affari tuoi.

«Era una semplice domanda, mica un'inquisizione.»

«Se io ti domandassi della tua prima volta, ti farebbe piacere?»

Channing si stese di lato, fissandola. «Questo vuol dire sì? Lo avete fatto?»

«Ripeto che non ti riguarda minimamente!»

«Okay, allora, vediamo... Quindici anni, campo sportivo del liceo, dietro le gradinate, in sottofondo una partita di baseball.»

«Non ci posso credere, me lo hai raccontato davvero!»

«Non è mica un segreto di Stato.»

«La amavi?»

«Mi piaceva, era molto carina. Ero agitatissimo. Cinque minuti dopo avevo già dato. Per fortuna, col tempo, sono migliorato *molto*. Siamo stati insieme fino al termine della stagione. Poi è finita. "Amore" è una parola a cui non so dare un'interpretazione personale. Nella mia vita ho provato simpatia, attrazione, feeling, affiatamento, ma l'amore... Cos'è esattamente? Io non l'ho ancora capito. A volte cerco di figurarmelo paragonandolo alla mia passione per l'arrampicata: ebbene, se l'amore provoca un bisogno così forte, la cui assenza è quasi agonia, io non l'ho mai provato. Non so bene come amare neppure me stesso, figurati un'altra persona. E tu? Amavi il tuo principe imbecille?»

Grace si morse le labbra con aria pensierosa. «Credevo di amarlo, ma le sensazioni che si provano durante una crisi allucinatoria non sono reali. Col senno di poi capisco di essermi sentita proprio così: totalmente disorientata.»

«Almeno non ci sei andata a letto.»

«E questo chi lo dice?»

«Lo dico io. Sei troppo insicura, arrossisci per tutto.»

«Potrei essere semplicemente una principiante.»

«No, non credo. Hai tutta l'aria di una che non l'ha mai visto neppure in cartolina un...»

«Channing!»

La risata di lui la investì come un vento profumato di menta. «Ecco, vedi? Stanata! Credo tu sia l'ultima diciottenne vergine sopravvissuta in America.»

«Smettila adesso. Mi dà fastidio essere considerata alla stregua di un panda.»

«Quindi lo hai ammesso.»

«Se è un modo per farmi sentire una tonta, non ci riuscirai.»

«Ma fammi capire: sei tu che ti sei opposta al salto del fosso, o lui era troppo gentiluomo per chiedertelo?»

«Possiamo cambiare discorso?»

«Dai, Bambi, ti ho raccontato perfino quanti minuti sono durato la prima volta! Ho diritto a qualche scandalosa rivelazione.»

Grace emise un leggero sospiro. Se voleva la prova ufficiale che non gliene importava nulla di lei, stava ottenendo ogni giorno un nuovo ragionevole indizio. Channing parlava di sesso con la disinvoltura di un ragazzo che si confronta con un altro ragazzo a suon di battutine ironiche. Non si preoccupava di turbarla, né era turbato lui stesso. Si divertiva e basta.

«Non ho nessuna scandalosa rivelazione da fare. E Cedric mi ha sempre rispettata. Solo una volta c'è stato un piccolo qui pro quo, ma non è successo nulla e non ho voglia di parlarne. In quale posto misterioso volevi portarmi?»

Channing si mosse un poco sul letto, e per un attimo – tanto breve da convincersi di averlo solo immaginato – il suo sguardo divenne torbido. Quindi si mise in piedi e infilò il lettore Mp3 nello zaino.

«Okay» le concesse. «Andiamo. Vestiti comoda. Fra un po' metteremo alla prova il tuo coraggio.»

Grace non udì quasi nulla di ciò che le fu detto. Di quel lungo e tecnico discorso a proposito dei go-kart, le arrivò solo qualche sprazzo di informazione. Il rumore proveniente dalla pista all'aperto era fastidioso e ipnotico allo stesso tempo: era come se un insetto gigantesco fischiasse senza pause.

Channing parlava con un altro ragazzo, il casco sotto un braccio e intorno al torace un corpetto paracostole rigido, in kevlar. Anche lei ne indossava uno che strizzava come un corsetto. E poiché intorno al collo portava una specie di collare protettivo imbottito, aveva tutta l'aria di essere sbucata da uno strano film un po' fantascientifico e un po' ottocentesco. Tra le mani teneva il casco, capovolto, neanche fosse un vassoio colmo di vermi, e non riusciva a staccare lo sguardo da quel lungo serpente d'asfalto tutto curve, quasi il ghirigoro ondulato di un bambino.

«Ancora non sei pronta?» le domandò Channing, destandola di soprassalto dallo stordimento provocatole da quel suono ininterrotto e sempre uguale. «Non sei costretta se non vuoi.»

Per tutta risposta, Grace si infilò il sottocasco di tessuto leggero che lasciava scoperti solo gli occhi, e poi il casco, che le compresse la testa come una mano mordace. Channing la aiutò a sistemarsi, e poi ripeté le medesime operazioni su se stesso. Infine indossò dei guanti coi palmi in morbida pelle scamosciata e le posò una mano sulla spalla.

I suoi occhi blu le sorrisero oltre la visiera sollevata, e lei gli sorrise di rimando, anche se aveva un po' di paura. La sua mano guantata le strinse un polso, e la condusse verso un go-kart biposto, pronto a bordo pista. Rispetto al kart con lo spazio solo per il pilota, questo aveva un sedile anche per il passeggero. Sembrava l'evoluzione futurista di un sidecar.

La partenza le fece l'impressione del decollo di un aereo: non per l'imparagonabile velocità, ma per l'emozione provata. Guardò Channing: con il casco, il corpetto protettivo e i guanti neri, sembrava una specie di soldato intergalattico. Cambiava le marce in modo fluido e svelto, e seguiva abilmente il profilo delle curve. Lei, invece, si sosteneva alla barra che la teneva bloccata al sedile e sobbalzava allo stesso ritmo di un clown a molla.

Dopo un po', però, tutto divenne elettrizzante. Quando la velocità e i sorpassi degli altri kart in pista smisero di farle paura, desiderò avere la macchina fotografica per rapire quelle immagini: peccato non le avessero fatto portare nulla.

Era felice, felice di quell'avventura, quasi magica per una persona che non era mai salita neppure sulle montagne russe e aveva considerato il lasciarsi andare su uno scivolo una specie di pazzo esperimento.

Se non avesse avuto quel maledetto casco glielo avrebbe detto: "Grazie, grazie, grazie per...".

Il pensiero venne scalzato via. Accadde tutto in pochissimo tempo, forse due battiti di ciglia consecutivi. Un kart che li precedeva, nell'imboccare una curva alla massima velocità, ruotò su se stesso e poi si capovolse. Channing fece di tutto per sterzare ed evitarlo, ma era troppo vicino, lo colpì di lato, e anche il loro mezzo piroettò come una trottola e picchiò violentemente contro una parete di copertoni impilati.

Grace vide il testacoda come se durasse un secolo, le parve di volare, sussultò per colpa dell'urto e un dolore lancinante la fece gridare nel casco.

Il resto le giunse rimescolato, come un insieme di rumori che filtrano da un'altra stanza: odore di bruciato, voci estranee, Channing che si chinava su di lei e la chiamava, e ancora la chiamava, e il proprio braccio che pareva incollato al corpo per sbaglio e faceva talmente male che svenire divenne l'unico modo per non morire di dolore.

«Channing!»

Aprì gli occhi, col cuore in gola, e capì subito di essere in una stanza d'ospedale. C'era una certa confusione intorno, la percepiva ma non la vedeva, perché un paravento la divideva dal resto della camera. Si guardò il braccio: nel suo ultimo ricordo penzolava tutto storto e doleva come una ferita piena di vetri. Adesso sembrava tornato al suo posto e le era rimasto solo l'eco del dolore. D'altro canto, tutto il corpo le faceva male, compresi i capelli. Non un dolore insopportabile, per fortuna, ma un diffuso formicolio palpitante.

Si sollevò a sedere su quello che non era un vero e proprio letto, ma una specie di portantina su ruote. Dov'era Channing? Perché non era lì con lei?

In quel momento, un dottore oltrepassò il divisorio.

«Come va?» le domandò. Senza darle il tempo di rispondere, le sparò una lucina negli occhi, le disse di fare certi movimenti, la invitò a seguire l'ondeggiare delle sue dita davanti al naso e le palpò meticolosamente il braccio. «Le lastre non evidenziano nulla di rotto» commentò infine. «Solo una spalla lussata che abbiamo rimesso in sede.»

«Il ragazzo che era con me... come sta?»

«Il giovanotto coinvolto nell'incidente? Purtroppo ha riportato fratture multiple e una brutta commozione cerebrale. È ancora privo di sensi.»

Grace avvertì uno spasmo in pieno petto, così acuto e lacerante che pensò le si fosse lussato anche il cuore.

«Devo andare da lui! Mi dica subito dov'è e...»

Il passaggio dallo sgomento al sollievo fu più veloce di una freccia scagliata. Mentre metteva giù le gambe per saltare dal lettino, Channing entrò in quel cubicolo bianco. Appariva angosciato e stanco, come se una montagna gli fosse franata sulla schiena, e Grace portò a termine il movimento già iniziato e corse ad abbracciarlo. L'articolazione della spalla destra gemette, e anche lei emise un gridolino, ma la gioia di vederlo lì fu più forte del dolore. Affondò il viso contro il suo petto, e ringraziò Dio che stesse bene.

«Mi avevano detto che eri incosciente...»

La voce di Channing parve levitare da sotto chilometri di roccia, tanto le giunse fiacca e roca. «Non io. Il ragazzo che ha causato l'incidente.» Arretrò un poco con la schiena, le sollevò il viso da sotto il mento e i suoi occhi la percorsero. «Cazzo, come sei conciata.»

«Non mi sono ancora vista. Sono spaventosa?»

Si voltò e si specchiò in una vetrinetta chiusa a chiave che conteneva siringhe e cerotti: non vedeva tutto nitidamente, ma distinse senza dubbio l'ombra di un grosso ematoma su uno zigomo. Per qualche motivo, quello sfacelo non la turbò più di tanto. L'altra Grace, quella dei completini rosa e azzurro polvere, avrebbe cacciato un urlo capace di risvegliare dalla morte una dozzina di animali estinti, ma questa Grace si limitò a sfiorarsi la guancia facendo una smorfia.

«Ma lei non è già stato qui tre giorni fa?» domandò il dottore a Channing all'improvviso. «La sua faccia non è molto comune, me ne ricordo benissimo. Come sta? Mettersi alla guida di un go-kart le pare una scelta saggia nelle sue condizioni?»

Channing gli rivolse un'occhiata ostile.

«Si sbaglia» sentenziò con voce glaciale. «Possiamo andare via o dovete farle qualche altro accertamento?»

Il dottore parve stranito, lo fissò per qualche attimo con aria perplessa e poi aggiunse: «Sarebbe meglio se rimanesse in osservazione».

«Non esiste» protestò Grace. Il pensiero di rimanere lì le metteva più paura del pensiero di aver rischiato di farsi male seriamente. «Sto bene. Voglio andarmene.» Stava per dire "tornare a casa", ma poi pensò che non voleva tornarci affatto, e infine si disse che, in quel momento, la sua casa era la stanza di un hotel e, soprattutto, la sua casa era Channing.

«Non vi rendete conto di quanto sia rischioso scappare via tutte le volte, senza essere rimasti almeno una notte sotto controllo» mormorò il medico, guardando prima Channing e poi Grace con occhi inquisitori. Dinanzi alla loro risolutezza, tuttavia, e al fatto che fossero entrambi maggiorenni, non gli restò che arrendersi. «Vi mando qualcuno per firmare il foglio di dimissioni. E lei...» si rivolse a Channing con particolare insistenza, «non faccia troppe stupidaggini».

Quando rimasero da soli, Channing le toccò delicatamente lo zigomo con un polpastrello e la guardò come se volesse dirle qualcosa, come se le parole fossero lì, nella sua bocca, e poi sulla punta della lingua, e poi quasi nell'aria. Tuttavia, a dispetto di quella premessa, lasciò parlare il silenzio e continuò solo ad accarezzarle la guancia. Lei si appoggiò di nuovo contro il suo torace, senza abbracciarlo, adagiata come un soprammobile di vetro.

«Il dottore, prima... deve averti scambiato per qualcun altro» mormorò. Le era parso piuttosto sicuro, in verità, ma non potevano esserci altre spiegazioni.

«Penso proprio di sì» confermò lui, entrambe le mani tra i suoi capelli indolenziti e il tono deciso di chi intende far cadere la questione.

❧

Lo specchio del bagno si dimostrò meno clemente della vetrinetta al pronto soccorso. Pareva che qualcuno l'avesse presa a pugni in faccia, e anche il corpo non era rimasto immune da colpi. Su una coscia aveva un grosso ematoma rosso porpora con una vaga sfumatura viola. Se provava ad allungare il braccio destro, l'eco del dolore diventava un grido più vicino. Per fortuna, le avevano somministrato degli antidolorifici e confidava nel loro prossimo effetto.

«Grace? Posso?»

Fece scivolare la maglietta e gli rispose di sì. Channing entrò nel bagno, ed era così pallido, con due occhiaie quasi blu intorno agli occhi blu, da sembrare lui la vittima principale dell'incidente sulla pista. La osservò dalla testa ai piedi, emise un sospiro rauco e poi disse: «Dovresti avvertire i tuoi genitori».

Grace si girò così di scatto che tutto il suo corpo scricchiolò.

«No!» esclamò. «Se dicessi loro dell'incidente, vorrebbero venire subito a prendermi!»

«L'idea era questa, infatti.»

«Non voglio tornare a casa. Devo fare ancora tante cose e...»

Lui le posò una mano sui capelli e le sistemò un ricciolo dietro un orecchio con un gesto lentamente minuzioso. «Hai rischiato di morire per colpa mia.»

Grace scosse la testa con meno impeto di quanto avrebbe voluto, ma con tutta la decisione di cui fu capace. «Non è vero, la colpa è di quel tizio che correva avanti a noi e che adesso ha non so quante fratture e una commozione cerebrale. Tu non c'entri.»

«Sono stato io a convincerti a fare un giro di pista.»

«E io ho accettato conoscendo tutti i rischi del caso. Non ho tre anni.»

«Hai accettato soltanto perché ti ho provocato con quella cazzata della prova di coraggio. Avevi paura, ti si leggeva in faccia.»

«Ogni esperienza nuova mi fa paura. La mia sfida con me stessa consiste nel vincerla.»

«Altro che vincerla! Stavi per lasciarci la pelle. Grace... io...»

«Mi hai chiamato di nuovo per nome. È un buon segno?»

«Non lo so. So soltanto che se ti fosse accaduto qualcosa...»

«Non mi è accaduto niente, sto benissimo!» protestò lei. «Smettila di fare discorsi senza senso. Pure attraversando una normale strada si rischia la vita, può succedere qualsiasi cosa in ogni momento.»

«Non è proprio la stessa cosa se ti ritrovi su quella strada perché ti ho detto io di andarci, capisci?»

«Channing, stai zitto e ascoltami. In diciotto anni di vita non ho mai fatto nulla di minimamente temerario, azzardato, o appena appena avventuroso. Da bambina non mi era concesso neppure di andare sull'altalena per timore che cadessi. Ebbene, credo di aver accumulato nel conto del destino un credito di dozzine di ginocchia sbucciate e gomiti scorticati. Diciamo che questo incidente ha pareggiato i conti, e adesso posso ripartire da zero. In ogni caso, fare qualcosa di pericoloso era incluso nella mia lista da prima che tu me lo proponessi. E no, non chiamerò i miei genitori. I lividi guariranno, loro non ne sapranno nulla, io diventerò più forte e andrò avanti. Questo è quanto. Se poi il tuo è solo un tentativo per liberarti di me, quella è la porta. Non sei tenuto a farmi da babysitter.»

«Hai una testa durissima.»

«Ben venga, non credi? Altrimenti me la sarei rotta. Comunque, sono sicura che non è più dura della tua. Anche tu, mi sa, sai essere cocciuto come un mulo quando ti ci metti. Ti sei fatto male da qualche parte?»

«No, dannazione, nemmeno un graffio.»

«La risposta giusta è: "No, *per fortuna*, nemmeno un graffio".»

«Avrei potuto bilanciare i danni, un po' a te e un po' a me. O magari tutti a me.»

«Per favore, puoi dire al senso di colpa di andare a rompere le scatole a qualche altro stupido testardo? Non è successo niente di grave, siamo vivi. Okay, non potrò lavarmi per un mesetto perché se provo a sollevare le braccia o ad abbassarmi vedo tutti i pianeti, ma si deve sempre festeggiare il fatto di essere ancora in questo mondo, non credi?»

«Non sai quanto ci credo, Bambi.»

«Allora basta paranoie. Per qualche giorno indosserò il tutore che mi ha prescritto il medico, e starò bene. Però è strano...»

«Cosa è strano?»

«Che ti abbia confuso con qualcun altro. La tua faccia non è molto comune. Spero sia più bravo come medico che come fisionomista.»

«Direi di accantonare le allucinazioni del dottore una volta per tutte.»

«D'accordo. Ora vorrei riposarmi. E lavarmi. Se solo potessi lavarmi! Mi pesa più questo di tutto l'incidente.» Zoppicando leggermente, si avvicinò alla sua spazzola e fece il gesto di passarsela sui capelli ingarbugliati. Ma dovette arrendersi: perfino quel gesto minimo le faceva pulsare la spalla. «Forse con l'altra mano...»

«Posso aiutarti io. Intendo, a lavarti e tutto quanto.»

Lei lo osservò con gli occhi sgranati, quasi attonita. «Ma... ma... davvero vorresti...» Cominciò subito a cogliere il vantaggio di avere mezza faccia frollata. Almeno lui non avrebbe notato il suo ennesimo rossore. Poteva diventare più forte e coraggiosa per molte cose, ma quando Channing si avvicinava in quel modo, quando il pensiero delle sue mani la toccava prima ancora che la toccassero le mani, tornava la vecchia Grace dalle gambe di budino. «Ma... non so se...»

«Non ti fidi ancora di me?»

«Certo che mi fido!»

«E allora facciamo così. Hai qualcosa da indossare... che so, un top e un paio di pantaloncini?»

«Ehm... sì...»

«Mettili. Poi riempiamo la vasca e ti aiuto a insaponarti.»

«Mi aiuti a insaponarmi?» Di nuovo lo fissò, gli occhi sbarrati come un pesce morto.

«Hai una proposta diversa? Preferisci non lavarti per un mese?»

«No, è che...»

«Temi che ti salterò addosso?»

Temo che non lo farai.

«Certo che no!»

«Allora cambiati e procediamo.»

Si cambiò e procedettero.

La vasca era grande, al livello del pavimento, rotonda come una tavola rotonda. Grace era così agitata che fu come se a immergersi nell'acqua tiepida non fosse una ragazza con un cuore che batteva forte, ma un cuore immenso a forma di ragazza. Aveva indossato una canottiera e degli shorts e, quando fu dentro, chiamò Channing che aspettava nell'altra stanza.

Nel vederlo arrivare, a sua volta in pantaloncini e a torso nudo, si immerse anche con la testa. L'acqua le fece bruciare la pelle contusa, ma allo stesso tempo la calmò. Quando riaffiorò, lui si era seduto sul bordo della vasca.

«Vieni qui, Bambi. Ci penso io a te.»

Quelle parole, che si riferivano a qualcosa di assolutamente casto come aiutarla a lavarsi, le fecero balenare in mente pensieri più scarlatti dei suoi lividi. In breve, si ritrovò seduta contro la parete della vasca, con Channing che, sul margine, le gambe nell'acqua, le insaponava i capelli.

Le sue dita che massaggiavano lo shampoo arrivando fino alle tempie, alle orecchie, alla nuca, le scatenarono raffiche di brividi e fu ben contenta che le bolle di schiuma celassero la pelle d'oca che l'aveva invasa.

«Chiudi gli occhi, piccola. Ci penso io a tirarti su se coli a picco» le disse lui scherzosamente.

Credeva fosse impossibile rilassarsi, con lui che le accarezzava i capelli, il suo corpo vicinissimo e la sensazione di meravigliosa intimità creata da un gesto tanto semplice, quasi materno. E invece ci riuscì. Chiuse gli occhi, smarrita nel piacere innocente di quei brividi. Quando Channing prese una spugna e gliela passò sulla schiena, insinuandosi sotto la canotta, il dubbio se morire di vergogna o di felicità la attanagliò soltanto per un attimo. Scelse la felicità.

La vergogna tornò a scuoterla qualche minuto dopo, quando anche lui entrò nella vasca. Spalancò gli occhi e lo fissò con ansia.

«Continua a fidarti. Non ti farò male» la incoraggiò.

Di nuovo, una frase pronunciata per rassicurarla che sarebbe stato delicato sulla pelle ferita, le parve un giuramento di *ben altro tipo*. Lo lasciò fare, cercando di nascondere l'agitazione dietro la maschera della spossatezza. La spugna – e la sua mano – le lambì ancora la schiena, e le braccia, e le gambe. Grace cercò di dire a se stessa che da sola non ce l'avrebbe fatta, che aveva bisogno di quel piccolo soccorso, che era un aiuto del tutto irreprensibile, e mille altri "che" dalle gambe cortissime. In cuor suo, però, lo sapeva di aver accettato solo per sentirlo vicino, per sentirlo addosso, e per la prima volta nella sua vita sognò di sentirlo anche dentro. Mai, mai, mai aveva formulato pensieri simili.

Quando la spugna – e la sua mano – le toccò il ventre e la pancia e salì verso il seno sotto la maglietta, Grace pensò di stare per morire. Si mise in piedi all'improvviso, quasi spaventata dalla propria euforia, e quel gesto brusco fermò in modo brusco un momento incantevole. Lui trasalì a sua volta e abbandonò la spugna sulla superficie dell'acqua, di scatto, come se fosse lo strumento di un reato che non avrebbe voluto commettere. Quindi fece qualche passo indietro. I suoi occhi le entrarono negli occhi, un attimo prima che le dicesse: «Penso basti così».

Grace annuì, e solo dopo, quando un lento getto d'acqua pulita le cadde addosso, si rese conto di avere il respiro corto, nemmeno avesse scalato una delle falesie di arenaria di Red River Gorge. Per un attimo le sembrò che anche il respiro di Channing fosse spezzato, ma era di sicuro una falsa impressione. Lui rideva di lei, non la trovava mica attraente o in qualche modo tentatrice.

A dimostrazione di ciò, infatti, Channing uscì dalla vasca in fretta e furia, quasi scocciato da un compito che gli era venuto a noia. Le porse subito un grande asciugamano, e lasciò il bagno sbattendo letteralmente la porta.

Si svegliò di soprassalto, proprio mentre, nel sogno, il kart urtava contro un muro di gomma. Mentre si metteva seduta, provò un dolore così forte che le parve d'essere di nuovo sulla pista, nel momento esatto in cui la spalla si era lussata.

«Grace, non stai bene?» La voce di Channing la consolò nel buio. Lo udì che si alzava dal suo letto e la raggiungeva nel proprio. Distinse la sua sagoma seduta sul bordo del materasso, di profilo, le punte dei suoi capelli più neri dello stesso buio. «Hai fatto un brutto sogno.»

«Forse sono meno coraggiosa di quanto credessi» sussurrò lei mortificata. «Mi sono data tante arie, ma adesso non riesco a dormire senza rivedere l'incidente.»

«È stato un brutto incidente, magari te ne stai rendendo conto a scoppio ritardato. Domattina sei sempre in tempo a chiamare i tuoi, non rinunciare per orgoglio, se è ciò che vuoi.»

«Non è ciò che voglio, Channing, dico davvero. Okay, ho avuto paura, ne ho ancora e probabilmente ne avrò per un bel pezzo, ma non desidero tornare a New Haven. Non ho ancora realizzato neppure la metà dei miei desideri.»

«Ti riferisci alla famosa lista?»

«Sì, ma non è la lista, è quello che ho nel cuore, capisci? Voglio fare quelle cose, e molte di più.»

«Me la fai leggere?»

«No... ehm... no, non posso.»

Channing fece una risatina soffice. «Ho capito, c'è qualcosa che mi riguarda. Però, se posso darti un suggerimento, non includere il mio nome e la parola "sogni" nella stessa lista.»

«Il tuo nome non appare neppure per caso» disse lei con una punta di fastidio. «Non voglio fartela leggere perché è una cosa solo mia.»

E perché ho barrato la voce "innamorarmi" e capiresti subito a chi mi riferisco.

«D'accordo, rispetto questa volontà. Ma penso ancora che tu debba tornare a casa.»

«Puoi ripeterlo quanto vuoi, ma io farò quello che ho deciso.»

«Qual è la prossima tappa?»

«Quindi vieni con me?»

«Finché non starai meglio, sarà mio dovere scortarti. Non puoi nemmeno portare lo zaino. Non sei in grado di viaggiare da sola.»

Grace strinse i pugni sotto il copriletto leggero.

Avrei preferito che mi dicessi: "Vengo con te perché mi sei entrata nel sangue in pochissimo tempo", ma suppongo di dovermi accontentare della verità.

«Okay» mormorò, senza aggiungere altro.

Lo udì spostarsi di nuovo in senso inverso, tornando nel suo letto. Si stese e chiuse gli occhi.

«Grace?»

«Sì.»

«Non mi hai detto qual è la prossima tappa.»

«Voglio viaggiare lungo la Route 66. La voglio percorrere proprio tutta, da Chicago a Santa Monica. Tu ci sei già stato?»

«L'ho fatta in moto tre anni fa.»

«In moto sarebbe fantastico.»

«Non puoi viaggiare in moto con la spalla lussata e il tutore.»

«Ma certo che posso, sto benissimo. Ma adesso parlami del tuo viaggio di tre anni fa. A quanto ricordo, sei piuttosto soporifero quando racconti: a Cave Run Lake ho fatto uno dei migliori sonni della mia vita.»

Channing rise in modo chiassoso, e Grace non poté fare a meno di ridere a sua volta.

«Sei una persona davvero insolita, Bambi. Nessuna ragazza mi ha mai detto che la faccio dormire. Non prima di averla stancata a morte in un altro modo, intendo.»

«Non mi stancherai mai *in quel modo*, fattene una ragione.»

«Non ne ho alcuna intenzione, fattene una ragione anche tu.»

«Bene, chiarito una volta per tutte questo passaggio fondamentale, parlami del tuo viaggio. Così, forse, smetto di pensare all'incidente e sogno qualcosa di bello.»

Sogno te sulla moto, io seduta dietro, il vento nei capelli, il deserto intorno, e tu che mi chiedi di stringerti forte per non cadere.

Quattordici
Channing

Ha rischiato la vita per colpa mia.

Ma anch'io, dannazione, sto rischiando la vita per colpa sua.

Avevo allenato il mio cuore alla pace, ma da quando c'è lei intorno, sembra sempre sul punto di dichiararmi guerra. Dall'ultima crisi grave, quattro anni fa, sono stato abbastanza bene. E dire che ho condotto una vita faticosa, mi sono arrampicato ovunque, ho fatto moltissimo sesso e dormito pochissimo. Tutto considerato, me la sono cavata alla grande.

E adesso, nell'arco di un mese, mi pare che il cuore mi esploda a ogni passo.

Subito dopo l'incidente, per poco non ci restavo secco, pur non essendomi fatto nulla. Vederla priva di sensi, col braccio che pareva sradicato dal corpo, mi ha fatto l'effetto di un pugno sulle costole. Non solo per colpa del senso di colpa, no: se pure non fossi stato l'involontario complice di quel che è successo, sarei morto un pochino credendola morta. Non è morta, per fortuna, ma cazzo, in quei minuti di incertezza ho sentito uno schianto dentro, lo giuro, come un crollo.

Il dottore, al quale dovrebbero dare una rinfrescata sull'importanza del giuramento di Ippocrate, che comprende anche l'obbligo di non spifferare in giro i cazzi dei suoi pazienti, per poco non mi ha inferto il secondo colpo.

Il terzo colpo me l'ha dato il corpo ferito di Grace, livido, fragile, unito al suo sorriso ottimista e privo di qualsiasi paura.

Il quarto, però, è stato quasi l'ultima goccia in un calice pieno. Per poco non ha fatto traboccare il dannato vaso, e intendo in senso *tutt'altro che figurato*. Mentre la aiutavo a lavarsi – ma chi me l'ha fatto fare, diamine? – ero talmente sconvolto, eccitato, affamato, assurdamente felice e infelice nello stesso folle momento, che per poco ho dimenticato tutto – l'incidente, le sue ferite, la sua totale inesperienza, e il fatto che lei non deve piacermi, non deve piacermi, non deve piacermi – e non l'ho baciata. Mi è bastato accarezzarla con una spugna – una dannata spugna, neppure a mani nude – per sprofondare nel buio dell'irrazionalità. La canottiera che le aderiva alla pelle bagnata, le sue palpebre abbassate, le gambe socchiuse: non so come ho fatto a non saltarle addosso.

Il vero problema, però, non è la tentazione. Sono un uomo, mica un soprammobile. Se metto le mani addosso a una bella ragazza, sia pure per ragioni che non hanno a che fare col sesso, e il suo seno traspare oltre la maglietta, qualcosa succede da qualche parte. Non mi preoccupa tanto la voglia di farmela: mi preoccupa di più il senso di smarrimento che ho provato guardandola, la voglia di accarezzarla piano, di baciarla fino a sentire la lingua che brucia, di fare l'amore con lei lentamente sapendo che sono il primo, di abbracciarla e prometterle che non le farò mai del male. Sì, è decisamente questa la parte che mi spaventa di più. Perché potrei farle molto male, invece.

Devo stare attento, molto attento.

Perciò, quando si sveglia di soprassalto di notte, evito di fare quel che vorrei fare: infilarmi sotto le sue lenzuola e stringerla per consolarla. E poi consolarla di nuovo *in un altro modo*.

Attento, Channing, ripeto, attento: occupati di lei finché non starà meglio e poi datti alla macchia, o questa ragazza ti marchierà per sempre, anche se il tuo per sempre è un lampo prima del nulla.

—◦◦—

Siamo costretti a fermarci con l'autobus a causa di un guasto. L'autista imbocca un'uscita per non costringerci a sostare sotto il sole cocente che placca l'interstatale. Thorntown, un paese grande quanto uno sputo a un paio d'ore di distanza da Chicago, è la prima sosta possibile. In mezzo a un diffuso malcontento, scendiamo per sgranchirci le gambe. Osservo Grace: il tutore le dà chiaramente fastidio, ha l'espressione di chi soffre anche se cerca di non dimostrarlo, e non riesco a impedirmi di accarezzarle una guancia. Mi viene così: un gesto di tenerezza non frenata accanto alle sue labbra.

L'attesa, tuttavia, pare più lunga del previsto.

«Andiamo in quel ristorante a mangiare qualcosa, ti va?»

Le indico un piccolo locale per famiglie lungo Main Street, non troppo lontano da una chiesa. Ha l'aria di un posto tranquillo, e pare che anche gli altri passeggeri abbiano la nostra stessa idea, mentre l'autista si attacca al telefono per chiamare chissà chi, e gronda sudore sotto un olmo meno grasso di lui.

«D'accordo. Così, dopo aver mangiato qualcosa, posso prendere l'analgesico che mi ha prescritto il dottore.»

Poco dopo che una cameriera ha preso le ordinazioni, ho l'impressione che la gente ci fissi. Non l'intera comitiva, ma proprio noi. Anzi, proprio Grace.

Okay, nei paesi piccoli gli abitanti tendono a essere sospettosi nei confronti dei nuovi venuti. Okay, io ho una faccia alquanto insolita. Okay, Grace ha un ghiro nella borsetta. Ma il mio sesto senso mi dice che non sono questi dettagli a turbare la gente. C'è un diffuso parlottio, al punto che anche Grace se ne accorge.

«Che abbiamo fatto?» mi domanda a bassa voce. «Non avrei dovuto ordinare la pasta? Ma a me piace!»

«Se la pasta è sul menù, puoi ordinarla eccome. Tuttavia, sì, ci fissano. Anzi, *ti* fissano. Sei ricercata, Bambi? Mi hai raccontato tante balle e sei un'evasa di prigione?»

«Forse lo fanno perché sono bellissima, affascinante, magica?» scherza, facendo una smorfia buffa che le deforma le labbra e il naso. Vorrei dirle che lo è, bellissima, affascinante e magica, ma mantengo il segreto.

«Sono soprattutto le donne a fissarti.»

«Mi sa che è vero. La cameriera mi guarda in modo davvero strano. Ho qualcosa sulla faccia?»

«Niente, a parte un livido che sta via via sparendo e una dozzina di lentiggini sparse.»

«Oh, sì, quando prendo un pochino di sole mi riempio. Sembro una fragola?»

No, cazzo, sembri una deliziosa biondina con la pelle dorata, gli occhi grandi, le ciglia chilometriche e una bocca che vorrei mordere, mordere davvero, da quando ti ho incontrata.

«Sì, ma non è una ragione sufficiente per fissarti così.»

In quel momento, la cameriera si avvicina al tavolo per versarci del caffè da un bricco di vetro, e poiché preferisco i fatti alle congetture, le domando: «Qualcosa non va? Perché non scollate gli occhi di dosso dalla mia ragazza?».

Lo dico così – "la mia ragazza" – senza sapere perché. Forse lo faccio perché è più sicuro dare un'identificazione precisa di ciò che si è, quando si arriva in un ambiente nuovo. Padre, marito, fidanzato, figlio, sono ruoli definiti, tradizionali, tranquillizzanti, che suscitano fiducia. Una coppia di fidanzati che viaggia viene vista con minore sospetto di una coppia di estranei che si sono incontrati per caso dopo che lei è fuggita di casa.

Il motivo per cui lo dico è sicuramente questo, la mia anima da aspirante sbirro ogni tanto viene a galla. Eppure, quando lo dico, è come se avvertissi in bocca un sapore dolce e piccante, e per un millesimo di secondo mi sento fragile, esposto a un pericolo ben più serio dell'insolita curiosità di questa gente.

La cameriera sorride, e poi ride.

«Hai ragione, ma appena vi siete seduti lì ho pensato: mio Dio, è la ragazza con l'orecchino di perla!»

Grace arrossisce, anche se si nota meno adesso che ha il viso leggermente scottato dal sole. Ma ormai la conosco, ormai le sfumature della sua pelle non hanno misteri per me, e mi accorgo del suo candido imbarazzo.

La cameriera va via, senza spiegare altro.

«Pare che tutti trovino una tua somiglianza con qualcun altro» osservo, guardandola mangiare un piatto di spaghetti con l'abilità di un'italiana. Non li spezzetta malamente come fanno gli americani, ma li arrotola in modo perfetto intorno alla forchetta. Per un istante, mi incanto a fissare la sua lingua che si lecca le labbra. Okay, sono più pazzo del previsto. Okay, meglio se mi dedico al mio pesce fritto e ignoro il modo in cui le sue labbra si flettono intorno a un filo ribelle di pasta, formando una piccola O cui manca solo lo schiocco di un bacio.

Dopo un po' la cameriera ritorna, seguita da una specie di comitato di rappresentanza. C'è un'altra cameriera, un omone con la tenuta da cuoco e una donna alta, di mezza età, dall'aria autoritaria.

«Sono il sindaco di Thorntown» dichiara quest'ultima. Non c'è altra spiegazione, siamo capitati in un paese di matti. Oltre alle lucciole, agli orsi e alle aquile, Grace attira anche gli psicopatici? Pensando a Cedric, il sospetto mi balena. Mi toccherà picchiare qualcuno?

«Piacere» dice Grace. «Se è per Fred, giuro che non uscirà dalla custodia! E comunque è un animaletto molto bravo e pulito, lo garantisco.»

«Oddio» esclama la cameriera, sbirciando il musetto di Fred che emerge appena, «potrebbe somigliare a un ermellino? Il furetto di Maggie non vuole saperne di stare fermo e morde chiunque lo prenda in braccio!»

«Forse è meglio se gli spieghiamo di cosa parliamo, altrimenti penseranno di essere capitati in un paese di matti» dichiara il sindaco.

Ecco, appunto.

È presto detto. Nel paese si svolge una festa di quelle con il luna park, la ruota panoramica, il tiro a segno e tanti altri intrattenimenti di contorno. Il nuovo sindaco, tuttavia, vuole dare una svolta per così dire "culturale" all'evento e ha organizzato anche una rassegna di quadri viventi. La studentessa che avrebbe dovuto interpretare *La ragazza col turbante* si è beccata il morbillo. Si stavano rassegnando ad affidare la parte a una sostituta tutt'altro che somigliante, e poi Grace è entrata nel ristorante e per poco non hanno pensato a un miracolo. È disposta a posare al suo posto? Deve solo farsi truccare e vestire e rimanere immobile per tre minuti esatti all'interno di una cornice.

«Poiché la manifestazione è stasera, vi offriamo la cena e il pernottamento a spese dell'amministrazione. E domattina qualcuno vi accompagnerà alla fermata più vicina per prendere un autobus» specifica il sindaco.

Grace mi guarda, a dir poco eccitata.

I suoi occhi dicono di sì prima ancora che lo dica la voce.

Succede di sera, poco prima che la rassegna abbia inizio. Il sindaco sta per presentare l'evento, e io sono seduto nell'ultima fila di un piccolo semicerchio di sedie di plastica, nella piazza principale del paese. All'improvviso avverto la vibrazione del cellulare di Grace. Glielo sto tenendo io, insieme a Fred che non si è prestato affatto a posare per il quadro e anzi stava per mordere mezza dozzina di mani, al pari del furetto di Maggie, chiunque sia Maggie.

Il telefono squilla e sulle prime lo ignoro. In fondo non dà fastidio, Grace ha tolto la suoneria prima di catapultarsi dietro le quinte di questo baraccone. Dopo la terza chiamata consecutiva di qualcuno che, evidentemente, non si arrende, la curiosità ha il sopravvento e do un'occhiata al display.

Il nome di Cedric mi fa incazzare. Perché non lo ha cancellato? Ancora lo tiene salvato in rubrica? Il fatto che la cosa non mi riguardi attraversa per un attimo le mie cellule cerebrali ma subito evapora. In teoria lo so che dovrei posare il telefono e disinteressarmi alla faccenda, che lei può tenere in rubrica i numeri di chi le pare e mica deve dar conto a me: in teoria lo so, dannazione, ma in pratica ho dentro un demonio. Così, quando mi accorgo che è arrivato un SMS dello stronzo, lo leggo come uno stronzo. E leggo anche quelli che seguono. Una raffica di messaggini a distanza di pochissimi minuti l'uno dall'altro, che mi fanno imbestialire sempre di più. A ogni messaggio, non posso fare a meno di macinare pensieri sempre più violenti.

Rispondimi, Gracie.

Che cazzo di soprannome è? Ma soprattutto, non tollero che tu le dia un soprannome, stronzo. Solo io posso farlo.

Ci ho pensato e ho capito di avere sbagliato.

Dici di aver capito, testa di cazzo, in realtà vuoi solo convincerla a risponderti. Se lo facesse, le riverseresti addosso un'altra secchiata di cattiverie.

Anche tu, però, scappare così. Potevi pensarci cinque minuti! E potevi evitare di dire ai tuoi genitori di Michelle!

A te cinque minuti non basterebbero, coglione, per pensare a quanto sei coglione. E ancora non hai visto come ti tratterò io.

235

Sono sicuro che risolveremo
tutto, e loro capiranno.

Non risolverai niente, brutto idiota, perché loro non capiranno, e in
ogni caso ti avrò strappato la lingua e non potrai dire una parola di più.

Rispondimi! Voglio sapere
cosa stai combinando!

Quello che sta combinando non ti riguarda, bastardo.

Poi ti offendi perché uso parole
pesanti, ma se ti comporti
da puttanella, come posso
trattarti da principessa?

Okay, merda, preparati a morire. Peccato non averti davanti, o
non ti resterebbe addosso un solo osso non sbriciolato.

Mi formicolano le mani, forse mando saette dagli occhi, di sicuro
le mando dalla voce.

Perché, quando richiama, rispondo.

«Stronzo» dico, al posto di un più banale "pronto". «Se non la smetti
di rompere le palle, giuro che alla prima occasione stacco le tue di palle.»

«Chi sei?» La voce di Cedric è talmente disorientata che, se fosse
qui, basterebbe una piccola spinta per farlo cadere.

«Sono quello di cui devi aver paura se chiami ancora. Hai voluto
infilare il cazzo in giro? Continua pure a farlo con la benedizione di
Grace, non chiamarla più, e lavati la bocca prima di fare il suo nome o
te la lavo io con l'acido muriatico.»

Sono certo che non può riconoscermi, abbiamo parlato per trenta
secondi a Philadelphia. Inoltre, adesso c'è un discreto casino intorno, e
credo gli sia arrivato più il mio tono aggressivo che le mie parole. Tace,
e di rimando interrompo la chiamata. Poi faccio una cosa ancora più
grave, se già questa non bastasse. Cancello i suoi messaggi, vado sulla
rubrica e blocco il numero. Non potrà più telefonarle né scriverle. Bye
bye merda.

La follia più profonda di questa follia è che non mi pento, non mi rammarico, non torno sui miei passi. Una furia omicida mi accelera i battiti cardiaci. Okay, Channing, calmati se non vuoi restarci secco. Inalo un sorso d'aria, e poi lo rifaccio, finché il cuore non si placa.

In questo momento Grace entra in scena.

A distanza sembra davvero il quadro di Vermeer, e lei è la copia sputata della ragazza del ritratto. Contro uno sfondo scuro, la sua pelle risalta come alabastro. È girata di tre quarti verso il pubblico, indossa una cappa color rame e una camicia bianca di cui appare solo il colletto, una fascia azzurra le avvolge i capelli e culmina in un drappo giallo che pende fin sotto la nuca. A un orecchio porta una grossa perla che luccica grazie alla luce di un faretto spiovente da sinistra.

Mio Dio, quanto è bella. Deglutisco a vuoto e mi rassegno a un fatto impossibile: non riesco a impedire al cuore di battere selvaggiamente. Stavolta, però, non è la rabbia il burattinaio crudele: è un'attrazione che mi tormenta, un desiderio irresistibile di baciare quelle labbra che tutti stanno di sicuro fissando. Sono geloso, è inutile chiamare le cose con un altro nome. Sono geloso della sua bocca, del suo naso piccolo e diritto, dei suoi occhi pieni di lucciole, sono geloso di quello che gli altri vedono e di quello che ho visto solo io. Forse non sono migliore di Cedric.

A un tratto i tre minuti scadono e la luce si spegne. Grace esce da dietro le quinte.

«Sono stata brava?» mi domanda, correndo verso di me con entusiasmo. È ancora vestita da ragazza di Vermeer, coi jeans sotto, ma sopra una mantella dorata, i capelli raccolti nel turbante e la perla – in realtà una biglia di vetro traslucido – che dondola all'orecchio sinistro. Mi fa uno strano effetto, è come se il quadro avesse preso vita. È come se io avessi preso vita.

«Bravissima.» Farei meglio a dirle quello che è successo con Cedric e a chiederle scusa. Farei meglio a mostrarmi un po' distaccato, a impormi di non abbracciarla, a spegnere questo incendio. Non può venirne fuori niente di buono, devo smetterla.

Ottengo un successo a metà: non la abbraccio, non la tocco, ma non le riferisco di quello stronzo... e di *questo* stronzo. È già dura così, per la santità vedrò di attrezzarmi in futuro.

⬦

Ceniamo all'aperto insieme a tantissima altra gente, intorno a una lunga tavolata sovrastata da una distesa di lucine. Grace è felice, ma io ho lo sguardo accigliato di un gufo. Di solito sono un tipo amichevole, ma non posso fare a meno di pensare a tutte le cose accadute nell'ultimo mese, da quando questa strana ragazza si è fatta derubare sotto i miei occhi a Central Park, costringendo la mia coscienza a occuparsi della sua vita.

La mia coscienza... come se non lo sapessi che non conta un cazzo! Non sono qui per la coscienza. Posso cantarmela e suonarmela finché mi pare, ma la verità mi ride in faccia.

Lei mi piace.

La voglio.

Sono geloso.

Le altre interpretazioni del problema sono stronzate.

Come faccio, dannazione?

La lascio qui e me la batto?

Scappo come un codardo?

Intanto la guardo. Mangia e conversa con le persone vicine, con l'aria di chi assapora la libertà goccia a goccia.

«Stai bene?» mi chiede a un certo punto. «Sei piuttosto silenzioso.»

Allunga un braccio per sfiorarmi la fronte, forse temendo che io abbia di nuovo la febbre. La blocco di scatto. Ci rimane così male che mi si stringe il cuore. Vorrei prenderle la mano e baciargliela, e dirle che ce l'ho la febbre, ma è una febbre causata da lei, dalla sua presenza, dal suo profumo. Mi trattengo e mi limito a scrollare le spalle. Ecco, le è sceso un velo sugli occhi.

Lo stesso velo la accompagna anche dopo, quando facciamo un giro per i chioschi pieni di dolciumi fatti in casa dai cittadini. Il suo sorriso si è trasformato in un muro.

Andiamo un po' a zonzo senza guardare nulla, circondati dalla folla che si diverte. Una giovane donna, che ha posato interpretando il ruolo della ragazza coi fiori sul cappello che abbraccia il cagnetto nella *Colazione dei canottieri* di Renoir, insiste a offrirci un krapfen, e Grace lo accetta. Lo sbocconcella piano e mi chiede: «Ne vuoi?».

«Se lo avessi voluto lo avrei accettato prima, non credi?»

Si blocca al centro di questo dedalo di cose e persone e sbotta: «Adesso mi dici cos'hai. Ho sbagliato qualcosa?».

Non sopporto il pensiero che mi ritenga capace di una tirannia simile a quella di Cedric. «Certo che no!» le rispondo quasi urlando, per farmi sentire in mezzo al frastuono.

«E allora cosa c'è? È come se ti fossi reso conto all'improvviso di qualcosa di terribile che mi riguarda e non sapessi come dirmelo.» La guardo, è sporca di zucchero a velo. Non riesco a resistere: con le dita le sfioro le labbra e una guancia. Okay, d'accordo, ho perso. Perdonami Grace, per il male che sto per farti. Perdonami Channing, per il male che sto per fare anche a te. Non riesco, davvero non riesco a impedirmi di desiderare follemente ciò che desidero follemente. «Detesto il silenzio, per cui facciamola finita e dimmi pure quello che...»

Il primo fuoco d'artificio scoppia in cielo mentre la afferro per un polso, la stringo, e la bacio. Il secondo fuoco d'artificio scoppia dentro di me. Gli altri non riesco neppure a sentirli.

Sento solo le sue labbra caldissime, la sua lingua tenera, il suo corpo che non fa un passo indietro, anzi, pare voler sprofondare nel mio corpo.

Non so quanto dura questo bacio, so soltanto che, anche se i fuochi finiscono, e il mondo si muove, e la notte incalza, a me è sembrato troppo poco.

Quindici

Era la ragazza con l'orecchino di perla. L'avevano truccata e vestita, e tutto era talmente insolito e piacevole da farle quasi esplodere il cuore per la felicità. Non si era mai divertita così, in tutti i luoghi imbalsamati che aveva frequentato con Cedric.

Quella sera, invece, sotto un cielo estivo e stellato, fra gente di cui non sapeva nulla tranne che le era istintivamente simpatica, si divertì moltissimo. Fino a che Channing non la accolse con un broncio che pareva nascondere delle riflessioni non superficiali. Come se, mentre lei posava, avesse tirato le fila di qualche ragionamento sommerso portandolo a galla.

Troppo vicino era il ricordo delle occhiatacce di Cedric: il terrore che Channing giudicasse la sua felicità la rese tristissima e, allo stesso tempo, battagliera. Tanto più triste e più battagliera quanto più teneva a lui e alla sua opinione.

Ecco, adesso glielo faccio capire che non può giudicare i miei comportamenti, che faccio quello che voglio e...

I fuochi d'artificio erano reali? Erano fuori, nel mondo, nel cielo, o li sentiva soltanto lei, nella testa? Channing la stava sul serio baciando?

Le sue labbra, le sue labbra e la sua lingua... li stava sognando?

Si lasciò catturare da quel sogno tanto realistico da avere un sapore e una consistenza, lasciò che quel miraggio la toccasse ed entrasse nella sua bocca e la facesse sentire come attraversata da un raggio di sole. Il suo cuore, il suo povero, piccolo cuore, parve sul punto di frantumarsi per l'eccesso di battiti. Dieci, cento, un milione in un minuto soltanto.

"Ti amo" pensò, "ti amo, ti amo, ti amo".

Quando la sua lingua la abbandonò, si sentì sola, strappata dalle braccia di un angelo.

«Perché?» gli domandò, la voce leggermente ansante, le solite guance rosso rubino e tutto quel che di rosso c'è nel mondo.

"Perché ti amo da impazzire" sperò le dicesse.

«Perché mi andava» fu invece la sua risposta.

Non un granché come risposta per una cui mancava un passo e sarebbe svenuta tra le sue braccia dall'emozione, ma in qualche modo doveva farsi piacere quel commento più pratico che romantico.

In fondo, il suo viaggio non era un'avventura, un'esplorazione, una scoperta? E allora, tutto poteva seguire quella scia, ogni cosa sarebbe stata una lenta rivelazione, anche i baci di Channing e il motivo di quei baci. E se non ci fosse stata alcuna rivelazione... be'... pazienza.

Vivrò così, giorno per giorno, no, di più, attimo per attimo, mi godrò ogni singolo battito del mio cuore senza interrogarmi troppo.

Come se fosse vero. Era letteralmente terrorizzata.

L'hotel più vicino era a Lafayette, una trentina di miglia a nord di Thorntown, e l'intera cittadinanza insisté affinché Grace e Channing accettassero di essere ospitati a casa di Little Joe, il cuoco del diner. Non si trattava della sua principale abitazione, ma di un villino che di solito affittava ai turisti, accanto alla biblioteca pubblica. Al momento era libero: non erano molti i viaggiatori che si fermavano da quelle parti, preferendo località più pittoresche o alla moda rispetto a una cittadina che superava di poco i mille abitanti e la cui attrattiva principale erano le frittelle di pesce gatto.

Non ci fu verso di evitare quella chiassosa accoglienza. Little Joe in persona, che di piccolo non aveva nulla – un omone di quasi due metri che superava abbondantemente il quintale, e grazie a questa sua fisicità aveva posato alla rassegna interpretando un quadro di Botero –, li accompagnò di persona.

«La casa è tutta vostra, ragazzi» disse loro mostrando un villino di legno a due piani. «Domattina, prima di andarvene, passate dal diner che vi offro la colazione e poi vi accompagno a prendere l'autobus. Vi piacciono i pancake allo sciroppo d'acero?»

«Oh sì» replicò Grace, e cominciò a rivolgergli tante e tali domande sulla casa, l'arredamento delle stanze, un grosso lampadario rotondo a forma di Morte Nera e tanti altri dettagli che dimostravano la passione del proprietario per la saga di *Star Wars*, che mezz'ora passò a conversare di Luke Skywalker e Han Solo.

Quando Little Joe andò via, Channing fissò Grace negli occhi, le braccia incrociate sul petto e un'espressione ironica.

«Bambi» le sussurrò, nel silenzio della casa ormai libera dalla voce altisonante del cuoco, «smettila di aver paura, okay?».

«Paura? Di cosa dovrei aver paura?» gli rispose, il cuore che correva come un missile.

«Di me.»

«Perché dovrei aver paura di te?» esclamò con un tono leggermente stridulo.

«Poco mancava che gli chiedessi di fermarsi per vedere insieme i DVD dell'intera saga.»

«Mi piace, e allora? Forse anche tu, come Cedric, pensi sia una serie per nerd falliti?»

L'espressione di Channing si fece fosca. «Allora, la prima cosa buona che puoi fare è non paragonarmi a quella merda. La seconda è smetterla di temere che, siccome ti ho baciato, e ho senz'altro voglia di baciarti ancora, finiremo col fare sesso. Non è mica un passaggio obbligato. Ti fidi di me, vero?»

Grace deglutì. Era così trasparente e prevedibile da farsi leggere dentro con tanta facilità? Non aveva paura di lui, no, non nel senso dell'assenza di fiducia: piuttosto, aveva paura della propria totale inesperienza. Si sentiva insicura come una bambina che cammina su altissimi tacchi di vetro, si guardava dal di fuori e si vedeva più confusa di un quadro di Picasso, e non poteva fare a meno di domandarsi se Channing non avesse preso un abbaglio, e cosa avesse scorto in lei di tanto interessante, e se si aspettava che finissero a letto insieme quella stessa notte. Era sconvolta al solo pensiero, lui le piaceva fino a farle spasimare ogni centimetro di pelle, ma non era pronta e temeva di deluderlo.

«Sì» gli rispose. «Ciecamente.»

«E allora stai tranquilla, okay? Possiamo anche farci una maratona di *Star Wars* fino all'alba, se sei tanto appassionata.»

«No, è che...»

«Temevi di rimanere sola con me, ho capito.»

«È che tu, di solito... cioè... suppongo che...»

«Dopo che bacio una ragazza ci vado a letto, e non guardo maratone di *Star Wars* in DVD. Verissimo, Bambi, ma quel che è vero non è mica legge.»

«Sul serio hai voglia di baciarmi ancora?»

«Non sai quanto.»

«Anche... anche io.»

«Allora accantoniamo la maratona?»

«Direi di sì.»

Channing le si avvicinò, sotto un grande lampadario che pareva fatto di strani e contorti rami d'albero uniti insieme in un gomitolo asimmetrico. Le prese il viso tra le mani e la baciò.

Se le avessero detto che un giorno della sua vita sarebbe stata baciata in quel modo, non ci avrebbe creduto. I baci di Cedric erano anonimi come favolette sempre uguali, di quelle che si raccontano in fretta e furia ai bambini per farli addormentare. Aveva accolto quei baci con riconoscenza, senza tuttavia desiderarne altri. Aveva creduto fosse sempre così, che baciare lasciasse a tutti quel leggero senso di disgusto, che fosse normalissimo non voler passare alla fase successiva e Cedric si comportasse da gentiluomo a non proporle altri sviluppi.

Se le avessero detto che si sarebbe sentita come se tutto il mondo fosse un soffitto di nuvole al quale stava appesa a testa in giù, che avrebbe voluto un altro bacio, e ancora un altro, ancora una carezza della sua lingua, ancora i suoi denti che le mordevano le labbra come piccole ciliegie, non ci avrebbe creduto.

Non leggeva romanzi d'amore da tanto tempo, da quando Cedric l'aveva scovata con un Harmony nella borsetta e l'aveva trattata come se nascondesse una pista di coca da sniffare dopo pranzo, e una vera storia d'amore non l'aveva mai avuta. Aveva avuto un'imitazione, una recita, una simulazione. Perciò non era pronta a quella vertigine, a quel desiderio e a quella paura.

Si staccò dalla sua bocca per respirare: le girava la testa e non era sicura di non avere le gambe molli come cioccolata nella tasca di un bambino che gioca al sole.

«Rallentiamo?» le domandò Channing, e la sua voce venne fuori quasi soffocata.

«Sei... sei...»

«Troppo prepotente? Famelico? Ti ho fatto male mordendoti?»

«No... sei... sei il sole e io un ghiacciolo.»

«Non sei un ghiacciolo, te lo assicuro. Sei un dolce, piccolo krapfen appena sfornato.»

«Oh...»

«Facciamo così. Vai a cambiarti, scegli una stanza che ti piace fra le molte al piano di sopra. Io ti raggiungo fra un po'.» Lei annuì, e si domandò come si potesse rabbrividire e avere caldo nello stesso strabiliante momento. Mentre stava per salire le scale, lui la richiamò.

«Grace... non avere paura, ti prego. Abbiamo già dormito insieme, non succederà niente che tu non voglia al mille per mille.»

«O che non voglia tu.»

Channing scoppiò a ridere.

«Non usare me come esempio, piccola. Temo di avere già raggiunto quel mille per mille, e non una volta sola. Ma non faccio testo, sono un ragazzaccio. Stavolta comandi solo tu, d'accordo? Tira un bel respiro e stai tranquilla, promettimelo.»

«Lo prometto.»

«E visto che ci sono, meglio se respiro anch'io. Anzi, vado a vedere se Little Joe ha qualche tisana rilassante in cucina. Ne vuoi un po' anche tu?»

«Magari! Tripla dose, grazie!»

Little Joe non aveva tisane e, se pure le avesse avute, Grace non credeva sarebbero bastate. Era troppo agitata, e felice, e sconvolta, e felice, e felice, e felice. Si infilò nel letto, nel suo solito completo per la notte, pantaloncini e T-shirt: ci aveva messo un po' a indossarli per via del tutore, ma non aveva chiesto aiuto. Non desiderava che la considerasse non solo imbranata, ma pure invalida. Mentre lo aspettava le venne da ridere e da piangere, perché si sentiva come una sposa di cent'anni prima, quando le giovani donne attendevano supine su materassi coperti di lenzuola candide, in candide vesti, destinate a macchiarsi di rosso.

Fred gironzolò per qualche attimo sul cuscino, poi saltò giù dal letto e si sistemò tra le foglie grigiastre di un olmo bonsai interrato in un vaso di coccio.

La stanza aveva un lucernario sul soffitto, rotondo come la vasca nel motel di Indianapolis. Grace guardò le stelle e le venne ancora da piangere.

L'ho già detto che sono felice?

«Tutto okay, Bambi? Cosa sono quelle lacrime?»

Si voltò verso di lui, indossava i pantaloni della tuta che usava per dormire e una maglietta col disegno stilizzato di tre cime montuose e la scritta: KEEP CALM AND CLIMB ON. Grace arrossì dinanzi a quella scritta che di sicuro si riferiva ad altro, ma le parve quasi maliziosa. Finse di non farci caso e tornò a osservare il cielo. Benché fosse pieno di luci, la abbagliava meno dei suoi occhi.

«Oh, niente, guardavo le stelle.»

«E ti hanno fatto piangere?»

«A volte mi succede. Guardo qualcosa di bello e mi commuovo anche se sono felice. Questa casa è insolita ma bella.»

«Anche tu.»

«Non farmi complimenti, d'accordo? Non capisco ancora quando sono sinceri.»

«Mmh... io non mento mai, Bambi.»

«Quasi mai.»

«Okay, quasi, ma di sicuro non mento adesso.»

Channing si stese sul letto, lo sguardo verso la medesima meta stellata. Rimasero in silenzio per un po', vicini ma non troppo. A un tratto, lui le posò un braccio attorno alla vita.

«Ora ti faccio una domanda indiscreta, ma te la devo fare per capire... per capire quanto posso sbagliare.»

«Okay...»

«Fin dove ti sei già spinta? Intendo...»

«Ho capito cosa intendi.»

«Puoi anche mandarmi affanculo, eh! È solo che ho una voglia assurda di toccarti e non mi va di cominciare già con un errore. Ho capito che non lo hai mai fatto ma... avrai pure...»

«Credo di essere la più stupida ragazza d'America, e forse del mondo» sentenziò Grace a disagio. Si addentò le labbra e continuò a fissare quel rotondo agglomerato di stelle. «I miei genitori mi controllavano molto ma, anche senza di loro, non sarebbe successo nulla. Cedric non mi scatenava grandi passioni, e io non le scatenavo a lui. E non ho avuto altri ragazzi. Noi non... non abbiamo mai... mai fatto nulla. Al massimo qualche bacio e... una volta che siamo stati sulla sua barca a Capodanno, e ci siamo addormentati su due lettini sottocoperta, al risveglio era, come dire... su di giri, ma ci ha tenuto subito a chiarire che non era per me, che gli capitava sempre al mattino.»

Channing emise una specie di strano brontolio e Grace lo interpretò nel modo sbagliato.

«Non sono mai stata molto affascinante o sensuale» spiegò. «Non sono un tipo che attrae, ecco. E infatti mi domando...»

«Sei dannatamente sensuale, invece» replicò lui, parlandole in un orecchio, sottovoce, come se non volesse farsi udire dalle stelle. «E il fatto che tu non te ne renda conto rende la cosa ancora più interessante. Posso... toccarti?»

Grace ebbe l'impressione che un cucchiaio pieno di miele le si fosse posato sulla lingua, e che quel dolce fluido le scorresse dalla gola al petto alle gambe al posto del sangue. Quando gli rispose «sì», un "sì" piccolo quanto il verso di un grillo nascosto oltre barriere di cespugli, pensò: "Adesso muoio, adesso mi sciolgo su questo letto, nella casa di Little Joe, in un microscopico paese dell'Indiana. Di me rimarrà uno scheletro lucente, con le costole d'oro, in mezzo alle quali il cuore batterà ancora di felicità, e batterà ancora per un secolo".

Una mano di Channing – quasi fosse l'unica chiave adatta a una serratura chiusa da secoli – le sollevò la maglietta e si posò sulla sua pelle piena di fuochi scintillanti. I suoi polpastrelli la accarezzarono, tracciando la linea della colonna vertebrale, le ali delle scapole, le curve dei fianchi, la conca dell'ombelico, gli archi delle costole, le onde del seno. Lì si fermò, e si immerse con le dita nella sua carne tenera e nuova, più lento di uno sguardo che si posa su un'opera d'arte. Grace rabbrividì, una, dieci, cento volte, e poi mille. Il suo cuore ormai volava nella stanza.

Non si era mai sentita in quel modo, come se il suo corpo parlasse da solo. Formicolava, era morbido e teso allo stesso tempo, i capezzoli parevano scolpiti in un legno soffice e ruvido insieme, e aveva una voglia spasmodica – oscena o romantica? – di socchiudere le gambe, senza averci pensato, senza neppure saperlo, come se glielo stesse suggerendo un istinto ancestrale.

«Posso accarezzarti anch'io?» gli domandò, e la propria voce le parve intrisa di un'audacia inaudita.

Channing ebbe un attimo di esitazione. «D'accordo, Bambi, ma stai attenta al braccio. Non voglio tu ti faccia male.»

Lo sfiorò con una sola mano, trattenendo il fiato. Seguì con le dita il cesello dei muscoli del torace, la curva delle spalle, la forma degli avambracci, l'addome compatto, poco meno resistente del marmo. Era come toccare la versione terrena, precipitata da un carro alato, di un dio guerriero.

«Hai una ferita sul petto» constatò a un tratto. «Come te la sei fatta?»

Di nuovo un'esitazione, più lunga di quella precedente. Infine le disse in fretta: «Da bambino, quando ho trovato l'alce, mi sono ferito un po' ovunque con il filo spinato. Per tentare di liberarlo mi ci sono quasi intrecciato. Mi si è pure strappata la maglietta».

«Mi dispiace.»

«Di cosa?»

«Che tu non l'abbia salvato.»

«Ci ho provato, ma non sempre si vince.»

«Adesso sì, però.»

«Adesso decisamente sì. Grace...»

«Dimmi.»

«Posso toccarti anche... anche sotto?»

«Oh...» Il cuore le saltò sulla lingua.

«Prometto che ti sfioro soltanto.»

Grace annuì, quasi senza fiato. Mentre Channing la accarezzava con delicatezza – ed era la prima volta che chiunque, a parte se stessa e sua madre quando era neonata, la toccava lì – si stupì nel non sentire nulla di sordido dentro, nessuna emozione e desiderio che non fossero puliti come la neve.

Forse è lui che rende tutto meraviglioso. Ora capisco quando dicono di aspettare la persona giusta.

«Hai le guance come la gola di un colibrì rosso. Sei fenomenale» scherzò Channing.

«Non prendermi in giro. Sto facendo un grande sforzo per non morire» ribatté, paonazza come mai prima d'ora.

«Anche io, e non sai quanto.»

«Anche tu sei agitato?»

«Non sai quanto» ripeté Channing.

«Posso... posso farlo anche io... a te?»

«Sono un bravo ragazzo, Bambi, non un santo. Se mi toccassi da quelle parti, potresti avere una brutta sorpresa.»

«O una bella sorpresa.»

«Sei una deliziosa stronzetta provocatrice. Ma non ci casco.»

«In che senso?»

«Hai bisogno di tempo e di coraggio. Sei spaventata, sei vergine, sei...»

«Una specie di ritardata, ho capito.»

«Una dolce ragazza con l'orecchino di perla, le labbra come mele croccanti e un culetto fantastico.»

«Smettila!»

«È fantastico davvero, io non mento, lo sai. E mi devo rifare perché quella volta al motel non sono riuscito a vederlo. Ti sei coperta subito col cuscino.»

«Hai riso di me!»

«Ridevo di me, e della fottuta paura che mi facevi. Che mi fai.»

«Paura?»

La baciò ancora, ancora, e ancora. Il cielo precipitò nella stanza, le stelle le entrarono in bocca, dalle poche nuvole piovvero cuori, il bonsai divenne un pesco fiorito, e un misterioso e ridicolo putto nascosto suonò l'arpa accanto a un suo orecchio. Era così emozionata, confusa e piena di immagini folli e di sapori nuovi e succosi, che perse le sue parole pronunciate in un sussurro.

«Tu potresti salvarmi la vita, Bambi, o uccidermi definitivamente.»

∞

«Siete parecchio affamati, stamattina!» esclamò la bionda cameriera del giorno prima, servendo loro un'abbondante quantità di pancake con lo sciroppo d'acero, uova strapazzate e marmellata di more. «Quale sarà la vostra prossima meta, adesso?»

Fu Channing a rispondere, Grace era come ammutolita. Il ricordo di ciò che era accaduto la notte prima, di cui non era in alcun modo pentita, la faceva ancora arrossire e sentire strana, in balìa di una tempesta che non voleva saperne di abbandonare la sua anima. Mentre credeva che Channing non se ne accorgesse, lo fissava, abbagliata dalla sua bellezza che quel giorno le pareva ancora più sfolgorante. Lo guardava affondare la forchetta nell'alta cupola di pancake impilati, con lo sciroppo che si spandeva nel piatto in lenti rivoli color rame, e arrossiva ripensando alle sue carezze.

Mi sa che lo amo proprio.

Era stata tentata di dirglielo, più di una volta, ma si era trattenuta. Non avevano parlato d'amore, dopotutto. Si erano baciati fino all'ultimo istante di coscienza prima di addormentarsi, ma nessuno aveva detto "ti amo". "Mi piaci" non è come "ti amo". "Sei bella" non è come "ti amo".

Può bastare. Al momento può bastare. Mi sembra già un miracolo.

A un tratto le squillò il telefono. Per fortuna non era Cedric: erano i suoi genitori, e Grace ricordò di aver saltato la chiamata promessa ogni mattina. Si stava già trasformando in una figlia degenere? Se n'era completamente dimenticata. Channing che le passava davanti, appena uscito dalla doccia, con uno striminzito asciugamano intorno ai fianchi, le sorrideva spavaldo e si rivestiva come se nulla fosse, aveva fatto precipitare in secondo piano il rispetto dei patti filiali.

Si alzò e andò a rispondere fuori dal diner.

Tranquillizzò la madre come poté, e la avvisò che le sue telefonate sarebbero state meno frequenti, non tutti i giorni ma ogni tre. Stava bene, stava imparando a cavarsela da sola, sì, si comportava saggiamente in ogni circostanza, e ancora sì, non aveva smesso di agire da ragazza assennata. Le avrebbe spedito dei messaggi, ma desiderava che si fidasse di lei e della sua capacità di badare a se stessa.

Anche se non era da sola.

Anche se le loro idee si trovavano su due pianeti distinti e i suoi genitori non avrebbero interpretato come sintomo di saggezza e assennatezza quel che provava per Channing e le cose che gli aveva permesso di farle.

«Tutto okay?» La voce di Channing offuscò i suoi pensieri, ancora incollati ai ricordi della notte prima.

«Stavo parlando con mia madre, adesso piange meno delle prime volte, ma ha sempre la voce di chi ha subìto un tradimento.»

«Credo sia una prerogativa delle madri. La mia ha un elenco preciso di colpe da addossarmi, che non sono vere colpe, ma solo diversi modi di valutare gli stessi problemi. Little Joe è disponibile ad accompagnarci a Lafayette. Tu sei pronta?»

«Sì. Troveremo un autobus per Chicago?»

«Sicuramente. E poi, arrivati lì, ho in serbo una sorpresa per te.»

«Un'altra?» gli domandò d'istinto. Il ricordo del suo bacio sotto i fuochi d'artificio e delle sue carezze sotto il lucernario le fece sperare che la sorpresa fosse un prolungamento di quella favola dolce e carnale. Channing scoppiò a ridere come se le avesse letto nei pensieri.

«Non è niente di quello che immagini. Solo, ho pensato che dobbiamo trovare un modo per percorrere la Route 66, e noleggiare un'automobile fino a Santa Monica ci svenerebbe. In moto sarebbe mitico, ma non stai ancora bene. Hai bisogno di un sostegno per il braccio, non di tenerlo penzoloni per ore sottoposto a mille scossoni.»

«Cosa proponi? Un canguro?»

Channing rise di nuovo. Quindi si avvicinò e la baciò: la sua lingua profumata d'acero le disse in bocca dozzine di frasi segrete che forse contenevano promesse e forse erano solo parole, ma che le risuonarono dentro come poesie silenziose.

La periferia sud di Chicago aveva un suo fascino vecchio stile. Lunghe file di case basse con le facciate rivestite di mattoni rossi, circondate da giardinetti semplici, senza grandi sfoggi di vegetazione, si alternavano a capannoni industriali in evidente stato di abbandono.

Quando Channing chiese al taxi di fermarsi davanti a una palazzina alquanto cadente, con strane finestre circondate da cornici metalliche che ricordavano dei paraurti di vecchie auto modellati ad arco, Grace pensò che forse non ricordavano affatto dei paraurti: lo erano. A ben guardare, inoltre, nel garage dalla saracinesca alzata si intravedevano numerosi pezzi di macchine molto più che usate, e la vettura parcheggiata sulla strada pareva sputata direttamente da uno sfasciacarrozze. Era più la ruggine della vernice.

Non fece neppure in tempo a domandargli dove si trovavano e cosa ci facessero lì, che dal garage venne fuori una donna di una trentina d'anni, piccola, formosa e bella come una pin-up, ma vestita come un meccanico. Si fermò un istante sulla strada, sgranò tanto d'occhi, notò Channing e gli corse incontro come una matta.

«Amore mio!» gridò, saltandogli letteralmente addosso.

La speranza che fosse una parente si sciolse dinanzi al bacio tutt'altro che parentale che gli diede. Perlomeno, per Grace, non era comune baciare sulla bocca un cugino o un nipote, stringendogli la nuca con le braccia. No, la giovane bambolina morbida come burro, coi capelli rossi e una tuta che, invece di renderla goffa, la fasciava come in certi calendari sexy degli anni Cinquanta, era stata a letto con Channing. Ne ebbe la matematica certezza, e quella certezza la ferì come un artiglio di strega col suo cuore nel pugno.

Si sforzò di sorridere, e attese che qualcuno le spiegasse qualcosa. Dopo qualche scambio di battute, che non udì perché le fischiavano le orecchie in preda a una gelosia assassina, Channing le si avvicinò e le mise un braccio intorno alla vita.

«Piper, lei è Grace: la mia ragazza.»

Sentirsi definire così, liberamente, come se non avesse nulla da nascondere, allentò le corde tese del suo umore. E il suo umore si ammorbidì ancora di più quando si rese conto che Piper non appariva per nulla infastidita da quella rivelazione, o a sua volta gelosa. Ne dedusse che, qualsiasi cosa ci fosse stata fra loro, apparteneva a un passato sepolto.

«Ma che sorpresa, ragazzo! Ne sono felice! Vuoi vedere il mio ultimo tesoro?» domandò Piper.

Di nuovo, Grace pensò che stesse per presentargli il suo attuale compagno, e si diede della stupida retrograda. Quale altra diciottenne avrebbe avuto i brividi al pensiero di un allegro raduno di ex amanti e nuovi amanti?

Io sono una nuova amante?

Ma Piper non si riferiva a un uomo. Li precedette, dirigendosi verso il garage e, sorpassata una barriera di rottami, mostrò loro un'automobile cabriolet color carta da zucchero.

«È una Chevrolet Corvette del 1958, l'ho trovata da uno sfasciacarrozze. Sapessi com'era ridotta! Ci lavoro da un anno, ma adesso è un gioiellino, non credi?»

«Uno schianto» ammise Channing, avvicinandosi alla vettura formosa come una donna formosa, meravigliosamente luccicante, con gli interni di pelle bianco crema.

«Se volete, potete farci un giro, ma prima mi devi raccontare cosa ci fai qui. Venite dentro a prendere un caffè?»

«Mi sa che avremo bisogno di farci molto più di un giro. Se ti chiedessi di prestarmela per percorrere più o meno duemilaquattrocento miglia, mi colpiresti col paraurti di quella Dodge Charger?» Rise, e Grace pensò che nessuna donna potesse colpire un uomo che rideva così con qualcosa di più dannoso di un bacio.

«Di nuovo la strada madre?» gli domandò Piper, divertita.

«Sì, mi sta chiamando prepotentemente. Più forte di prima. E Grace non c'è mai stata.»

«Dopo il modo in cui hai ridotto la mia povera Harley, tre anni fa, l'ultima cosa al mondo che dovrei fare è affidarti questa magnifica creatura, lo sai?»

«Allora ero più pazzo di adesso. Viaggeremo con calma, te lo prometto.»

Piper inclinò la testa di lato, senza abbandonare quel sorriso a tremila denti. «Il 21 settembre devo portare questa bellezza a un raduno a Santa Monica: pensate di farcela ad arrivare per quella data? Suppongo di sì, c'è un sacco di tempo ancora, potreste fare il giro del mondo e ritornare. Io prenderò un aereo, nel mio stato non posso fare lunghi viaggi.»

Lo sguardo di Channing si illuminò. «Quindi vuoi dire che...»

«Che la speranza a volte non muore affatto, bambino. Ancora non si nota molto ma... Sono incinta di quasi quattro mesi.»

Channing la abbracciò con più slancio stavolta, e Grace colse una tenerezza profonda in quel gesto.

«I miracoli accadono» continuò Piper. «Ashton, il mio compagno, fa il camionista e al momento è in Oklahoma, altrimenti te lo avrei presentato. Un tipo da sballo. La copia sputata di Frank Zappa. Un pazzo adorabile, buono come il pane, a suo modo un filosofo. Ma tu, piuttosto, come stai? Ti trovo bene ma...»

Channing interruppe quel commento in modo stranamente sbrigativo. «Ci offri questo benedetto caffè? Grace è morta di caldo e credo che anche Fred, il nostro simil-topo, abbia sete. Ci fai entrare in casa?»

Piper annuì, sul viso un'espressione dubbiosa. Un po' preoccupata, perfino. Che avesse paura dei ghiri?

~ɔɔ~

L'ultima notte che erano rimasti a Indianapolis, Channing le aveva raccontato di aver già percorso la Route 66, in moto e insieme a una ragazza. Quella ragazza, evidentemente, era Piper. Cenarono insieme a base di hamburger, cavolo fritto, pannocchie arrostite e gelato, senza che nessuno le raccontasse come si erano conosciuti, che rapporto avevano avuto e perché aveva l'impressione che li unisse qualcosa di pericolosamente profondo.

In un certo senso, la tennero fuori dai loro discorsi. Non che non la coinvolgessero, ma era come se, ponendole delle domande, volessero evitare che fosse lei a porle. E siccome lei si sarebbe fatta tagliare le mani piuttosto che mostrarsi impicciona, la notte arrivò senza cavare un ragno dal buco, con quel latente ma fastidioso sentore di incompiutezza e segreti taciuti.

Mentre si preparava per dormire, in un bagno tappezzato di mattonelle giallo candito, Grace udì Channing e Piper che parlottavano in cucina. Il tono di voce sommesso, in contrasto con quello squillante col quale, poco prima, commentavano le foto di Ashton e dei suoi portentosi baffoni, le diede la certezza che stessero parlando di qualcosa che non ammetteva estranei. Si sentì proprio così, un'estranea capitata per caso in un gabinetto con un disegno di Marilyn Monroe e uno di una Cadillac rosa appesi sopra il water.

Si rifugiò nella stanza per gli ospiti, in realtà una specie di sala da musica con una batteria vintage contro il muro, un vecchissimo televisore, un'enorme radio a transistor e un divano letto di finta pelle.

Channing e Piper si trattennero a lungo nell'altra stanza. "Confabulare" era la parola giusta per definire il chiacchiericcio misterioso che le giungeva a lente onde, ora più alte, ora proprio sommerse, senza che una sola parola risultasse comprensibile. Un'altra ragazza sarebbe andata di là e non gli avrebbe permesso di escluderla da quel qualcosa – qualsiasi cosa fosse – che pareva riguardarli in esclusiva. Ma Grace no, si sentiva fuori posto come un cactus tra i ghiacci, l'orgoglio e il timore la trattenevano, e alla fine si coricò. Il piccolo Fred, che col passare del tempo si stava tramutando in un ghiro che vuole essere un gatto, si accoccolò poco sopra il cuscino, dopo aver divorato delle fave tostate donategli da Piper.

Quando Channing entrò nella stanza, lei finse di dormire profondamente. Si detestava per quella debolezza, ma che diritto aveva di chiedergli di cosa stessero parlando e perché fossero rimasti di là per quasi un'ora? Non poteva certo atteggiarsi a mogliettina tradita.

Qualche bacio e qualche carezza non sono sufficienti a creare dei diritti.

Non che, a dirla tutta, desiderasse possedere diritti da rompiscatole. Però aveva avuto la sensazione che fossero legati da qualcosa di più importante di qualche bacio e qualche carezza, una corda intrecciata dal destino e, quando c'è il destino di mezzo, il senso di tutto non può essere frivolo. Forse, però, si era sbagliata, forse si era fatta abbagliare da un paio di lucciole che invece erano comuni lanterne.

Channing si cambiò, udì il fruscio dei suoi abiti senza vederlo. Si stese al suo fianco e Grace sperò l'abbracciasse, ma lui rimase supino, le braccia incrociate sotto la nuca, gli occhi fissi sul soffitto, immerso in chissà quali pensieri. Una parte di sé le urlò di abbracciarlo lei, di chiedergli cosa lo torturasse, ma vinse la parte timorosa di disturbare, quella fin troppo educata e abituata a fare un passo indietro piuttosto che uno avanti, e rimase nel suo angolo con l'impressione che quella corda intrecciata fosse stata rosicchiata da un tarlo.

All'alba Channing dormiva, ma Grace terminò un sogno spaventoso e decise di non chiudere più occhio. Nel suo sogno, uno stormo di farfalle monarca la avvolgeva, come aveva sempre sperato accadesse. Tuttavia le quiete farfalle si rivelavano meno quiete del previsto. Cominciavano a morderla e divorarla come piragna, scavandole la carne e le ossa: dal suo corpo il sangue colava in una cascatella arancio ruggine. Le facevano male, il dolore era simile a quello provocato da mille tagli di lametta, eppure lei non si dibatteva, non tentava di scacciarle o di fuggire, lasciava che completassero quel terribile pasto offrendosi come sacrificio umano, e le sue labbra scarnificate erano perfino stese in un macabro sorriso. Poi, a un tratto, le farfalle crollavano al suolo pesanti come sassi e di lei rimaneva soltanto lo scheletro.

Dopo un sogno così, dormire e rischiare di ripeterlo era l'ultimo dei suoi desideri.

L'unica cosa bella di quel risveglio, a parte constatare che nessuna farfalla l'aveva scarnificata, fu la scoperta che le braccia di Channing la stringevano. Forse la sua ragione, la sera prima, da sveglio, gli aveva suggerito di starle lontano, ma l'istinto gli aveva comandato di avvicinarsi il più possibile.

Lo guardò e seppe definitivamente di amarlo.

Possono un paio di palpebre abbassate farti sentire come se avessi trovato il tuo posto nel mondo?

Dopo qualche minuto di silenziosa contemplazione della sua bellezza rilassata, Grace cedette a bisogni ben più prosaici. Si mosse lentamente per non svegliarlo e raggiunse il bagno. All'uscita, udì un rumore provenire dalla cucina insieme a un denso profumo di caffè.

«Posso?» domandò prima di entrare nella stanza.

Piper sgranocchiava del pane imburrato e allo stesso tempo scriveva qualcosa. Sollevò lo sguardo su di lei e le sorrise. Indossava una vestaglia celeste con rose stampate, ed era attraente anche senza trucco.

«Vieni, tesoro» le disse. «Io se non mangio spesso ho sempre bruciori di stomaco. Tra questo e la gravidanza, diventerò una vera balena.»

Rise di gusto, come se quella prospettiva la deliziasse. «Vuoi un po' di caffè?»

«Sì, ma lo prendo da sola, non preoccuparti. Tu riposati.»

«Oh, non mi riposo molto, a dire il vero. Sto sempre a fare qualcosa. E quando mi assale qualche brutto pensiero, tiro fuori il mio album. È molto rilassante.»

Grace le si sedette accanto, tra le mani una tazza colma di caffè bollente, e allora si accorse che Piper non scriveva nulla: sul tavolo della cucina c'erano dei pastelli sparpagliati, come sul banco di un bambino dell'asilo, che lei adoperava – scegliendo ora l'uno ora l'altro con un'espressione dolcemente assorta – per colorare i disegni di un libro antistress dal nome profetico: *Automobili vintage*. In quel momento stava dipingendo di viola una Ford Gran Torino del 1971 sul cui cofano era adagiata, in una posa maliziosa, una ragazza vestita di rosso. Accanto a lei c'erano altri album impilati, nuovissimi.

«Me ne presti uno?» le domandò Grace, sorridendo.

Piper la osservò con tenerezza. Benché avesse solo una decina d'anni più di lei, quello sguardo fu quasi materno.

«Anche tu hai qualche brutto pensiero?»

Grace scrollò timidamente le spalle e prese l'album che Piper le porgeva. Era una raccolta di mandala indiani. Ben presto si ritrovò immersa in quei diagrammi dalle forme perfette, geometricamente ripetitive, rilassanti da osservare e da riempire di tinte morbide. Per qualche minuto, nella piccola cucina dai mobili verde salvia regnò il silenzio e il profumo del caffè. Dopo un po' Grace osò una domanda: «Come vi siete conosciuti tu e Channing?».

Di nuovo, sulle labbra di Piper si dipinse un sorrisetto un po' dispiaciuto. «Ti prego, bambina, non essere gelosa di me.»

«Io non...»

«Te lo leggo negli occhi. Ma sbagli. A lui piaci tanto. Più di quanto gli piacciano molte delle cose che gli piacciono. Gli piaci più dell'arrampicata, dei motori, del dormire sotto le stelle e del caramello salato col quale adora impiastricciare i popcorn.»

Grace non rispose. Il fatto che lei lo conoscesse tanto bene faceva lievitare la sua gelosia invece di sgonfiarla. D'altro canto, era certa che non fosse la verità, che Channing non ci tenesse a lei al punto da preferirla alle sue piccole e grandi passioni.

«Non mi hai detto come vi siete conosciuti.»

Piper colorò di rosso il fiocco sui capelli della procace pin-up. «È stato tre anni fa, a Staunton. Si svolgeva un raduno di Harley, lui è arrivato con l'autostop, io con la mia vecchia Beatrix, e grazie alla comune passione per i motori abbiamo fatto amicizia. Abbiamo continuato il viaggio insieme, fino a quando la povera Beatrix ha tirato le cuoia in Arizona, e abbiamo dovuto proseguire a piedi lungo la Mother Road per miglia e miglia. Abbiamo dormito nel deserto e gli ho chiesto di sposarmi a Las Vegas.»

«Oh...»

«Non devi temere il passato, Grace. Nemmeno da ubriaco fradicio mi ha voluto sposare! E quando mi è passata la sbornia, l'ho ringraziato di cuore. Non ci univa nessun tipo di amore e neppure una formidabile passione, ma solo il dolore e la paura.»

«Dolore per cosa? Paura di cosa?»

«Io avevo appena perso l'ennesimo bambino, non riuscivo a far andare avanti una gravidanza oltre i primi due mesi ed ero distrutta. E, tanto per mettere sale sulle ferite, il mio compagno mi aveva mollata. Io e Channing ci siamo voluti bene, ma poi abbiamo capito che la cosa migliore che poteva venire da noi era una buona amicizia. Una di quelle strane amicizie per cui non ti senti né ti vedi con qualcuno per anni, ma quando lo fai ti sembra non sia trascorso neppure un giorno. Il vero amore l'ho conosciuto soltanto adesso, per il mio Ashton. Se lo vedessi, è un tipo insolito, sembra sbucato fuori dagli anni Ottanta, ma ha dei pensieri così profondi da lasciarmi a bocca aperta. Siamo una coppia assurdamente ben assortita. Mi sento a casa solo a vederlo.»

«E perché questi album, allora? Perché i brutti pensieri?»

«Ho sempre paura che accada qualcosa al mio piccolo. Mi sento in colpa perché non riesco a stare del tutto ferma, sono cauta, ho smesso di essere la matta di un tempo, ma non sono la classica mammina casalinga che prepara torte e ricama. D'altro canto sto bene, il bambino è sano, ed è come se i miei problemi del passato non fossero mai esistiti. Però a tratti l'antico panico riaffiora, ecco. Così mi metto a colorare e poi mi sento meglio.»

Grace dovette fissare a lungo il mandala, come se fosse un'immagine ipnotica, per concentrarsi e scacciare la voglia di domandarle ancora di Channing, dei suoi dolori e delle sue paure. Come se le avesse letto nel pensiero, Piper dichiarò: «I suoi segreti può raccontarteli solo lui».

Annuì, ma avvertì un magone dentro, quasi un cappio intorno alla gola. Si sforzò di prendere un pastello rosa per colorare un disegno, anche se, d'istinto, per una ragione che non riusciva a spiegare con la ragione, avrebbe voluto scegliere il nero.

Sedici

Channing

Lo so che Piper ha ragione, lo so benissimo.

«Dovresti raccontarle tutto o non farla entrare proprio nella tua vita» mi dice, quasi sottovoce, mentre lei beve del latte e io della birra. Abbiamo parlato a lungo di argomenti innocui – Ashton, la sua gravidanza, il giuramento che non le renderò la Corvette nelle stesse condizioni dell'Harley – ma evidentemente è venuto il momento degli argomenti spinosi.

Serro le dita intorno alla bottiglia fredda di Bud, e mi chino verso di lei col tono di un cospiratore e di un bugiardo. «Cosa potrei dirle? Sai, piccola, potrei non riuscire ad arrivare a Santa Monica, ed è molto probabile che il batticuore perenne che mi provochi mi farà schiattare domani stesso?»

Una delle mani di Piper si poggia sul suo ventre, come se volesse proteggere il bambino dalla violenza dalle mie parole. Assume un'espressione triste e si rosicchia un po' le unghie, come faceva tre anni fa quando ci siamo conosciuti.

Allora lo faceva molto di più, era una finta guerriera un po' cannibale, che si scorticava la pelle delle dita fino a farsi uscire il sangue. Avevo l'impressione che ci somigliassimo, con quel nostro atteggiarci a spaccaculi che di notte sognano tombe, ed è stata l'unica donna con cui sono andato a letto che mi abbia lasciato qualche segno. Non per il letto, di cui ricordo poco e nulla, ma per tutto quello che abbiamo condiviso fuori. Per le corse pazze lungo quella ferita nel deserto che è la Route 66. Perché è la prima persona alla quale ho raccontato una parte della mia storia. Per le bevute, il vento in faccia, le lacrime piante nel Grand Canyon e le risate urlate nella Death Valley. Avrei anche potuto amarla, ma non è successo. Le ho voluto bene, le voglio ancora bene, e mi dispiace che sia triste.

«Non intendo morire così presto, tranquilla. Non fare quella faccia» dichiaro, cercando di assumere un tono scherzoso.

Lei manda giù un sorso di latte al cioccolato e sorride. È un sorriso di quelli che rimangono stampati sulla bocca quando si guarda il finale di un film dolceamaro, ma me lo faccio bastare. «Ti piace tanto, vero? Non ti ho mai visto così.»

Okay, mi sento in imbarazzo. È la verità, non mi sono mai sentito così, non ho mai avuto questa guerra dentro. Non so perché è successo, né come, ma temo che il quando risalga al primo pomeriggio di un giorno di giugno a Central Park. Una città senza cuore ha fatto lo sgambetto al mio cuore. Questa dannata ragazzina un po' folletto, un po' principessa, un po' strega, ha radici invisibili che mi sono entrate dentro da subito. Non lo dico a Piper però, mi sento già disgustosamente patetico da solo.

«Il punto è» continuo, «che questo è il viaggio della sua rinascita, la sua avventura grandiosa, la rivincita della sua parte ribelle su quella tanto carina e tanto obbediente. Non merita che io rovini tutto dicendole la verità adesso.»

«La verità rovinerà tutto comunque, se non fai qualcosa per trasformare il finale. Hai ripensato all'idea del...»

«Del trapianto? Ti prego, Piper, non ti ci mettere pure tu, mi basta mia madre. Non ci ho ripensato, semplicemente perché non voglio sottopormi a un calvario del genere. Mi basta il poco di vita che mi è stata concessa in dono dalla sorte. Quando finirà, amen.»

«E Grace?»

«Grace farà la sua vita, tornerà a New Haven e si dimenticherà di me.»

«Ne sei così certo?»

«Fino a un certo punto potevo lasciarla andare, potevo andarmene. Non ci sono riuscito. Alla fine, sperimento lo stesso destino: lascio scegliere il cuore al mio posto. Vince sempre lui, lo stronzo bastardo. Tuttavia, una cosa è certa: mi dimenticherà e sarà di nuovo serena.»

Piper emette un sospiro, e alla fine mormora, col tono di chi mi sta mettendo a parte di un segreto stupefacente: «Ashton dice sempre che un grande amore è come la sabbia del deserto quando il vento la solleva e la rimescola. Una volta ricaduta al suolo sembra uguale, ma non lo è per nulla. Dietro quell'apparenza ci sono milioni di granelli feriti, sfrattati, scagliati, finiti lontanissimi da dov'erano prima e mai più uguali a se stessi».

«Sì, ma quei granelli almeno hanno vissuto e visto un po' di mondo. Inoltre, non credo di essere per lei un grande amore.»

«Ti guarda come se trattenesse il fiato ogni volta.»

Rido, per spezzare quest'atmosfera fin troppo piena di malinconiche sentenze. «Questo dimostra solo che sono un gran figo, Piper, non che è innamorata di me. Se la caverà. È tosta, anche se non sembra. Dopo sarà più forte di prima.»

«E tu?»

«E io avrò qualcosa di bello a cui pensare quando finirò all'inferno.»

Piper mi osserva e non crede a una sola parola: ha lo stesso sguardo scoraggiato di mia madre quando capisce che ho vinto la battaglia ma perderò definitivamente la guerra.

Okay, è ufficiale, la desidero come un pazzo.

Mi domando se Piper lo abbia fatto apposta a prestarle questo costume da bagno e il prendisole che indossava fino a un attimo fa. So soltanto che, mentre ce ne stiamo sulla North Avenue Beach di Chicago, sotto un sole insolente, io mi sento più insolente del sole, e i miei pensieri non sono da meno.

Ci ha messo un secolo e mezzo a spogliarsi, e già questo mi ha fatto quasi scoppiare le coronarie. Non capisco molto bene il senso di tutto ciò: dovrebbe essere il contrario, no? Cioè, dovrei avere il sangue che mi scorre con la velocità di una Harley sulla Mother Road se si fosse svestita in modo seducente, ammiccante o malizioso, dico bene? Non avviene così di solito ai pensieri lascivi? Li scatena un'occhiata carica di promesse, un gesto eloquente, una richiesta con dei sottintesi ben poco sottintesi. Perlomeno, così è sempre stato per me. E invece, oggi, mi sento scombussolato perché Grace, dopo avermi rivolto tre parole in croce da tutta la mattina e neppure uno sguardo, ci ha impiegato una ridicola eternità a togliersi quel prendisole rosso, sfilandoselo addirittura da seduta. In parte potrebbe essere dipeso dalla cautela per colpa del braccio lussato, visto che oggi non porta il tutore, ma in parte, temo, da una cronica insicurezza.

Il costume da bagno che indossa è anch'esso rosso, un due pezzi che sembra fatto di fuoco, o forse sono io che sono fatto di fuoco.

Cazzo, quanto è bella. E non lo sa neppure, la stronzetta, non lo sa davvero. Prova ne è che sta accartocciata come un granchio ferito, le gambe sollevate, le ginocchia sotto il mento, un asciugamano col disegno di una Buick sotto il sedere, e che sedere.

Vorrei capire: per quattro anni Cedric le ha dato a intendere che fosse una cozza?

«Finalmente ce l'hai fatta, Bambi» le dico ironicamente. «Credevo saresti rimasta vestita.»

Mi guarda imbronciata, il vento perenne di Chicago fa scalpitare i suoi riccioli che sembrano un incrocio fra i tentacoli di Medusa e una danza di fiamme dorate, e non riesco a non immaginare la mia bocca sulla sua bocca.

«Invece credevo che tu ti saresti sfilato anche i pantaloncini, tanto sei tranquillo a toglierti la roba di dosso» borbotta.

Rido, osservando il suo broncio infantile. In effetti non ha tutti i torti. È vero che non ho problemi a mostrare il mio corpo. Nonostante la cicatrice che, comunque, è ormai quasi impercettibile.

«Un altro po' e si raduna il pubblico» continua con tono infastidito. «Direi di far pagare il biglietto, così ci compriamo la benzina fino a Santa Monica per il prossimo mese.»

«Potrebbe essere un'idea. Però, almeno mi parli. Sono ore che non mi rivolgi la parola. La gelosia ti ha smosso un po'.»

«Non sono gelosa! È solo che... che... che vorrei vedere il lago Michigan, ecco, e le tue fan si sono messe quasi in fila lì davanti e me lo impediscono. E se non ti ho rivolto la parola, avrò avuto le mie ragioni.»

«E quali sarebbero?»

Non mi risponde, e ammetto di esserle grato. Non so cosa abbia udito della mia conversazione con Piper ieri notte – spero nulla – ma oggi non ho voglia di altro, se non di provocarla e divertirmi e immaginare quando avrò il suo corpo di nuovo tra le dita.

«Quella col costume grande quanto una cintura ti chiederà se vuoi usarlo come filo interdentale» mormora a un tratto.

Rido di nuovo, sollevato sui gomiti, la mia fenice incazzata sommersa dal sole. «Un modo per impedirlo ci sarebbe.»

«Ah sì? Quale? Farle fuori a sassate? Questa sabbia è polverosa come talco, non c'è una pietra nemmeno a pagarla.»

La mia risposta le arriva senza parole. Mi chino su di lei, le circondo la vita con il braccio, la stendo e la bacio. Che buon sapore ha, oggi è migliore di ieri, e domani sarà senz'altro migliore di oggi. Non vedo l'ora di arrivare a domani per verificarlo.

Quando mi sollevo, non del tutto, ma abbastanza da permettere alla mia lingua di parlare invece di continuare a baciarla, le sue guance sembrano due roventi sfere di sole.

«Credo... credo sia un buon metodo» sussurra. Mi sorride, finalmente mi sorride. Il suo sorriso mi fa bene, mi riscalda più del sole. «Channing...» mi dice dopo un attimo, palesemente a disagio. «Io... volevo chiederti una cosa...» Non riesco a impedire al mio viso di rabbuiarsi. È un attimo solo, ma lei se ne accorge. «Okay, se questa è la reazione, sto zitta.»

«No, perdonami. Dimmi tutto.» Spero non sia quel che temo che sia, spero che la voragine della verità non si spalanchi sotto i miei piedi, spero che Piper stamattina, quando nel dormiveglia le ho udite parlare in cucina, non si sia lasciata scappare qualcosa.

«C'è qualcosa tra te e Piper? Cioè, non intendo adesso ma... prima... c'era qualcosa? Vi amavate? Lei ha detto di no, però... è come se foste legati da un passato importante.»

Trattengo un sospiro di sollievo. «E poi dici che non sei gelosa!»

«Non è gelosia. È solo che lei... lei è così straordinaria come persona. Così interessante. Ed è bellissima e...»

Rido più forte. Parlo e mi interrompo per ridere ancora. «Stai per chiedermi da quanto tempo non venivo a Chicago? Se per caso ho bazzicato la zona negli ultimi quattro mesi? Non si sa mai che il suo bambino sia mio figlio?»

«Non c'è niente da ridere! Okay, fai come non ti avessi detto nulla.»

«Non ci vedevamo da tre anni. Però è vero che siamo rimasti legati: ci siamo incontrati in un momento particolare della vita di entrambi, e questo ci ha avvicinati.»

«Cos'aveva di particolare quel momento della tua vita? Il suo me l'ha raccontato, ma il tuo?»

Una bugia convincente, Channing, cerca una dannata bugia convincente. «Mio padre era morto da poco, mi avevano respinto all'accademia di polizia e i rapporti con mia madre erano tesi.»

Non è tutto falso, no? Mio padre era morto sul serio, anche se molto prima. L'accademia di polizia non mi ha proprio respinto, perché non ho neppure presentato la domanda: ero in ospedale a cercare di non morire. E con mia madre non andiamo d'accordo sul serio, sebbene le cause non siano i miei capelli troppo lunghi, ma il non fare nulla per rendere abbastanza lunga anche la mia vita.

«Mi dispiace» mi dice con dolcezza. «Non credevo che tu e tua madre foste in conflitto a tal punto...»

«Lo siamo. Ma adesso basta parole.»

La bacio ancora, e non mi importa di nessuno e di niente. Siamo in un posto bellissimo, il lago è increspato a causa del vento, il sole incendia la sabbia, lo skyline di Chicago incombe come una mastodontica scultura d'arte moderna, e ci sarebbe tanto da guardare, panorami che incantano e spezzano il respiro. Ma il mio respiro è lei a spezzarlo, e sia maledetto se riesco a guardare altro.

«Fermiamoci qui» mi dice, davanti a una vetrina lungo la North Avenue, qualche ora dopo.

Abbiamo fatto il bagno nel lago freddissimo, abbiamo pranzato al Castaways, un bizzarro ristorante a forma di imbarcazione sulla spiaggia, abbiamo passeggiato sulla riva, e il tramonto è quasi arrivato. Non ho mai trascorso dei momenti così, prima d'ora, lenti d'una lentezza riposante e romantica, senza inseguire il momento successivo, senza scappare da un lato all'altro del mondo. La cosa strana è che quando correvo e andavo a caccia di attimi per riempire tutto il tempo possibile, mi sentivo come un accumulatore che raccoglie cose senza sapere bene cosa. Adesso che non corro, che cammino e tengo Grace per mano e mi fermo a baciarla solo perché una sua lentiggine mi fa sprofondare in un lussurioso abisso, mi sento come un collezionista che cerca soltanto pezzi preziosi, e quei pochi valgono oro.

Osservo quella che sembra una galleria d'arte ma non lo è, non in senso stretto almeno. È lo studio di un tatuatore.

«Voglio farmi fare un tatuaggio. È nella mia lista, sai» specifica.

«Me la farai leggere questa famigerata lista?»

«Non lo so, forse quando avrò barrato tutte le voci. Non è che contenga cose stranissime, solo cose che non ho mai fatto. Ad esempio, un tatuaggio.»

Spinge una porta a vetri ed entriamo in una grande stanza con le pareti tappezzate di quadri dai colori accesi, un misto tra Andy Warhol e i dipinti di Frida Kahlo. Vi è ritratta sempre una donna, la stessa donna, coi capelli grigi e degli strani cappelli. La stessa donna che ci accoglie, di mezza età, senza cappelli e con le braccia interamente tatuate.

Sbaglio a sottovalutare la mia ragazzina. È insicura per molte cose, ma quando fa una scelta ce l'ha chiara in testa. Se credevo che avrebbe consultato interminabili album per scovare un'immagine interessante, mi sbagliavo. Sa già cosa vuole. Vuole un tatuaggio a forma di infinito intorno a un polso. In pratica, un semplicissimo tratto nero culminante in un otto orizzontale verso l'interno. «In modo da poterlo vedere sempre» dice.

Un'ora dopo siamo già fuori. È stata coraggiosa, ha sorriso per tutto il tempo, nonostante la zona delicata, soprattutto per un polso esile come il suo. Il disegno sembra un bracciale fatto di filo di seta, esile quanto il polso.

Okay, sto impazzendo, è ufficialmente ufficiale. Perché cazzo pensare all'interno del suo polso mi fa venire in mente pensieri carnali degni di un ergastolano?

A sorpresa, a casa di Piper troviamo il famoso Ashton. È tornato dall'Oklahoma a tempo di record. Mi auguro non sia accorso perché, come Grace, ha pensato che fra me e Piper ci sia ancora qualcosa.

Come spiegare a entrambi che il *qualcosa* che c'è stato, l'unico che contasse, era solo un'amicizia disperata fra disperati che usano il sesso per dimenticare e poi scoprono che l'unica cosa che hanno dimenticato è proprio il sesso?

In ogni caso è qui. È un tipo davvero bizzarro, di una quarantina d'anni, alto, robusto, con lunghi capelli neri crespi come lana e due baffi che sembrano capaci di pilotare un aereo. Adora Piper, la cosa è talmente evidente che, se non fossi il cinico stronzo che sono, mi commuoverei perfino.

Poi guardo Grace, e mi domando: sono davvero il cinico stronzo che credo? A un cinico stronzo verrebbe voglia di andarle vicino e baciarle il polso avvolto nella pellicola trasparente, un po' arrossato, un marchio insieme timido e acceso della sua ribellione?

Ashton prepara il barbecue in giardino, racconta qualche aneddoto dei suoi viaggi, e allora capisco cosa intendeva Piper quando diceva che è un uomo buono. È gentile con tutti, me compreso, e non è geloso. Per lui conta soltanto che Piper stia bene, la circonda di premure che non sembra possibile abbinare al suo aspetto da camionista e rockettaro fumato.

A un tratto, mentre le ragazze rimangono fuori, mi chiede di accompagnarlo in cucina per aiutarlo a prendere dei piatti. Non mi fa il terzo grado sul passato, anzi, mi ringrazia per essere stato vicino a Piper in un momento tanto difficile della sua vita.

«Mi ha raccontato ogni cosa, la tua presenza l'ha aiutata a non compiere un gesto estremo. E io non posso che esserti grato. Se la gente sapesse che un intervento, anche piccolo, nella vita di qualcun altro ha spezzato una corda tesa, evitando un effetto catastrofico, non direbbe mai che la vita è inutile. Può essere breve, ma inutile mai. Non siamo al mondo soltanto per noi stessi, capisci? Ma anche per diventare fili d'oro nella vita rotta degli altri. Siamo nati per aiutarci. Forse non diventerai centenario, ma nel tempo che ti è concesso puoi fare comunque una fottuta rivoluzione.»

Dalle sue parole intuisco che sa tutto della mia malattia. Per qualche strano motivo non mi infastidisce che Piper glielo abbia raccontato. Forse dipende dal fatto che Ashton è il primo essere umano con cui parlo per il quale una vita breve può avere comunque un senso. Il primo che non mi suggerisca di dire tutto a Grace e che capisca il valore che do a questa breve parentesi, a questa avventura.

Ashton mi porge una bottiglia di Bud e ne mando giù un sorso, e non dico niente, perché cosa cazzo c'è da dire tranne un «amen» pronunciato facendo cozzare tra loro le bottiglie? Poi sbircio Grace oltre la portafinestra, in piedi accanto al barbecue: un flebile raggio di sole la avvolge, e mi domando se non sia lei il filo d'oro nella mia vita rotta, se non sia lei quella che sta facendo una fottuta rivoluzione, anche se non so ancora quale.

Diciassette

La Route 66 cominciava in quel punto preciso, su Adam Street, nel centro di Chicago. In un certo senso, cominciava da un lago per tuffarsi in un oceano. Steinbeck l'aveva definita la "strada madre", per Grace era semplicemente la strada della speranza.

Si commosse, con le lacrime che quasi le pungevano gli occhi, al pensiero di quanta gente l'avesse percorsa in passato, in fuga dalla povertà e dalla polvere delle terre che non davano frutti, e quanta ancora la percorresse adesso, inseguendo un'avventura non meno importante: la ricerca di sé e delle proprie emozioni nascoste che, in mezzo alla natura selvaggia, si liberavano dalle gabbie e riempivano il cielo di ali. Le moderne interstatali che scorrevano parallele erano solo strade per partire da un punto e arrivare in un altro nel più breve tempo possibile. La Route, invece, non aveva fretta. La Route non era una strada, era uno stile di vita, una caccia al tesoro, una promessa di libertà, un susseguirsi di curve che si adattavano ai luoghi senza costringerli ad adattarsi e, dal basso delle sue due corsie strette e scomode, pareva guardare con affettuosa compassione le sue titaniche antagoniste.

Quando lasciarono la città, e i grandi spazi liberi cominciarono a mostrarsi, Grace si alzò in piedi nella vettura con la capote abbassata, eccitata come una bambina. Anche Fred, affacciato da quella che ormai era diventata una sorta di cuccia per ghiri, ovvero la custodia vuota della macchina fotografica, ingoiò il vento col naso teso all'insù, rivolto nella medesima direzione.

A un certo punto Channing scoppiò a ridere.

«Mi sa che un po' vi somigliate!» esclamò, indicando lei e Fred.

Un'altra ragazza avrebbe messo il broncio e si sarebbe offesa per essere stata paragonata a un animaletto che, nella migliore delle ipotesi, ricorda uno scoiattolo e, nella peggiore, un topo. Lei no, lei rise più forte, annuì come se avesse ricevuto un complimento grandioso, e scattò un milione di foto a qualsiasi filo d'erba volasse sotto il suo naso. Fra il tutore che portava ancora, la carta trasparente che le avvolgeva il polso e la necessità di tenere sotto controllo Fred per impedire che si trasformasse in un topo volante, era un po' impedita nei movimenti, ma questo non frenava la sua felicità. Tornò a sedersi, coi capelli sempre più spettinati e la bocca ancora ferma nella forma di un sorriso.

Non avevano una precisa tabella di marcia: si sarebbero fermati senza obblighi, senza tappe e senza scalette, si sarebbero dati il cambio alla guida e avrebbero pernottato solo in piccoli centri. Per ogni evenienza, però, nel bagagliaio della Corvette, che spiccava nel paesaggio come uno scampolo di stoffa iridescente, c'erano una tenda da campeggio, delle coperte e una scacciacani.

Piper le aveva preparato una compilation musicale, per accompagnare l'amore. "L'amore per i viaggi", le aveva specificato dopo, ridendo. E infatti, Grace aveva appena ascoltato *Chicago* di Frank Sinatra, subito seguita da *Get Your Kicks on Route 66* nella versione di Chuck Berry. A un tratto, cantò a voce alta senza rendersene conto, la musica che le tempestava le orecchie. La risata di Channing le fece intuire che stava gridando come una matta.

«Scusami!» esclamò, sfilandosi gli auricolari di scatto.

Per tutta risposta, Channing le prese la mano, stringendola nella sua sulla leva del cambio.

«Perché ti scusi sempre?»

«Perché strillo come una matta per una musica che sento solo io.»

«Se canti la sento anch'io, no?»

«Ma sono stonata come una campana!»

«Questa è un'altra delle false verità di Cedric? Vediamo... a occhio e croce ti ha fatto le palle quanto una casa dicendoti che sei appena appena passabile, che i capelli ricci ti stanno malissimo, che ridi in modo sguaiato, che baci male, che balli come una puttana e che sei stonata. Che altro?»

«Non ha mai detto proprio così, cioè lui non mi diceva: "I capelli ricci ti fanno sembrare un porcospino", ma "i capelli lisci ti fanno apparire più elegante". Oppure: "Cerca di ridere senza mostrare i denti, una vera signora mostra il contenuto della sua gola soltanto all'otorino, e al dentista con parsimonia". O anche: "Cantare sotto la doccia quando sei da sola con te stessa è un conto, ma in pubblico è meglio avere cura delle orecchie altrui", e "non sei una bellezza appariscente, ma essere carine può essere preferibile a essere belle, perché in vecchiaia la bellezza si rovina più facilmente della grazia". E sì, anche che "i baci non sono importanti, ciò che conta è l'affinità spirituale". Che, adesso lo so, era un modo per dirmi che baciavo da schifo. Molto probabile che avesse ragione su quest'ultimo punto, eh? Non è che mi piacesse molto... ehm... baciarlo.»

Lui le strinse la mano più forte, mentre cambiava marcia in prossimità di una pendenza. «Nessuna di quelle cose è vera, lo sai, giusto? Ma non è questo il punto. Se anche fosse stata vera la millesima parte, avrebbe fatto meglio a mandare giù una pinta di vetriolo prima di parlare. Perché ci stavi insieme, Bambi?»

«Perché ero una cretina.» Scrollò le spalle. «Anche la mia passione per la fotografia gli appariva ridicola, e siccome i miei genitori gli davano manforte, ho lasciato perdere. Ogni agosto, per il compleanno, speravo mi regalasse una reflex, e invece se ne arrivava con ogni tipo di gioiello. E io pensavo che fosse un segno di vero amore spendere mille dollari per una collana, piuttosto che per una stupida macchina fotografica che avrebbe reso felice soltanto me, mentre i gioielli rendevano felice anche lui quando li indossavo.»

Attraversarono una distesa di campi coltivati e Channing le disse con voce seria: «Promettimi che non permetterai più a nessuno di dirti chi essere, cosa essere e come esserlo. Quando tornerai a New Haven, prendi la tua vita e fanne il cazzo che ti pare. Promettilo».

Grace sentì il cuore stringersi. Il pensiero di New Haven e della vita che avrebbe avuto dopo, alla fine di quel viaggio, la spaventava. Aveva controllato con il cellulare la distanza rispetto a Providence, la città in cui lui viveva quando non viaggiava, e aveva tirato un goffo sospiro di sollievo nel constatare che si trattava solo di cento miglia. Subito, però, il sollievo si era tramutato in dubbio e il dubbio in dolore.

Channing avrebbe voluto rivederla, dopo? A volte aveva l'impressione che per lui quel viaggio fosse un'avventura a scadenza, come un grande spazio circondato da un recinto di paletti, entro il quale un cavallo può correre abbastanza a lungo da illudersi di essere selvaggio, ma non abbastanza a lungo da non scoprire, a un certo punto, di non esserlo affatto. Sentiva che per Channing non ci sarebbe stato un "dopo". La loro storia si sarebbe fermata appena giunta al termine di quel recinto di paletti. Si era chiesta, mentre lui l'accarezzava nel buio della notte, senza andare oltre, senza chiederle nulla, con una passione sincera ma trattenuta, se quella lentezza fosse davvero un modo per prendersi cura di lei, per darle il tempo di prendere una decisione sicura e serena, o se, piuttosto, sapendo quanta importanza avesse per lei darsi a qualcuno totalmente, non volesse responsabilità.

«Promesso» gli rispose. Si osservò il tatuaggio, quel dolce infinito che, in cuor suo, gli aveva dedicato, e ne amò follemente ogni più semplice dettaglio. Poi gli domandò: «Quali sono le cose che non hai mai fatto tu? Le mie sono tante, lo sai, ad esempio questo viaggio, e il tatuaggio, e il sesso, e, prima dei tuoi, i baci che mi facessero volare».

«I miei baci ti fanno volare?» Si girò e la guardò divertito. Anche i suoi capelli svolazzavano e i suoi occhi parevano due zaffiri sospesi in mezzo al vento.

«Sì» gli rispose con sicurezza. «La tua esistenza mi fa volare. E non mi importa se per te non è così, se già sai che a fine estate diventerò una meteora, se le tue attenzioni si fermeranno al molo di Santa Monica. Non mi importa, te lo dico lo stesso. Credo di essermi innamorata di te.»

«Grace...»

«Non fare commenti, non importa. Sono solo sincera. Dirti la verità fa parte di quel cazzo che mi pare che mi hai suggerito di fare prima. Rispondi solo a questa domanda: c'è qualcosa che non hai mai fatto? Che sogni ti piacerebbe realizzare? Possono anche essere assurdi, va bene tutto.»

Trascorse un tempo dal peso interminabile prima che lui rispondesse.

«Avere una famiglia, una compagna, dei figli, e scalare tutti insieme l'Ayers Rock in Australia. È abbastanza assurdo come sogno?» Lo domandò ridendo, ma Grace ebbe una strana sensazione.

Non le venne da ridere dinanzi a quell'idea, né fece un commento qualsiasi. Si sentiva come se avesse violato l'innocenza di qualcuno, entrando in un pensiero segreto che significava molto più di quanto appariva. Channing le fece tenerezza. Le aveva detto di non volere una famiglia, ma non era vero. La voleva, e questo era bello, ma era anche spaventoso perché credeva di non meritarselo. Come mai?

Per un attimo, il suo le parve il sogno di un soldato tornato dalla guerra senza una gamba, che desidera non aver mai combattuto.

❧

Avrebbe ricordato quel viaggio anche grazie alle fotografie. La Route era una galleria d'arte a cielo aperto, piena di piccoli mondi da immortalare. Paesini quasi disabitati, motel dalle insegne lampeggianti, vecchie e suggestive stazioni di servizio in disuso, ristoranti tipici, negozi di souvenir, drive-in ancora funzionanti, ponti di ferro, murales, sedie a dondolo giganti, totem indiani e addirittura rovine di antichi castelli.

Per Grace, tuttavia, la parte più bella di quel viaggio erano i lunghi tratti in cui non c'era nessun segno di insediamento umano, e i campi coltivati si alternavano a foreste di aceri, querce e pianure del colore del fieno bruciato. Capitava spesso che si fermassero sul ciglio della strada per contemplare quel niente ispido e selvaggio.

Il tempo fu quasi sempre soleggiato, a tratti torrido, ma all'improvviso, in Missouri, di mattina, li colse un drastico mutamento del clima. Poiché la pioggia aveva cominciato a battere da un po', avevano chiuso la capote dell'auto ed erano pronti a rimanere rintanati in attesa che cessasse. Tuttavia, non erano pronti alla vera tempesta che infierì: non proprio un tornado, ma di sicuro una pericolosa burrasca d'acqua e di vento. Gli alberi che cingevano la strada si inarcavano fischiando, ora piegati su se stessi, ora quasi sradicati dalla terra, la pioggia trasformava la visuale in un patchwork sfilacciato, e la macchina vibrava, scossa da mani invisibili che parevano prendere a pugni sonori le fiancate.

«Non possiamo rimanere qui» le disse Channing. «Mi pare di intravedere un'insegna, lì in fondo: se c'è un negozio, o un motel, è meglio ripararsi dentro. Nell'auto potremmo ribaltarci.»

In effetti, oltre un piccolo ponte di ferro, a un centinaio di metri, si scorgeva il frenetico dondolio di una targa rossa con una scritta indecifrabile.

Si avvicinarono con l'auto, muovendosi a passo di lumaca. Il cuore di Grace batteva fortissimo, e anche Fred appariva nervoso a causa di tutto quel frastuono. Channing aveva un'aria tesa e concentrata, ma i denti gli si accanivano sulle labbra.

Quando furono vicini alla costruzione che era, indubbiamente, un piccolo insediamento urbano, con un caffè, una tabaccheria, un ufficio postale, una pompa di benzina e un garage, la loro speranza divenne delusione. Era una ghost town disabitata e sigillata da chissà quanto tempo. I grandi cartelli bianchi coi vecchi prezzi del gasolio si erano staccati dai supporti e volavano ovunque rapiti da piccoli vortici.

«Cazzo» disse Channing, chinandosi sul cruscotto per guardare meglio quel dramma atmosferico e gli edifici della piccola cittadina deserta. Poi si rivolse a Grace e le parlò con calma risoluta. «Ascoltami, Bambi. Ti voglio lucida e decisa. Chiudi Fred nella custodia, ma bene, in modo che non possa uscire, e mettila a tracolla. Io intanto scendo e controllo se qualcuna di quelle porte è aperta. Se così non fosse, ne forzerò una in qualche modo. Tu tieniti pronta per entrare. Aspetta che io torni a prenderti, d'accordo?»

«Pensi che moriremo?» Glielo domandò d'impulso, sentendosi molto stupida subito dopo. Non voleva certo dargli l'impressione di una bambina codarda, ma quel vento le pareva una voce infernale, come se la terra dovesse aprirsi e inghiottirla insieme a tutte le cose che non aveva mai fatto nella vita e non avrebbe fatto mai.

Il suo sorriso la rassicurò.

«Certo che no!» esclamò Channing. Quindi, quasi stesse per elargirle l'ultimo saluto, le afferrò la testa fra le mani e la baciò velocemente. Infine, uscì dall'auto.

Col cuore che pareva finito anch'esso in mezzo alla burrasca, Grace lo vide aggrapparsi ai due alti distributori di benzina, e poi al pilastro che sorreggeva l'insegna cigolante. I capelli gli schiaffeggiavano la faccia, e la maglietta e la giacca a vento gli si sollevavano fino al petto. In un altro momento Grace avrebbe gradito quella rivelazione, ma in quel momento era solo preoccupata per la sua incolumità. Nonostante fosse alto e muscoloso, sembrava in balìa delle folate come un filo d'erba.

Channing provò a forzare ogni porta, ma erano tutte chiuse. Poi lo vide accostarsi a una delle finestre e capì subito cosa stava per fare. Si tolse la giacca, vi avvolse il braccio, e sfondò il vetro con un colpo.

Grace non fece in tempo a verificare se fosse riuscito ad aprire un varco, perché in quel momento l'auto cominciò a spostarsi: sembrava che fosse finita in un fiume e la corrente la stesse trascinando al largo. Gridò, chiuse gli occhi, sentì Fred che implorava il suo conforto raspando l'interno della custodia e già si vide ghermita dalla colonna di un tornado e infilzata dalle punte aguzze di uno di quegli alberi, quando qualcosa di pesante piombò sul cofano e rallentò quel folle scivolare.

Era Channing, che le urlò: «Scendi e corri dentro! Veloce! Riparati dietro il bancone!».

Grace saltò subito giù, e si accorse che la porta del caffè era aperta, sembrava quasi che un barista ossequioso dovesse apparire da un momento all'altro e preparare loro un cappuccino. Dentro, il locale era proprio come se lo era figurato, scaffali, un bancone con un perimetro di alti sgabelli, tavolini rettangolari contro le pareti. Solo che non c'era niente e nessuno.

Si rintanò nel lato interno, su un pavimento di linoleum giallo, e attese che Channing la raggiungesse. I minuti le parvero lunghi come ore e forse anni.

Stava per andare a controllare cosa fosse accaduto, quando lui apparve. Aveva portato diverse cose nel locale: non soltanto una sacca recuperata dal portabagagli, ma anche uno degli enormi cartelloni bianchi con l'indicazione dei prezzi della benzina che prima volteggiavano nella piazzola. Le porse in fretta una coperta e poi le disse: «Per fortuna ho trovato le chiavi della porta appese sotto la cassa. Devo fare un'altra cosa, tu rimani lì, arrivo subito».

Grace si avvolse nel plaid, e solo allora si accorse di essere inzuppata e raggelata, e prese a battere i denti come per effetto di quella tardiva consapevolezza. Quindi, incuriosita da ciò che stava facendo Channing, si sporse un po' oltre il bancone per osservarlo.

Stava sistemando uno di quei cartelli, bloccandolo con degli oggetti pesanti presi nella stanza, davanti alla finestra che aveva rotto per entrare.

La raggiunse dopo qualche attimo, rintanandosi nello stesso spazio. La sua giacca, piena di cocci di vetro e strappata, giaceva chissà dove, forse all'esterno del locale: era rimasto solo con la maglietta, e Grace gli diede subito la seconda coperta che la previdente Piper aveva insistito a infilare nello zaino.

«Dovremo essere ragionevolmente al sicuro» le disse lui. «Finché non si attenua la tempesta non ci muoviamo. Puoi aprire la custodia, o Fred impazzirà.»

Il ghiro, liberato dalla sua prigionia, spiccò quasi un volo sulla testa di Grace, e ci volle un numero infinito di piccole carezze per calmarlo.

«Faremmo meglio ad ascoltare di più il bollettino meteorologico» continuò Channing. «C'è un vero e proprio tornado lì fuori. Hai freddo, piccola? Stai battendo i denti. Credo che in quello zaino quasi magico Piper abbia messo della cioccolata. Aspetta che la cerco. Ehi, ci sono anche degli album da disegno e dei colori. Più matta che mai.»

Grace sorrise dolcemente, osservando gli album antistress coi mandala ancora bianchi e dodici pastelli in un sacchetto di plastica trasparente.

«Ha pensato a tutto. Vedi se c'è qualcosa per Fred?»

Channing tirò fuori un sacchetto con dei pezzi di albicocca essiccati ed emise una risatina. «Sarà un'ottima madre, mi sa. Mangia un po' di cioccolata, hai bisogno di calorie, sei pallidissima.»

«È stata più la paura che altro. Certo... stavo pensando... la povera Piper è stata gentilissima con noi, ci ha prestato la sua automobile preferita, e molto probabilmente gliela restituiremo in mille pezzi.»

Channing scoppiò inaspettatamente a ridere. «Non c'è verso che io riesca a non distruggere uno dei suoi mezzi di trasporto! Speriamo non riporti troppi danni: l'ho parcheggiata tra il muro e i distributori di benzina, dove filtra meno vento.»

Grace si strinse più forte nella coperta, appoggiando la testa sulle proprie ginocchia sollevate. «Scommetto che quando hai viaggiato insieme a lei, tre anni fa, non sei finito in mezzo a un uragano. Forse è vero che attiro le cose strane.»

La voce di Channing le giunse come lontana, sussurrata. «Oh no, puoi giurarci. Con lei niente uragani, di nessun tipo. Anzi, non sono *mai* finito in mezzo a un uragano.» Sentì la sua mano tra i capelli. «Questo è il primo della mia vita.»

Il vento fuori pareva un mostro gemente che tenta di entrare in una stanza per divorare le anime che trova. La pioggia era cessata del tutto, sostituita da raffiche sempre più impetuose.

Grace sollevò lo sguardo. Il viso di Channing era vicino, scompigliato e bellissimo. Stava seduto accanto a lei, con la schiena contro il basamento di fòrmica del bancone. Le sorrideva come sorridono quelli che amano, anche se di sicuro non l'amava, anche se forse gli faceva solo tenerezza per colpa della paura che portava scritta in faccia. Gli posò la testa sulla spalla e il rumore non le fece più paura. Forse la loro storia non era davvero a termine. Forse era soltanto come la Route 66. Non un'interstatale che si affretta, ma una strada che procede a piccoli passi.

Una carezza. Un bacio. Un uragano.

«Stenditi sulle mie gambe. Dormi, se vuoi. Io seguo l'andamento di questo casino, speriamo finisca presto» le disse infine.

Una via di mattoni gialli.

Era ancora giorno quando l'uragano si placò. Il silenzio venne all'improvviso e Grace pensò di essere diventata sorda. Non era sorda: solo, non c'era più nulla da ascoltare. Si guardarono, come se ciascuno cercasse una risposta consolatoria negli occhi dell'altro. Non uscirono a controllare prima di un'altra ora, quando la calma si mostrò stabile.

Fuori, gli alberi più vecchi si erano ripiegati su se stessi. I più giovani avevano perso qualche ramo, ma per il resto la devastazione appariva contenuta. La Corvette non riportò alcun danno, salvo uno strato di sporcizia: sembrava che fosse stata immersa in una pozza di sabbia bagnata. I cellulari non funzionavano e Channing stese una mappa cartacea sul cofano incrostato di polvere.

«La prima cittadina è Joplin, al confine tra il Missouri e il Kansas. Ci fermiamo lì fino a domani, facciamo dare una lavata all'auto prima che tutti questi detriti rovinino la carrozzeria, mangiamo e ci riposiamo. Che ne pensi?»

Grace annuì distrattamente. Le girava un po' la testa, come se il mondo vibrasse ancora.

«Tutto okay, Bambi? Sembri più preoccupata adesso che durante la tempesta.»

«Tutto okay. È solo che... appena hai nominato il Kansas, mi è venuta in mente mia madre naturale. So che viveva lì prima di morire.»

«Sai dove esattamente?»

«No, e non voglio neppure saperlo. Più che altro è stato un riflesso condizionato. So soltanto il suo nome: Barbara Olsson.»

«Non sembra un cognome americano.»

«Era di origini svedesi, o qualcosa del genere. Ma non parliamone più, ti prego. È una sciocchezza.»

«Potresti chiedere ai tuoi il nome del paese.»

«Non ci penso nemmeno. A mia madre verrebbe un colpo. Già sembra una moribonda ogni volta che la sento, figurati se le domandassi di...»

«Ma tu vorresti domandarglielo, indipendentemente da tutto?»

«Io... no... credo proprio di no. Cosa dovrei farci? Sono morti entrambi, sia lei che mio padre. Non avrebbe senso.»

«Il senso è quello che dai tu alle cose, non quello che ha per gli altri.»

«In questo caso... anche per me non ha senso. È stato un pensiero inutile.»

Channing si voltò un attimo a osservarla, proprio mentre entravano in città, e Grace si sforzò di sorridere come una che a tutto pensa fuorché a una simile sciocchezza.

Continuò a pensarci, invece. Ci pensò quando, appena giunti a Joplin, che per fortuna non era stata sfiorata dalla burrasca, e anzi era pervasa da una tiepida e rilassata aria estiva, trovarono un autolavaggio automatico, chiusero bene la capote, gli sportelli e i finestrini e rimasero dentro, immergendosi tra gli schizzi incrociati d'acqua saponata e il roteare delle spazzole. Ci pensò quando prenotarono una stanza in un piccolo albergo nella downtown, e ci pensò quando cenarono in una pizzeria che giurava di preparare la vera pizza italiana cotta nel forno a legna. Ci pensò anche quando, dopo aver preso un gelato, lo mangiarono camminando lentamente lungo le vie del centro, tenendosi per mano fra palazzi con le facciate di pietra rossa, lampioni accesi e uno zibaldone di ristoranti, negozi di souvenir, gallerie e teatri.

A un tratto, lungo un viale alberato, Grace smise di pensarci. Non perché quel tarlo avesse smesso di torturarla, ma perché aveva fatto una scelta.

«Ho deciso di chiamare mia madre per chiederle di dirmi il nome di quel paese» confidò a Channing. «Magari dopo non ci andrò, continuo a credere che non avrebbe molto senso, però... desidero conoscerlo lo stesso. E per evitare di cambiare idea, le telefono subito. Il cellulare ha ripreso a funzionare.»

Channing le strinse la mano con più forza, poi si chinò e le baciò le labbra sporche di gelato. «Brava la mia Bambi» sussurrò, e la sua lingua le sfiorò la lingua: sapeva di cioccolato denso e amaro.

La madre rispose al telefono dopo il solito unico squillo.

«Che succede?» strillò quasi, come in preda a un attacco isterico che pareva pronto a esplodere da molto più tempo. «Quel ragazzo ti ha fatto qualcosa?»

Grace sentì di nuovo il vento del tornado che la scuoteva, anche se non c'era alcun tornado. «Di cosa parli?»

«Cedric ha detto che lo ha minacciato per telefono! Chi è? Come puoi comportarti così, Grace? Ti rendi conto che da un mese la mia vita è diventata un inferno? Sia io che tuo padre cerchiamo di venirti incontro, di aspettare che ci chiami, di non starti troppo addosso, ma non possiamo non domandarci quando finirà questa follia, che persona stai diventando, e se per caso non ti droghi!»

Un tempo, il dolore sarebbe stato il suo primo impulso: adesso, invece, una collera selvatica salì dal centro del suo corpo e si tramutò in parole fredde, quasi fossero fatte di metallo e, cadendo, producessero sul marciapiede un fragore di coltelli. «Smettila di dire idiozie.»

La madre ebbe una reazione prevedibile. La sua isteria raggiunse un picco vertiginoso. «Non hai mai parlato così!»

«Da quando continuate a dare retta a Cedric? Vi ho detto che tra noi è finita e insistete a riceverlo in casa come un ospite gradito? Vi ho spiegato come si è comportato e ancora gli date corda?»

«Gli abbiamo parlato, lo abbiamo redarguito, tuo padre è stato molto fermo e severo con lui, e Cedric ha giurato di essere pentito, di volerti chiedere scusa in ginocchio. Ha addirittura detto che, per quanto lo riguarda, puoi continuare questo viaggio, che non tenterà di fermarti se hai bisogno di restare un po' da sola. Ma da sola, non insieme a chissà chi!»

«Non ho bisogno del permesso di Cedric per andare dove voglio e restarci quanto voglio. E sono libera di accompagnarmi a chi mi pare.»

«Lo ha minacciato di avvelenarlo con l'acido muriatico, ti rendi conto? Chi è questo delinquente?»

Grace si voltò verso Channing, che si era fermato a qualche metro di distanza, dinanzi alla vetrina di una galleria d'arte ancora aperta che esponeva acquerelli con un unico soggetto declinato in mille forme: gli aeroplanini di carta. Indossava una giacca leggera con la zip, completamente nera, con la scritta LIFE BEGINS AT THE END OF YOUR COMFORT ZONE, stampata in rosso sulla schiena. Le dava le spalle, e non poté vedere gli occhi che lo osservavano. Erano occhi pieni di interrogativi, velati di tristezza e delusione. Tuttavia, rispose alla madre col tono più tranquillo che riuscì a ricavare da se stessa. «Non è un delinquente. E vi invito ancora una volta a non credere a tutto quello che dice Cedric. Ma non ho chiamato per questo. Voglio sapere qual era il paese di origine di Barbara, Barbara Olsson.»

Fu come se fosse tornata a New Haven, usando una scorciatoia attraverso la linea telefonica, e avesse accoltellato sua madre fra le scapole. Udì un grido di dolore fisico, e poi il silenzio, e ben presto la voce di suo padre subentrò, più calma ma non per questo più serena.

«Grace, sarebbe ora che tu tornassi, dico davvero. Tua madre è sempre più agitata, ci sono molte cose da chiarire con Cedric e non è il momento ideale per un viaggio. Potrai farlo più avanti, se ne avrai voglia.»

«Ne ho voglia adesso, e non tornerò indietro solo perché Cedric è bravo a recitare la parte del figliol prodigo pentito. Avete ucciso il vitello grasso per accoglierlo?»

«Ogni coppia affronta dei problemi. Ha agito in modo orribile, ma ti assicuro che non lo farà più.»

«Se anche fosse vero e fosse diventato il ragazzo più fedele del pianeta, io non ci tornerei con lui. Non è più questo il punto.»

«E qual è il punto? Ha a che fare con questo... questo ragazzo che risponde al telefono al tuo posto in modo violento? Chi è? Ti rendi conto di quanto sei incauta?»

«Non preoccuparti, non è uno psicopatico, lo ha giurato ad alta voce» commentò Grace con tono sarcastico.

«Sei fragile e plagiabile, non vedi le cose nella giusta prospettiva e...»

«Sono stata fragile e plagiabile, ma adesso sono forte. E ti assicuro che vedo tutto in modo nitido, per la prima volta nella vita. Di quale paese era mia madre? Del Kansas, ma di dove?»

Un breve silenzio anticipò la risposta di suo padre. «Perché lo vuoi sapere?»

«Perché è un mio diritto.»

«È morta, Grace.»

«Se anche fosse stata un'aliena tornata a vivere su Marte, rimarrebbe comunque un mio diritto.»

«Lo è, ma... cosa ti sta succedendo, bambina?»

«Che non sono più una bambina, non mi aspetto che mi proteggiate da ogni possibile pericolo e decido io cosa fare della mia vita. Di quale paese?»

«Lindsborg.»

In quel momento Channing fece per avvicinarsi. Notò subito la sua espressione imbronciata, aggrottò la fronte e i suoi zigomi alti risaltarono come se stringesse i denti.

«Papà, adesso ti saluto.»

«No, aspetta, dobbiamo ancora parlare e...»

«La prossima volta. Sono viva, mangio, non mi drogo e sto attenta. Questo dovrebbe bastarvi. Mi dispiace che la mamma ci rimanga così male, ma suppongo debba abituarsi all'idea che sono cambiata. O forse, che sono tornata me stessa.» Su quelle parole interruppe la chiamata.

Channing era a pochi passi da lei ormai, e la fissava con uno sguardo accigliato, d'un blu fin troppo tempestoso. «Cosa è successo?»

«Quando hai risposto al mio telefono parlando con Cedric?»

Se si aspettava che Channing si prodigasse in supplichevoli richieste di perdono, era molto più fuori strada di una viaggiatrice che pensa di percorrere la Route e invece finisce sulla I-44.

«Stavi parlando con quella merda?» le domandò, e il blu divenne quasi nero, come se si fosse mescolato al rosso del fuoco e al giallo della diffidenza.

«Quando è successo? Perché non me lo hai detto? Ti rendi conto che è andato a dirlo ai miei e mi hanno fatto il terzo grado?»

«Fammi capire, il problema quale sarebbe? Che i tuoi ti hanno rotto il cazzo o che il principino si è offeso?» Si chinò verso di lei, in un gesto simile a quando voleva baciarla, ma stavolta non voleva baciarla affatto. E se pure ci avesse provato, lei lo avrebbe morso a sangue.

Non gli rispose, ma diede un'occhiata al cellulare, sempre più furibonda. «Lo hai pure bloccato!»

«E tu perché non lo avevi fatto? Non fai che lamentarti di quanto fosse stronzo, però continui a permettergli di chiamarti! Forse vuoi tenerlo in caldo, non sia mai ti torni la voglia di diventare di nuovo la bella statuina di Cedric?»

«Il problema è che nessuno deve più permettersi di decidere per me! E anche tu non sei mica uno stronzo da poco!»

In preda alla furia, gli diede le spalle e si incamminò velocemente lungo la strada. Le veniva da piangere e da urlare, i pugni erano tanto serrati da ferirle i palmi con le unghie, e si mosse senza sapere dove andare, senza ricordare dove fosse l'hotel, sentendosi sola, terribilmente sola in un mondo pieno di estranei. C'era qualcuno che rinunciasse a imporle la sua volontà? Perché tutti non facevano altro che costringerla a percorrere una strada decisa da loro? E Channing, con quale diritto aveva fatto quel che aveva fatto? Anche se lo amava con tutta l'anima, anche se non riusciva a odiarlo nemmeno adesso che lo odiava, non gli avrebbe permesso di trasformarla nel suo burattino.

In qualche modo riuscì a ritrovare l'hotel. Raggiunse la stanza col cuore in gola. Per qualche minuto si sentì talmente furiosa da preparare lo zaino per partire.

«Fred, andiamo via. Cerchiamo un altro albergo per stanotte, e domani andiamo a Lindsborg per i fatti nostri. Non abbiamo bisogno di quello stronzo.»

Ma, nel bel mezzo di quella matta e disperata raccolta di cose, che finirono più scaraventate in aria che dentro lo zaino, le mancarono le forze. Non aveva alcuna voglia di andare via, di cercare un altro albergo e di raggiungere il Kansas da sola.

Voglio Channing, lo voglio accanto a me insieme a tutti i suoi errori.

E la collera non era soltanto colpa sua: ce l'aveva coi genitori più che con chiunque altro. Se ripercorreva la telefonata con la mente, non scovava una frase che non riuscisse a farla innervosire ancora. Non erano tanto le parole, quanto il modo in cui erano state pronunciate. Quel tono condiscendente che nascondeva una profonda disapprovazione, quasi un misto di pazienza e biasimo. Avevano finto di essersi adattati alla sua scelta? Speravano davvero che, al suo ritorno, tutto sarebbe stato come prima? Che la piccola Grace sarebbe tornata insieme a Cedric, vestita da pupattola di porcellana, le emozioni rinchiuse e i desideri sacrificati? Non si rendevano conto che il suo cambiamento era più profondo di un dispetto?

Si arrovellò per ore, o almeno le parve che fossero ore. La tentazione di chiamare Jessica franò dinanzi alla decisione di risolvere da sola i suoi tormenti: non desiderava consigli di alcun genere, in quel momento. Non desiderava corde di salvataggio, doveva farcela da sola.

Ma intanto, dov'era finito Channing?

Perché non rientrava?

Provò a chiamarlo sul cellulare, il telefono squillò diverse volte, ma lui non rispose.

Molto oltre mezzanotte, mentre il panico cominciava a divorarla, lo udì entrare dalla porta. Quando lo vide, non gridò per un soffio. Doveva aver bevuto e barcollava per la stanza come se fosse ancora in preda all'uragano. Si sfilò la giacca facendola atterrare al suolo.

«Cos'è successo?» gli domandò sconvolta.

All'improvviso, senza dire una parola, Channing seguì un destino simile a quello della sua giacca: si lasciò scivolare con la schiena lungo una parete, fino a crollare seduto sul pavimento. Puntellò i gomiti sulle cosce e si tenne la fronte fra le mani.

«Il mondo girava meno stamattina, nel caffè della ghost town» biascicò. «Mi sento abbastanza uno schifo. Non mi ubriacavo da... A conti fatti, non penso di essermi mai ubriacato.»

Grace gli andò vicino e gli accarezzò i capelli dall'alto. «Sei uno scemo» gli disse.

«Lo rifarei.»

«Cosa? Ubriacarti?»

«Mandare affanculo quello stronzo.»

«Non era compito tuo.»

«Sì che lo era, cazzo! Quel coglione ti... ti chiama, e ti insulta... e io devo stare zitto? No che non sto zitto, punto. E se lo rifà, si ritrova con trentadue denti di meno.» Quindi si alzò con un'energia imprevista e si chiuse nella stanza da bagno.

«Perché non ce la faccio a essere arrabbiata con lui?» domandò Grace a Fred, che si era arrampicato su una mensola e dormiva lasciando penzolare la codina.

Si chinò per raccogliere la giacca di Channing stesa a terra, e avvertì un insolito rumore, come di carta. C'era qualcosa nella grande tasca interna, chiusa con una cerniera. Era certa che non ci fosse nulla in precedenza. Aveva comprato la giacca poche ore prima, in un negozietto di articoli sportivi a poco prezzo, in sostituzione di quella fatta a pezzi dal vetro infranto. In un attimo pensò un milione di cose terribili: lui che usciva arrabbiato, andava in un locale, beveva, incontrava una tipa, si faceva dare il suo numero di telefono e lei glielo scriveva su un tovagliolo, considerato che, al tatto, quel foglio sembrava molto più grande e rigido di un Post-it. Una tovaglietta plastificata, forse?

Mentre se ne stava immobile al centro della stanza, con la giacca in mano, a palpare quel misterioso contenuto che pareva bruciare sotto i polpastrelli, quasi potesse leggerne le scritte con un magico potere Braille capace di attraversare il poliestere, trasalì come una sonnambula svegliata da uno sgambetto.

«Stai pensando di ripagarmi con la stessa moneta? Invadenza per invadenza?»

Channing era uscito dal bagno: si era infilato sotto la doccia completamente vestito. Era zuppo fino agli orli dei jeans. Non aveva l'aria di chi se la passasse benissimo, ma appariva meno alticcio e meno pallido.

«Te lo meriteresti, ma io non sono stronza come te.»

«Scommetto che ti sei fatta un film a luci rosse.»

«No, niente luci rosse. Un film in bianco e nero, invece, e per la precisione *Mezzogiorno di fuoco*, con me nella parte dello sceriffo e tu in quella del cattivo che finisce a terra nella polvere.»

«Non c'è bisogno che mi spari, puoi guardare.»

Grace non se lo fece ripetere due volte. Aprì la giacca e ne estrasse il contenuto. Non era una tovaglietta plastificata o un Post-it con un numero di telefono, e magari l'impronta di rossetto di un bacio. Era... era un acquerello dipinto su una pergamena, racchiuso dentro una fodera di carta velina bianca. Nel disegno, d'una delicatezza quasi fiabesca, c'era un aeroplanino di carta che sorvolava i tetti di una grande città. Stava più in alto dei grattacieli, più in alto delle nuvole, perfino più in alto del sole ma, mentre i grattacieli, le nuvole e il sole avevano dei colori pallidi, come filtrati da una cappa di smog, l'aeroplanino pareva una scaglia appuntita e svolazzante di arcobaleno.

«È per te» le disse Channing. Scrollò le spalle con noncuranza, come se non fosse niente di importante. «Non guardarmi come se fossi uno dei re magi. È una stronzata.»

Lei, in effetti, lo fissava con le labbra socchiuse e un'espressione forse appena meno grata di Maria quando Melchiorre le portò l'oro in uno scrigno. Alla fine di quel lungo sguardo inebriato, lo raggiunse di corsa e l'abbracciò.

«È il secondo regalo che mi fai. La bandana la conservo come se fosse una piuma dell'ala di un angelo.»

«Smettila di dire stupidaggini. E stai attenta, sono tutto bagnato e non è escluso che ti vomiti in testa. Adesso vai a dormire, domani ci dobbiamo alzare presto per raggiungere il Kansas.»

«Come fai a...»

«Non ho letto altri messaggi né intercettato altre telefonate, ma un po' credo di conoscerti ormai. E so che muori dalla voglia di vedere la città in cui ha vissuto tua madre. A maggior ragione adesso che i tuoi ti hanno fatto arrabbiare. Desiderio e dispetto in ugual misura, dico bene?»

«Continuo a credere che non abbia molto senso ma... ho voglia di andarci.»

«E ci andremo. Adesso, però, smamma, che devo vomitare davvero. Avrei fatto meglio a bere un po' di più nella mia vita, prima d'ora.»

«O a non bere questa volta.»

«O a non incontrare te che mi stai portando sulla cattiva strada. Magari ti mollo.»

Grace rise ancora, il disegno stretto contro il seno. Le tornarono in mente alcune parole di Piper. «Quante stronzate! Io ti piaccio! Ti piaccio di più dell'arrampicata, dei motori, del dormire sotto le stelle e del caramello salato sui popcorn!»

Diciotto
Channing

Sento le gambe che mi supplicano di inseguirla, le braccia di stringerla e la vita di non lasciarla più andare.

Ma non posso, perché non ho una vita da offrirle.

La guardo dirigersi verso l'hotel e vado in direzione opposta. Non credevo che l'amore facesse così male, manca un'ombra ed è come avere un altro infarto. Trovo un locale, entro: bere qualcosa è l'unico modo per non pensare. Se mi ubriaco abbastanza, attenuo il rischio di tornare all'hotel e dirle quello che vorrei dirle. Se muoio, poi, il rischio è del tutto azzerato.

Ma non basta. Perché, anche se sono brillo e sono vivo, quello che provo non cambia di una virgola.

Sono tuo prigioniero, dannata piccola strega.

Mentre torno indietro, ripasso davanti alla bizzarra galleria d'arte che ho visto prima. Di nuovo sono attratto da questi strani e semplici acquerelli. Mi gira la testa, eppure entro, entro come in preda a un bisogno più impellente di quello di dare di stomaco. Indico il disegno che voglio: quello con l'aeroplanino colorato che vola più in alto di tutto. Mi fa pensare a Grace, ai suoi colori, alla sua forza, al suo coraggio, alla sua fragilità che se ne sbatte del vento contrario, al modo in cui mi fa sentire quando la penso, quando la sogno, quando la tocco e vorrei toccarla ancora e mi fermo perché ho paura di farle un male che non merita. È lei quella piccola freccia di carta, ed è da sola, in alto: io non ci sono, io sono in quella parte del disegno che è rimasta sottoterra.

⊷⊶

Il viaggio fino a Lindsborg dura quasi cinque ore. Dobbiamo lasciare la Route 66, ma la ritroveremo al ritorno. È lì da quasi un secolo, ci aspetterà.

Ho paura di questi pensieri che mi fanno immaginare il futuro, fosse anche un futuro immediato. Ho paura di affezionarmi alla speranza.

Dopo la sbronza di ieri, mi sento ancora abbastanza uno schifo, e deve essere Grace a guidare. È brava, e mette il broncio quando glielo dico.

«Pensavi non lo fossi? Malfidato. Riposati un po', e non stare lì a controllarmi per tutto il tempo. Hai due occhiaie che nemmeno un panda. La strada è segnalata, io sono prudente e se arriva un altro tornado ti sveglio.»

Non dormo, ma mi sparo la mia musica nelle orecchie. Ogni tanto osservo Grace: a mano a mano che attraversiamo il Kansas e la nostra destinazione si avvicina, appare sempre più nervosa.

Poco prima di entrare nel paese, mi chiede di sostituirla alla guida. «Mi tremano le gambe, non è escluso che combini qualche danno. Siamo ancora in tempo per andarcene, vero?»

«Non sei obbligata a fare nulla. Cerchiamo un albergo, giriamo un po': è un paese come un altro.»

«Non sono neppure nata qui. Sul mio certificato c'è scritto "New Haven". Barbara... mia madre... sarà andata a partorire lì. Mi domando come abbiano fatto a conoscerla, a contattarla. Esistono annunci sui giornali per questo genere di cose? Cercasi neonata carina, no perditempo?»

«Si saranno rivolti a un'agenzia che si occupa di adozioni.»

«Hai ragione, sono tutta scema.»

«Sei solo nervosa, ma devi stare tranquilla. Tastiamo il terreno e poi valutiamo cosa fare.»

«Hai parlato al plurale...»

«Non volevo diventare invadente. Ti va meglio se dico "tasti il terreno e valuti cosa fare"?»

Mi sorride e mi posa una mano sul braccio. «No, preferivo il plurale. Usalo più spesso.»

Lindsborg somiglia a una bomboniera, o a una di quelle cittadine finte, ricostruite in uno studio cinematografico per ambientarci un film fantasy a base di fate e unicorni. Mi viene da sorridere al pensiero che Grace sia stata concepita qui: si addice a una parte della sua anima. Piccole case, tantissimo verde, e ovunque delle graziose sculture di legno colorato a forma di cavalli cui manca solo il dondolo per sembrare tirati fuori dalle stanze di un asilo, distribuite con la frequenza con cui, a New York, troveresti degli idranti manomessi.

L'albergo che scegliamo sembra sputato da Disneyworld: ha la forma del castello di una principessa con tanto di torre, ed è interamente dipinto di rosa, viola e azzurro. Mi aspetto che sbuchi una banda di gnomi.

La proprietaria non è uno gnomo, ma poco le manca: è una donnina sorridente, con le gote rosse, vivacissima, e parla talmente a raffica che viene quasi di domandarle da dove le si dà la carica.

Mentre sistemiamo i bagagli, Grace, seduta su un letto con un copriletto azzurro cui fa da contrasto un baldacchino scolpito che nemmeno alla reggia di Versailles, cerca informazioni sulla cittadina col cellulare.

«È stata fondata nel 1869 da un gruppo di immigrati svedesi. E pare che Olsson sia uno dei cognomi più diffusi, visto che il trenta per cento della popolazione è tuttora svedese. Ci saranno almeno cinquecento Olsson. Da un lato, sarà come cercare un ago in un pagliaio in un campo pieno di pagliai, ammesso che voglia cercare qualcuno. Chi, dopotutto, e come? Busso a ogni porta? Vado in giro con un cartello appeso al collo? "Cercasi parenti della defunta Barbara Olsson che ha dato alla luce una bambina diciotto anni fa, senza essere sposata, e poi l'ha fatta adottare." Magari hanno deciso di dimenticare o hanno cercato di non divulgare la cosa. Dall'altro lato, però, mi piace questa discendenza, questo pezzettino di DNA. Se avremo un figlio, avrà sangue cinese, irlandese, olandese, italiano, francese e adesso anche svedese. Non è divertente?»

«Grace...»

«Sì, lo so, non avremo mai un figlio e blablablà. Cavolo, sto giocando, perché scherzi su tutto ma su questo no? Perché fai così con me?»

«Così come?»

«Mi vuoi e mi respingi. Si capisce che ti piaccio, ma non fai che mettere le mani avanti in modo ostile. Stai perennemente attento a non superare un certo limite, quasi come se volessi creare uno spazio che ti consenta, un domani, di andartene, senza che io ti rinfacci di avermi illusa. Ma io non lo farei mai, mai, anche se mi avessi promesso Atlantide, l'Eldorado e un matrimonio su tappeti volanti. Non mi credi? Non ti fidi di me? Oppure mi sono sbagliata e non ti piaccio affatto? Forse bacio male, sono brutta, noiosa, stonata e logorroica?»

«Di tutte le stronzate...»

«E allora perché è sempre come se nascondessi qualcosa?»

«Tutti nascondiamo qualcosa.»

«Ma non tutte le cose sono uguali. Se io ti nascondessi di avere i capelli tinti e le lentiggini dipinte con la matita, e tu di essere sposato e avere dei figli in un remoto paesino dell'Alabama, non sarebbe la stessa cosa, no?»

«Certo che no, il tuo segreto sarebbe molto più grave! Passi per i capelli, ma pretendo che le tue lentiggini siano naturali.»

In questo momento qualcuno bussa alla porta. Apro, e una cameriera di mezza età si presenta con una pila di asciugamani e un vassoio di cioccolatini ricoperti di carta azzurra come il copriletto. Entra, saluta con fare cerimonioso, deposita gli oggetti. Quando sta per uscire, i suoi occhi si soffermano su Grace più del secondo necessario a un saluto formale e uguale per tutti.

Rimane paralizzata. Sembra quasi sul punto di svenire.

«Tutto bene?» le domandiamo io e Grace, quasi in coro.

Lei annuisce e si allontana senza aggiungere altro, pallida come una morta.

«Sono così brutta?» mi domanda Grace. «Mi ha guardato come se avesse visto un fantasma.»

«Forse lo ha visto davvero» mormoro pensieroso. «È un paese piccolissimo, e tutti si conoscono personalmente. La morte di una ragazza non è una di quelle tragedie che una comunità come questa possa dimenticare, ne fossero passati anche cinquantotto di anni. Potresti somigliare moltissimo a tua madre, non credi? Hai mai visto una sua foto?»

«A stento so queste poche cose...»

«Ritiro quello che ho detto prima. Non è una cittadina come le altre. Appena ce ne andremo in giro, per molti di loro, i meno giovani, sarà come vedere un fantasma che cammina. Te la senti?»

«Dopotutto, cosa potrebbe accadere?»

«Potrebbero fingere indifferenza, potrebbero cercare un contatto, e poi c'è la possibilità meno piacevole.»

«Quale?»

«Se i familiari di Barbara hanno cercato di nascondere la sua lontana gravidanza, potrebbero anche cercare di assassinarti.» Sgrana gli occhi e le labbra, mi guarda a dir poco sconvolta. Rido rumorosamente, scuotendo la testa. «Sei una tonta assoluta, Bambi. Sto scherzando.

295

Nessuno ti assassinerà, non troppo facilmente almeno: prima di farlo, dovrà passare sul mio cadavere e su quello di Fred!»

⌇

Lo confermo, questo paese è stato sputato da un unicorno gigante. Ovunque, scritte inglesi e svedesi si affiancano nel dare il benvenuto ai turisti.

Dopo qualche ora che giriamo, immersi in uno strano mondo che pare colorato con gli effetti speciali di Instagram ma è assolutamente reale, scegliamo un posto dove pranzare. È un piccolo locale con la facciata colorata e un cavallino di legno dipinto di rosso davanti alla porta. A un tratto, mentre mangiamo dei biscotti che, tanto per cambiare, hanno anch'essi la forma di cavallini, un ragazzo e una ragazza seduti a un tavolo vicino, che non hanno smesso di fare finta di *non* fissarci per tutto il tempo, ci domandano se ci piace la cucina locale, se abbiamo assaggiato le rose alla cannella, e ci allungano un vassoio con dei dolci ricoperti di zucchero.

Grace deve essere la copia sputata di sua madre, ne sono certo ormai. La guardano come se fosse molto più di un fantasma: proprio un'aliena. Lei gli chiede se sono di Lindsborg e s'informa sui cavallini di legno sparsi per la città.

«In origine erano dei semplici giocattoli per bambini, ma adesso sono diventati il simbolo della Svezia» specifica la ragazza, il cui nome è Agneta. «Mia zia ha un negozio di souvenir qui vicino, e ha cavallini di legno di tutte le dimensioni. Vi va di vederli?»

Io e Grace ci scambiamo un'occhiata. Le sorrido. Mi stringe forte la mano sotto il tavolo. Contraccambio la stretta per tenere ferme le sue dita che tremano. Annuisce e dice: «Sì, va bene».

Il negozio è davvero vicino, al termine dell'isolato: una bottega da film natalizio in cui ti aspetti che i giocattoli prendano vita al tramonto. Ci sono alcuni clienti, e per un po' giriamo come comuni turisti che curiosano. Sento il cuore di Grace nei suoi polpastrelli che mi serrano il palmo, lo vedo nelle sue guance arrossate, lo leggo nei suoi occhi lucidi. Non sa cosa aspettarsi: forse Agneta e Jasper sono semplicemente due gentili abitanti di questo paese cui manca soltanto un po' di neve finta, per sembrare una succursale del villaggio di Babbo Natale al Polo Nord. Forse nel loro invito non c'era alcun messaggio misterioso, nessuno l'ha guardata in modo strano, la cameriera di stamattina ha avuto un vero mancamento e la ragazza di nome Barbara, morta diciotto anni fa, è stata dimenticata da tutti.

Ma dopo qualche minuto, uscito l'ultimo cliente, la proprietaria del negozio, una donna di mezza età che indossa un lungo abito blu con un grembiule giallo, si ferma davanti all'ingresso del suo colorato negozietto, e il suo sorriso abbassa gli angoli e diventa una smorfia di desolazione. Guarda Grace come se fosse un fantasma, un'aliena e una piccola dea svedese allo stesso tempo, e poi sussurra: «Sei troppo uguale a lei perché la tua presenza qui sia un caso. Sei la figlia di Barbara?».

Grace non allenta la presa intorno alla mia mano. Sussurra un «sì» che pare un sibilo di vento.

«Allora io sono tua nonna, sono la madre di Barbara. Non ti ho mai cercato in tutti questi anni. Ho preferito dimenticare. Puoi perdonarmi?»

Compio il gesto di allontanarmi, sono fatti che non mi riguardano, è la sua vita, il suo passato, la sua storia. Non è che non voglia farne parte, ma non posso farne parte. Più mi avvicino, più difficile sarà tagliare lo strano filo che sembra unirci. Così, sebbene lei insista per farmi rimanere, decido di uscire dal negozio.

Gironzolo un po', e mi sento in colpa per averla lasciata da sola. Ma so che è giusto così, avranno tante cose da dirsi, tante domande e tante risposte, e io non c'entro.

E poi mi rendo conto che sono io a essere rimasto da solo. Io senza di lei. Mi sentirò solo ovunque andrò.

Sarei dovuto scappare, in Kentucky, quando l'ho vista in mezzo alle lucciole. No, sarei dovuto già scappare a Central Park. Adesso sarei libero, sarei lo stesso Channing di sempre, adesso sarei chissà dove con una bella ragazza di passaggio e la mia vita di passaggio.

Ma, dannazione, il solo pensiero del tempo trascorso da giugno, senza la sua ombra riflessa sulla strada, senza le sue guance con le rose, le sue chiacchiere infinite e i suoi sorrisi... mi fa stare male, come se bruciassi. Mi fa stare male perfino il pensiero di non rivedere più questa specie di topo che gioca con i lacci delle scarpe, inerpicandosi ovunque nella stanza.

Lei ritorna dopo un paio d'ore. Ha gli occhi gonfi e il naso rosso. È emozionata, ma non solo. C'è qualcosa, nel suo sguardo, che va oltre la commozione dell'esperienza fortissima appena vissuta.

«Allora? Com'è andata?» le domando.

Mi trafigge con un'occhiata piena di rabbia e delusione. «Ti ho pregato di rimanere, te l'ho chiesto in mille modi, ma sei voluto andare via. Dunque, suppongo non ti interessi com'è andata, la tua è solo una domanda finta e stronza. Evidentemente, sai solo impicciarti delle cose inutili, come sbirciare nel mio telefono e fare la voce grossa al mio ex, ma quando ho bisogno davvero del tuo aiuto e del tuo sostegno preferisci svignartela. Va bene, fai come vuoi, la chiudiamo qui.»

Prende lo zaino, ci mette dentro le sue poche cose, è decisa e sbrigativa.

«Che vuol dire "la chiudiamo qui"?» le domando. Provo a stringerle una mano, ma si divincola di scatto. Per errore, le mie dita si impigliano al suo braccialetto – quello vero che le ha regalato Gladys, non quello tatuato – e lo strappano.

«Lo hai fatto apposta!» esclama. Lo osserva mentre cade, e i suoi occhi sono lucidi e la sua voce piena di angoscia e di rabbia. «I miei desideri non si avvereranno mai e non diventerò mai forte e coraggiosa, non troverò la mia strada nella vita e non vivrò un amore indimenticabile!»

È ovvio che non l'ho fatto apposta, ma non avrebbe senso tentare di farla ragionare, anche perché il mio chiodo fisso è un altro. «Che vuol dire "la chiudiamo qui"?» insisto.

Si china a terra e raccoglie il braccialetto come se fosse un passero morto, con la stessa espressione addolorata. «Vuol dire che mia nonna mi ha invitato ad andare a stare a casa sua per qualche giorno. Accettano anche Fred. Così farò. E dopo proseguirò il viaggio da sola. Sei libero di andare dove ti pare e di fare la vita che ti pare con chi ti pare. In effetti sono stata io la stupida, i segnali erano chiari, non mi hai mai promesso neppure una moneta di cioccolato, figurati l'Eldorado. Intorno a quel poco che è successo, ho ricamato un romanzo di duecentomila parole che si è rivelato essere un telegramma di quattro. "Non. Ti. Piaccio. Abbastanza." E poi mi sento un peso. Sono soltanto la ragazzina imbranata che ti dispiace lasciare da sola perché chissà in quali guai può andare a cacciarsi, e la tua anima da poliziotto mancato si sentirebbe in colpa. Stai tranquillo, non mi farò assassinare, puoi toglierti questo peso dalla coscienza.»

Sono così sconvolto che non mi rendo conto di quanto è stata veloce a sistemare tutto. Le manca solo Fred, che non vuole saperne di scendere dalla cima dell'armadio.

E io non voglio saperne di riuscire a respirare. Sono immobile in mezzo alla stanza, e la guardo come se non guardassi lei, ma il vuoto che lascerà fra qualche istante. È quello che desidero. Che vada via. Separare la sua vita dalla mia ora che è più facile. È la cosa migliore, no? Per giunta, adesso che è arrabbiata, mi dimenticherà più facilmente. E lo ha deciso lei, quindi non sono responsabile. Non la sto mica lasciando da sola in mezzo al nulla perché mi è girato così. Ha fatto la sua scelta. Se la caverà. La spalla non le fa più male, i lividi sono spariti, ha ritrovato la sua famiglia biologica e fra qualche giorno ha pure appuntamento con Gladys, Edward e Kate a Four Corners. Bene, posso squagliarmela con buona pace di tutti. E visto che non abbiamo nemmeno fatto sesso, non ho obblighi morali di alcun tipo. Bene.

La guardo. Ha due specchietti lucidi negli occhi. Mi porge la mano come se volesse salutarmi, come fanno le persone qualsiasi che si dicono addio davanti a una porta. Le persone che non muoiono al pensiero di dirsi addio. Non le persone come me.

La raggiungo e le prendo la mano, ma non gliela stringo come quella gente lì. Stringo lei contro la porta, fra le braccia.

«Grace...»

«Lasciami andare, non sopporto gli addii melodrammatici. Basta, spostati. Se vuoi renderti utile, piuttosto, aiutami a prendere Fred e...»

«Ti amo.»

«... e mettilo nella custodia, così...»

Smette di divincolarsi, ma non di tremare come una piccola foglia. La custodia della macchina fotografica precipita sulla moquette. Dai suoi occhi-specchietti colano due lacrime caldissime. Le sento sotto le labbra mentre le bacio.

«Ti piace giocare con le parole...» mormora, a fatica.

«Ti amo» ripeto, e mi accorgo di quanto è facile dirlo, e quanto sono stato stupido a non averglielo detto fino a ora. «Non sto giocando, volevo solo che tu lo sapessi. Sono pazzo di te. A Central Park, ho sentito subito i tuoi occhi addosso e ti ho guardato e ho pensato che fossero gli occhi più belli che avessi mai visto. Il tipo che tentava di derubarti l'ho notato soltanto dopo.»

«Io non...»

«Non mi credi, lo so. Ma è la verità. Volevo dirtelo prima che andassi via. Sei libera di fare quello che vuoi, s'intende. Hai ragione, ho provato in tutti i modi a creare una distanza, ma non ci sono riuscito molto bene. Non ci sono riuscito affatto. Ti amo più di quanto abbia mai amato chiunque al mondo. Chiunque e qualsiasi cosa, compresa l'arrampicata, i motori, il dormire sotto le stelle e il caramello salato.»

«Uffa, come faccio a essere arrabbiata con te se poi mi dici queste cose?» esclama, ma mentre lo fa avverto l'eco di un sorriso nelle sue parole, e mi sento felice come un bambino che non ha mai visto un cucciolo di alce morire sotto i suoi occhi.

La bacio, e lei mi bacia, e la stringo sempre di più contro la porta, e la voglio quanto un uomo vuole una donna quando ha capito che è inutile fingere di non volerla.

«Grace...»

«Basta parole, adesso.»

«Vuoi?»

«Sì.»

«Tutto?»

«Tutto.»

Spero che il mio cuore non muoia proprio adesso.

Diciannove

Cose da fare entro l'estate

1. ~~Partire senza dirlo a nessuno~~
2. ~~Baciare un affascinante sconosciuto~~
3. ~~Scattare tantissime fotografie~~
4. ~~Scatenarmi a ballare in mezzo alla folla~~
5. ~~Farmi fare un tatuaggio~~
6. ~~Viaggiare lungo la Route 66~~
7. Assistere alla migrazione delle farfalle
8. ~~Fare una seduta spiritica~~
9. ~~Consolare una persona triste~~
10. ~~Indossare un abito strano~~
11. Trascorrere il compleanno a Four Corners
12. ~~Perdermi in un bosco~~
13. ~~Fare qualcosa di assolutamente pazzo e pericoloso~~
14. Salvare una vita
15. ~~Innamorarmi~~

Il cuore di Channing non morì proprio allora, ma quello di Grace fu a un passo dal farlo. Nei romanzi d'amore che aveva letto, tutto era pieno di movimenti perfetti e nessun dolore. In quei romanzi la protagonista sapeva cosa fare anche se non lo aveva mai fatto, e di sicuro non piangeva.

302

Grace non possedeva la stessa perfezione di quelle eroine e non riuscì a trattenere le lacrime. Non perché l'ombra di un pentimento qualsiasi l'avesse sfiorata, ma perché era troppo felice e aveva paura di deluderlo, di non essere bella abbastanza, di non essere brava abbastanza.

Il momento che avrebbe ricordato per sempre fu quello del dolore, non per il dolore, ma per il legame che aveva creato. Talvolta le era capitato di vedere in TV dei documentari che catturavano le immagini dello sbocciare dei fiori, mostrandole al rallentatore. Era sempre stata ammaliata da quei filmati, dalla tenerezza di quel nascere timido e audace, e dalla saggezza della natura che sapeva creare cose preziose senza formule magiche.

Quando Channing divenne parte di lei, si sentì come una cosa preziosa, ferita ma splendida, e pensò intensamente a quei fiori che sbocciavano nel momento giusto, non un attimo prima e non uno dopo, come se sapessero, con un incantevole istinto, di avere bisogno di quell'unico raggio di sole per schiudersi.

Dopo, rimasero allacciati, un nodo di braccia, gambe, capelli, cuori e respiri.

«Adesso sei mio prigioniero» gli disse Grace sorridendo.

«Lo ero anche prima» mormorò Channing, senza smettere di baciarle un angolo, un piccolo morbido angolo dietro un lobo, a tratti mordendo senza farle male. «Adesso sono solo fregato in modo ufficiale.»

Per Grace la parola "fregatura" si abbinava a una truffa, a un danno causato dall'imbroglio di qualcuno, a un beneficio inferiore alle promesse. La sua fronte si increspò, mentre gli domandava: «Sono stata una frana?».

I morsi di Channing si trasferirono sulla sua bocca, e per un po' nessuno disse nulla. Parlò solo un bacio lunghissimo.

«Sei una frana» le confermò alla fine. «E sei anche un terremoto, una valanga e un tornado.»

«Tutte cose piacevolissime, insomma!»

«Uno tsunami, una cascata e un incendio. Tutte cose che non lasciano niente di uguale dietro di sé, dopo che sono passate. Ma no, non sei stata una frana, non nel senso che intendi tu.»

«Dovrai darmi del tempo per abituarmi a... insomma... a essere all'altezza.»

Lui emise una piccola risata. «"All'altezza"? Se non dici una stronzata ogni tanto non sei felice, vero, Bambi? Ma mi sa che ti amo anche per questo.»

«Davvero?»

«Davvero cosa?»

«Mi ami?»

«Credevo di avertelo detto prima, o me lo sono sognato?»

«Be', forse... forse lo hai detto per non farmi andare via e ottenere *questo*.»

«E sei rimasta lo stesso, pensando che fosse una balla?»

«Perché io ti amo *davvero*, e questa non è una balla.»

«L'ho detto perché lo pensavo, scema. Io non mento mai.»

«Quasi mai.»

«Non mentivo quando l'ho detto e non mento adesso. Quando ti bacio mi sento come se... come se tutto il mondo fosse fatto di petali. È una cosa da pazzi, non credi? Quindi, vedi, mi hai proprio fregato. Sto diventando un coglione.»

«E io una spudorata.»

«Quanto a questo, lo confermo solennemente.»

«Avresti dovuto dire, che ne so, che sono un angelo e non sarò mai spudorata!»

«No, credimi, Bambi, spudorata lo sei, invece. Ma, in ogni caso...»

«In ogni caso?»

«Sentiti libera di essere come ti va di essere. Incazzata, felice, romantica, spudorata anche. Quello che vuoi, per sempre. Me lo prometti?»

«Lo farò, e tu...»

«E io?»

«Non smettere di aggiungere il "per sempre" alle frasi.»

༶

«Tua nonna ti starà aspettando?»

Era mattina inoltrata, avevano ordinato la colazione in camera e, seduti sul letto, le lenzuola aggrovigliate intorno ai corpi vestiti solo di se stessi, stavano divorando una montagna di squisiti dolcetti svedesi che seminavano briciole ovunque.

«No» replicò Grace, dopo aver inghiottito un succulento boccone ripieno di uvette e averne dato un pezzo anche a Fred, che saltellava sul letto e raccattava piccoli avanzi. «Ho rifiutato il suo invito. Ti ho detto di avere accettato per prepararmi un'uscita di scena meno ridicola del "me ne vado, anche se non so dove andare".»

«Quindi mi hai imbrogliato!»

«Un pochino, ma ero troppo arrabbiata con te per avermi lasciata da sola.»

«Non avrei dovuto, scusami. Vuoi raccontarmi com'è andata?»

Grace sorrise. «Bene. Ho scoperto di avere un esercito di parenti, anche se non ho ben capito i nomi di tutti. Sono quasi certa di avere un cugino di terzo grado che si chiama Landnámabók, ma non ci metterei la mano sul fuoco. Sono stati tutti carinissimi. E commossi, molto commossi. Mia nonna si sentiva in colpa per non avermi cercato. Che strano dire "mia nonna". In fondo è un'estranea. Però, allo stesso tempo, non lo è. Mi ha mostrato le foto di Barbara. Sembravo io. Ho avuto paura.»

«Paura?»

«C'ero io in quelle foto, in luoghi che non ho mai visto, con abiti che non ho mai indossato. Mi ha fatto una strana impressione, per un attimo mi sono sentita come se avessi perso la memoria. Aspetta che te le mostro, me ne hanno regalata qualcuna. E anche una cosa fatta da lei. Volevano donarmi tanti altri oggetti, anche di valore, ma ho rifiutato. Mi basta questo.»

Scese dal letto, frugò nelle tasche della propria giacca, e tornò in mezzo a quella guerra di lenzuola e briciole. Guardò Channing che la fissava con una strana espressione.

«Che c'è?»

«Non vorrei togliere poesia al momento, ma se te ne vai in giro, e ti chini in questo modo, a me vengono pensieri poco poetici.»

«Mi hai detto di essere come mi va di essere, e in questo momento ho voglia di essere quella che se ne va in giro nuda senza morire di vergogna.»

«Solo che così, per quanto cerchi di distrarmi, anche una parte di me ha la pessima tendenza a essere solo come le va di essere.»

Grace rise, e gli si avvicinò, camminando gattoni sul letto. Si sedette con la schiena contro il suo petto. Nel riguardare le foto, la sensazione di estraneità, di amnesia e confusione si attenuò. Notò le differenze di cui prima non si era accorta, concentrata com'era a cercare le somiglianze. Non nel fisico, era davvero arduo trovare una discrepanza; forse, a voler essere pignoli, i capelli di Barbara erano più ondulati che ricci. Ma la vera diversità risiedeva nell'espressione, nella posa.

«Guardala. Mi somiglia tantissimo, non credi? Però lei era... era così risoluta. Non si è fatta mettere i piedi in testa da nessuno. Ha deciso di non abortire e di non sposarsi, ha portato a termine la gravidanza, ha dato in adozione sua figlia, ha chiesto di conoscere i genitori adottivi e nessuno è riuscito a dissuaderla. Dovrei odiarla per questo, perché mi ha abbandonata, ma... non ci riesco. Io ammiro sempre il coraggio. Ammiro ciò che non possiedo. Forse lo invidio anche un po'.»

«Tu sei dannatamente coraggiosa. Smettila di sminuirti.»

«Però, se restassi incinta, farei una scelta molto meno coraggiosa della sua. Io terrei il bambino.»

«E questa sarebbe una scelta meno coraggiosa?» Channing rise.

306

«Forse no, in effetti. Be', forse ogni scelta va valutata nel contesto. Chi era la persona che l'ha fatta? Cosa provava? In quale tempo ha vissuto? Amava il ragazzo col quale stava? Io credo di sì, ma mia nonna ancora nutre del rancore verso di lui, perché guidava la moto nell'incidente che li ha coinvolti. Si chiamava John, un semplice, americanissimo John. Non era svedese, veniva da Wichita, e lì stavano andando, per cercare una casa dove vivere insieme, quando sono morti. Guarda cosa mi ha regalato oltre le foto.» Sul suo palmo c'era un cavallino di legno grande quanto un pezzo degli scacchi. Era rosso, coi finimenti e altri decori di un vivido bianco, verde, giallo e blu. «Barbara era anche un'artista, amava dipingere e scolpire: questo lo ha fatto lei. Non è carino?» Avvertì un bacio di Channing fra i capelli, e le sue gambe forti la strinsero. «Quando sono andata via, mia nonna piangeva. Mi ha chiesto: "Mi scriverai? Mi chiamerai?". Le ho risposto di sì. Lo farò. Le ho promesso che tornerò a trovarla. Dopo ha smesso di piangere e, ti giuro, dimostrava diciotto anni di meno. Sembrava più giovane, la sua fronte era più liscia, i suoi occhi più svegli, la sua schiena più dritta. E anch'io mi sento diversa. Meno giovane. Più donna, più felice e più triste allo stesso tempo. In un certo senso, questo incontro, questo guardare me stessa in una foto che non ritraeva me stessa, è stato come incontrare il fantasma di qualcuno che non c'è più ma che ci sarà per sempre. Sono felice di essere venuta. Sono sempre più convinta che i miei veri genitori siano quelli che mi somigliano meno, quelli coi quali non condivido nemmeno una sequenza di DNA, ma sono felice della mia scelta. Di ogni mia scelta.» Sorrise dolcemente ed emise un piccolo sospiro. «Una volta ti ho detto che dovevo trovare il lato positivo alla scoperta di essere stata adottata: credo sia avere molte più persone che ti pensano e ti amano.»

Piegò leggermente la testa da un lato e baciò un braccio di Channing. Quindi, con un languido movimento, si voltò, lo spinse sul letto e si stese su di lui. Lo guardò negli occhi, e si sentì a casa, una casa senza un tetto e senza finestre, senza un portico e un lucernario, ma con tutte quelle cose allo stesso tempo.

Perché casa può essere qualcuno, e non qualcosa.

—∞—

Quando tornarono sulla Route 66, Grace sperimentò un'altra acuta sensazione di appartenenza. Fu come se quella strada fosse un'amica in attesa del loro ritorno. Pregò perfino Channing di fermarsi in un punto, per scendere e farle una carezza sul dorso rugoso.

Dopo l'Oklahoma, attraversarono il Texas e incontrarono una lunga successione di altre mete caratteristiche di quella strada: drive-in, stazioni di servizio, una cisterna d'acqua inclinata come la torre di Pisa e un parco pieno di vere Cadillac infilate nel terreno, dieci coloratissimi funghi obliqui, che ciascun turista, munito di bombolette spray, poteva dipingere a piacimento a mo' di grandi tele metalliche. Ma soprattutto, poiché il *niente* rimaneva per Grace la parte più interessante del viaggio, incontrarono un radicale mutamento di clima e di vegetazione. Caldo più afoso e panorami meno ordinati, meno coltivati, meno domati. Le brulle praterie prevalevano su tutto, con piccoli boschi di querce ogni tanto, ma sempre più radi e vinti dall'erba bassa e ingiallita.

Scelsero un campeggio per quella notte texana. Ad Amarillo c'era un ranch con delle piazzole di sosta anche per le tende. Erano molte le aree così nella stessa zona, ma Grace scelse quella per un motivo quasi magico: all'ingresso del ranch, accanto alla scultura di un'aquila americana e a una bandiera a stelle e strisce, c'era un cavallo finto a grandezza naturale. Non era carino e artistico come i cavallini di legno svedesi, più simili a stilizzati giocattoli che a veri animali, era di plastica e kitsch, ma a Grace parve un segnale di benvenuto.

La piazzola era quasi deserta, la gente viaggiava soprattutto in camper. Così, dopo aver montato la tenda e mangiato dei noodles in scatola, si sedettero davanti all'imboccatura di quel piccolo accampamento. Dopo qualche ora di viavai era piombato il silenzio e Grace guardava Channing che le sbucciava una pesca. Ne era rimasta soltanto una nella loro piccola scorta e lui, piattino di plastica sulle gambe, la sbucciava per lei, nel silenzio e nel buio rischiarato da una piccolissima lampada. Quando finì, le porse dei bocconi, e Grace pensò che anche quello era l'amore: l'ultima pesca rimasta e qualcuno che la offre soltanto a te. E tu che gli dici dividiamo, e la pesca che ti sembra più buona perché la mangiate entrambi e poi avete lo stesso sapore sulla lingua.

Si sentì felice di appartenergli, di averlo aspettato, e di desiderarlo a tal punto che non c'era attimo della sua giornata, neppure nelle notti più buie, in cui il sole non sembrasse una girandola della festa appesa da un bambino alla ringhiera di un balcone.

A un tratto gli domandò: «Gladys ha regalato un bracciale della fortuna anche a te, vero?».

«Sì, ce l'ho da qualche parte, ma non l'ho mai indossato.»

«Posso mettertelo io?»

Channing rise, tirò uno dei suoi riccioli verso di sé, e si avvicinò alla sua bocca. «D'accordo, ma solo perché altrimenti entri in modalità zecca e mi rompi le scatole.»

«Posso cercarlo nel tuo zaino?»

Lo sguardo di Channing divenne, per un istante, assurdamente simile a quello di un ladro che si muove nell'ombra e all'improvviso è accecato da un faro.

«No, lo faccio io.»

Una piccola malinconia si insediò nel cuore di Grace. Non era la prima volta che, se la vedeva anche solo vicina a quel benedetto zaino, la sua fronte si aggrottava e la sua espressione era invasa da una strana paura. Paura di cosa?

«Non fare quella faccia. Non curioserei mai senza il tuo permesso, lo sai.»

«Lo so. È che c'è un casino dentro e... e ci guardo io.»

Grace annuì, si morse le labbra e si guardò intorno per non guardare lui. Il ranch che ospitava il campeggio si trovava, letteralmente, in mezzo al nulla. Acri di prateria, qualche edificio tanto a distanza da sembrare un plastico e diverse centinaia di metri di recinzione fatta di filo spinato per tenere lontani gli animali selvatici. Provò a concentrarsi sui luoghi, le cose e le stelle, ma non riusciva a non rimanerci male dinanzi a certe sue reazioni.

«Piccola, non essere arrabbiata con me.» La voce di Channing le accarezzò un orecchio. «Solo, non voglio che scopri troppo presto quanto sono disordinato, altrimenti scappi via subito. Ecco, ho ritrovato il braccialetto. Vuoi mettermelo tu?»

Di nuovo, lei annuì. Glielo allacciò nel silenzio e gli domandò di esprimere tre desideri. «Però non dirmeli, o non si avverano.»

«Dobbiamo fare anche qualche danza propiziatoria?» le domandò con tono scherzoso.

«Non dai la giusta importanza al rito. Ci devi credere!»

«Il problema è che, ultimamente, i miei pensieri vedono e sentono una cosa soltanto.»

«Cosa?»

«Come se non lo sapessi...»

La guardò in modo talmente intenso che Grace arrossì. Lo sapeva eccome: quell'ultima parte del viaggio era stata meravigliosamente lenta e languida. Ci avevano impiegato più tempo ad attraversare il Texas che ad arrivare in Texas dall'Illinois. In alcuni posti erano rimasti anche tre o quattro giorni, fermi in hotel a non vedere nulla, tranne se stessi che facevano l'amore e, dopo, dormivano più abbracciati di un unico corpo che si abbraccia.

«Oh... però... adesso concentrati su altro.»

«E chi ti dice che i miei tre desideri riguardino altro?»

«Ti ho detto che non devi dirmeli o non si avverano!»

«Okay, mezza matta.» Channing chiuse gli occhi, ridendo. Pensò a qualcosa che non le disse e, a dispetto delle sue proclamazioni di un istante prima, parve farlo con serietà. Quindi rialzò le palpebre. «Sei contenta, adesso?»

Ciò che vide, tuttavia, non rese contento lui. Grace si era alzata in piedi, si guardava intorno e appariva piuttosto agitata.

«Non vedo più Fred! Non è nella custodia e non è nella tenda.»

«Era qui un minuto fa, gli ho dato anche un pezzo di pesca. Non può essere andato lontano.»

Al di là del blando semicerchio di luce di una lampada da campeggio, il buio era fitto, senza sfumature di nero. Channing tirò fuori dallo zaino una piccola torcia tascabile e la diede a Grace. Lui afferrò la lampada dal manico.

«Sarà nei paraggi. Cerchiamolo. Non ci sono alberi, non può essersi arrampicato. Illumina solo in basso.»

Si mossero nel buio, chiamandolo. Man mano che si allontanavano dall'accampamento e raggiungevano i confini del ranch, l'erba diventava più alta e ispida. Sorpassarono quello che sembrava un granaio, e a distanza intravidero il confine delimitato da più strati sovrapposti di filo spinato.

Grace colse un movimento nell'erba, puntò la torcia e due occhietti gialli la fissarono.

«Fred, vieni qui!» esclamò. «Vieni, piccolo. Lì fuori ci sono le volpi e i coyote!»

Channing si era portato dietro le bucce della pesca in un sacchetto. «Sono tutte tue. Torna indietro, ragazzaccio.»

Il ghiro, che ormai era a non più di cinque metri di distanza da loro, parve tentato da quell'offerta succulenta. Le sue pupille splendenti emersero dall'erba come piccoli periscopi e per un attimo annusò l'aria. Ma fu come se qualcosa di più interessante lo portasse altrove. Si tuffò nell'erba e corse via, veloce proprio come un topo.

«Fred!» strillò Grace, correndogli dietro.

Fu allora che qualcosa accadde, una delle molte cose strane che a raccontarle sembrano le storie leggendarie di un vecchio, forse vere e

forse romanzate dalla nostalgia. Fred sgusciò verso destra, senza oltrepassare la recinzione, seguendone il perimetro. A un tratto si fermò
e si arrampicò lungo uno dei pali di legno che intervallavano i fili di
metallo. Entrambe le luci lo illuminarono ed entrambe le voci emi-
sero un grido.

A pochi metri dal ghiro, che se ne stava fermo sulla cima di quel
palo come una decorazione natalizia intenta a osservare le stelle texane,
un cervo emetteva lievi bramiti di dolore. Non era più un cucciolo, ma
neppure un esemplare adulto. Era finito, chissà come, in mezzo al filo
spinato. Era completamente piegato in avanti, come se quella trappola
avesse bloccato il suo desiderio di spiccare un balzo e, nel disperato
tentativo di liberarsi, si fosse imprigionato ancora di più.

Channing e Grace si guardarono per un istante: quattro occhi
sconvolti, due labbra socchiuse, due respiri trattenuti. Per quell'istante – Grace ne ebbe la certezza – entrambi si sentirono come se una
macchina del tempo e dello spazio li avesse scaraventati in riva al lago
Winnipesaukee, dodici anni prima.

Subito, però, si distrassero da quella trance sbigottita e si accorsero
che, oltre la recinzione, c'era un altro cervo: forse la madre, forse semplicemente un compagno di viaggio. Andava avanti e indietro scal-
ciando, come se potesse, con quei movimenti frenetici che colpivano
solo l'erba e l'aria, liberare l'animale bloccato.

Se Grace avesse dovuto fare un resoconto esatto di quel che era accaduto, dopo, nella quiete che segue la tempesta, si sarebbe ritrovata
paurosamente priva di ricordi. Eppure, visse quei momenti con una
nitida percezione di ogni dettaglio: le proprie lacrime che colavano, il
frastuono del proprio respiro, il filo spinato che le feriva la pelle, e poi le
lacrime di Channing, il frastuono del suo respiro, il filo spinato che gli
feriva la pelle. Il corpo caldo del cervo, lei che lo sorreggeva e Channing
che gli estraeva dal corpo quei maledetti piccoli pugnali. Il cervo che,
finalmente libero, saltava al di qua della recinzione, non troppo sanguinante ma ancora prigioniero. Le mani di Channing che si ferivano

ancora di più, mentre creava uno spazio per permettere all'animale di tornare dall'altra parte, da sua madre o dal suo compagno di notti trascorse a brucare e sognare di volare come Pegaso. Gli occhi dei due cervi, oltre la barriera, fermi nei loro occhi, in un attonito scambio che pareva completamente umano.

Fu allora, quando i due animali sparirono nel buio, che Channing scoppiò a ridere, e un po' rideva e un po' piangeva, e un po' sembrava adulto e un po' bambino. Quindi si mosse verso di lei e la abbracciò, e la baciò, e si risero in bocca, e le loro lacrime si mescolarono come le lingue.

«Sai perché l'altra volta non ce l'ho fatta e l'alce è morto?» le domandò. «Perché ero da solo. Perché non c'eri tu. Sei tu ad aver fatto la differenza.»

«E Fred» sussurrò Grace. «Non dimenticarti di Fred. Siamo una squadra.»

«Una squadra davvero insolita, ma suppongo di dovermi rassegnare.»

«Rassegnare? A cosa?»

«Al fatto che nella vita non si possa fare tutto da soli. Che due persone che portano un peso lo alleggeriscono. Che un ghiro può fare la differenza. E che alcuni eventi vanno come devono andare, anzi, com'è giusto che vadano.» Channing le scostò i capelli e le parlò direttamente in un orecchio. «Ci sono delle cose importanti di me che voglio confidarti. Non fare quella faccia, te l'ho già detto, non ho moglie e figli in Alabama, Channing è il mio vero nome e non ho un passato da serial killer. Ma non adesso: prima della fine del nostro viaggio, te lo prometto.»

Lei rimase in silenzio, combattuta. Da un lato, era felice per quella volontà di confidarsi. Dall'altro, qualcosa – il tono deciso della sua voce, quasi quella scelta avesse richiesto un coraggio sovrumano, il ricordo della malinconia di Piper nel far riferimento ai "segreti di Channing", la frase "fine del nostro viaggio" che lui aveva usato – la indusse a domandarsi se, in definitiva, non fossero preferibili dei figli nel profondo Sud degli Stati Uniti a una rivelazione di cui ancora non sapeva nulla, ma che già la spaventava a morte.

-ഇ-

Il monumento dei quattro angoli – ovvero quel punto degli Stati Uniti situato fra il 37° parallelo nord e il 109° meridiano ovest – era una specie di gigantesca moneta bronzea in mezzo al deserto. I territori di Arizona, New Mexico, Colorado e Utah si incontravano in quel luogo preciso, ed era possibile, saltando da uno spicchio all'altro, attraversare quattro confini statali in un soffio. Ma soprattutto – ed era questo il divertimento preferito dai turisti – era possibile, cimentandosi in bizzarre posizioni, trovarsi in quattro Stati diversi nel medesimo istante.

Grace e Channing ci arrivarono sul filo dell'alba. Non c'era nessuno, tranne un vento ruvido e caldo che soffiava dal Colorado. Intorno, le bancarelle dove i Navajo vendevano i loro oggetti etnici erano ancora vuote.

Scattarono alcune foto e si sedettero su una delle panchine di legno che, insieme alle bandiere degli Stati, costituivano gli scarni arredi di quello spazio.

Era il 22 agosto, il giorno del compleanno di Grace. Le piaceva l'idea di trascorrerlo lì e di avere il dono dell'ubiquità per qualche ora.

Aveva barrato altre due voci della sua lista, e ne rimaneva una soltanto: le farfalle in California. Avrebbe dovuto scrivere un elenco più lungo, e un po' si detestava per quella parsimonia. Le dava la sensazione di avere poco tempo da trascorrere insieme a Channing prima che ciascuno fosse costretto a tornare alla propria vita, lontana da Corvette color carta da zucchero che percorrono strade speranzose, ghiri bizzarri che salvano la vita a cervi, boschi pieni di lucciole, città fantasma accarezzate da uragani, abiti strani creati per ballare, acquerelli con aeroplanini di carta che battono in altezza i grattacieli, pesche divise in due davanti a una tenda da campeggio, e un amore così grande che il deserto non sarebbe riuscito a contenerlo. Avrebbe dovuto scrivere una lista più lunga, ma allora non credeva di poter realizzare neppure quei piccoli sogni. Allora le sembravano utopie da ragazzina che fa il passo più lungo della gamba, figurarsi aggiungere altre mete, altri confini, altri sbocchi. Adesso, invece, era certa di poter fare qualsiasi cosa e di poter arrivare dappertutto. Solo, non riusciva a non pensare a come sarebbe stato quando la fine di quel viaggio fosse arrivata davvero. Inoltre, lui non le aveva ancora rivelato il suo segreto. Grace si era convinta che non fosse nulla di grave, altrimenti non sarebbe stato tanto sereno e sorridente.

Così provava a scacciare i pensieri bui, li allontanava con colpi di pensieri incoraggianti, li esiliava aggrappandosi alla felicità del presente, pur sapendo che il futuro arriva sempre e che, prima o poi, avrebbe dovuto fare i conti con le sue ansie.

Adesso, però, era troppo presto. Era lì, a Four Corners, e a breve avrebbe rivisto anche Gladys, Kate ed Edward.

A un tratto, Channing tirò fuori qualcosa dal proprio zaino. Era una scatola quadrata, avvolta in una carta dai disegni tribali, con un adesivo dorato che riportava il nome di un negozietto di Santa Fe.

«Questo è per te, Bambi.»

«Ecco dove sei andato l'altra sera» gli disse, un sorriso sulle labbra.

Quando la aprì, gridò di gioia.

Una macchina fotografica. Una reflex. Un regalo per Grace, la Grace che guardava il mondo e lo immaginava in frammenti, che non riusciva a osservare il cielo senza desiderare ardentemente che quella nuvola, proprio quella, finisse in una foto prima che cambiasse forma, che vedeva un panorama anche in un letto sfatto, in due mani strette adagiate sulla leva del cambio, in una tempia appena baciata.

Lo abbracciò, lo strinse così forte che le parve che le loro costole si intrecciassero come gli anelli di un prestigiatore.

In quel momento, Fred balzò fuori dalla custodia. Non fecero in tempo a trattenerlo o richiamarlo, che già correva, e pareva un minuscolo, buffo cavallo che attraversava in un lampo Arizona e Colorado e si fiondava verso il deserto.

Non commisero l'errore di credere che stesse fuggendo in preda a un'improvvisa follia o che, da qualche parte, ci fosse un animale da salvare o un bullo da mordere.

Un piccolo furgone Volkswagen viola e rosa si avvicinava, e Grace si domandò se il suo cuore avrebbe retto a tante emozioni, a tutto quell'amore concentrato, raggomitolato, appassionato, sincero come i regali dei bambini.

«Sono arrivati!» esclamò, stringendo forte la mano di Channing.

«Vai a salutarli, Bambi, sembri un grillo!»

«Vieni anche tu.»

«Certo che ci vengo.»

Grace non se lo fece ripetere.

Corse verso i suoi amici, li vide scendere dal furgone e salutarla. Erano piccoli per la distanza, ma diventavano via via sempre più grandi, in particolare Kate che correva davanti a tutti con una frenesia ben poco amish.

I miei amici. La mia famiglia per scelta. Il mio amore.

Si voltò verso Channing, pensando la seguisse: in effetti non era più sulla panchina. Si era alzato in piedi e adesso era proprio al centro del monumento. Fermo.

La guardò.

Le rivolse un sorriso.

Scosse la testa come a dire: "Mi dispiace, non avrei voluto che andasse così".

Poi si portò una mano sul petto e crollò a terra come un albero tagliato.

Venti
Channing

Grace mi ha riempito di incantesimi. Non posso più fare a meno di lei.

Le dirò la verità: sono malato, potrei morire domani, ma potrei anche morire tra dieci anni, puoi sopportare questa attesa, questo rischio, questa spada? Dopotutto, adesso sto bene, e non ho voglia di fottermi dieci anni di vita immerso nelle sabbie mobili della paura e della menzogna. Un giorno da leone significa anche questo: avere coraggio. Non soltanto il coraggio di fottersene della signora con la falce, ma anche quello di affrontare la verità.

Perciò ho deciso, glielo dirò, non certo il giorno del suo compleanno, sai che regalo del cazzo altrimenti. Tra qualche giorno. Magari avrà paura e andrà via da sola, ma almeno... almeno avrò tentato.

Intanto la guardo, guardo la sua emozione, il suo sorriso, il modo buffo in cui quasi si spalma a terra per essere in quattro Stati nello stesso momento e mi chiede di fotografarla. La gioia con la quale abbraccia la macchina fotografica che le ho regalato, la sua preoccupazione che sia costata troppo. Sì, è costata un po', ed è la prima volta da un secolo che uso la carta di credito, ma non mi importa. Non mi importa.

Mi scoppia il cuore per te, piccola strega.

E, a un tratto, smette di essere solo un modo di dire.

A un tratto diventa un ghigno sulla bocca del cielo.

La morte è un attimo.

Quando vuole, arriva senza grandi annunci, nel silenzio del deserto.

Un secondo prima mi avvio per seguirla, per salutare Gladys e gli altri che arrivano, e un attimo dopo una parte di me è attraversata da una scossa, e il dolore mi fa piegare in due. Mi tengo il cuore mentre barcollo, mentre so che sono sulla soglia, un piccolo passo in questo mondo e un grande passo nell'altro.

Grace si ferma, si gira, mi guarda.

Perdonami, bambina, io ce l'ho messa tutta.

Ti amo più di qualsiasi altra vita sulla terra.

Ma adesso, vedi, devo cadere, perché non riesco più a stare in piedi.

E mentre cado, mi domando in quale Stato morirò fra i quattro di questo angolo di mondo.

Ventuno

«Dobbiamo rianimarlo! È in arresto cardiaco!» gridò Kate.

Grace, pallida e sudata, ansimava come se avesse corso per miglia nel deserto. Arresto cardiaco. Rianimazione. Panico. Panico. Panico.

«Come si fa? Tu sai come si fa?» le domandò, con quel fiatone disperato, il sudore sulla bocca, le lacrime fino al collo, lunghe come collane.

«L'ho letto, ma non l'ho mai fatto!»

«Fallo! Fai qualcosa, qualsiasi cosa!»

Kate annuì. Era solo una ragazzina spaventata che aveva letto un libro di medicina donatole da un ragazzo che le piaceva. Non aveva mai messo in pratica quelle manovre. Ma quella pagina era rimasta sul libro, fra le molte che sua madre aveva strappato prima di permetterle di andare avanti a leggere, e lei l'aveva riguardata tante volte, e aveva imparato che in caso di arresto cardiaco occorre fare un massaggio, che una manovra maldestra è meglio di nessuna manovra, e che la cosa principale da fare è colpire il cuore, colpire il cuore, colpire il cuore.

Colpì il cuore. Una serie ininterrotta di compressioni sul torace, come aveva letto sul suo libro, in quel punto preciso, tante, rapide, senza allentare il ritmo.

Grace osservò quella scena attraverso un sipario di lacrime e dolore. Intanto Gladys ed Edward erano arrivati, e lui stava chiamando qualcuno col cellulare, la voce sicura e ferma che dava indicazioni sicure e ferme a un ignoto interlocutore. Grace tremò al pensiero che fossero così lontani: la prima città era a sessanta miglia, con l'automobile ci sarebbe voluta almeno un'ora, e intanto Channing sarebbe morto.

Non morire, non morire, non morire, ti prego!

Dopo un minuto di quelle spinte, Channing prese ad ansimare. Era vivo, almeno era vivo. Pallido come un morto, ma ancora sulla terra. Respirava e, per un attimo, aprì perfino gli occhi.

«Stiamo andando bene!» gridò Kate, continuando il massaggio senza fermarsi. «Dobbiamo insistere finché non arrivano i soccorsi! Sai fare la respirazione artificiale? Mandagli aria nella bocca, mentre io continuo col massaggio, e poi ci diamo il cambio. È una manovra stancante, e ci si deve riposare per farla bene, altrimenti non funziona.»

Una volta, a scuola, un dottore aveva tenuto una lezione di primo soccorso. Cedric non aveva partecipato, ma Grace sì, anche se lui la considerava una perdita di tempo, perché quelle cose dovevano essere fatte da personale esperto e non da studenti che a malapena sapevano posizionare un cerotto su una sbucciatura. In quel caso, la vittima del malore era un manichino, e Grace si era offerta per praticargli la respirazione bocca a bocca, suscitando nei compagni una diffusa risatina. A causa dell'imbarazzo, non era stata molto brava; inoltre era accaduto due anni prima, non ricordava bene ogni passaggio. Tuttavia, all'istante, fu come se la sua mente andasse in cerca di quel giorno, di quel luogo, di quella scena, della voce quieta del dottore, eliminando ogni orpello, a caccia dell'informazione giusta che le servisse ad aiutare l'uomo che amava.

Erano solo due ragazze, con poche nozioni e nessuna vita mai salvata. Una aveva letto un libro, l'altra aveva fatto respirare un manichino. Eppure, chi era lì quel giorno, Gladys, Edward, Fred, i dottori che arrivarono dopo dieci minuti con un elicottero che giungeva direttamente dall'unità coronarica dell'ospedale di Farmington, tutti avrebbero potuto testimoniare che avevano fatto un buon lavoro, senza mai fermarsi, senza interrompere neppure per un attimo quel disperato tentativo di impedire alla vita di morire.

Dopotutto, anche Ashton lo aveva detto.

La nostra presenza in un luogo, in un giorno, in un momento, può evitare un effetto catastrofico.

Siamo nati per aiutarci.

Siamo fili d'oro capaci di riparare la vita rotta degli altri.

Terapia intensiva, un milione di farmaci e accertamenti, verificare la funzione cardiopolmonare e la presenza di danni neurologici, monitoraggio della pressione, e mille altre parole di cui non capiva il senso, troppo tecniche e troppo spaventose. Channing era vivo, ma sospeso a un filo e irraggiungibile. Nessuno poteva entrare nel reparto in cui era ricoverato.

Dopo essere arrivata a Farmington sulla Corvette insieme a Kate, poiché non l'avevano fatta salire sull'elicottero, Grace se ne stava seduta su una sedia bianca, contro un muro bianco, in un corridoio con lunghi neon bianchi sul soffitto. Gladys ed Edward giunsero poco dopo.

Nessuno di loro la lasciò sola, e tutti insieme non lasciarono solo Channing, pur essendo distanti.

Grace lo pensò con tanta intensità da credere che lui potesse vedere le sue stesse immagini e leggere le parole che scriveva come se gli scrivesse una lettera. Lo pregò di tenere duro, di guarire, e poi di non morire, e gli raccontò di come si sentiva, e gli domandò come si sentiva lui, se aveva paura, se avvertiva sulla mano il calore della sua carezza e sulla bocca quello dei suoi baci. Lo ringraziò per il suo regalo, e per tutti i regali, e perché esisteva, e poi lo supplicò di non smettere di esistere. Le lacrime colarono ininterrotte e a tratti dovette fare ampi respiri per far spostare di un millimetro, come un sasso enorme all'imboccatura di una grotta, il magone che la soffocava.

«Tesoro, saranno i tuoi genitori che ti chiamano per farti gli auguri di compleanno, dovresti rispondere o si spaventeranno» le disse Gladys dopo un po'. Allora Grace si rese conto che le squillava il cellulare, e sì, era sua madre, e no, non desiderava rispondere, perché non voleva auguri, non voleva nulla a parte la notizia che Channing era salvo. «Non puoi fare così, piccola» insisté Gladys. «Qualcosa dovrai pur dirgliela. Nessun dolore è solo nostro, mai, se abbiamo qualcuno che ci ama.»

Ma Grace aveva come l'impressione che, se avesse distolto i suoi pensieri da Channing, se avesse smesso di concentrarsi sui messaggi subliminali che continuava a mandargli con insistenza da ore, lui sarebbe morto. Così, porse il proprio cellulare a Gladys, quasi volesse invitare lei a parlare con sua madre. Quindi tornò a comunicare col ragazzo che dormiva e forse moriva in un'altra stanza.

Dopo qualche minuto, Gladys le si avvicinò. «Ho spiegato in modo sommario a tua madre cosa è successo. Non potevo tacerle la verità. È molto preoccupata. Dovresti richiamarla. Farà bene anche a te. E poi... dovremmo chiamare i genitori di Channing.»

«Ha solo sua madre» replicò Grace debolmente.

«Dobbiamo avvertirla. Hai il suo numero?»

Una nuova lacrima rigò la faccia di Grace, mentre stringeva al petto lo zaino di Channing. Non aveva allentato la presa neppure per un secondo da quando erano arrivati in ospedale, e anche quel gesto faceva parte del disperato, scaramantico rito messo in atto per tenerlo in vita. Tuttavia era davvero necessario chiamare la madre. Non poteva essere lasciata all'oscuro.

Si sentì in colpa mentre apriva il suo zaino, come se violasse una promessa. C'erano tutte le sue cose lì dentro, poche cose, tra cui il suo lettore Mp3, un romanzo di Paul Auster e uno di Dashiell

Hammett e, in fondo, avvolte nella carta di una farmacia, delle scatole di medicinali.

Fino a quel momento non aveva capito. Aveva creduto che l'arresto cardiaco fosse stato un evento imprevisto, un lampo dal cielo, una sfortuna diabolica, un dramma inatteso quanto la morte a ventidue anni. Ma quelle medicine...

«Lui sapeva di essere malato» sussurrò.

«Sì, bambina, credo lo sapesse. Non te l'aveva detto?»

Mi aveva parlato di un segreto, di una cosa che voleva rivelarmi, e io ho avuto la sensazione che mi avrebbe fatto male, e avrei voluto dipingere di nero tutti i mandala di Piper, e lui a volte era sfuggente e fatalista, e voleva scappare da me, e diceva che i nemici non sono per forza predoni appostati sulla strada, a volte sono dentro di noi, e si è tatuato una fenice che muore e rinasce e muore ancora, e ha una cicatrice sul cuore, e il biglietto nel suo biscotto cinese parlava della morte ... e io non ho capito. Io ho avuto paura di capire.

Le tremavano le mani quando prese il cellulare.

Le tremarono di più quando vide l'immagine che faceva da sfondo al display.

Una mia foto.

Non arriverò viva alla fine di questa giornata.

Anche il mio cuore si fermerà o mi trasformerò in un lago salato.

Ti amo come non ho mai amato nessun'altra vita sulla terra.

Cercò il numero della madre nella rubrica. C'era. Era semplicemente "Mamma".

«La chiamo io» disse, e si domandò in quale tasca segreta stesse trovando quel coraggio.

Un'ansiosa voce femminile le rispose dopo un solo squillo, come faceva sua madre. Tutte le madri stavano con le orecchie incollate ai telefoni? Tutte le madri avevano paura?

«Channing! Come stai?!»

«Non sono Channing, sono Grace, una sua ami... la sua ragazza.»

«E lui dov'è?» Un grido, un sesto senso, o forse una semplice disperata addizione.

«A Farmington, in New Mexico. È stato male. Ora è ricoverato in terapia intensiva, ma il suo cuore batte e lui respira, non è...» Ebbe paura a pronunciare la parola "morto", lasciò sospesa l'allusione nell'aria, certa che la donna avrebbe capito il significato di quel silenzio.

«Oh mio Dio! Lo sapevo! Lo temevo! Non vuole mai stare fermo! Non prende mai tutte le medicine, dice che lo indeboliscono! Non vuole sottoporsi al trapianto! Ma io devo venire lì, devo venire! Melvin! Melvin! Un aereo, prenota un volo subito!» Chiamò qualcuno nella casa, gridò in preda al panico, come aveva gridato Grace quando aveva visto il suo corpo che cadeva. «Grace, ti chiami Grace hai detto? Ti prego, tienimi informata, io arrivo al più presto. Tienimi informata! Prega, Grace, sai pregare?»

«No, ma sto imparando.»

Uno scoppio di lacrime la ferì, e non riuscì a non piangere pure lei: per qualche attimo due persone che non si conoscevano piansero per lo stesso motivo. Dopo quello sfogo, tuttavia, pensò che non lo avrebbero aiutato con le lacrime: le lacrime fanno bene o fanno male solo a chi le versa.

«Se vogliamo dargli coraggio, dobbiamo avere coraggio» disse a quella donna di cui non sapeva neppure il nome.

Le parve che il suo tono sicuro facesse un piccolo miracolo. La madre di Channing smise di piangere e di gridare, fu come se risalisse da un abisso e respirasse.

«Hai ragione, Grace. Dobbiamo essere forti e positive. Andrà tutto bene. E magari adesso... adesso che ci sei tu, rivaluterà l'idea del trapianto. Si è sempre opposto. Ho una buona sensazione. Grazie di avermi chiamato. Arrivo il prima possibile.»

Quando Grace abbassò il telefono, un medico apparve oltre la soglia. Parlò poco, come tutti i medici. Channing non aveva riportato danni polmonari e cerebrali, il cuore adesso batteva in modo efficiente, ma quell'evento avrebbe potuto ripetersi. L'unica speranza era accettare l'idea del trapianto. Era giovane, con un gruppo sanguigno comune, una malattia congenita e vari episodi quasi fatali: era in ottima posizione nella lista d'attesa e di sicuro avrebbe ricevuto a breve una chiamata. Una delle migliori cliniche che effettuava trapianti si trovava in California.

Grace si sentì come se un pesante cappotto fatto di metallo le cadesse dalle spalle, infrangendosi al suolo. La speranza era la cosa più bella del mondo. Aveva temuto che il dottore uscisse da quella sala con l'espressione di chi trasporta solo pessime notizie, che dicesse loro che Channing non ce l'aveva fatta, che aveva subìto danni irreversibili, che sarebbe morto entro poche ore. L'esistenza di una possibilità era luce in una stanza buia. Anche se era una soltanto, esisteva, e ciò che esiste, per quanto piccolo e incerto, è meglio di ciò che non esiste.

Che il Cedars-Sinai Medical Center si trovasse in California le parve un ulteriore buon segno del destino. Sarebbero dovuti comunque arrivare fino a Los Angeles. Ci sarebbero andati per un altro motivo e avrebbero cominciato un viaggio più importante.

Sarò vicino a te.

Terrò il tuo cuore fra le mani, gli impedirò di cadere, lo custodirò come se fosse il mio.

Per sempre.

La madre di Channing arrivò il giorno successivo. Non gli somigliava molto, tranne per gli occhi. Era bruna, piccola di statura, triste non soltanto nell'espressione: triste nel pallore della pelle, nelle rughe che le affollavano il volto, nei passi lesti e nervosi di chi è abituato a correre per arrivare in tempo da qualche parte, nei vestiti frettolosamente indossati, nei capelli spettinati, spioventi sulle palpebre come erbaccia che fuoriesce da una grondaia trascurata. La accompagnava un uomo alto, più grasso che imponente, che pareva seguirla di continuo per raccoglierla nel caso cadesse.

La cosa più strana di quell'incontro fu la sensazione di conoscersi. Grace non provò alcun imbarazzo e la signora, il cui nome era Savannah, le parlò come se le unisse un dolore che può rendere amici in pochissimo tempo.

«Quando mi ha telefonato, qualche settimana fa, ho capito che c'era qualcosa che non andava. Lui non chiama quasi mai, e quando lo fa ho il terrore, perché penso che sia un addio. Sono sicura che stesse già male. Non ti sei accorta di nulla?»

Grace scosse la testa. La ragione le diceva che non avrebbe potuto accorgersene, ma il cuore la odiava e la accusava.

Insieme ai farmaci, nel suo zaino, aveva trovato la prescrizione di un dottore di Indianapolis, dello stesso ospedale nel quale era finita lei dopo l'incidente col kart. Dunque quel medico non si era sbagliato. Era stato male. Era andato al pronto soccorso.

Il pensiero che avesse rischiato di morire da solo era terribile.

Nel tardo pomeriggio, la madre di Channing venne fatta entrare nella sala della terapia intensiva.

Grace attese nel solito corridoio che da due giorni era diventato tutto il suo mondo. Edward aveva prenotato una stanza in un hotel vicino all'ospedale, ma lei si era mossa da quella sedia solo per fare pipì. Non mangiava da più di ventiquattr'ore. Aveva gli stessi vestiti del giorno prima e la stessa polvere del deserto nei capelli.

Finché non ti vedo, non dormo, non mangio e respiro poco.

Dopo mezz'ora, Savannah tornò lungo quel dannato corridoio. I suoi occhi erano più gonfi, la sua schiena più curva. Grace balzò in piedi spaventata.

«Ti vuole vedere» le disse Savannah, e Grace percepì sulla lingua il sapore del sangue, come se si fosse morsa.

Le raccolsero i capelli in una cuffia verde e le diedero un camice da indossare e dei copriscarpe. Le raccomandarono di non agitarlo.

Che paura le fecero quei metri di corridoio. Un tunnel sotterraneo le sarebbe parso più breve e più luminoso.

La sala della terapia intensiva era un mondo a parte, fatto di pareti di vetro e complesse apparecchiature che facevano rumore come animali metallici.

Channing era nell'ultimo letto.

I passi di Grace sul pavimento, nonostante fossero attutiti da quelle strane babbucce, le rimbombavano in testa come colpi di martello su un'incudine. Vide prima un suo braccio, e poi il suo torace dal quale si dipartivano fili che parevano germogliati dalla sua carne e dalle piume della fenice. E poi il suo viso. Era talmente pallido che il bianco delle lenzuola perdeva nel confronto.

Appena lo vide, lui le sorrise. Tuttavia era un sorriso debole e triste. «Bambi...» le sussurrò. «Avvicinati.» Lei si accostò al letto e gli sfiorò una mano. Ripensò all'ultima volta che lo aveva visto, steso a terra, ai colpi sul suo petto, alla respirazione nella sua bocca, al panico e al sudore, e non riuscì a controllare le lacrime. «No, non piangere. Non devi più piangere per me. Hai avuto paura? Che stronzo che sono. Un regalo di compleanno peggiore non potevo fartelo. Mi perdoni?»

«Ti amo» gli disse, come se quella frase spiegasse ogni cosa.

Channing rimase in silenzio, come se quella frase non spiegasse niente. Dopo un po' le disse: «Mi avete salvato la vita. Ho dei vaghi ricordi. Non ero del tutto incosciente. Avete usato il mio petto come un tamburo. Per poco non mi avete rotto una costola.» Sorrise di nuovo, ma di nuovo le sue labbra parvero obbedire a un comando del quale non erano convinte. «Grazie.»

«Non devi ringraziare nessuno. Devi solo vivere.»

«Perdonami per non avertelo detto subito. Io... ho commesso un terribile errore. Un errore imperdonabile. Al quale è necessario porre rimedio.»

«Non sforzarti. So tutto. I dottori e tua madre mi hanno spiegato ogni particolare della tua malattia e...»

«Non è il rimedio al quale mi riferivo. Non voglio più vedere quella paura nei tuoi occhi. Non voglio più vederti così. Da quanto non dormi? Hai mangiato? Hai ancora addosso gli stessi vestiti di ieri mattina. Ti sei mossa da questo dannato ospedale?»

«No, finché non saprò che stai bene, non muoverò un passo.»

«Io non starò mai bene, Bambi. Pensi di piantare le tende qui fuori?»

«Se è necessario, ci faccio pure la muffa.»

«Devi farmi una promessa, invece.»

«Quale?»

Channing abbassò lentamente le palpebre per una volta. Aveva gli occhi lucidi, le labbra screpolate, sembrava fatto di vetro.

«Non farti mai più vedere.»

Grace spalancò la bocca in un'espressione incredula. Non poteva aver detto ciò che aveva detto, o forse il senso era diverso da quello che sembrava, o era lei ad avere capito male.

«Cosa...?»

«Vai via, torna a New Haven, vai dove ti pare, ma non venire più qui, o in qualsiasi altro ospedale in cui mi troverò per il poco che vivrò.»

«Tu vivrai!» esclamò lei, la voce rotta da un improvviso singhiozzo. «Il dottore ha detto che con il trapianto...»

«Grace...»

«Lo ha detto lui, io gli credo!»

«Non è questo il punto, piccola.»

«E qual è?»

«Il punto è che la mia vita, o la mia morte, non devono più riguardarti.»

Grace scosse la testa. Tremava. Era disperata e arrabbiata allo stesso tempo. «Non è possibile. Pensi che quando dico "ti amo", lo dica come se fosse il ritornello di una canzone scema che mi è rimasta in testa anche se non mi piace?»

«Lo so che ci credi, ma non accetterò che tu stia così male. Ti sei guardata allo specchio? Sembri invecchiata, sei distrutta, non hai smesso di piangere un attimo. Ma non lo permetterò più. Ti ho già rovinato un compleanno. Non te ne rovinerò altri. Non lascerò che tu trascorra la tua giovinezza ad avere paura che io muoia, perché la paura sarà sempre questa: con o senza trapianto, io sarò sempre appeso a un fottuto filo.»

«Puoi dire quello che vuoi, io non me ne vado.»

«Grace...»

«Non mi muovo da qui e...»

«Tu mi fai male al cuore.»

«... anche se blateri fino a domani e... Male al cuore? In che senso?»

«Se non vuoi andartene perché rimanendo fai del male a te stessa, vattene perché fai del male a me. La tua presenza mi agita. Ascolta il ticchettio di questo aggeggio al quale mi hanno collegato con gli elettrodi. Prima era lento. Adesso è impazzito. Sei tu, Grace. Tu puoi uccidermi prima del tempo. Potrei non arrivare vivo al trapianto per colpa tua. Vattene.»

L'apparecchiatura che monitorava il cuore, in effetti, aveva aumentato il ritmo delle sue segnalazioni sonore. Un'infermiera giunse sollecita, controllò qualcosa, gli fece un'iniezione in vena. Quindi si rivolse a Grace: «Ha una lieve aritmia. Non va bene. È meglio se va via, signorina».

Grace pareva una bambina sperduta. Se avessero collegato degli elettrodi anche al suo cuore, il ticchettio della macchina avrebbe assordato il mondo. Prese a torcersi le mani, il sudore le ruscellò tra i capelli, il suo respiro divenne più ansante. «Non puoi... non puoi chiedermi questo... non puoi...»

«Lo sto facendo, invece. Sono stati due mesi grandiosi. Ma sono finiti. La mia vita è questa, in un modo o nell'altro. Adesso esci da quella porta e vai a vivere la tua di vita.»

Le sue pulsazioni accelerarono così forte che giunse un dottore, mentre un paramedico spinse Grace indietro, indicandole risolutamente l'uscita.

Non vide più nulla di lui. La porta si chiuse come un sipario. No, come un cancello.

Il corridoio le parve ancora più lungo dell'andata, più buio e soffocante, come se conducesse al centro della terra, o in una tomba. Quando aprì l'ultima porta, Gladys, Edward, Kate, Savannah e il suo silenzioso compagno erano ancora lì, sulle sedie, stanchi e sconfitti.

E poi, in mezzo a loro, Grace li vide. I suoi genitori. Corse chiamandoli.

Mamma. Papà. Forse sono una bambina. Forse ho bisogno del vostro aiuto. Forse non sarò mai più felice.

E poi svenne fra le loro braccia.

La prima cosa che vide al risveglio fu il viso di sua madre. Poi notò un soffitto colorato di azzurro, e capì di non essere più in ospedale.

«Come sta Channing?» domandò.

«Come prima» le rispose la sua bellissima mamma bruna che somigliava ad Ava Gardner. Un'Ava Gardner un po' afflitta, tuttavia. «Tu sei uno straccio. Adesso ti preparo un bagno e...»

«Devo tornare in ospedale! Devo fargli capire che si sbaglia!» Si mise a sedere di scatto, ma la testa prese a girarle talmente che dovette coricarsi di nuovo. Allora si stese di lato, con la guancia contro un cuscino fresco e odoroso di primule, e le lacrime morirono direttamente nella federa. Le aveva detto di andare via, di non tornare più. Le aveva detto che la sua presenza poteva ucciderlo. Le aveva chiesto – no, ordinato – di vivere senza di lui.

Da quanto piangeva? Due giorni o due vite? Non riusciva più a tenere il conto, forse erano trascorse quattro lunghe stagioni, un'estate sfolgorante e poi tre inverni. Dieci inverni. Mille inverni. Solo inverni da ora in poi. Le sembrava di essere completamente vuota dentro, come uno di quei gusci di noce che appaiono normali e poi li apri e non trovi nulla.

«Calmati, piccola, calmati» le sussurrò la madre. «Non ti ho mai vista così. Sei un'altra persona.»

Avrebbe voluto dirglielo che lo era davvero un'altra persona. Che aveva vissuto in due mesi emozioni che alcuni non provano mai, aveva visto albe e tramonti e boschi e aquile e slittini abbandonati sulla neve, e non puoi rimanere uguale in questi casi, non puoi. Ma non le disse nulla, riusciva solo a piangere contro quel cuscino.

«Lui non vuole che vada più a trovarlo» sussurrò a un tratto, fissando una finestra velata da una tenda bianca, dietro la quale le imposte socchiuse lasciavano filtrare nastri d'aria.

«Lo so. Lo ha detto anche a sua madre, che ce lo ha riferito. Io... credo lo abbia deciso per il tuo bene. Non ha torto, Grace. Lo aspetta una vita molto difficile, qualsiasi decisione decida di prendere per se stesso. Non sei in grado di sostenere questo peso. Sei giovanissima, sei impreparata ad affrontare esperienze tanto intense, hai diritto a una vita serena, a studiare, a pensare al tuo futuro. E poi lo conosci da pochissimo, non può essere che...»

«Io lo amo.» Fissò sua madre dritto negli occhi, con uno sguardo che conteneva una sentenza e una sfida. «Io lo amo» ripeté quindi. «Il tempo non conta. E posso affrontare qualsiasi cosa. Non sono una bambina, e se avessi due cuori gliene donerei uno. Glielo donerei anche avendone uno soltanto. Credi che avrò una vita serena solo perché mi risparmierò il disagio di stargli accanto in questo difficile cammino? Per me non sarebbe un disagio. Stargli lontana è un disagio, non sapere come sta, cosa fa, cosa pensa, se ha paura, se sorride. Ma lui... lui non mi vuole. Dice che lo faccio stare male, che lo faccio agitare.»

«Questa è un'altra verità, piccola mia. L'agitazione è l'ultima cosa che gli serve.»

«Forse tra qualche giorno...»

«Finché non farà il trapianto, rimarrà in terapia intensiva. E dopo, se lo farà, dovrà essere sottoposto a controlli strettissimi per molto tempo. Non sarà un percorso semplice.»

In quel momento, suo padre entrò nella stanza e si sedette anche lui sul letto. Non era pallido come Channing, ma lo era senz'altro rispetto al suo consueto incarnato olivastro. La preoccupazione toglieva colore e luce a tutti.

«Hai dei buoni amici» commentò. «Gladys, Edward, Kate sono brave persone. Un po' bizzarre, ma di cuore. Sei stata fortunata.»

«Non è fortuna, è destino» commentò lei, tirando su con il naso come una bambina. «Ma il destino è fatto di scelte, e io ho saputo scegliere. E ho saputo scegliere anche per merito di Channing. È stato il mio angelo custode, mi ha protetta e mi ha consigliata. E io... io non voglio abbandonarlo.»

«Non lo stai abbandonando, tesoro. A volte, nella vita, ci si ritrova dinanzi a percorsi obbligati.»

«Adesso, però» decise la madre col tono di chi non ammette repliche, «farai un bagno, e poi mangerai qualcosa. Non puoi affrontare tutto quello che dici di essere disposta ad affrontare, se perdi i sensi per la debolezza. Prima rimettiti in forze, e dopo potrai valutare le cose con più lucidità. Lui già sta male: se stai male anche tu, cosa risolvi?».

Grace accettò a malincuore. Era vero, in parte: non poteva lasciarsi andare, non poteva permettersi di morire di disperazione. Doveva essere forte per due, per dimostrare a tutti che era una donna con un coraggio da donna, e non una bambina spavalda che poi annega in una pozzanghera.

La vasca non era rotonda e non era al centro della stanza, e non c'era Channing che le insaponava i capelli, ma sua madre. Grace si rannicchiò in mezzo alla schiuma, la testa sulle ginocchia sollevate, i capelli che galleggiavano, l'acqua che accoglieva a braccia aperte le sue lacrime.

Cosa avrebbe potuto fare?

Rinunciare a lui? Abbandonarlo?

Non voleva abbandonarlo, e quel desiderio non aveva a che fare col semplice dispiacere provato da un essere umano per il destino di un altro essere umano.

Quel desiderio aveva a che fare con la sua stessa sopravvivenza, con l'aria che le mancava, con la propria vita vuota senza di lui.

Se fosse stata più grande, se avessero avuto almeno trent'anni ciascuno, nessuno avrebbe avuto da ridire, nessuno si sarebbe opposto, nessuno avrebbe affermato: "Sei troppo giovane, hai tutta la vita davanti, devi fare questo e quello, non sei pronta a sostenere un simile peso, non è giusto che tu pianga ancora". Neppure Channing. Tutti avrebbero dato per scontato il contrario, piuttosto: che non solo fosse capace di rimanere accanto all'uomo che amava, ma che ne avesse il dovere.

Odiava la sua età, odiava come la faceva sentire impotente.

Forse, se vuoi che smettano tutti di trattarti come una ragazzina, Channing in testa, dovresti tu per prima smetterla di comportarti come una ragazzina.

Basta lacrime, basta disperazione.

Una soluzione c'è, anche se adesso non la vedi, una soluzione c'è.

«Io e Channing abbiamo fatto l'amore» disse all'improvviso. La sua voce non era quella di una figlia molto giovane, vissuta sempre come una reliquia che può rompersi, che si confida con la madre, raccontandole con pudore della propria nuova esperienza, ma di una donna che afferma una verità, un fatto che riguarda solo lei e per il quale non chiede opinioni o assoluzioni.

La signora Gilmore trasalì, impallidì, arrossì, tutto un mondo di emozioni contrastanti le attraversò la faccia.

«E ho anche conosciuto mia nonna» continuò Grace. «La madre di Barbara. Non ti dico queste cose per farti stare male, ma perché sono successe e ho scelto che succedessero. So quello che voglio e quello che non voglio. Non ho bisogno di bugie e campane di vetro. Io voglio vivere e affrontare quel che c'è da affrontare.»

Dinanzi a un tale diluvio di informazioni, sua madre ebbe una reazione che, all'improvviso, trasformò il gioco delle parti in quella stanza. Si mise a piangere come una bambina, mentre gli occhi di Grace non piangevano più.

«Mi addolora vederti soffrire, mamma, ti voglio tanto bene, ma ti tratterei peggio se ti mentissi, non credi? Io ti rispetto con la verità. Un'altra verità è che non intendo più avere niente a che fare con Cedric, e che non farò mai l'avvocato, e non soltanto perché Yale mi ha respinto. Non studierò legge in nessun'altra facoltà. Lo so, sono tante le novità da digerire, ma non sei una bambina neanche tu, vero? Insieme ce la faremo.»

«Sei così cambiata... A tratti mi spaventi...»

«Avresti dovuto spaventarti se fossi rimasta come prima. Se non avessi trovato la vera me stessa in mezzo a questo viaggio. Se avessi fatto l'amore con qualcuno che non amo. Se non avessi cercato di conoscere i miei parenti di sangue. Che persona sarei stata, in quel caso? Mia nonna era così felice di conoscermi. Le ho promesso che andrò a trovarla, e la prossima volta potresti venire con me, che ne dici? Siamo tutti una famiglia. E adesso mi asciugo e mangio qualcosa. Hai ragione: devo essere in forma, Channing ha bisogno di me, se svengo non lo aiuto in alcun modo. Inoltre, non piangerò più. Basta lacrime, solo coraggio. E se pensa che permetterò alla morte di portarselo via, si sbaglia di grosso. Io riporterò il suo cuore in vita fino all'ultimo giorno, in un modo o nell'altro.»

Amore mio, ho deciso che ti scriverò delle vere e proprie lettere. Le consegnerò a tua madre e valuterà lei se e quando dartele. Non posso certo

entrare nella sala della terapia intensiva sfondando vetri e porte, non posso obbligarti a riaccendere il cellulare, e non posso obbligarti a leggere le mie parole, ma tu non puoi impedirmi di scriverle.

Non sono molto lontana da te, il mio posto è dopo quell'abbagliante corridoio bianco che porta alla stanza in cui sei ricoverato. Mi siedo sempre sulla stessa sedia, accanto alla finestra. Il sole del New Mexico è forte, in lontananza si intravede il deserto. Il cielo è talmente blu da sembrare viola, come il colore dei tuoi occhi. Aspetta, scatto una fotografia e te la mando sul cellulare, anche se è spento. Rimarrà lì come un cucciolo che aspetta.

I miei genitori sono a Farmington da ieri. L'hotel dove alloggiamo non li fa impazzire, ma è il più vicino all'ospedale, devo solo attraversare la strada, e non mi muovo neppure se mi ipnotizzano. Dopo colazione vengo qui, mi siedo su questa sedia e ti scrivo. Tua madre è molto carina, molto gentile e molto spaventata. Dovresti sorridere di più, o morirà prima lei di te. Il suo compagno parla poco, ma sembra un uomo buono. Credo di piacere a entrambi: sì, credo proprio di piacergli molto.

Anche Gladys, Edward e Kate sono rimasti. Fred non è potuto entrare in ospedale e mi ha messo un po' di broncio. Per farmi perdonare gli ho comprato delle mandorle. Penso senta l'arrivo dell'autunno: è più lento e meno arzillo, e mangia come un matto.

Anche io cerco di mangiare, non per il letargo, ma perché per combattere contro un testardo come te ci vuole forza. Mi hai detto che ti agito e che potrei ucciderti, e io ci ho pensato a lungo, e ho capito che non è vero: non eri agitato per la mia presenza, eri agitato per le parole che mi stavi dicendo. Perché mandarmi via ti faceva male da morire. Il tuo cuore è impazzito perché credevi fosse il nostro ultimo incontro, e volevi che fosse il nostro ultimo incontro, ma sono anche sicura che non lo volevi affatto.

Te lo confermo: non lo era. Ci rivedremo molto presto. Perché noi non possiamo fare a meno di noi. Cerca di capirlo rapidamente, stupido testardo: cerca di capire che non ho paura di niente, se non della tua assenza, e che preferirò sempre tenere la tua mano in una stanza di ospedale in mezzo a quei ticchettii da astronave, piuttosto che ritrovarmi in un castello con le mani vuote.

Oggi mi ha telefonato Jessica. Se avesse già compiuto diciotto anni, si precipiterebbe a sostenermi. E sai perché? Perché lei mi conosce davvero. Vorrei proprio che le parlassi. Ti direbbe che la vera Grace ha le palle. Ti direbbe di quando, a nove anni, feci una specie di sciopero della fame per impedire ai miei genitori di dipingere di rosa le pareti della mia nuova stanza. Okay, lo so, era una sciocchezza, e dopo qualche anno ho fatto indigestione di rosa, ma quella era una falsa Grace, non fa molto testo. A nove anni, rifiutando risolutamente due pranzi e una cena – anche se per cena c'era la crème brûlée – ottenni di avere le pareti tutte gialle. Ho riempito un muro di disegni di girasoli. Ancora mi ricordo l'odore dei colori. C'erano fiori e api e anche un dinosauro. È stato molto divertente.

Comunque, era solo per farti capire che Jessica sa che tengo duro quando voglio qualcosa. O qualcuno. E voglio te, cuore malridotto incluso. Ti voglio da impazzire, Channing, e so aspettare. Ma non farmi aspettare troppo, ti prego, perché anche se non intendo muovermi da qui, vorrei tanto essere lì.

Pare che i dottori abbiano sconsigliato a tua madre di farti avere le mie lettere. Per il momento. Sono speranzosa, non hanno detto "mai". Quindi continuo a scriverti, perché mi fa sentire più vicina a te. Dicono che non mangi tanto e che sei dimagrito. Se potessi, verrei a imboccarti di persona. Un boccone e un bacio. Un bacio e un boccone.

Mi sono chiesta se per caso tu abbia paura che non mi piacerai più perché, per forza di cose, col trapianto cambierai. Be', se pensi questo, sei un cretino. Tu mi piacerai sempre. E poi, tutti cambiamo, e se solo chi è sano e perfetto merita l'amore, allora non è amore. È una pessima imitazione. Io ti amo davvero, ma affinché tu ci creda dovrò fare di più.

⤙⤚

Ho fatto una cosa strana. Mi sono tagliata i capelli. Ho trovato un parrucchiere che non aveva mai visto dei ricci biondi come i miei, e li ha raccolti come schegge di diamante. Chissà cosa ne farà.

A mia madre stava venendo un colpo, sappilo. Per poco non te la sei ritrovata come compagna di corsia. Li ho fatti tagliare proprio corti. I miei occhi sembrano più grandi e, lo ammetto, sono buffa. Dimostro non più di tredici anni e stamattina non volevano farmi entrare in ospedale perché non è consentito l'ingresso ai minori non accompagnati. Quando mi vedrai, riderai di brutto, contaci. Ti farà bene ridere.

Vedi, tutti cambiamo anche senza bisogno di rivoluzioni. Nessuno rimane uguale, ma ci evolviamo ogni giorno, per ragioni più o meno gravi: siamo nuvole a forma di orsi che poi diventano incantatori di serpenti.

Ma se non smetterai di amarmi, per me non conterà nient'altro.

⤙⤚

Oggi sono stata a trovare Gladys e gli altri. Volevo dire loro di ripartire. Mi sentivo in colpa, come se li stessi obbligando a fermarsi a Farmington. Sai cosa mi ha detto lei?

«Stai commettendo lo stesso errore di Channing.»

Le ho chiesto subito cosa intendesse, un po' allarmata. Mi ha risposto con quella voce dolce, che ti insegna le cose senza sembrare che te le insegni. «Anche tu, come lui, pensi di sapere cosa vogliono gli altri e cosa va bene per loro. Ti pare di averci costretti a interrompere il nostro viaggio. Lui fa la stessa cosa. Ha deciso di rinunciare a te, non perché non desideri averti vicino, ma perché dà per scontato che starai meglio altrove. È un errore comune, piccola. Pensare di sapere meglio di un altro cosa lo

337

rende felice. Io so benissimo cosa mi rende felice. Stare qui. Accarezzarti quei buffi capelli corti quando capisco che stai per piangere. Prepararti le caramelle di zucchero dopo che Savannah ti ribadisce che quel testone non vuole rivederti. Questo mi rende felice. Non il Grand Canyon, la Monument Valley o il parco di Yosemite. Se pure morissi domani e non avessi più la possibilità di visitarli, vorrei aver fatto esattamente quello che sto facendo adesso, e morirei felice sapendo che le mie caramelle di zucchero ti sono piaciute e hanno donato un po' di colore alle tue guance. Inoltre, sono sicura che mi reincarnerò in un'aquila, e potrò vedere tutto quello che voglio da una posizione privilegiata.»

E poi, anche Kate ha detto una cosa bellissima! Ha detto: «Anch'io so cosa mi rende felice. Esserci stata quando hai avuto bisogno di me a Four Corners. Chiederti di farmi usare il tuo lucidalabbra e vederti sorridere perché mi impiastriccio tutta nel metterlo. Sentirti raccontare del tuo viaggio con Channing, dell'uragano che vi ha colti di sorpresa in Missouri, di come hai conosciuto i tuoi parenti in Kansas, del cervo che avete salvato in Texas. Ho sempre avuto qualche dubbio sull'esistenza del buon Dio, a furia di sentirne parlare come di un barboso signore che comanda e pretende, ma adesso mi sto convincendo che esiste davvero, e me lo immagino come un vento che suggerisce parole al destino e ci dà l'occasione per essere migliori. Io mi sento migliore, stando qui, a dormire su un furgoncino, che in qualsiasi altro posto del mondo».

Lo confesso, a questo punto ero sull'orlo delle lacrime. Ma è stato Edward a darmi il colpo di grazia. «Non sono arrivato invano a settant'anni» ha detto. «Avrò pure imparato qualcosa dalla vita. E ho imparato che so soltanto io ciò che mi rende felice, che non necessariamente quel che piace a novantanove persone piacerà a me anche se sono soltanto un insignificante centesimo, e che non baratterei una vita più lunga per quest'ultima parte del nostro viaggio, così com'è, con tutto il dolore che la accompagna, perché quando ti pare di toccare il fondo, è lì che ti dai la spinta per volare. Conosci quell'antica poesia degli indiani d'America intitolata I doni di Dio?»

338

Gli ho risposto di no. E lui ha recitato dei versi bellissimi che conosceva a memoria. Me li sono fatti scrivere per riscriverteli qui.

Gli ho chiesto la forza, e Dio mi ha dato difficoltà per rendermi forte. Gli ho chiesto la saggezza, e Dio mi ha dato problemi da risolvere. Gli ho chiesto la prosperità, e Dio mi ha dato muscoli e cervello per lavorare. Gli ho chiesto il coraggio, e Dio mi ha dato pericoli da superare. Gli ho chiesto l'amore, e Dio mi ha affidato persone bisognose da aiutare. Gli ho chiesto favori, e Dio mi ha dato opportunità. Non ho ricevuto nulla di ciò che volevo, ma tutto quello di cui avevo bisogno. La mia preghiera è stata ascoltata.

Non pensi che sia tutto vero, Channing? Stavo commettendo il tuo stesso errore. Li stavo allontanando per presunzione.
Non essere presuntuoso, amore mio, permettimi di rimanere.
Ma sappi che, anche se non me lo permetti, io rimango.

A quanto pare, insisti a rifiutare l'idea del trapianto. Io non capisco perché. Non vuoi provare a vivere? Lo so, è un percorso tutt'altro che privo di ostacoli, mi sono documentata. La tua vita, dopo, non potrà essere uguale a prima. Ma dipende da cosa consideri come "prima": se il prima è la vita scapestrata e senza limiti che hai sempre desiderato e per un po' hai anche condotto, okay, ti do ragione.
Cosa non potrai più fare? Arrampicarti? Verissimo, molto probabilmente non potrai più farlo. Ma magari scoprirai di avere una passione per il nuoto, o la bicicletta, o la corsa. E quante altre cose potrai fare? Viaggiare, fare l'amore, perfino avere dei figli.
Se il prima che non vuoi modificare, invece, è questo, be', io direi che non è un prima da mettere in cornice. Non fare i conti con la vita perfetta che vorresti, ma con la vita che hai. Cos'hai adesso? Hai un ragazzo con un bel problema.

Perché vuoi privarti della speranza? Non sei abbastanza coraggioso da affrontare il viaggio tortuoso che verrà?

Una volta mi hai detto che a nessuno capita qualcosa che non sia in grado di sopportare. Che all'inizio non lo capisci, ti sembra di essere perseguitato dalla sfortuna, ma a un tratto ti rendi conto che tutto ha un senso: il destino voleva solo farti comprendere qualcosa, mandarti un segnale per portarti su una certa strada.

Un'altra volta hai riconosciuto che nella vita non si può fare tutto da soli, che due persone che portano un peso lo alleggeriscono.

Ebbene, non pensi sia venuto il momento di dimostrare che credi alle tue stesse parole?

Ho saputo che tua madre ti ha parlato delle lettere e le hai ordinato di bruciarle. Non sei stato molto gentile, lo sai? Credi che comportandoti da stronzo mi farai andare via? No che non me ne vado. Tanto, lo so che il pensiero che io vada via davvero ti fa stare malissimo.

Forse mi stai mettendo alla prova per capire quanto sono motivata?

Attento, potrei sorprenderti.

E se nel frattempo mi ricrescono i capelli, li taglierò di nuovo.

Spesso mi porto dietro gli album che mi ha regalato Piper. Me li poso sulle gambe e li coloro. Aveva ragione, è molto rilassante. I primi giorni usavo solo tinte scure, adesso sono passata a quelle più vivaci. Dovrebbe essere il contrario, credo, dovrei sentirmi più scoraggiata man mano che mi dimostri, col tuo silenzio e la tua assenza di azioni, che lo spazio che ci separa è molto più esteso di questo corridoio. Ma per qualche motivo ho meno paura. Forse perché, se non altro, adesso so. So dove sei, cos'hai e cosa è possibile fare. Che tu non intenda farlo, ovviamente, è un altro discorso,

ma insomma, almeno non brancolo nel buio. Ti piacerebbe vedere questi miei piccoli quadri? Facciamo così: ne scelgo qualcuno e lo infilo nella stessa busta della lettera. Ti mando solo quelli coi colori accesi.

Ho fatto anche sviluppare tutte le fotografie del viaggio. Sono molto carine! La macchina non è certo buona come la reflex che mi hai regalato, ma con quella non abbiamo avuto tempo di scattare nessuna foto. Non ancora, almeno. Intanto devi accontentarti di queste. Te ne metto alcune insieme ai mandala colorati: ci siamo noi, ci sono i luoghi, c'è Fred. C'è il nostro viaggio in frammenti, alcuni sfocati, ma anche quel guazzabuglio aveva un senso.

Stanotte ho dormito con una delle tue foto – e sì, te ne ho scattate alcune a tradimento, ma anche tu a quanto pare: ho visto quella nel display del cellulare – sotto il cuscino. Mi è sembrato di percepire il tuo profumo. Dio, quanto ti amo, Channing. Dio, quanto ti amo.

Non so quanto questo possa farti piacere, ma ho sentito Cedric per telefono. Abbiamo parlato per un po' e non ci siamo insultati. Ci siamo solo detti addio. Mi è parso perfino sollevato, quando ha capito che non intendo dire in giro della sua relazione con Michelle (e di quanto è stronzo, aggiungo sottovoce) e che accetto che venga diffusa la notizia che la nostra è stata una separazione consensuale (che paroloni, nemmeno fossimo gli eredi della regina d'Inghilterra). Si aspettava che anche io lo ringraziassi per quest'idea, perché mi ha evitato il disonore di essere additata come la pazza che scappa di casa all'improvviso, ma a me non frega nulla di quel che pensa e dice la gente. Finalmente, non me ne frega più. Perciò non l'ho ringraziato e gli ho augurato solo di stare bene. Dopo, sai come mi sono sentita? Libera, felice, tranquillizzata, serena? No, non mi sono sentita in nessun modo. Non ho provato nulla. Ho pensato soltanto che volevo scriverti per dirtelo, e ho sperato che non ti agitassi leggendo queste righe.

—∞—

Perché hai strappato le fotografie e tutto il resto? Savannah ha detto che hai afferrato la busta e l'hai proprio divisa in due, senza neppure aprirla. Così facendo, hai definitivamente convinto i dottori che la mia presenza ti disturbi. Pensano che io sia una vera e propria stalker, poco ci manca che mi impediscano di entrare in ospedale.

Sono una stalker, Channing?

Non ho capito niente?

Sono totalmente in torto?

Dopo due settimane continui a respingermi e a tenere il cellulare spento. Forse è vero che non mi vuoi?

Forse era il tuo amore, e non il mio, l'anello debole della nostra catena?

—∞—

Oggi ho dovuto difenderti da mio padre.

Ha osato dirmi che è chiaro che non ti importa nulla di me. Che un ragazzo innamorato mi avrebbe dato una risposta, un cenno, un segnale di fumo, qualsiasi cosa. Che dovrei tornare a casa e dimenticare.

Ma io non voglio dimenticare e, soprattutto, non posso dimenticare.

Tuttavia, devo pensare. Devo capire.

Ho deciso di continuare il viaggio fino a Santa Monica, per portare la Corvette a Piper. Le serviva per la fine di settembre, ricordi?

Mio padre non voleva assolutamente, mi ha detto: «Potremmo noleggiare una bisarca per portarla fino a lì. È molto più pratico e sicuro per tutti».

Ma, cosa strana, mia madre si è schierata dalla mia parte. «Penso sia capace di farlo, James» gli ha detto.

Lui l'ha guardata come se la cercasse da qualche parte alle sue spalle, come se si domandasse chi fosse quella donna decisa, perché non sospirasse e non piangesse, perché non avesse visioni di incidenti mortali e rapine a mano armata. È stato un momento molto strano e molto intenso. Li ho abbracciati entrambi con tutta la forza che sono riuscita a racimolare in quel momento.

Comunque, domani parto. Gladys, Kate ed Edward verranno insieme a me. Mio padre così è un po' più tranquillo. Certo, non gli piace che io guidi per più di ottocento miglia, ma non mi avrebbe dissuaso neppure coi cannoni. Si era offerto di venire lui, però sono due settimane che non lavora, ha un sacco di impegni arretrati e deve tornare a New Haven. Non che avrei accettato: voglio proseguire da sola. Posso farcela. Se anche mia madre, che ha sempre avuto paura di tutto, si fida di me, cosa devo temere?

Sarai felice quando Savannah ti dirà che non sono più su questa sedia, nella sala d'attesa, o ne sarai dispiaciuto? Ti mancheranno i miei pensieri vicinissimi?

In questi giorni rifletterò su cosa fare. Non ho smesso di amarti, anzi, ti amo più di prima, ma se non mi vuoi, non posso costringerti a volermi.

Fammelo capire, Channing. Fammi capire se la mia presenza ti fa male sul serio. Mandami un segno. Ti giuro che, se intuirò che sei sincero, che non vuoi solo proteggermi ma proprio non te ne importa niente di me o davvero compromettо la tua salute, la smetterò di importunarti. Ti sei sempre vantato di non mentire quasi mai: ebbene, fai in modo di eliminare il "quasi" e sii totalmente sincero, senza maschere.

Te l'ho detto, non pretenderò mai nulla, neppure se mi avessi promesso Atlantide, l'Eldorado e un matrimonio su tappeti volanti.

Ma se mi vuoi, fai qualcosa, qualsiasi cosa. E sarò lì da te in un attimo.

⁂

Arrivarono a Santa Monica il primo giorno d'autunno. La Route 66 finì dinanzi all'Oceano Pacifico, accanto a una ruota panoramica, sulla baia. Il tramonto era appena arrivato e rendeva tutto magnifico e straziante.

343

Mentre Gladys ed Edward ammiravano il panorama dell'oceano invaso di luci, Grace e Kate si sedettero su una panchina vicina al cartello con la scritta ROUTE 66 – END OF THE TRAIL. Avevano appuntamento con Piper proprio in quel punto del molo. La Corvette era parcheggiata poco distante.

Intorno echeggiava una musica allegra, che le fece tornare in mente il Carousel di Central Park. Grace si ricordò la propria felicità di quel giorno, mentre si aggrappava al suo puledro bianco ed era felice e un po' tremava, quasi temesse di essere disarcionata da un cavallo in carne e ossa. Per un attimo, le era parso fosse vivo sul serio quel cavallino, ma forse era lei che era finalmente viva, tanto viva da aver udito un nitrito immaginario e il rintocco di un galoppo insieme alle sue risate da bambina.

Purtroppo, se permetteva ai ricordi di assalirla, violava il giuramento fatto a se stessa: quello di non piangere più. Perciò accantonò quel ricordo, lo mise da parte come se fosse una cosa che puoi spostare in un'altra stanza e nascondere dietro una porta, e cambiò pensieri e discorsi.

«Cosa farai?» domandò a Kate.

Il viaggio era quasi giunto al termine per ciascuno di loro, e l'oceano pareva un confine messo lì apposta per imporre delle scelte.

«Io tornerò in Pennsylvania. Ma solo per un po'. Non mi farò battezzare, voglio diventare un medico. Credevo fosse soltanto una fissazione, ma adesso so che è il mio destino. Diventerò un cardiologo.»

Grace le strinse la mano come avrebbe fatto con una sorella più piccola, e non riuscì a impedire ai propri occhi di diventare lucidi. Già provava una dolorosa nostalgia.

«Hai intenzione di andare a trovare il tuo Kenneth?»

«No. Non è il momento giusto. Ho solo sedici anni. Mi tratterebbe come una bambina. Quando mi iscriverò all'università, lo cercherò. E se non mi avrà aspettato, vuol dire che non era l'uomo del mio destino. Anche se ha già fatto tanto per me, regalandomi quel libro.»

«Ha fatto tanto anche per me. Se tu non avessi saputo come praticare un massaggio cardiaco...»

«Diciamo che ci ho provato! E ho capito di essere portata. Di avere sangue freddo. Ma anche tu hai fatto la tua parte. Channing non ti ha scritto né telefonato?»

Grace scosse la testa. «Il suo cellulare è sempre spento.»

«Che sciocco ragazzo, ti tiene lontana per non farti soffrire e non capisce che così soffri di più.»

«Forse non mi ama davvero. Se mi amasse, vorrebbe vivere, non credi? Invece si sta lasciando andare. Sua madre è disperata. E io cosa posso fare se non mi permette di occuparmi di lui? Se non legge le mie lettere, strappa le mie fotografie e non risponde alle mie chiamate?»

In quel momento, una nuova voce si intromise nella conversazione. «Smetti di cercarlo, di scrivergli e di mandargli foto.»

C'era Piper davanti a loro, in un paio di jeans comodi con il risvolto sugli orli, una camicetta bianca che lasciava intravedere la morbidezza del seno e del ventre, e i capelli rossi acconciati come quelli di Marylin Monroe. Sulle sue labbra a forma di cuore brillava un rossetto sensualmente rosso.

Si sedette sulla stessa panchina, fra Grace e Kate.

«Lascia che ti dia questo suggerimento, prima di passare agli abbracci, ai come stai e come sto, e alle presentazioni. Ho sentito il bisogno di dartelo fin da quando, al telefono, mi hai detto come si stava comportando quell'adorabile testone. Lo sai che lo amo come un fratello, ma... Per capire quanto ci teniamo a qualcuno, dobbiamo temere di averlo perso *davvero*. Tu hai fatto tutto quello che potevi, adesso lascia che sia Channing a dimostrarti che ha le palle. Qual è la tua prossima meta?»

«Dopo averti restituito l'auto, pensavo di tornare da lui e...»

«Non tornare. Fai qualcos'altro. Fagli sentire la tua mancanza. Deve desiderare di stare meglio per venire a prenderti. Mi avevi detto di voler andare a Pacific Grove. Vacci. Completa il viaggio che avevi stabilito. E non smettere di sperare.»

─∞─

Forse questa lettera non ti arriverà mai, perché voglio dartela di persona, ma non so se ci rivedremo. La sto scrivendo nel bosco del museo delle farfalle, a Pacific Grove. Siamo seduti sotto un pino. Gladys si è vestita di arancione, e sembra una farfalla madre, una farfalla nonna, una farfalla dea. Edward si è portato dietro una piantina di Asclepias Curassavica. Ha detto che vuole donarla alle farfalle, che appena le vedrà gliela offrirà con un inchino, perché non si va a casa di una signora senza portare un omaggio floreale. A maggior ragione se le signore sono tante, anzi tantissime. Kate ha la macchina fotografica pronta: scatterà lei delle foto al posto mio. Io non ce la faccio, è come se non riuscissi più a notare i dettagli del mondo. Forse perché i dettagli mi sembrano soli, mi sembrano abbandonati, mi sembrano bambini lasciati indietro.

Fred è quasi in letargo, gli abbiamo comprato un trasportino per gattini, lo abbiamo foderato di carta, e lui trascorre quasi tutto il tempo a dormire. Sapessi quanto è carino tutto acciambellato! A volte dorme con la pancia in su, e allora russa, russa proprio come un bambino con le adenoidi! Chissà cosa sogna.

Ci hanno detto che le farfalle si mostrano quando fa più caldo e, siccome oggi è una giornata piuttosto fresca per gli standard della California, occorrerà aspettare che il sole sia alto.

Così, intanto scrivo. Scrivo a qualcuno che non ha mai provato a contattarmi, e che pare aver deciso di percorrere una strada in cui ci sono soltanto mandala dai colori scuri.

Ieri notte ho pianto, dopo tanto che non lo facevo. Ti ho cercato nel mio letto, volevo le tue braccia intorno, e non le ho trovate. Ho sempre più paura che tu abbia deciso di estromettermi, ma soprattutto ho sempre più paura che tu abbia deciso di non vivere. Sono tre giorni che non sento neppure Savannah, il suo cellulare squilla a vuoto. Ho anche chiamato all'ospedale di Farmington, ma mi hanno detto soltanto che

346

non sei più ricoverato lì. Poiché non siamo parenti, non mi hanno dato altre informazioni. In pratica, sono un'estranea e non merito di sapere che fine hai fatto. Di sicuro non sei più in New Mexico. Ma dove sei?

Non mi aspetto che all'improvviso, come nei film, tu appaia qui tra le farfalle. Come spesso dice Kate, la fede nella magia di Gladys non mi ha contagiata al punto di non sapere che un paziente nelle tue condizioni non può andarsene in giro per la California come se nulla fosse. Quindi non ti aspetto: aspetto solo le farfalle.

Domani tornerò a New Haven con l'aereo. Gladys ed Edward accompagneranno Kate in Pennsylvania e si fermeranno per qualche tempo nella contea di Lancaster. Finché Fred non uscirà dal letargo, così potrà poltrire tranquillo e senza sobbalzi. Lo fanno anche per rimanere ancora accanto a Kate, le si sono affezionati moltissimo. Non credere però che intendano diventare amish pure loro, no. Solo, cercheranno una casa immersa nella quiete della campagna e si riposeranno dopo questo lungo viaggio. Hanno promesso che la prossima estate verranno a trovarmi.

Se penso alla prossima estate, ricomincio a piangere. Perché la prossima estate mi fa pensare a questa estate, e questa estate mi fa pensare a un'altra estate, una qualsiasi, in cui non sarai con me. Potrei venire e cercarti a Providence, ma lo farei soltanto per me. Dubito che ti farebbe piacere, ammesso che tu... ammesso che tu...

Il solo pensiero che potrei non trovarti, e non perché sei in viaggio per chissà dove, mi uccide. Il solo pensiero che tu abbia smesso di esistere, non è soltanto una coltellata: è come se mi avessero estirpato l'anima, l'avessero calpestata e l'avessero sparpagliata sanguinante nella Death Valley.

Ti prego, ti prego, vivi, Channing. Vivi, ti prego. Se tu sei vivo, prometto che non verrò più a cercarti. Desidero solo che tu sia ancora nel mondo. Se tu ci sei, posso sopportare tutto, anche il dolore di non rivederti. Mi basta che tu sia vivo: dunque, sii vivo, te ne prego. Dove vuoi, con chi vuoi, ma sii vivo.

347

Mio Dio, non ci voglio pensare, non ci devo pensare. Tu stai bene, solo che non vuoi vedermi, punto.

Allora facciamo che ti racconto la storia di queste farfalle. Di sicuro sai che vengono dal Canada a svernare qui, solo qui in tutti gli Stati Uniti. Hai idea di quante miglia percorrano per sopravvivere? Hai idea di quanto siano coraggiose queste piccole cosette fatte d'aria e un delizioso schizzo di pittura color tramonto? Ma soprattutto, sai che le farfalle che partono dal Canada non sono le stesse che arrivano in California? Le farfalle vivono troppo poco per riuscire a completare l'intero itinerario. Così, durante il tragitto, depongono le uova e muoiono, e le loro figlie continuano il viaggio. Poi, a loro volta, queste depongono le uova e muoiono, e saranno le nipoti ad arrivare fino a qui. Hai idea di quanto questa cosa sia meravigliosa? Degli esserini che sanno di non arrivare vivi a destinazione partono comunque e sfidano la morte. E senza aver mai visto questi luoghi, li ritrovano, ci pensi? Gli stessi alberi: ritrovano gli stessi alberi dei nonni e bisnonni e trisnonni, non alberi simili in un luogo approssimativamente uguale, ma gli stessi identici tronchi che hanno ospitato altre generazioni di loro simili. Tutto ciò, senza che nessuno glielo abbia raccontato, senza aver letto una mappa, senza nient'altro che un istinto e un bisogno assoluto di non arrendersi alla natura che le vuole fragili e non più longeve di un fiore.

Adesso chiudo. Stanno per arrivare. Il sole è alto e le cime degli alberi si muovono. Qualche tempo fa feci un incubo in cui mi assalivano come piragna, ma ora so che non erano le farfalle: erano le mie paure. Oggi, però, non avrò paura. Come potrei, dinanzi a queste creature coraggiose che simboleggiano la vittoria della vita sulla morte?

Piegò il foglio mentre l'aria si riempiva di scintillanti lepidotteri. Sembravano angeli minuscoli e fate dei boschi. Una farfalla le si posò su un dito per un attimo. Grace le sorrise.

Ciao piccola. Grazie di essere venuta. Grazie di aver voluto vivere.

Fece per posare la lettera nello zaino, per concentrarsi su quello spettacolo colorato e struggente, quando si accorse che stava squillando il cellulare.

La paura riprese a divorarla come in quell'incubo. Era la madre di Channing. Rispose in preda a un orribile presentimento.

«Pronto?»

Le lacrime di Savannah, dall'altro lato, le dissero tutto quello che c'era da dire prima ancora di dirglielo davvero.

Ventidue
Channing

Non riesco a dimenticare la sua disperazione.

Quanto male ti ho fatto, Bambi, e quanto ho rischiato di fartene?

Se ripenso a tutte le volte che avrei potuto avere un attacco, mentre ero alla guida dell'automobile, o addirittura del go-kart, e al terribile incidente, ben peggiore di quello avvenuto, nel quale avrei potuto coinvolgerla e ucciderla, mi sento un mostro, un assassino e un pazzo.

Starà sicuramente meglio senza di me. Non esiste che le permetta di rimanere in questo cazzo di posto, appresso a uno che non si sa se muore. Anzi, *quando* muore. C'è il sole fuori, e lei deve stare nel sole, non nella penombra grigia di una stanza al capezzale di un vecchio.

Mi sento vecchio, sì. Mi sento come se avessi cento anni e attendessi la conclusione naturale delle cose. Sono così stanco che vorrei fosse finita a Four Corners.

O forse no. No. Non sotto i suoi occhi. Non così.

Meglio in questo modo, a distanza, dove non può vedermi e da dove la notizia le arriverà, trasportata da un passaparola, con la leggerezza di una trama raccontata e non vista di persona.

Starà sicuramente meglio senza di me.

Purtroppo... io sto malissimo senza di lei, e non mi riferisco solo al luogo in cui mi trovo, al viavai silenzioso e tirannico dei medici, al rumore incessante delle macchine che mi spiano il cuore, all'assenza di una finestra, fosse anche un oblò, dalla quale poter vedere il cielo, fosse anche uno spicchio.

Mi riferisco alla *sua* assenza, alla semplice mancanza del suo sorriso, della sua voce, del rumore dei suoi passi.

Le ho detto che mi fa stare male, che averla intorno mi danneggia, ma adesso come sto? Ho un altro paio di crisi tachicardiche, anche se lei non c'è, se non la vedo e non la sento.

Sono irrequieto, dormo male, mangio poco, e Grace mi manca.

Nell'ora delle visite, mia madre si aggira intorno al letto come uno spettro. Non so se è una mia impressione, ma mi pare invecchiata di un secolo. D'altro canto, sono certo che, se mi guardassi in uno specchio, anch'io vedrei il riflesso di qualcuno che non conosco.

Vorrei chiederle di Grace, ma sto zitto. Potrebbe pensare che desidero rivederla. Quando le ho detto che non intendevo più permetterle di varcare la soglia di questo inferno, c'è rimasta malissimo, e non vorrei si facesse strane idee.

Mi piacerebbe soltanto sapere come sta.

Che stupido che sono, è una domanda superflua, no?

L'ho mandata via perché stesse bene, e di sicuro sta bene.

Magari è tornata a New Haven, o forse ha continuato il viaggio, e di sicuro conoscerà altri luoghi, altra gente, e si innamorerà di qualcun altro e...

Non ce la faccio ad arrabbiarmi, non ho la forza, sono debole come un bambino.

Ma, nel silenzio, di notte, posso permettermi di piangere.

Grace mi ha scritto.

Mi ha scritto continuamente.

Non si è mossa da questo fottuto ospedale.

Nonostante le cose che le ho detto e il modo in cui gliele ho dette, è rimasta qui fuori, a pochi metri di distanza, seduta sempre sulla stessa sedia ad aspettarmi. Questa cosa mi fa incazzare.

Non voglio che riduca la sua vita a un pellegrinaggio dietro le porte, in attesa di scoprire se sono vivo o sono morto.

Il pensiero di saperla qui vicino mi sconvolge.

Mi fa infuriare e un po', solo un po', mi crea dentro una sensazione di farfalle.

«Brucia quelle lettere, non voglio leggerle» mi ostino a dire a mia madre, per uccidere le farfalle, la speranza, il bisogno che ho di Grace e il mio egoismo.

«Quella ragazza rimane qui fuori ogni benedetto giorno, sta sempre lì per delle ore: anche se non vuoi leggere quello che ti scrive, non ci penso proprio a bruciare niente. E se credi di poterla fermare, ti sbagli. È determinata come una leonessa. I suoi genitori hanno tentato in tutti i modi di convincerla a tornare a casa. Un altro po' e si incatena a un radiatore. Non ti importa proprio niente di lei?»

Non riesco a frenare la mia voce. La macchina che monitora lo stato del mio cuore si spaventa. «Certo che mi importa, dannazione» dico, non a voce alta, non ho abbastanza energia per permettermi un'esclamazione, ma con un tono secco, come se mostrassi un'ovvietà a qualcuno che non vede l'ovvio. «Ed è per questo che voglio che vada via. Ti pare che qui si faccia una bella vita? Guardati intorno: un bel pacchetto di delizie da offrire a una ragazza, no? Chi non vorrebbe trascorrere le vacanze insieme a un moribondo?»

«Se accettassi l'idea del trapianto non saresti un moribondo! Potrebbe arrivare una chiamata da un momento all'altro!»

«Se arriverà, farò quel che ho già fatto: rifiuterò. Altrimenti sarei un moribondo che si illude. Potrei non sopravvivere comunque.

Cosa faccio? Vado e le dico: Grace, metti in conto la possibilità che io schiatti sotto i ferri, che rigetti il nuovo cuore e muoia comunque, e se sopravvivo metti in conto un annetto di vita di merda in cui starò più in ospedale che altrove, e non potrò fare un cazzo tranne più o meno vegetare. Per non parlare della vita che verrà dopo, all'insegna di farmaci che schianterebbero un T-Rex. Che allegria, vero? Proprio una figata! Che bel ragazzo ti sei trovata!»

«Lei ti ama, Channing. Se vedessi i suoi occhi! Non gliene importerebbe di aspettarti, di aiutarti e di starti vicina nei momenti di tristezza e di fatica.»

«Importerebbe a me!»

Credo di essere stato troppo brusco. Mia madre crolla a sedere su una sedia e mi guarda con un'espressione disperata. Quindi scoppia a piangere col viso tra le mani. Mi dispiace vederla così. Mi dispiace che soffra. Perché non capisce che è proprio questo che voglio evitare? Che vorrei morire subito per togliere il disturbo a tutti quanti?

«Mamma, non piangere» mormoro. «Scusami.»

«Non devi scusarti» bisbiglia con voce singhiozzante. «Devi vivere. Ma hai rinunciato perfino a provarci. E io non posso fare nulla. Grace non può fare nulla. Ed è questo che ci devasta. Perché se non sei tu a voler vivere e a desiderare di uscire da quel letto, non c'è nessuno che possa farlo al posto tuo.»

L'ora di visita è finita. Va via, con un passo lento e strascicato, e non mi guarda più nemmeno in faccia.

Non mi domanda se voglio vedere le foto che mi ha mandato Grace. Me le porge direttamente, quasi con rabbia.

Guardo la busta che le contiene, e mi manca il fiato. Per un attimo vorrei aprirla. Le cazzo di farfalle tornano a disturbarmi, mi invadono lo stomaco, e per quell'attimo mi sento assurdamente, e pericolosamente, vivo.

Così, per eliminare la tentazione, le strappo con violenza.

E mentre lo faccio, mi sento come se facessi male a lei, a Grace, mi pare di ferirla fisicamente, e le chiedo scusa coi pensieri.

Mi manca più di quanto mi manchino la luce del sole, le rocce e la speranza di un futuro.

Non faccio che sognarla. Per diverse notti ho solo Grace nella mia testa, e i sogni sono tanto vividi che, al risveglio, mi aspetto di vederla, e ci rimango male quando non la trovo. Mia madre non mi ha più detto nulla di lei, né mi ha portato altre sue lettere.

I giorni passano in un silenzio che mi soffoca.

Poi, un pomeriggio, non riesco a trattenere la mia voce: «Grace... Sai come sta?».

«È andata via» mi risponde. «È proprio partita. Hai vinto tu.»

È più che giusto, è l'effetto che volevo ottenere, il risultato perfetto. Ho vinto, sì. Eppure, non mi sento come uno che ha vinto. Mi sento come se fossi finito in un fottuto buco nero.

Ho avuto un'altra crisi grave. I medici mi guardano e si guardano.

Quando mia madre viene, le dico l'ultima cosa che vorrebbe sentirsi dire: «Vado via».

Non voglio morire in questa stanza, con queste facce simili a gargoyle che mi fissano e questo dannato ticchettio. Potrei raggiungere il Grand Canyon e fermarmi. Non è molto distante, saranno neanche trecento miglia. Se riuscissi ad arrivare vivo fino a lì, potrei provare a calarmi nella gola, e magari morirò mentre lo faccio.

Non dico tutto questo a mia madre, ovviamente, solo che voglio essere dimesso.

Mi osserva con rassegnazione e un sottofondo di rancore.

«Visto che sei così deciso, è inutile che io tenti di farti cambiare idea. La vita è la tua, Channing. Ma sappi che stai buttando nel cesso un bel po' di cose.» È la prima volta che la sento adoperare un termine che, con molta fantasia, potrebbe corrispondere a una parolaccia. «E visto che ti consideri in grado di decidere tutto da solo, stabilisci tu cosa fare di queste. Io non intendo buttarle, provvedi tu. Tanto, per quel che ti importa...»

Apre la borsa e tira fuori le lettere di Grace, e la busta delle fotografie, ancora strappata, con il contenuto diviso in due metà. Lascia cadere ogni cosa ai miei piedi e se ne va con un passo vagamente rabbioso.

Mi muovo un po' nel letto e abbasso le palpebre, come se fossi circondato da piccoli fuochi le cui scintille mi fanno male agli occhi. Non intendo leggere niente, né guardare niente, non intendo...

Osservo timorosamente, l'espressione di un bambino che vuole dimostrare la sua audacia sbirciando la scena più atroce di un film, e la mia anima sprofonda in un vuoto altrettanto atroce. Dalla busta con le foto è scivolata un'immagine. È uno di quegli scatti strani, temerari, un po' confusi, che Grace ha rivolto a se stessa mentre eravamo sulla Route 66. In piedi sull'automobile con la capote abbassata, il vento fra i capelli, ha centrato le sue labbra, che stanno racchiuse in metà foto. Nell'altra metà, probabilmente, c'è il vento che le scuote una scia di riccioli. La sua bocca è ferma nell'imitazione di un bacio. Sembra un fiore rosso.

Una nostalgia assassina mi entra dentro e mi divora. Non riesco a trattenermi, non riesco. Guardo anche le altre foto, in preda alla stessa smania di un alcolizzato che, arrivato al centesimo giorno di sobrietà, cede di nuovo al suo peccato e torna indietro di più di cento giorni. Le scorro, una per una, e ricordo, e tremo, e mi pare di essere ancora lì, in quei momenti, in quella vita.

Poi leggo le sue lettere. Accendo il cellulare e trovo i suoi messaggi e altre foto. Se non muoio adesso, non muoio più. Se il mio cuore regge a questi colpi, forse sono un highlander.

Rileggo tutto per l'intera, maledetta notte. Sembro un pazzo. È come se bevessi acqua fatta di parole senza smettere di avere sete. Mi addormento un po' e la sogno. Ho solo il suo nome nella mente, e le sue labbra che mandano baci che sembrano fiori. Al risveglio ho la febbre, la febbre emotiva che mi prende quando sta per succedere qualcosa di importante ed è in corso un vero cambiamento. La febbre di quando sono terrorizzato o sollevato.

Adesso cos'è: panico o coraggio?

Quando mia madre arriva, mi trova in piedi. Non riesco a stare fermo, il letto è diventato una prigione. Mi guarda e la guardo. I suoi occhi uguali ai miei non trattengono le lacrime. Ha capito tutto. Non so se per un innato sesto senso o perché il mio volto dice tutto a chiunque. E poi viene da piangere anche a me. Dannazione, non era previsto, avevo deciso di essere forte e di arrivare fino in fondo con il coraggio di un leone. Ma quando sei davanti a un bivio e scegli una strada che ti fa paura, e non sei un dio, e sei solo un uomo, puoi anche piangere, cazzo.

Ventitré

Grace si guardò intorno. La sala era molto più che ampia, praticamente chilometrica, senza una sola parete che non fosse una vetrata: il sole della California, e di quella giornata in particolare, calda e soleggiata come a luglio benché fosse fine ottobre, faceva risplendere ogni angolo.

Ovunque erano sparpagliate poltroncine color carta da zucchero, in una tonalità identica a quella della Corvette di Piper. Quel dettaglio, e il ricordo che evocò, la fece piangere.

Non che fosse molto insolita come reazione: aveva trattenuto a lungo le lacrime, era stata forte come una delle immense guglie di roccia della Monument Valley, ma quel giorno sembrava fatta di disperata acqua salata.

A un tratto, Savannah apparve all'ingresso della sala. Si corsero incontro come due bambine.

«Come sta? Lui come sta?» le domandò subito Grace, senza perdersi in convenevoli. Le batteva il cuore tanto forte da meravigliarsi che tutte le persone in quella sala non lo udissero e non si coprissero le orecchie, frastornate.

«Bene, tesoro mio, bene. La chiamata è arrivata mentre eravamo ancora in New Mexico. È stato un momento intenso e miracoloso:

non aveva mai preso in considerazione di accettare, ma stavolta ha detto sì. Subito è avvenuto il trasferimento a Los Angeles. L'intervento è durato cinque ore esatte, il cuore ha cominciato a battere da subito, senza un'esitazione. Non ha avuto nessuna crisi di rigetto fino a ora, ma questa cosa andrà monitorata per sempre. Dovrà rimanere in terapia intensiva altre due settimane. E poi potrà cominciare a vivere a piccoli passi.»

«Di chi è il cuore?» domandò Grace, con la voce spezzata dai singhiozzi.

«Di un ragazzo di San Francisco. Uno sportivo come lui, è morto in un incidente con la moto. La famiglia ha deciso subito di donare tutti i suoi organi. Si chiamava Dylan. Sarà sempre nelle mie preghiere.»

«Perché ci hai messo così tanto a contattarmi?»

«È stato Channing a chiedermelo. Ha detto che dovevo aspettare che finisse l'intervento, e che passasse almeno una settimana. Per essere sicuro che la buona notizia fosse buona davvero. E ti prego, perdonami se quando ti ho chiamato piangevo. Erano lacrime di gioia, ma probabilmente ti ho spaventato.»

«Eh sì, lo ammetto, mi è preso un colpo. Poi ho pensato che sono stata stupida: ero in mezzo alle farfalle, non poteva arrivare nessuna brutta notizia. Ma io... posso... posso vederlo?»

«Sì, ma solo per qualche attimo e da dietro un vetro. Non spaventarti, piccola, quando lo vedrai: è molto dimagrito, ma presto starà meglio.»

«Se lui è vivo, io non ho paura di niente.»

«Allora andiamo.»

Si avviarono lungo un corridoio che non aveva nulla di tetro. Un lato di esso era tutto finestre, e fuori si intravedeva un prato ben rasato, meravigliosamente verde.

Poco prima di una doppia porta che immetteva nell'area della terapia intensiva, Grace si fermò. Si lisciò la gonna: gliel'aveva regalata Gladys, e a girare su se stessa si sollevava creando una ruota blu e gialla.

Di sopra aveva una semplice camicetta bianca, e calzava le scarpe da gothic-lolita con le quali aveva ballato a Indianapolis.

Si passò una mano tra i riccioli cortissimi. Chissà se a Channing sarebbero piaciuti? Forse avrebbe riso? Se lo augurò con tutto il cuore.

Ripensò alla paura in preda alla quale aveva attraversato un altro corridoio nell'ospedale di Farmington. Adesso, invece, andava incontro alla speranza.

Si mosse veloce, cercandolo con gli occhi.

E poi lo vide.

Era lì, in piedi, la aspettava. Sapeva che sarebbe arrivata.

Channing si accostò al vetro che li separava.

Indossava un camice bianco, era dimagrito tantissimo, anche lui aveva i capelli più corti e, in compenso, un po' di barba. I suoi occhi, però, i suoi occhi che portavano il cielo nelle stanze, erano sempre gli stessi.

Si sorrisero nel medesimo istante, quasi un corpo solo in uno specchio. Con uguale simmetria, ciascuno sollevò una mano e la posò, aperta come una stella, sul vetro. Palmo contro palmo.

A Grace parve di avvertire il suo calore, e sperò che il proprio gli arrivasse. Ne aveva tanto, dentro, aveva incendi e magma di vulcani e fuochi d'artificio in cima alle montagne e falò accesi con le pietre e il metallo. Aveva cuori che battevano, desideri che gridavano, ninne nanne, carezze, vento fra i capelli e baci dati prima di dormire.

«Ti amo» gli disse.

«Ti amo» gli lesse sulle labbra, sempre belle, sempre sue. Un sussurro di voce al di là del vetro accompagnò quel movimento lento.

«Grazie di non avermi abbandonato.»

«Grazie a te, Bambi. Sei tu che non mi hai abbandonato per prima.»

«Stai bene con la barba.»

«E tu stai bene coi capelli corti. Sei bellissima. Non vedo l'ora di stropicciarti tutta.»

A un tratto, Channing le mostrò il suo polso destro. «Ricordi il braccialetto della fortuna?»

«Certo. Dov'è adesso?»

«Si è rotto la mattina dell'intervento, prima che lo togliessi per andare in sala operatoria. Si è agganciato non so come a una sporgenza della barella, e si è strappato.»

«Che desideri avevi espresso?»

Channing si avvicinò di più al vetro. «Ho chiesto che tu fossi felice. Per tre volte lo stesso desiderio. Allora ho capito, una volta per tutte, che stavo facendo la cosa giusta.»

«Si sono realizzati in questo preciso momento.»

Continuò a fissarlo per tutto il tempo di quell'incontro troppo breve, senza riuscire a frenare le lacrime: era da quasi un mese che non lo vedeva, e aveva bisogno di trattenerlo in fondo ai propri occhi il più possibile. Ricevette in cambio un lungo sorriso e uno sguardo altrettanto incapace di lasciarla.

Non piangeva perché era triste, piangeva perché si sentiva rinata anche lei, come se pure il suo cuore, dopo essere stato sradicato, avesse trovato uno scrigno che lo avrebbe protetto per il resto della vita. Era certa che sarebbe andato tutto bene, che avrebbero fatto cose e visto luoghi e avuto figli.

Perché, quando hai voglia di vivere, quando hai deciso che hai troppi sogni da realizzare per arrenderti e che vale la pena di combattere, hai già vinto metà della battaglia.

Epilogo

SETTE ANNI DOPO

Edward varcò la porta di casa insieme al suo sacchetto di ciliegie. Nonostante i settantasette anni, era un uomo pieno di energia, che adorava indossare scarpe dai colori accesi e gilet sbottonati, e non aveva abbandonato il vezzo di lasciarsi crescere i capelli: gli arrivavano fino alle spalle, lanosi, folti e con una vaga sfumatura azzurrina in mezzo al bianco.

Posò le ciliegie sul tavolo della cucina e raggiunse il giardino, fischiettando *Stranger in Paradise* di Tony Bennett.

A marzo, il clima di Key West era fresco e asciutto, e Gladys amava dedicarsi al giardinaggio senza il rischio di essere colta da un acquazzone improvviso o di sciogliersi come burro per colpa dell'afa. Abitavano lì da un anno, dopo aver vissuto per diverso tempo in Pennsylvania e California, e per un periodo anche a Roma. Fermarsi troppo a lungo soltanto in un luogo non era mai stato il loro forte, ma adesso era diventato necessario mettere qualche radice, e così avevano scelto la Florida. Il giardino dietro la villetta di legno bianchissimo, su Duval Street, era colmo di alberi che Gladys curava con amore, a maggior ragione da quando Fred si era reincarnato in un corniolo dai dolci fiori rosa. Fred il ghiro, che era morto tre anni prima ed era stato cremato, riposava sotto quel corniolo, dentro un portagioie di lacca ricoperto di perline.

Tuttavia Gladys, quel giorno, non stava curando i suoi fiori e le sue piante. Era distesa su un'amaca e leggeva una lettera.

«Ha scritto di nuovo Kate?» le domandò Edward.

«No, stavolta è Grace» gli rispose Gladys, con un sorrisone. «Adoro l'abitudine delle nostre ragazze di scriverci delle vere lettere e non quegli odiosi SMS. Ma sono sempre state speciali, loro.»

«Cosa scrive? Raccontami!»

«Guarda il timbro sulla busta! E che meravigliosi francobolli con le farfalle e i koala!»

Edward inforcò un paio di occhiali e la sua espressione divenne esultante. «Alla fine ci sono andati!»

«Oh sì, tutti e tre. E ci hanno anche mandato una fotografia!»

Gli mostrò un'immagine: tre persone sorridenti risaltavano contro lo sfondo di quella che sembrava una montagna insanguinata in un paesaggio marziano. L'Ayers Rock. Un uomo alto, con lunghi capelli neri e due formidabili occhi blu, una donna bionda con un milione di riccioli e un bambino di quasi tre anni, riccio come la madre ma coi capelli scuri e gli occhi del padre.

«Non si sono arrampicati fino in cima, ma Grace scrive che è stato comunque magnifico, e che la roccia cambia colore, passando dall'oro, al bronzo, addirittura al viola, durante lo stesso giorno, in base a come la colpisce il sole. Dylan ha detto che sembrava un cioccolatino gigante e ha chiesto se poteva morderla. Channing gli ha risposto che è una montagna sacra e le cose sacre non si possono mordere, ma al massimo accarezzare. Così il bambino si è fatto fotografare mentre le faceva una carezza e le dava un bacino.»

«È davvero un tesoro!»

«Sono tre tesori, tre anime meravigliose. Sono contenta che sia andato tutto bene. Lo sai che non sono solita piangere sulle cose tristi del passato, così come non mi tormento dinanzi all'incertezza del futuro, ma ci sono certe notti in cui sogno quel momento, quando Channing stava per morire, e ho ancora i brividi.»

«È tutto superato, mio amore» la rassicurò Edward.

Non che lui non ci pensasse. Per fortuna, adesso il ragazzo stava bene: la sua vita non era perfettamente uguale a quella di un altro ventinovenne nato col proprio cuore mai imploso nel deserto, doveva stare attento a molte cose, ma si era adattato ai cambiamenti, e il suo corpo e il suo spirito avevano dimostrato una tale fame di vita che, a sette anni dall'intervento, non aveva ancora patito alcun sintomo di rigetto. Era come se quel cuore, generosamente donatogli, fosse stato creato per lui. Certo, non poteva più praticare gli sport estremi di un tempo, ma compensava la perdita di quelle passioni con la passione per la sua famiglia e per il lavoro che si era inventato. Aveva creato una piccola azienda insieme alla sua amica di Chicago, riparavano vecchi motori, restauravano auto vintage, e anche qualche vip si era rivolto a loro per avere moto e auto personalizzate.

Anche la piccola Grace era cresciuta. Le sue mostre fotografiche erano andate molto bene e alcuni degli scatti più originali – soprattutto luoghi, luoghi pieni di un niente apparente che a uno sguardo più profondo rivelavano dettagli: esseri umani intenti in attività semplici, le loro espressioni che esprimevano emozioni, un certo modo in cui la luce lacrimava sulle cose, animali che forse erano animali e forse erano fratelli, fiori che vincevano sul vento – erano stati esposti a New York, a Milano, a Parigi e a New Delhi.

Ma la loro vittoria più grande, fra queste pur grandi vittorie, era l'amore. E Dylan, un piccolo angelo nelle cui vene scorreva sangue cinese, irlandese, olandese, italiano, francese e svedese.

«Verranno a trovarci a maggio, con una bella sorpresa.»

«Un altro bambino?»

«Non credo, non ancora almeno. Penso piuttosto a una Cadillac fucsia per il mio compleanno!»

«Che matti! Però, mia dolce fata, credo proprio che, a parte noi due, siano la coppia più bella nella quale ci siamo mai imbattuti. Se solo la nostra Kate trovasse un amore così grande, morirei felice.»

Gladys gli diede un affettuoso buffetto su una guancia. «Tu non morirai, mio caro Eddie, né felice né triste, ancora per molti anni! La tua aura ha il colore della vita! Per quanto riguarda Kate, non dispererei. Kenneth non era l'uomo del suo destino, non in senso romantico almeno. Ma ha incontrato da poco un nuovo vicino di casa, una specie di scrittore dai modi discutibili, e non fa che parlarmene male.»

«E questo dovrebbe impedirmi di disperarmi?»

«Lo sai che so vedere al di là dell'apparenza, e ho come l'impressione che il giovanotto le piaccia. Ma credo proprio che non abbia senso parlarne adesso. Perché, dopotutto, questa è un'altra storia.»

FINE

Ringraziamenti

Voi che mi leggete ancora siete i principali destinatari della mia riconoscenza. E poiché non conosco i vostri nomi uno per uno, permettetemi di ringraziarvi con una frase di Marcel Proust:

Dobbiamo essere grati alle persone che ci rendono felici, sono gli affascinanti giardinieri che rendono la nostra anima un fiore.

Grazie perché, dandomi fiducia, riempite il mio cuore di germogli di rose.

Indice

12401720R00223

Printed in Germany
by Amazon Distribution
GmbH, Leipzig